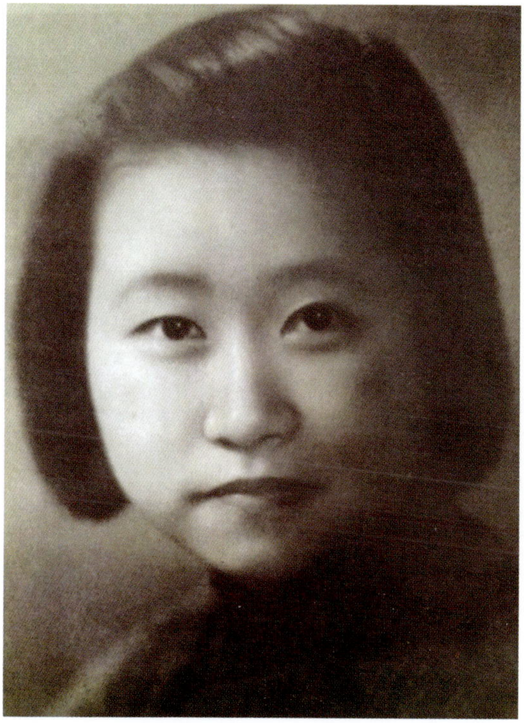

钱立华(1921—1942)烈士

前排左起：唐尧臣、冯昌勤、周必达、钱梦梧、蒋锦霖、吴永兴、徐焕林、张菊生
后排左起：汤祥初、吴桂达、蒋叙生、夏汉英、蒋竹新、陆道南、韩茂德、陆桂根、蒋仲锡

武南坚持斗争干部合影(**1949** 年 **6** 月 **15** 日)

钱梦梧和夫人章引于南京合影(**1993** 年)

武南风雷

杨金达　著

群言出版社
QUNYAN PRESS
·北京·

图书在版编目（CIP）数据

武南风雷 / 杨金达著. -- 北京 ：群言出版社，
2022. 11
ISBN 978-7-5193-0755-4

Ⅰ. ①武… Ⅱ. ①杨… Ⅲ. ①长篇小说－中国－当代
Ⅳ. ①I247. 5

中国版本图书馆 CIP 数据核字（2022）第 156233 号

策划编辑：李　群
责任编辑：陈　芳
封面设计：王　敏

出版发行：群言出版社
地　　址：北京市东城区东厂胡同北巷 1 号（100006）
网　　址：www.qypublish.com（官网书城）
电子信箱：qunyancbs@126.com
联系电话：010-65267783　65263836
法律顾问：北京法政安邦律师事务所
经　　销：全国新华书店

印　　刷：天津画中画印刷有限公司
版　　次：2022 年 11 月第 1 版
印　　次：2022 年 11 月第 1 次印刷
开　　本：710mm × 1000mm　1/16
印　　张：23
字　　数：280 千字
书　　号：ISBN 978-7-5193-0755-4
定　　价：68.00 元

序一　弘扬革命传统　建设新武进

薛　锋*

在中国共产党诞生一百周年之际，江苏省前黄高级中学退休老师杨金达先生撰写的《武南风雷》公开出版。《武南风雷》是值得大家阅读的好书，我很愿意推荐给大家。

《武南风雷》是描写我们武进区地面抗日战争和新四军北撤后留守人员坚持斗争的故事。1937 年武进沦陷，1939 年新四军进军太滆地区，创建太滆游击根据地。钱立华、钱梦梧姐弟俩先后响应党组织的召唤，从上海辍学回乡参加抗日。1942 年 1 月，18 岁的钱梦梧来到武南（武进南部）县，三个月后，姐姐钱立华牺牲，钱梦梧克服悲伤，全力投身抗战工作，在血与火的斗争中，钱梦梧不断成长，一年多后担任丁舍区区长，不久担任丁舍区区委书记。抗战胜利，新四军北撤，钱梦梧服从党组织的安排留下来坚持斗争，一年后，担任中共武宜工委副书记兼中共武南县特派员（相当于县委书记），一直到 1949 年 3 月武进解放。解放后，钱梦梧同志担任武进县领导多年。全书通过钱梦梧的成长过程，深刻地反映了武进人民在中国共产党的领导下，投身轰轰烈烈的抗日战争和解放战争的伟大历史进程。钱梦梧和他的战友

* 薛锋，曾任武进县县长、县委书记、常州市副市长、常州市政协副主席。

们，坚决执行党的方针政策，坚持游击战争，灵活机动地打击敌人，一次次地粉碎日伪军的“扫荡”“清乡”和国民党反动派的围剿，彰显了武进人民的革命精神。全书采用“大事求真，小事务虚”的写作方法，在真人真事的基础上进行构思创作，让钱梦梧、史济荣、章引等一批革命前辈的形象活龙活现地出现在我们面前，形象鲜明，情节生动，再现了以钱梦梧为代表的革命前辈舍身忘死的革命精神、不屈不挠的顽强拼搏精神和以苦为乐的革命乐观主义精神。

习近平总书记在党史学习教育动员大会上指出：在一百年的非凡奋斗历程中，一代又一代中国共产党人顽强拼搏、不懈奋斗，涌现了一大批视死如归的革命烈士，一大批顽强奋斗的英雄人物，一大批忘我奉献的先进模范。《武南风雷》这部书中所描写的以钱梦梧为代表的一批革命前辈，就是我们武进地面上土生土长的英雄人物，土生土长的忘我奉献的模范。他们是我们的亲人，我们学习他们会更亲切、更感动，也更能产生催人奋进的历史责任感和紧迫感。《武南风雷》可以作为我们常武地区形象鲜明的革命传统精神的教材来阅读。

现在我们武进区正处于实现“十四五”规划，建设新武进的当口，我们要大力弘扬革命前辈的精神，以此为动力推动各项事业高质量的发展，加快建设我们美好的新武进，以出色的成绩来告慰革命前辈。

以此为序。

2022 年 1 月 20 日

序二　一曲游击战的赞歌

钱建军*

本书作者杨金达先生退休前是江苏省前黄高级中学的特级语文教师，也是一位优秀的班主任，几十年如一日，诲人不倦，敬业务实，深受学生们的尊敬和爱戴。早在1983年就被评为“全国优秀班主任”，出版过班主任工作专著《中学班集体建设》。杨金达先生知识渊博，教导有方，尤其善用本乡本土的革命英烈、前辈的英雄事迹和高尚的品格来教育感化学生，常常收到事半功倍的良好效果。先后还出版了《瞿秋白的故事》《李公朴之歌》等著作。在中国共产党建党一百周年来临之际，杨金达先生了不顾80多岁的高龄，广泛收集资料，寻访有关知情人，凝聚近三年的心血，完成了《武南风雷》一书的创作，并嘱我作序，我感到义不容辞，欣然答应。通读全稿，深深感到，这是一部充满革命激情，具有历史厚重感的力作。全书文笔朴素平实，叙事生动感人，作品集中展现了我的家乡——江苏武进南部地区（当时为武南县）广大人民群众在中国共产党的领导下开展抗日游击战争，开辟太滆游击根据地的曲折历程，热情讴歌了革命先烈的崇高品质和牺牲精神，生动记述了抗战胜利后，新四军北撤，少数留守人员在艰苦的环境

* 钱建军，钱梦梧和章引的儿子，中国人民解放军（正军职）少将。

中坚持斗争的壮丽画面，深刻体现了伟大的游击战争作为抗日战争和解放战争中的重要组成部分所发挥的独特重要作用。书中的主要人物钱梦梧和章引，就是我的父母亲。杨金达先生坚持“大事务实，小事务虚”的创作原则，把我父母亲和他们的战友英勇战斗，多谋善断，联系群众，爱护干部，艰苦朴素，廉洁奉公，以身作则，严于律己的形象，刻画得栩栩如生，真实地再现于我们面前，使我倍感亲切，深受感动。

以毛泽东同志为代表的中国共产党被世界公认为游击战争创立发展的集大成者，其领导的抗日游击战争无论是理论的创新，还是实践的伟大，在游击战争史上无与伦比。连日本的军事理论家都直言不讳地指出，毛泽东“论述的游击战，比以往任何书籍都丰富。他那富有想象力的叙述，是举世罕见的”。毛泽东同志根据辩证唯物主义的基本原理，结合中国革命的实践，撰写了《抗日游击战争的战略问题》等一系列重要著作，把游击战争上升到历史的战略高度，并对游击战争的战略战术作了系统完整的总结，使之成为毛泽东军事思想的重要组成部分。

我父母亲和他们的战友正是在党的领导下，按照毛泽东的军事思想，坚持在敌后开展游击战争。他们或牵着敌人的鼻子转圈子，把敌人拖疲惫了，再选择敌人最薄弱的环节，狠狠一击；或利用青纱帐（当地人叫秆稞岗）昼伏夜出，袭击和消灭出来扫荡的敌人，今天消灭敌人几个，明天再消灭几个，积小胜为大胜，不断消灭敌人的有生力量；或破袭敌人必经的公路、铁路，切断其交通运输线；他们还用缴获敌人的武器弹药和自制的地雷、土枪土炮武装自己；他们动员比较富裕的地主、商人捐助物资；他们生活在群众中间，和群众打成一片，依靠群众帮助，克服种种困难。我父母亲和他们的战友们就是依仗游击战争，创建了广阔的敌后根据地，有力地配合正面战场，为抗日战争和解放战争的伟大胜利做出了应有的贡献。

杨金达先生在书中所记述的武南游击战争取得一次次胜利的历史事实和生动故事,就是对我党领导下的游击战争在武南地区的一个侧面的历史缩影,从这个角度看,《武南风雷》一书,也是对毛泽东同志游击战争思想的一曲胜利赞歌。

通过阅读杨金达先生的这本书,特别是重温了毛泽东同志《抗日游击战争的战略问题》等著作,我对父母亲及其战友们在那个年代和那样艰难困苦的条件下所进行顽强斗争的重要意义有了更新的认识。新中国建立后,父母亲在武进县委领导岗位上又工作了10多年。在我童年的印象中,父母亲和他们的战友们以及在战争中帮助过他们的乡亲们一直保持着亲密的联系。书中提到的一些人的名字,我至今记忆犹新。当时的武进县是继毛泽东家乡湖南湘潭县的全国第二大县,人口都超百万。父母亲和他们那一代人为了父老乡亲能过上好日子,兢兢业业,废寝忘食地工作在第一线。有好几次春节期间父亲还带着我和妹妹到乡下去访贫问苦,嘘寒送暖。他们忘我的工作精神,给少年的我留下了深刻的印象,等到我参加工作并担任了领导岗位后,也更加理解了父母先辈们始终不懈奋斗的精神究竟是如何炼成的。他们深知并牢记与牺牲的战友相比,自己的命是在枪林弹雨中侥幸捡来的,唯有拼命地工作才对得起那些牺牲的战友。这其中就包括父亲的亲姐姐钱立华。一个富家女孩,和弟弟在当时最好的学校上海南洋中学读书,这期间受马克思主义思想的影响,目睹了日寇的暴行和"朱门酒肉臭,路有冻死骨"社会的黑暗和丑恶,姐弟俩毅然加入了中国共产党,奔向了抗日的战场。可是不久,身为中共武南县委妇女部长的钱立华姑姑不幸牺牲在与日寇作战的战场上,年仅21岁。新中国成立后,她被全国妇联选编入《中华女英烈图册》,和杨开慧、向警予、刘胡兰等一起成为中华百名女英烈之一。从我记事起,就看着家中摆放的姑姑的照片。后来我参军不论走到哪里,都恭恭敬敬地把姑姑的照片放在我的书橱里，以寄托我的缅怀和哀思。逢年过节，我照例都会对着姑姑的照片，默默地敬上一个庄严的军礼！父母亲和他们的战友们一样，时光的流逝并没有改变在战争年代培育的优良作风，始终是一身正气，两袖清风，任劳任怨，鞠躬尽瘁地为党工作了一辈子。他们的音容笑貌时常浮现在我们脑海，他们的革命精神时刻激励着我们前行，他们的高尚情操为我和妹妹留下了一个良好的家风。可以告慰他们的是，我们没有辜负他们的期望。

中华民族在经历了抗日战争、解放战争和抗美援朝等大大小小的战争，无数革命先烈以牺牲生命的代价，换来了和平与安宁，发展与壮大，开创了中国历史崭新的一页，铸就了共和国今天的辉煌，也为我们留下了极其珍贵的精神财富。回忆历史，缅怀先烈，就是要铭记革命先辈的历史功勋，弘扬革命先辈的光荣传统，学习革命先辈的高尚品德，唯此，才能把革命先辈开创并为之奋斗不息的伟大事业不断推向前进。

前事不忘，后事之师。近代史上，两次世界大战给人类带来的巨大灾难至今历历在目。人类的历史是一部野蛮与文明搏斗的历史，当代的现实告诉我们，这样的历史还远没有结束。在未来的征程中，问题和挑战依然会不断出现。习近平总书记代表中国，向全世界发出了建立人类命运共同体的呼声，这是在呼唤人类智慧的觉醒，是人类向高度文明发展的伟大目标！为此，我们要像革命前辈那样，矢志不渝，一以贯之，坚定信念，努力奋斗，为中华民族的伟大复兴再创辉煌，为人类命运共同体作出新的更大贡献。

2022 年 5 月 20 日

目　录

第一章

从上海来到太滆抗日游击根据地

钱梦梧和符德铭乘船来到宜兴周铁桥，天已经完全黑了，船上也点起了回灯，回灯微弱的光芒，似乎被四周浓浓的黑暗吞没了。从船舱向岸边望去，一片漆黑，什么都看不清楚。他们忍着麻木的双腿，背着行李，随着三五个乘客，摸索着从晃晃悠悠的跳板上走上岸。船家早已告知，这里离周铁桥轮船码头还有二里多路，是临时停靠处。船进不了周铁桥街，街口有日本人的岗哨，经常对过往的船只突击搜查，态度蛮横，稍不如意，轻则打骂，重则挥刀便砍。半月前就劈死一位乘客，那位乘客仅仅动作迟疑一点，日本兵不耐烦了，拔出刺刀便砍，还绑了船家夫妻俩，关了几天，家人花了6担大米，才把他们从碉堡里赎出来，可是人已半死了，简直是无理可说。船家说起这事，满脸痛苦，他愤愤地说："这帮畜生，凶神恶煞，完全不把我们中国人当人看待！"

1942年1月20日，钱梦梧和符德铭告别上海中共党组织，踏上去太滆抗日游击根据地的路已经第四天了。一路上并不顺利，有时等船一等要一两天。在无锡钱桥轮船码头等船时，遭到日伪军的突然搜查，他们乘乱避开，刚巧遇到苏州中学的同班同学张雨，邀他们同到家里住了两天。张雨父亲是民族资本家，开了一家庄源大油厂。现在油厂开开停停，生产很不正常。三个人在一起彻夜长谈，说起日本侵略者个个义愤难平，都有强烈的抗日愿望。为了安全起见，钱梦梧和符德铭从上海出发时就约定，一路上不管遇到什么情况，不能暴露此行的目的，他们的借口是学校解散了，去宜兴乡下投奔亲戚。钱梦梧显得清秀，是一个文弱书生；符德铭个子略高于钱梦梧，稍胖，孔武有力，不像书生，倒像一个庄稼汉。符德铭是武进与无锡交界处的阳山人。家中有十多亩田，生活还算富足，父亲是私塾老师，千方百计把他送到上海来读书，想让他多学点文化，脱离农村的苦海。他跟钱梦梧是同乡人，又是同班，一向投缘，谈得来，往来也频繁。经过党组织批准，他成了钱梦梧联系培养的积极分子。符德铭也希望去抗日游击根据地参加抗日，于是就作伴同行了。钱桥是无锡颇繁华的一个街镇，张雨告诉他们钱桥镇绵延二里多，有数百家商铺。钱桥一带，棉纺织和丝绸工业较发达。自从日军来了，烧杀抢掠，无恶不作，街镇基本上毁了，街上冷冷清清，工厂关门，商店也大半停业，许多人逃到乡下避难去了。街上天天有枪上上着刺刀的日本士兵，三五成群地巡逻。钱梦梧看着钱桥破败的景象，恨不得立刻赶到抗日前线去。无奈运河的航班很不正常，不是天天有船。到了第三天，张雨打听到有一班轮船开往宜兴的周铁桥，钱梦梧和符德铭便挤上了这班轮船。沿途都是萧索的景象。时令已是严冬，沿河的荒草野花全枯萎了，长年碧青的秆稞也都成了枯黄色。秆稞，是苏南广大农村家家都种植的旱地经济作物，样子酷似芦苇，高可达二丈许，丛生，长长的带状叶子，较芦苇叶子硬，叶边锯齿形，很锋利，一不小心就会锯伤皮肤。春天开始迅速生长，到了冬天叶子枯萎了便可收割，作为全家一年的烧柴，也可卖到城里去，是一项重要的经济收入。现在早已进入秆稞收割的季节，它的主人恐怕也都避难去了，或者失去了收割的兴趣，让它在寒冷的西北风中瑟瑟发抖。树上光秃秃的，绿叶早已枯萎脱落，树枝铁叉似的，枝枝直立，在呼呼的西北风中纹丝不动。时不时传来令人胆战心惊的一声二声枪声。

轮船沿途时常停靠，不断有人上下，但过了宜兴，船上只有下客就没有上客了。船上的客人也渐渐减少了。钱梦梧知道他们的目的地周铁桥快到了。他和立华姐姐越来越近了，马上可以见到立华姐了。他已经有近两年没有见到立华姐了。立华姐是他最亲最亲的亲人,又是他的革命引路人。

1924 年 8 月,钱梦梧出生在武进南夏墅街上的一家大户人家。家里有一个很大的院子和四个小天井的庄院式的住宅,门楼雕刻着“耕读传家”四个大字,周围是麒麟送子、八仙过海等吉祥的砖雕。很庄重,也很气派。家里有 300 多亩水稻田,街上还开了几爿店铺。这些财产都是祖父靠高利贷利滚利盘剥来的。在南夏墅街上可算是独一无二的人家。祖父不到 50 岁就过世了。父亲钱伯显是家中的长子,在上海沪江大学社会学系读书,还有半年就要毕业了。不得已,被迫辍学回来主持家务。父亲受过现代教育,是一个著名的开明绅士,人称“大先生”。他很热心地方上的公益事业,修桥铺路,推广良种,兴修水利,他都带头捐款。他也热心教育事业,他认为拯救贫弱的国家,就需要为国家多培养人才。回家的第二年,他就接手南夏墅小学,当了多年的南夏墅小学的校长。他每年都向南夏墅小学捐款捐物,扩建校舍,延请名师,努力提高教育质量。他思想很开放,还带领学生去庙里打菩萨,破除迷信,在当时是很了不起的大事。在他的管理下,南夏墅小学成了常武地区办学条件最好的学校,有常武地区“第一小学”的美誉,也曾被誉为全国小学四大名校之一,周围百里内的家长都争着把孩子送来读书。钱梦梧生活在这样一个具有现代文明气息的大家庭里,应该是从小就很幸福的。但不幸的是,母亲在他 3 岁那年过早地过世了。他和姐姐立华成了没妈的孩子,由祖母悉心照料。父亲三年后给他们娶了后妈,后妈是常州师范毕业生,对他们姐弟俩也很爱护,但他们总感觉不到亲妈那样充满亲情的温暖,似乎隔着一层看不见的冷漠。在这个大家庭中,姐弟俩相互依靠,相互体贴关怀。立华姐虽然只长他 3 岁,却俨然母亲似的那样照料他,他们姐弟情深中深含着母子之情。父亲对他们姐弟俩要求很严,希望他们用功读书,姐弟俩都能进大学深造,替他完成大学没有毕业的心愿,将来为国家效力。

1937 年 11 月 27 日,日寇攻陷常州,到处烧杀抢掠,父亲的美梦搁浅了。他们家紧靠武宜公路,日军随时随地都可能来践踏,父亲带着他们全家坐船过滆湖,先避居在东安马上墩的一个小村上,后来又迁移到灵台蒋家村。一家人在一个叫蒋晓斌的前厅屋里,用稻草打了一个地铺,住了下来。在钱梦梧的印象里,房主蒋晓斌是他父亲的一个朋友,他高高大大,非常和气,钱梦梧叫他大伯。蒋晓斌除了自己种六七亩水稻田外,还有三条渔船,两条船出租给渔民,自己用一条,农忙时用船往田里运肥料,往家里运送稻麦,农闲时下湖捕鱼,日子过得很滋润。灵台离武宜公路交通线较远,而且在滆湖边上,滆湖靠岸的浅滩上,长着成片成片的芦苇。地方比较隐蔽,当时日军只占据公路沿线的村镇,暂时还没有顾及到灵台,灵台还是比较平静的。南夏墅老家的情况不断传来,钱家房子大,过往的日本部队住过几次,屋里乱七八糟不说,未被放火烧掉就算是万幸了。逃难时带不走的家具、衣被早被洗劫一空。听说南夏墅街上没有来得及逃走的群众,有的被枪杀,妇女被强奸、轮奸,连一个 50 多岁瘫痪在床的妇女也未幸免,日本兵就是畜生。父亲很庆幸当时当机立断,抛弃一切,全家人逃走得早,如果迟疑几天,后果也是不堪想象的。

一家人在灵台过了一个凄凉的春节。除夕那天,父亲出门向湖边的渔民买了点鱼虾,弄了几块豆腐,房东蒋大伯还送过来一条猪腿。简单祭奠一下先祖,后妈做了四五样菜,一家人吃了一顿团圆饭。父亲很伤感地说:“今年我们在灵台吃年夜饭,明年还不知道到哪里去过年!国民党几百万大军怎么就抵挡不住小小的一个日本?唉!”

这顿年夜饭,吃得很冷清,少了以往的热闹和欢乐。饭后也没有点红灯笼,放鞭炮。父亲对钱梦梧姐弟俩的学习抓得很紧,由于南夏墅的老家暂时回不去,周围也没有学校可就读,父亲便联系避难在高梅村的姚味之先生,他曾在南夏墅小学当过老师,大学毕业,数学与古文都很好。父亲请姚老师每天上午为他们姐弟俩补习语数两门课。蒋家村离高梅不远,仅三里地。天天早晨姐弟俩吃了早饭,便背着书包去上课,一直上到夏天。房东蒋大伯看到他们姐弟俩常常竖起大拇指,称赞他们将来一定会有大出息。后来父亲听说上海外国租界,日本人不得随意进出,有一些著名的中学都迁到那里去开办了。1938 年 8 月父亲不惜花重金送钱梦梧姐弟俩去上海租界读书,姐弟俩一同考入南洋中学，钱梦梧在汶林路读初二，住校；钱立华在北京路读高一，住叔父钱季显家，叔父家就在南洋中学附近。

姐姐钱立华积极要求进步，参加学生运动，走上了革命道路。1940 年 8 月接受中共党组织的派遣，只身离开叔父家，来到苏南澄锡虞抗日游击根据地参加抗日，一年后调到太滆地区工作。她以教师身份作掩护，隐蔽在周铁桥附近的杨家庄小学，做抗日宣传工作。钱梦梧亲身经历了逃难，目睹了日寇的暴行，看到了国民党的节节败退，也看到了中国共产党在敌后开展艰苦的抗日战争，对中国共产党由衷地佩服，认为中国共产党是民族的脊梁。在姐姐的引导下，钱梦梧读了不少进步书籍，如艾思奇的《大众哲学》、薛暮桥的《政治经济学》、埃德加·斯诺的《西行漫记》和华岗的《中国民族解放运动史》等。这些书渐渐在钱梦梧面前打开了一个崭新的天地，他慢慢地明白了阶级和阶级斗争，明白了造成社会上贫富的原因，明白了人类的命运和自己的职责。他周末都到季显叔父家去和姐姐见面，和姐姐交流读书心得。每次姐姐都会给他讲许多的革命道理。姐姐还委托她的朋友周祚赓、季尼、陆全娟和钱梦梧做朋友，找钱梦梧谈心，不断地启发他、教育他。钱梦梧渐渐明白一个具有正义感的青年，在国难当头的时候，不能一心钻进“象牙塔”里读书，为个人奋斗实在是太渺小了，也太自私了。作为一个有抱负、有理想、有觉悟的青年，应该以改变社会为己任，做一个像共产党人那样顶天立地的英雄。他开始关心天下大事，关心社会，关心周围的人和事。他明白了当今社会只有中国共产党才能救中国，共产党领导的八路军和新四军才是真正抗日的部队。立华姐姐离开上海后，姐弟之间一直有书信往返，他心中有疑惑、苦闷，向姐姐倾诉，姐姐不断给他指点解惑。姐姐寄给他一张中间剪了不少不规则小洞的稿子纸，告诉他，写信时把这张纸覆在空白稿子纸上，把紧要的不想让别人知道的内容写在小洞的空格里，然后再在其他地方写上无关紧要的话，接信后，只要把有小洞的稿子在信纸上一放，那些不想让别人知道的内容就一目了然。这样的信，即使落到别人手里也看不出破绽。这便是他们姐弟之间秘密的联系方式。钱梦梧在姐姐和党组织的不断关心教育下渐渐觉醒了。他决心沿着姐姐指引的革命大道走下去。一连三天,他半夜三更起来,利用厕所昏暗的灯光写了一份加入中国共产党的申请书,怀着忐忑不安的心情交给陆全娟同学。他向陆全娟同学又一次提出一个问题:“我出身在剥削家庭,我家是常武地区有名的大地主,共产党会同意我加入吗?”

这个问题一直苦恼着钱梦梧,也是他一直不敢向党组织提出入党申请的原因。他曾在立华姐姐下乡之前,当面问过她有没有加入中国共产党,立华摇摇头说,还不够条件,还要努力争取。立华姐下乡后,他曾用密信的方式问过几次,每次立华姐都避而不答,他估计姐姐也因出身不好,还没有加入。

陆全娟笑着说:“上次我不是说了吗?一个人的出身不能选择,但革命的道路是可以选择的。共产党着重看一个人的表现,我们党不少领导也出身在大地主和大资本家家庭。你不用担心,组织上对你的家庭情况是了解的。”

一周以后,钱梦梧应约和陆全娟见面,陆全娟告诉他,组织上同意他入党。那天周祚赓也在,和他长谈了两个多小时,他们在马路边上装作散步,边走边谈。周祚赓告诉他,组织上虽然批准他入党了,但他距离一个真正的共产党员的标准还有距离,还需要不断地学习马列主义,不断地在工作中锻炼自己,提高自己。真正的共产党员是特殊材料制成的,能经受得住各种各样的考验,在敌人的酷刑、屠刀面前,要做到面不改色心不跳,能为共产党的利益随时准备献出自己的一切,甚至最宝贵的生命。钱梦梧牢牢记住周祚赓代表党组织和他说的话,他决心以自己的实际行动来实现自己的承诺。那几天,钱梦梧心潮澎湃,兴奋得一连几天都没有睡好觉,他这样的出身,竟然也能成为无产阶级先锋队的一员。他不断地告诫自己,一定戒骄戒躁,努力工作、学习,争取做一个合格的共产党员,不给党组织,不给立华姐姐,也不给陆全娟、周祚赓他们丢脸。

钱梦梧在党组织的领导下,积极从事学生运动,联系培养学生中倾向进步的学生。半年后,钱梦梧的预备党员如期转正,便和林青(吴学谦)、姚明达三位党员,组成一个支部。钱梦梧跟着林青同志渐渐掌握了一套秘密工作的程序和工作方法,如党内严禁发生横向关系,在党内认识的人,到了公开场合千万不能打招呼,和遇到陌生人一样;每次工作联系一定要严格按照规定时间、地点和规定的记号行事,如果到了约定时间,联系人还未到,就要提高警惕,再过五分钟不到便立即撤离;联系地点如在室内,要在窗口放上暗号,如花盆或鞋子等,不见暗号不准进去;室内也要有伪装,如在桌子上摆上象棋、扑克或麻将之类;带文件走路千万不能随便放在口袋里,要放在食品盒或其他物件里面;走路要注意背后有无人盯梢,如有人盯梢,就不能到约定的地方去,要立即设法甩掉"尾巴"。钱梦梧严格遵循这些地下秘密工作的纪律和方法,顺利地完成了党组织交办的各项工作。钱梦梧的外表没有丝毫改变,仍然是一个单薄文弱的青年学生,但内心其实他变了,变得更为坚强,动作变得更为机敏,对周围环境的观察也更为细致周密。也就是说,钱梦梧逐渐成为一个合格的地下工作者。他不再是十七八岁的青年学生,而是具有一定独立工作能力的共产党人。看到钱梦梧逐渐成熟,他的入党介绍人周祚赓笑了。一天,当钱梦梧得知苏南抗日游击区急需一批地方干部时,他毅然向党支部书记林青提出来,希望到苏南抗日游击区工作,因为他就是苏南人,应该回到老家去抗日,并说他姐姐就在宜兴,他有地址能找到姐姐。林青请示党组织后,同意了钱梦梧的请求。不过林青告诉他说,党的组织关系暂时转不过去,因为上海党组织与苏南党组织没有直接联系,只能通过苏北党组织来转交。林青说:"你先去,我负责把组织关系转过去。你还有什么困难吗?"

"我身上钱不多了,我已经离开叔父家十多天了,不便回去向叔父拿钱,能否借一点给我?"

原来钱梦梧南洋初中毕业后,按照姐姐立华的意见,考入苏州中学高中部,便住进季显叔父家,叔父家离苏州中学也只有里把路。为了随时准备去苏南抗日游击根据地,钱梦梧带着随身替换的衣服和日常生活用品,模仿姐姐的办法,给季显叔父留一封信,告诉叔父"我走自己的路去了,请叔父不要寻找",便悄悄地离开了叔父家,住进了林青为他准备的一间房屋里,等候党组织的通知。林青把身上所有的钱摸出来交给钱梦梧,笑着说:

"干吗这么一本正经,说什么借不借的?'岂曰无衣,与子同袍'嘛!"

钱梦梧也爽朗地笑了。他告别了林青,当天下午就和符德铭离开了上海,他在上海读了三年半书,完成了人生道路上最关键的一次选择,为毕生事业打下了一个坚实的基础。上海是一座英雄的城市,也是一座革命的城市,他十分感谢这座给他新的生命的城市。

钱梦梧在离开叔父家的第二天,他给姐姐立华写了一封密信,告诉姐姐将投奔她去。他和符德铭从钱桥上了船,心里就莫名其妙地焦急起来,老是嫌船走得太慢,他多么想立即飞奔到姐姐的身边。他不知道立华姐姐现在是什么样子了,胖了?瘦了?立华姐是新四军,穿便衣,还是军装?腰带上有没有枪?他知道姐姐此刻也在焦急地等待他的到来。船快近周铁桥时,看着渐渐黑下来的天。钱梦梧心里愈加焦急,姐姐早就告诉他,杨家庄小学离周铁桥还有16里内路,都是田埂小径。现在天黑了,这路如何走?和平时代晚上问路就不方便,何况是兵荒马乱的时候。在船上时,钱梦梧和邻座一位50岁的老农民有一搭无一搭地交谈起来,渐渐熟了。钱梦梧问:"老伯,周铁桥有一个杨家庄吗?"

"有啊,是一个不大的村子,二十多户人家。怎么,你们兄弟俩去杨家庄吗?"

"那里有日军吗?"符德铭插话说。

"日军吗?"老伯迅速看了他们俩一眼,说:"有时有,有时没有。日军驻扎在周铁桥碉堡里,有时下乡扫荡,说不定就到杨家庄,很难说现在有还是没有。"

老伯抽着旱烟筒,问:"怎么,你们去杨家庄?投亲?"

钱梦梧说:"是的。我们在上海读书,学校关门了,想到乡下来住几天。"

老伯在船板上敲掉烟灰,随即用脚踏灭。他看着钱梦梧,说:"去杨家庄的路不好走，全是小路，还要过两三座小桥，白天都容易摸错，别说晚上了。”

眼看周铁桥要到了，老伯见钱梦梧很焦急，他拍拍钱梦梧的肩头，笑着说：“小伙子，别急，上岸时跟着我走吧，我跟你们同一段路，给你们指指路。”

钱梦梧他们上了岸，跟着老伯穿过一处秆稞岗。眼睛已渐渐适应了黑暗，朝前看去，是一片昏暗的开阔的田野，有的种了麦子，有的还长着稻根桩，眼看是撂荒了。周围静静的没有一点声响，颇有一点荒凉的感觉。不远处有一条黑色的长龙，也有几片浓黑的阴影。钱梦梧知道这长龙一定是秆稞岗，那浓黑的阴影估计是树林或是村庄。脚下根本就没有像样的路，全是田间的小田埂。老伯肩扛着一个大布包，对他们说：“小伙子跟紧着我走吧，路小，小心脚下。”钱梦梧他们跟着老伯走过一片秆稞岗，过了一座小石桥，向左拐了一个弯，向着一片浓黑的村庄走去。路很小，很难走。这时，天空淅淅沥沥飘洒起小雨来。老伯回头对他们说：

“我家快到了，先到我家躲躲雨，吃点东西，填填肚子再说，别急。”

钱梦梧在心里反复估猜老伯，觉得老伯是一个热情厚道的老农民，和他在灵台见的老农民一样，不可能是坏人。雨渐渐大起来，衣服也有点湿了，不去他家还能怎么样？他们跟着老伯穿过一处竹园，来到一处草屋门口。钱梦梧迅速看了一下四周，周围没有看到别的住户，是独门独户人家。老伯对钱梦梧说，这里就只有他们一家，别的人家在竹园那边。进了家门，只看到老婶子一人，别无他人。老婶也很热情，立刻为他们一人下了一碗面条。钱梦梧和符德铭发现面底下还有两个鸡蛋。吃完面，外面的雨越下越大了。老伯和他们商量，今天就在这里将就一宿吧，明天吃了早饭，他送他们去杨家庄。看着外面浓黑的夜，听着滴滴答答的雨声，也只能在这里将就一夜了。钱梦梧不好意思地说：“太麻烦老伯和婶婶了，谢谢！”

老伯和婶子都笑了：“这有什么麻烦，稻草铺摊摊，很方便。”

钱梦梧和符德铭睡在又暖和又松软的稻草铺上，符德铭很快就睡着了。钱梦梧翻来覆去睡不着，脑子里全是立华姐的身影，奇怪越靠近立华姐，心里反而越焦急。也不知道过了多长的时间，钱梦梧才慢慢进入梦乡。

第二天,雨止了,路上冻得很结实。吃完早饭,老伯对钱梦梧他们说:“天冷,路远,你们带着行李,不好走。行李交给我挑,我送你们去杨家庄。”

老伯很热情,诚恳。钱梦梧他们难以拒绝,钱梦梧说:“麻烦老伯了,不过工钱和饭钱我们要付,请老伯一定收下。”老婶首先反对:“不用,不用,吃顿把饭,算啥钱?天冷,你老伯在家也是歇着,让他送,活动活动筋骨,出点力气,没有啥,哪能收钱?”在钱梦梧一再坚持下,老婶子还是留下了钱。

老伯挑着行李走在头里,钱梦梧他们跟着他走。路的确不好走,全是七弯八拐的田埂,幸亏冻得硬邦邦的,不然一定是拔脚捂脚,难以迈步。还要路过三座小石桥,其中一座桥是一条尺把宽的石条,上面结着冰,很滑。老伯站在桥头一再叮嘱他们,一步步踩踏实,慢慢走。符德铭毕竟从小生活在农村,这些田埂小径走惯的,不在话下。钱梦梧走得很吃力,过小石桥时,幸亏符德铭搀扶着,险些跌下桥。走了半个多小时,钱梦梧便浑身冒汗,气喘吁吁了。沿途经过的村庄不多,大都冷冷清清的,看不到多少人。日寇经常下乡,社会不安宁,加上天气骤然寒冷,大家都猫宅在家里,无事就不出门了。到了杨家庄,老伯没有停下来,一直把钱梦梧他们带到杨家庄小学,当钱梦梧发觉,已经进了杨家庄小学的校门,只听老伯高兴地喊:“丫头,快来,我把你要接的人带来了。”

随着喊声,梳着齐耳短发的立华姐姐从屋里跑了出来,穿着浅蓝的短袄,满脸是笑。钱梦梧莫名其妙,他看着老伯说:“你早知道我们是谁了?”

老伯爽朗地笑着说:“钱老师四五天前把你要来的消息告诉我,要我留意,接接你们。昨天你们一上船我就猜出来了,不过钱老师说只有你一个人,见你们是两个人,我有一点疑惑,后来和你们交谈中我才确定。”

原来如此。钱梦梧热情地握着老伯的手,一再表示感谢。钱立华向钱梦梧介绍说,老伯是他们周庄的村长,抗日热情很高,帮我们做了不少事。钱梦梧把符德铭介绍给立华姐姐,姐姐很高兴地说:“符德铭,欢迎你来抗日游击区,你也是我的弟弟。”符德铭高兴地喊了一声姐姐。老伯趁着路上没开冻,没有久留,便赶回去了。杨家庄小学是初等小学,共四个年级,全校六位教师。钱立华和小章受党组织的派遣，在这里以教师身份作为掩护，发动群众投身抗日。钱立华把钱梦梧和符德铭带到她和小章同住的宿舍，小章正在房间里洗衣服。钱立华向钱梦梧他们介绍说：

“这位是章引老师，是浙江吴兴人。全才，语文、算术都教得好。”

小章老师洒掉手上的水珠，在身上擦一擦，很大方地向钱梦梧伸出了右手，笑着说：“这就是你梦梧弟弟？是一个英俊的小伙子。欢迎！你们终于来了，立华老师眼睛都要望穿了。”

小章个子比立华姐略矮，梳着两条短辫子，两只大眼睛忽闪忽闪地微笑着看着钱梦梧，钱梦梧赶紧伸出手握住了小章老师的手，也微笑着说：

“小章老师年纪不大，已经是受学生欢迎的老师了。今后也是我们的老师了。”

小章说：“老师不敢当，可姐姐是当定了。你们这两个弟弟我都认了。”说着，端着木盆到宿舍外面去洗衣服，顺手把宿舍门关上，让他们姐弟三个人说一会儿悄悄话。

立华姐姐仔细地端详着钱梦梧，见钱梦梧长高了，身体也魁梧多了。她说：“两年未见，小弟变沉稳了，身体也健壮多了，姐姐放心了。”接着，立华姐问了问叔父家的情况和一路上的情形，便详细地介绍当前抗日斗争的形势，然后很严肃地对钱梦梧和符德铭说：“这里是抗日游击根据地，日伪军随时会下乡来扫荡，随时要做好战斗的准备，有战斗就会有牺牲，你们要有充分的思想准备。也就是说我们队伍里的每一个人随时都有可能为国捐躯！你们怕不怕？”钱立华说着，迅速看了钱梦梧和符德铭一眼。

钱梦梧和符德铭也严肃地回答：“我们明白，已做好准备，随时准备为国献身。”

钱立华看着钱梦梧严肃的神情，笑了。在她的眼里钱梦梧和符德铭还是两个半大的孩子。钱立华叫食堂临时加了两个菜，叫上小章老师，一起陪钱梦梧他们吃了中饭，然后送他们去交通站，请交通员把他们送到太滆地区特委。

第二章

去太滆地区施教团

三天后,钱梦梧和符德铭顺利到达中共太滆特委,太滆特委机关驻在宜兴山里,村子不大,三十多户人家,周围是一片毛竹林,从外面看不到村庄。这里地势险要,易守难攻,日军轻易不敢进山,所以暂时比较安宁。太滆地区范围比较大,包括宜北、武南、苏西、锡南、马山一带。特委书记陈立平同志热情接待了钱梦梧和符德铭。陈立平是一个充满活力的中年人,看上去比钱梦梧要大十多岁,穿着一身灰色的长衫,长圆的脸,给人和善坚毅的感觉。他是武进卜弋桥人。他微笑着对钱梦梧说,他在武进当过教师,认识钱梦梧的父亲钱伯显先生,钱伯显是常武地区有名的教育家,也是我们的统战的老朋友。他问钱梦梧:“你出来抗日,是瞒着父亲的吧?”

钱梦梧实事求是地说:“我父亲是老顽固,只要我们专心读书,他肯花大价钱供我们读书,就是不想让我们参加抗日。让他知道了,肯定来不了这里。”

陈立平说:“现在形势很紧张,皖南事变后,蒋介石跟日本人仍然眉来眼去,想借日本人的刀来对付共产党。你父亲是明白眼下形势的,作为一个父亲,自然不想让子女冒险,他千方百计拖你们的后腿,也是情有可原的。”

钱梦梧说:“我知道我父亲,但他不希望我们参加抗日,就是抗日,也要去国民党那边抗日,不要参加共产党的抗日。我不听他那一套。”

陈立平笑笑说："你姐参加抗日后，你父亲几次三番派人来劝她回去，还托人来给我说情，让我劝你姐回去，你姐坚决地拒绝了你父亲。你也要有思想准备，他知道你在这里，也一定会来拖你的后腿，你立场可要坚定呵。不过，你父亲只要愿意抗日，就是我们团结的对象，就是我们的朋友。"

钱梦梧坚定地说："我抗日的决心不会动摇，请书记放心。"

陈立平说："小伙子，好好干，绝不允许日本人在我们家乡耀武扬威，欺侮蹂躏我们的父老乡亲。"

两天后，特委把钱梦梧和符德铭介绍到太滆地区施教团去。施教团全称是太滆地区实施巡回教育团，是一个临时性组织，相当于战地服务团那样的单位，也是地方干部的培训机构。共有三十多人，是由上海、苏州、无锡等地赶来参加抗日的青年学生和从浙西撤出来的中共地下党员组成。施教团对时政学习抓得很紧，上级领导经常来作辅导报告，他们主要学习中共中央颁布的《抗日救国的十大纲领》，学习毛主席的《新民主主义论》《论持久战》等著作，也学一些如打枪、利用地形地物作战等军事常识。钱梦梧和符德铭来时，已近年关，学了10多天，基本上告一段落，他们便集中力量排练文娱节日，准备春节时候和群众联欢。钱梦梧乐器演奏不内行，但唱歌还可以，符德铭拉二胡和手风琴较好，施教团刚好有一架手风琴，于是他们俩合作出了一个节目。他们俩练习了几次，觉得还可以。小年夜彩排时，在符德铭手风琴的伴奏声中，钱梦梧一展歌喉，他演唱了《热血歌》：

热血滔滔，
像江里的浪，
像海里的涛，
常在我心头翻搅。
只因为耻辱未雪，
愤恨难消。
四万万同胞啊，

洒着你的热血去除强暴！

四万万同胞啊，

拼着你的热血去争光荣……”

这首《热血歌》，还是钱梦梧刚到上海时，周末去季显叔父家看望立华姐时教给他的。他常常在心中暗暗地唱，从来不敢大声高唱。有时在公园散步时，见周围没有人，也会情不自禁地唱出声来，但也是压抑的声音。在英法租界里是严禁唱抗日歌曲的。现在终于有机会放声高唱了。他站在舞台上，放开喉咙，忘情地唱着，激昂慷慨，悲愤满胸膛，眼泪自然而然溢了出来。一曲唱完，周围爆发出热烈的掌声。钱梦梧抹了一下脸上的泪，不好意思地笑着问大家：“还可以吗？彩排能不能通过？我喉咙不好，在敌占区也不敢大声唱。”

大家向钱梦梧竖起大拇指，说：“好得很，好得很，声情并茂！”

除夕，施教团是赶回太滆特委机关驻地过的。下午召开了特委机关全体工作人员的大会，陈立平同志作了特委全年工作的总结报告，他回顾到：“1939 年 5 月‘江抗’东进以来，在新四军‘老二团’的帮助下，由于大家努力工作，我们已经在太滆地区站稳了脚跟，开创了地跨锡宜武三县的抗日游击根据地，成立了抗日民主政府，广大群众基本上发动起来了。日伪军被我们打得老实多了，三五个日伪军也不敢随意下乡。”

接着陈立平同志说：“但目前形势依然严峻，我们没有理由，也没有时间来沾沾自喜。皖南事变以来，国内投降势力蠢蠢欲动，我们要严格执行抗日民主统一战线的政策，在打击日伪势力的同时，要时时刻刻防止顽固投降势力的抬头。我们在新的一年里，要进一步发动群众，进一步加强地方政权建设，进一步发展武工队和民兵组织，争取更大的胜利。”

钱梦梧听着陈立平同志的报告，对目前的形势看得更加清楚了，他知道当前抗战面临的困难很多，也很危险，这正是他应当努力做贡献的时刻，他决心听从党的领导，把自己的一切交给中国共产党，和家乡的父老一起，把日寇赶出中国。他在心里默默地下着决心：“听党话，跟党走，面对日寇的飞机大炮,决不后退半步!”

按照传统的习俗,除夕晚上要吃一顿丰盛的团圆饭,陈立平同志特地让伙房多做了几个菜,也像像样样过一个年,吃一顿好饭。特别是从各地来的青年学生,他们是刚刚离开家庭,第一次在革命队伍里过年。这顿年夜饭吃得很热闹,还允许喝一点老乡送来的米酒。陈立平同志端着酒碗向大家祝酒,说:“我们平时不允许大家喝酒,今天是除夕,大家喝一点,不多,每人小半碗。酒不在多,有革命精神即可!我们一起喝了碗中的年酒,在新的一年里努力工作,进一步开创我们太滆地区的抗日根据地,打得日伪军龟缩在碉堡里,不敢下乡来。”

这顿年夜饭吃得热气腾腾,大家相互敬酒,祝福。气氛很融洽,真正是一个革命的大家庭。饭后,陈立平同志特地找了钱梦梧,关切地问:

“梦梧,这里的生活过得惯吗?”

钱梦梧说:“过得惯。我从小就缺少艰苦生活的锻炼,现在正好补上这一课。”

陈立平同志拍拍钱梦梧的肩膀说:“你能这样认识,我就放心了。在新的一年里我们还会遭遇前所未有的困难,这里是抗日战争的前沿,随时有意外情况发生,我们要随时准备面对危险,勇敢地战胜它。还要当心你爸爸拖你的后腿。”

钱梦梧说:“我有这个思想准备。我父亲用九头牛也拖不动我,请陈书记放心。”

陈立平同志笑了。

除夕这一晚,钱梦梧睡得不踏实,他自然而然地想起以往的除夕夜。小时候,除夕夜是他们钱家最闹热最快乐的时候,放鞭炮,祭祖宗,拜天地,请财神,一项项颇为神秘的仪式,父亲带领全家完成得一丝不苟,庄重而严肃。对这些仪式,钱梦梧一点也不感兴趣,他常常溜回老祖母的房间,吃着祖母为他们准备过年的吃食:炒米糖、长生果、乌菱角、大福橘……祖母的百宝箱里应有尽有。自从母亲过世后,老祖母像老母鸡一样庇护着他们姐弟俩,让他们姐弟俩不受一点委屈。钱梦梧望着漆黑的深夜,一点也没有睡意。房间里静悄悄的,他们是十多人挤在一起的大房间,除此起彼伏的呼吸声外,没有一点声音。往年这个时候,他一定在老祖母的屋子里,听着老祖母唠叨种种过年的规矩,规矩说完了,老祖母还会给他一个大红包,钱梦梧总是推却,说自己是中学生了,长大了,不能拿压岁钱了。可是不拿还不行,老祖母说,没有结婚就是小孩子,就应当拿压岁钱。现在钱梦梧强烈地思念起老祖母来了,他不知道老祖母身体怎么样了?他已经一年多没有看到老祖母了。在钱家的大家庭里除老祖母外,两个姑妈对他们姐弟俩也很好,有什么好吃的,自己舍不得吃,都留给他们姐弟俩吃。大姑妈是虔诚的佛教徒,她终年吃素,终身未嫁,可惜很早过世了。二姑妈嫁进常州城里,二姑夫过世后,带着两个孩子回到娘家。今天二姑妈大概在老祖母那里,陪着老祖母解闷吧?山村的除夕夜特别安静,周围也没有一声鞭炮声,似乎连狗吠声也没有。钱梦梧想着想着慢慢地睡着了。

从年初一开始,一直到年初五,施教团的演出队在专职副团长应宜权同志的带领下,应邀到了各地去巡回演出。有时下午一场,晚上一场,一天演出两场,虽然很辛苦,但大家情绪很高涨。有几次演出,钱梦梧刚刚深情地唱完《热血歌》,台下喊出了"再来一首"的强烈的要求声,钱梦梧微笑地向台下的观众点点头,便和拉手风琴的符德铭低低商量一下,便再展歌喉唱起了《义勇军进行曲》来:

起来!不愿做奴隶的人们,
把我们的血肉,筑成我们新的长城!
中华民族到了最危险的时候,
每个人被迫着发出最后的吼声。
起来!起来!起来!
我们万众一心,
冒着敌人的炮火,前进!
……

那悲愤激越的歌声,立刻响彻全场。钱梦梧深情地唱着,眼泪情不自禁地模糊了眼睛,他眼前似乎是无数中华儿女在与日寇拼杀,战马萧萧,刀光剑影,子弹横飞。他似乎是擂响战鼓的勇士,他一面擂着战鼓,一面努力地呼喊着“起来,起来,起来! 我们万众一心冒着敌人的炮火,前进!”不知谁领头高呼口号:“打倒日本帝国主义!”“团结一心,讨还中华民族的血债!”“把日寇赶出中国去!”会场群情激奋,把演出推向了高潮。

年初五下午,他们的演出队在杨桥街的广场上演出。杨桥是地处于武进与宜兴交界的地方,交通便利,靠近滆湖,坐船可以直达无锡、常州和宜兴。杨桥街不大,称它为街,倒不如说它更像一个不大的村庄。但应该有的店铺一样不少,周围群众的生活用品在这里都能买到,人来人往还是比较繁荣的。别看杨桥小,可算得上是革命的“老区”了,早在1928年杨桥旁边的谭庄小学就成立了中共谭庄小学支部,是当年武进轰轰烈烈抗租斗争的基地。所以杨桥地区群众觉悟普遍都高,抗日积极性也很高。这里离开漕桥、前黄、运村的日寇碉堡较近,陈立平同志特地让新四军独立二团的王香雄营长带着一连的部队,跟着施教团演出队来到杨桥,以防敌人突然袭击。王香雄是福建上杭人,是1932年参加革命的老同志,他个子不高,胖胖的,待人接物诚恳和善,人们常常戏称他为矮王营长,他对这个称呼一点儿也不生气。他考虑事情周密细致,从不打无把握的仗,要打必胜,因此也有“常胜将军”的美誉。日伪军听到他的名字便闻风丧胆,瑟瑟发抖。今天王营长一到杨桥,把暗哨一直放到漕桥、运村、前黄敌人的碉堡附近。

这次演出,钱梦梧是第三个节目,他演唱完了,在后台把淡妆洗掉,刚走下舞台,就有人轻轻地叫他“小钱”,原来是隐在人群中看戏的小章老师。小章是立华姐的老搭档,和立华姐在杨家庄小学做教师时,他们见过一面。钱梦梧欣喜地说:“章引姐,你们也在这里? 我姐呢? 她也在吗?”

小章笑着说:“在,在,立华姐也在,看把你急得。你和立华姐分别还不到一个月,这样着急? 要见你姐,跟我走吧。”原来立华姐和小章已离开杨家庄小学，一起调到武南县搞妇女工作。钱立华担任县委妇女部长，小章是她的助手。她们年初二随武南县委住在杨桥南面的一个小村上。小章对钱梦梧说，没有想到他的歌唱得这么好，把群众抗日的情绪完全激发出来了。钱梦梧说，他的歌全是立华姐教的，他远没有立华姐唱得好。他说：

"我姐的歌，你没有听过吗？那才叫唱歌呢。真正是绕梁三日不绝于耳。"

小章说："我没听过，你姐天天埋头工作，从不哼歌，我没福听她的歌。"

"谁让你嚼舌头，说我的坏话？小心挨打！"立华姐突然在他们身后出现，原来他们不知不觉地来到了小章他们的住地。小章吓得做一个鬼脸，躲开了。钱立华拉着钱梦梧的手，兴奋地说："让姐好好看看，瘦了没有？过得惯吧？听说你唱歌唱得好，观众没有哭，你自己却唱哭了，是这样吗？我还第一次听说，小弟原来是一名唱歌好手。"

钱立华一连串的问题，弄得钱梦梧不知所措，不知先回答哪个问题好。他笑着说："姐，你一口气问了好几个问题，把我问糊涂了，不知回答哪个问题好。"钱立华也笑了。钱立华告诉钱梦梧，年初三下午她到桐庄活动，看到二姑妈了，她是前一天到桐庄表弟家的。桐庄离南夏墅不远，仅仅四里多路。二姑妈说，她已在南夏墅街上开了家杂货店，卖点小零碎，她不再回常州去了。她很挂念他们姐弟俩，还说除夕夜老祖母一直唠叨着他们姐弟俩，逼着父亲寻他们回家过年，父亲摊开双手，告诉老祖母："老娘，他们在上海读书，寒假短，他们说不回来了。再说他们翅膀硬了，有了自己的主张，我喊得回来吗？我们家离碉堡这么近，他们回来万一遇到日本人，怎么办？他们学校在租界里，那里没有日本人，不用担心。"老祖母气得骂父亲娶了后妻就忘了没娘的孩子。二姑妈看到立华很开心，她拉着立华的手，说：

"立华侄女，我多开心，今年第一次出门就遇到你，我两年多没有见到你了，你弟呢，也在这里吧？他好吗？是一个英俊的小伙子了吧？"

立华告诉二姑妈小弟不在这里，他很好，个子长高了，健壮了。请二姑妈不要惦念他们姐弟俩。现在他们还不能回家,等把日本侵略者赶出中国,自然就回家了,要她保守秘密,千万不能把见到她的消息告诉别人,并且请二姑妈代他们姐弟俩照料老祖母。二姑妈是个明白人,一一答应了立华姐。二姑妈走了不到一小时,又笑着来了,背了一个大包,她告诉立华姐,她回了一趟南夏墅,从家里背来一包吃食。她说:

"这些炒米糖、油叶子、芝麻饼、花生都是你们爱吃的,尤其是你那个馋嘴的弟弟。时间很紧,也不知道拿什么好,我各样都抓了一点儿。"说着,又从包里拿出四双千层底的布鞋,说:"我抽空给你们姐弟俩各做了两双鞋,做好了不知道到哪里去找你们,今天总算让我碰到了,我赶快回去拿来。"

钱立华很感动,妈妈过世后,他们姐弟俩的鞋都是两位姑妈做的,大姑妈过世后是二姑妈一人包了下来,后妈生了五个妹妹和一个弟弟,她也实在照顾不过来。他们姐弟俩从小到大不知道穿破了姑妈多少双鞋。立华姐警惕性很高,问二姑妈来去没有让人发现吗?二姑妈笑着说:

"我警惕性高着呢,我来回全是走的小路。你放心,二姑妈不会给你惹麻烦的。"

钱立华打开自己的背包,拿出两双白底黑面的布鞋和一包吃食给钱梦梧。同时拿出一件浅红色的绒线衣,说:"我把自己那件绒线衣拆了,这种颜色我不喜欢,抽空给你织了一件上衣,穿在身上暖和,春秋两季也穿得着。小弟你不要嫌姐姐的手艺蹩脚,凑合着穿吧。"立华姐工作很忙,而且居无定所,还挤时间给他织毛线衣,他感动了,鼻子发酸,眼泪含满了眼眶,他说:

"姐姐,我长大了,会照顾好自己的,你这么忙还为我考虑这考虑那。"

立华姐姐笑了,她说:"小弟在姐的眼中,永远是小弟,姐任何时候关怀你都是应该的。把毛线衣收好,听话,别说傻话了。"

钱梦梧从姐姐手里接过暖绒绒的毛线衣、两双新鞋和一包吃食,刚刚包裹好,小章闯进来,传达了紧急命令,前黄、运村、漕桥三方面的日伪军300余人,从三个方向向杨桥方面围攻过来,县委命令他们20分钟内立即向宜兴和桥方向转移。原打算在杨桥演两场，白天一场，晚上一场，现在看来也只能作罢了。钱梦梧回到杨桥演出场地，演出已经停止，演出队员正在协助新四军战士有条不紊地安排群众向四面八方迅速散开，钱梦梧也帮着疏散群众，仅仅几分钟，场地便空无一人。演出队迅速集中，带好道具在队长应宜权的带领下，也离开杨桥向西南边和桥方向撤离。

冬天，天黑得早，下午五点多天完全黑了。演出队摸黑走了近两个小时，到了和桥附近一个竹园丛中的小村上，这里是武南县政府的临时驻地。到了这里就安全了，已经完全跳出了敌人合围的包围圈。姐姐钱立华和小章比他们演出队早到几分钟，钱梦梧看到了姐姐，打了一个招呼，没有时间说话，姐姐正忙着给他们准备晚饭。钱梦梧他们没有住宿在这里，吃过晚饭，在向导的带领下，摸黑赶往宜兴山里，回到太滆特委驻地，东方已经发白，天快要亮了。钱梦梧他们已经走了一百多里路了。钱梦梧感到很疲劳，这是他有生以来走得最长也最艰苦的路，只想倒头便睡，可应宜权队长一定要他们先用热水泡脚，才能上床睡觉。应宜权队长对他们二十多个刚来的青年学生特别严格，她亲自来检查。在赶路的时候，钱梦梧一点儿也没有觉得脚底疼，可是一坐下来，想再站起来走路，不仅大腿酸麻、乏力，脚底钻心般地疼痛，一步路也跨不了。他脱下布袜，看到每只脚底都有几个大水泡，有几个水泡破了，血肉模糊。应宜权队长来检查时，他正不知道拿这几个水泡怎么办？应宜权队长蹲下来，就着灯光察看一下，便拔下插在头发间的缝衣针，放在火上烧一下，一一把水泡刺破，把水放干净，然后把钱梦梧的脚慢慢地放在热水里，轻轻地擦洗。钱梦梧长这么大，还是第一次享受到别人帮他洗臭脚，而且还是女同志，他很不好意思，立即坐起来要自己洗。应宜权以命令的口气说道：

“躺好，别动。今天不把你这双脚治好，你恐怕五天也下不了床。”

钱梦梧只得乖乖地听话，一动不动地躺着。应宜权队长别看她平时凶巴巴的，可是她待人诚心诚意，让你感受到说不出的温暖。她帮钱梦梧洗好脚，从背包里摸出一瓶酒精，给钱梦梧血肉模糊的地方消毒，她柔声说，小钱

忍住,有一点儿痛。钱梦梧忍住痛,让应宜权消毒。应宜权处理完后,对钱梦梧说:

“记住,今后脚底下跑出水泡来就这样处理。每个人都有这一过程,多跑几次,脚底长了老茧就好了。”

刚睡下时,脚底下还火辣辣地痛,后来就不感到疼了。第二天醒来已经是下午了。钱梦梧下床刚开始迈步还有点痛,慢慢就一点儿不痛了。他在心里十分感激应宜权队长。符德铭比钱梦梧强多了,昨晚上一百多里走下来,一点儿反应也没有,脚底也没有一个水泡。钱梦梧很羡慕符德铭。符德铭开心地嘲讽钱梦梧,说:

“我这一双脚,从小就在田埂上走来走去锻炼出来了。哪像你是温室里的花朵,没有经过风雨,现在就吃苦了吧?我是先苦后甜,哈哈,你是先甜后苦嘛。”

钱梦梧说:“你别得意,不出一个月,我一定赶上你。”

就在钱梦梧和符德铭说笑的时候,传来胜利大捷的喜讯。昨天王营长安排大家撤离后,他没有离开,而是带着部队神不知鬼不觉地隐蔽在斜桥附近公路两旁的秆稞岗里,等待漕桥一路的日伪军返回。这里是敌人返回漕桥的必经之路。天刚擦黑的时候,漕桥碉堡里的100多名日伪军,怀里抱着,肩上挑着,背上扛着从杨桥老百姓那里抢劫来的鸡鱼肉蛋等过年食品,扬扬得意地“凯旋”漕桥老巢,他们无论如何也没有想到,会在这里闯入鬼门关。这里是运村与漕桥的中间地带,离开漕桥和运村都不足五华里,两处援兵赶来,要不了半个小时。王营长速战速决,等日伪军进入伏击圈后,便一声喊打,突然几十颗手榴弹从天而降,在敌群里爆炸,接着是机枪、步枪齐发,一阵阵愤怒的子弹射向敌人,日伪军还没弄明白是怎么回事,大部分已经躺在地上,见了阎王了。王营长发出冲锋的信号,带头冲向公路,锋利无比的刺刀刺向妄图抗抵的顽敌。前后不到一刻钟,战斗就结束了,共歼日伪军80多人,只有少数敌人向漕桥和运村方向逃窜。我方无一伤亡。创造了王营长率部队来到太滆地区的最辉煌的战绩。王营长命令大家立刻打扫战场,五分钟后,带着战利品,迅速向宜兴方向撤离。等到运村、前黄和漕桥的日伪军赶来救援时,新四军早就不见踪影了。

钱梦梧高兴地说:“真过瘾,15 分钟击毙日伪军 80 多名。”

获得这么大的胜利,大家欣喜若狂。这帮该死的畜生,就该让他们尝尝中国人的铁拳头。陈立平同志说,这是王营长带着新四军战士献给 1942 年春节的大礼。他让食堂多烧了几个荤菜,大家好好祝贺一下。

第三章

担任武南文教科长

大年正月初八，也就是王营长带领部队在斜桥获得大捷的第三天，演出队队长应宜权同志把钱梦梧找去，她看到钱梦梧走路和平时一样，不拐了。笑着说："看来脚底彻底好了。怎么样，这方法还可以吧？今后注意，长途行军不管多累，当晚一定要用热水泡一下脚，不然第二天就别想走路了。"钱梦梧诚恳地表示感谢。应宜权队长告诉钱梦梧，他的工作有调动，和符德铭一道去武南县工作，具体什么工作，由武南县县政府分配。

钱梦梧问："什么时候去报到？"

"今天下午就过去。可惜我们演出队少了一个优秀的独唱组合了。"

"这个不难，你们什么时候需要，我们什么时候再回来嘛。应宜权同志，我能否问问……"钱梦梧欲言又止，似乎难以启口。应宜权心直口快，她说：

"小钱，去武南县有困难吗？有什么想法就说，别支支吾吾的？"

钱梦梧说："我服从组织安排，去哪里都行，只要是党组织的工作。我是想问一下，我的党组织关系上海转来没有？"

钱梦梧告诉应宜权同志，临来时上海党组织说，因为上海与太滆地区还没有直接关系，党组织关系不能直接转，要通过苏北的党组织再转过来，可是快三个月过去了，杳无音讯，他已经三个月没有参加党组织活动了，很焦急。现在工作调动了，还不知道什么时候能过上组织生活。应宜权告诉钱梦梧,他的组织关系还没有转过来。她给钱梦梧出了一个主意,特委陈立平同志还兼武南县县长,他今天还在这里,调动的命令就是他签发的,让钱梦梧去找陈立平同志。钱梦梧很快就在特委机关找到陈立平同志,说了他的党籍问题,陈立平同志高兴地说:“梦梧,你怎么不早说呢?立华同志也没有对我说,我以为你还没有入党呢,我昨天还建议陈成同志再考察你一段时间,就发展你入党呢。特殊的战争时期,人员流动大,党组织关系一时转不过来,也很正常。这样吧,我写封信给陈成同志,你到武南县把信交给陈成同志,请他补一个重新入党的手续。党龄暂时从现在算起,等组织关系转过来,再续上,可以吗?”钱梦梧想,也只能这样了。

当天下午,钱梦梧带着特委陈立平的信和符德铭一同出发,由交通员一路护送,第二天下午到达武南县政府的所在地,即大成乡靠运河边的一个村子里,他们先向县政府秘书杨谷方同志报到。钱梦梧由杨谷方陪同找到副县长陈成。陈成同志是个 30 岁左右的中年人,颇严肃,穿着新四军军装,很精神。他很热情地接待了钱梦梧。陈成同志看了陈立平同志的信,便让钱梦梧重新填写了一份入党申请书,钱梦梧在填写入党介绍人时,有些犯难,他到太滆地区才 3 个月,当时的党组织还没有全部公开,哪些同志是党员,他也不清楚。陈成同志说:“就填上陈立平同志和我吧。你不熟悉我们,我们对你和你的家庭都是了解的,我们跟你父亲也有些交往。我们做你的入党介绍人可以吗?”

这是求之不得的好事。钱梦梧很高兴地填上他们的名字。重新履行了入党手续后,陈成副县长告诉钱梦梧的具体工作:让他担任武南县的文教科长,负责抓全县的文化教育,主要是发动师生投身抗日,做到“读书不忘救国,读书不忘抗日”。陈成同志严肃地对钱梦梧说:“钱梦梧同志,你今年才 18 岁,很年轻,又是刚从学校出来,工作还没有经验。把这么重的担子交给你,是有些不合适,你来之前我还在犹豫,但当我知道你是有两年党龄的党员时我不再犹豫了。不错,做这个工作是会遇到不少困难的,但你是中共党员,工作热情高,也有一定的能力,又出身于教育世家,遇到困难我相信你会克服的。你挑这副重担,还是有许多有利条件的,你大胆去干。毛主席一再强调,我们是从战争中学习战争,只要踏踏实实地去干,没有经验会变得有经验的。遇到什么困难及时提出来,大家都会帮助你的。杨谷方同志也是你们武南人,也当过教师,是多年的老党员了,多向他请教。钱梦梧同志,这工作你有没有信心搞好?"

钱梦梧说:"请党组织放心,我一定完成党交给我的任务。困难肯定会有,但我会克服的。"

陈成同志很满意,他说:"我知道你也会像你姐钱立华那样,虽然出身于南夏墅钱家,从小生活优裕,但没有一点儿富家子弟的坏毛病。好好干吧,你会干出成绩来的。"

接着陈成同志分析了武南县敌我方的斗争形势,我们的力量还比较薄弱,群众还没有全部充分发动起来,广大农村的党组织和敌后武装正在组建中,我们还没有足够的力量和敌人正面作战,只能采用游击战术,寻找一切有利的时机,狠狠地打击敌人。现时的文教工作也应围着抗日工作来展开,要充分发动全县师生投身到抗日工作中去。最后陈成副县长拔下身上佩带的短枪,交给钱梦梧。他说:

"这把枪跟我七八年了,是陈毅司令员送给我的,我把它送给你作防身用。搞工作要常常下乡,安全第一。"

"这把枪是你的心爱之物,我不能夺人所爱。我不能要。"钱梦梧说。

陈成副县长说:"我知道你在施教团学习过军事,射击成绩是优秀,这把枪配给你正合适,就这样吧。我要和你的好朋友符德铭去安阳山。"

"符德铭也在县政府工作吗?"钱梦梧问。

"符德铭去他家乡安阳山工作。"

钱梦梧从陈成副县长那里出来,遇到姐姐钱立华和章引姐,她们正要出门,立华姐姐回头,笑着对钱梦梧说:"我知道你今天来县里工作,好好干,干出成绩来。"

钱梦梧答应了姐姐:"姐,我会的。你们一路当心。"钱梦梧站在那里目送着姐姐，直到姐姐她们消失在竹园深处才转身离开。

武南县的文教情况，钱梦梧大体是了解的，前黄有私立新园中学，漕桥有私立振声中学，南宅有私立振南中学，鸣凰有私立城南中学，牛塘桥有私立青云中学。其中，数私立新园中学规模最大，有初中，还有简师班，有300多名学生。钱梦梧想把新园中学作为自己做学生工作的第一站。私立新园中学的校长杨木者先生他认识，杨木者先生和他父亲钱伯显是世交，1939年暑假，杨木者先生为创办新园中学，还专程拜访他父亲，向父亲请教。那天，他刚被父亲从上海叫回来，父亲让他在旁边作陪。有这层关系，他去新园中学不会被拒绝，也是比较安全的。钱梦梧把自己的打算和县政府秘书杨谷方商量，杨谷方同意钱梦梧的意见。他告诉钱梦梧，新园中学教师长期受国民党的影响，对中共不是十分了解，思想偏保守，但青年学生有抗日热情，要我们好好去引导。杨谷方还告诉他武南县委早在学校创办之初就派了党员，以教师身份作掩护开展党的工作，取得了较大的成绩，成立了中共新园中学党支部，但还处于地下状态，钱梦梧暂时不能去联系他们。钱梦梧去了学校遇到困难或危险，他们会出来给予帮助的。私立新园中学建在前黄街北面的景德寺，离前黄东街日本人的据点和西街伪军的驻地都比较近，直线距离不足一公里，只有10分钟的路程。为了确保安全，杨谷方派县政府的秘密交通员吴桂达同志一同前往。吴桂达是前黄人，他的家离新园中学不远，对前黄一带的路径非常熟悉。

一天临晚时，钱梦梧和吴桂达来到前黄西北的杨家坟，进了松林后面的一家农户家。杨家坟是前黄杨家的家属墓地，有200多亩地大，坟地遍植松树，远看是一片树林，郁郁葱葱。1927年，景德小学创办时，共产党人杨锡类带头，把大半坟地开垦出来，辟作苗圃，培植优种苗木。这苗圃也属景德小学的校产，1939年杨木者先生在杨锡类先生的支持下，在景德小学基础上创办私立新园中学，这苗圃也自然而然成了新园中学的校产。这家农户基本上处于松林的包围之中，非常隐蔽，是武南县政府的一处地下交通站，一旦发生什么情况，出门就是松林，撤离非常方便。这里到新园中学只有五分钟的路程，钱梦梧他们在农户家吃了晚饭，等到8点钟，他们便踏着夜色，悄悄地从操场边上的侧门进入新园中学。学校里静悄悄的，没有一点儿声息，学生在夜自习，只有几位值班的老师还在办公室里，其他老师都已回家了。校长室的灯光还雪亮，杨木者校长很敬业，他天天等学生进宿舍睡了觉，才回到前黄西街的家里。钱梦梧让吴桂达站在校长室门口，他直接进门找校长。杨木者校长是画家，曾师从刘海粟，每天都要画几笔。他正在专心致志地执笔绘竹，他绘的竹枝枝直立，气势颇轩昂，一抬头见一个年轻人站在面前，颇为吃惊。钱梦梧说：

"杨叔叔，我是钱梦梧，您画的竹子枝枝挺立，没有婀娜姿态，颇有我们民族宁折不屈的气概。"

杨木者认出了钱梦梧，立即放下手中的画笔，让钱梦梧坐在旁边，开门见山地说：

"小侄摸黑来访，不单是为了夸我的画竹吧？有什么事需要我帮忙的请直言。"

钱梦梧见杨木者校长这样坦率，也就直截了当地说明来意：请杨叔叔提供方便，让我给学生讲讲抗日的道理。钱梦梧说：

"我相信杨叔叔是支持抗日的，不想当亡国奴，也不想充当日本人奴化教育的工具。你不会难为我吧。"

杨木者没有立即表态，他盯着钱梦梧看了一会儿，说："你从上海辍学回来参加抗日了？"

钱梦梧没有说话，点点头。

杨木者又问："你参加了新四军？"

钱梦梧笑笑，没有回答，算是默认了。

杨木者点了点头，说："好的，杨叔帮你这个忙，这也是我应该做的。"说着，他抬头看一下挂在墙上的大钟，说，"还有十分钟晚自习下课，下课后我把全校的师生集中起来，请你讲，我也听听。不过，只能给你一个半小时，讲完了迅速离开，这里离前黄街太近了，万一走漏了消息，敌人赶来只要几分钟,我保护不了你。”

钱梦梧十分感激杨木者校长的支持。钱梦梧的报告会安排在学校食堂里,食堂是四间屋的草房,在学校较偏僻的西南角,陌生人一时间难以找到。讲台便是一张饭桌。杨木者校长坐在学生中间听讲,他让今天值日的教音乐的李老师主持会议。李老师只讲一句话:“同学们,我们请新四军的钱同志给我们作抗日形势报告,大家欢迎。”同学们一愣,立即热烈鼓掌。钱梦梧走上前来,跳上饭桌,面对300多名师生点点头,便开讲。他从日军侵占武进开始,历数日寇惨无人道的罪行:无端杀人、放火,奸淫妇女,抢劫财富。所有这些罪行,有的是同学们亲身经历过的,地点就发生在他们村上;有的是他们听到或看到的。“例如我们学校前面的前黄街,1937年12月,日军从漳湟村一路烧杀过来,漳湟村全部烧毁,枪杀村民6人,烧掉前黄半条街,杀死群众30多人。这一桩桩一件件残酷悲惨的事实,清清楚楚告诉我们,什么叫亡国奴的生活。”钱梦梧举起紧握拳的右手,有力地砸下,他激昂慷慨地说:

“这就是亡国奴的生活! 亡国奴没有自由,没有尊严,生活没有保障,连生命也没有保障。日本人高兴怎么玩就怎么玩,高兴什么时候杀人就什么时候杀,他们把杀我们中国人当作寻欢作乐。这种屈辱的生活,我们能过下去? 不能,我们只有奋起反抗,拿起武器跟敌人斗。在斗争中求生存。有人说日本人有飞机大炮,武器比我们精良,我们打得过他们吗? 不错,我们的武器的确不如日本人,但我们保卫家乡、保卫国家的信念是顽强的,我们团结杀敌的意志是坚强的,敌人是可以战胜的。三年前八路军在平型关,一下子就消灭日军1000余人,日本朝野震动。这些远的我们暂且不说,只说我们眼前看得到的:去年3月,新四军王香雄营长率领部队奔袭南宅日本人据点,一下子消灭日伪军30余人;前年9月,新四军在大成奋庄庙打了一个漂亮仗,消灭日伪军30余人;前几天,新四军在离我们学校十多里的斜桥伏击战人,仅用一刻钟时间打死打伤日伪军80余人。这些不争的事实,充分说明,我们是完全可以战胜日本的,抗战最后的胜利是属于我们的。”

接着钱梦梧说:“我今天来是不是专门动员大家放下书本去打日本人? 不

是的。我们是要大家读书不忘抗日,全校师生要密切关注抗日战争,我了解我们同学们中间有一个读书会,经常传阅我们编的《苏浙日报》《苏南日报》《抗战报》和一些宣传抗战的书籍,这很好。从阅读中提高认识,课余多向群众宣传抗日的道理,有条件的话,也可以参加一些抗日活动,如贴贴抗日标语,破坏敌人的交通线、电话线等,不过,我们参加这些抗日活动,一定要注意安全。”

最后钱梦梧说:“只有我们四万万同胞都行动起来,全力以赴投身抗日,抗日战争就能取得胜利。四万万同胞起来之日,就是抗日战争胜利之时。同学们,我们共同努力吧!”

全校师生抗日保家卫国的激情,被钱梦梧激昂慷慨的演讲激发出来,大家情不自禁地鼓起了雷鸣般的掌声。

钱梦梧刚讲完,李老师走上前来,对同学们说:“钱同志的报告十分精彩,坚定我们抗战的决心和信心,也指导我们如何做到读书不忘抗日,读书不忘爱国。但是有一点,请大家千万保密,我们学校离前黄街日伪军据点很近,一旦被日伪军知道了,对钱同志和我们学校都会带来麻烦。你们记住没有?”大家齐声说“记住了”。接着李老师建议大家合唱《奋飞》的歌,用歌声来送钱同志。李老师便跳上饭桌指挥:

大好金瓯将破碎,
黑山白水尽魑魅。
青年肝胆郁风雷,
健儿身手英勇队,
复兴民族舍我其谁?
奋飞!奋飞!
努力求学心智倍,
养成实力大无畏。
准备,准备,
看我们十年后,
发扬祖国的光辉!

这首歌是李老师创作的,充满爱国的激情,刚刚在各班教唱,大家都喜欢唱。有的老师还向杨木者校长建议,把这首歌作为私立新园中学的校歌。杨木者校长没有同意,他认为这首歌时代气息太浓,不适合学校长期传承下去。不过,杨木者校长也很喜欢这首歌,有事无事经常低声地哼。李老师指挥大家尽情地唱,歌声激昂慷慨,响彻新园中学的上空,充满战斗豪情。钱梦梧在杨木者校长的陪同下,踏着歌声走出饭厅,和在校门口一直守在那里的吴桂达会合,一起告别了杨木者校长,一直向西,很快就消失在沉沉的黑夜中。

钱梦梧新园中学之行的成功,更激励他深入学校做学生工作的信心。新园中学他先后来过三次,作过三次讲演,还让章引和史济荣等同志来作过报告,新园中学的抗日气氛渐渐高涨。在以后几年的抗战中,新园中学竟有50多位学子参加新四军或投身地方上的抗日工作,其中有6位同学成长为中国人民解放军的师级干部,成为新园中学校史上最光辉的一页。

在新园中学取得成功的经验后,钱梦梧在吴桂达的陪同下,一连去了南宅的私立振南初级中学、漕桥楼村的私立振声初级中学、牛塘桥私立青云中学和鸣凰私立城南初级中学做工作,都较顺利。他一般先找校长,因为校长抗战态度都比较积极,对新四军都有好感。校长工作做通了,由校长协助,一切事情就好办了。鸣凰的城南初级中学,是以钱梦梧父亲钱伯显为主,于1939年创办的,钱伯显兼任校长。钱梦梧知道父亲是爱国的,但他主张从教育着手,逐步改变中国乡村贫穷落后的现状。他也是坚决主张抗日的,但他坚定地站在国民党立场上,现在虽然国共合作抗日,但他也决不会允许新四军进学校宣传的。钱梦梧趁父亲不在校的晚上,做通了学校另一位负责人的工作,给师生做了一个报告。后来他父亲知道了,虽然没有说什么,但他给那位负责人下了一条禁令,今后严禁共产党来学校活动,自己儿子来也不行。钱梦梧可没有止步,还去了几次,没有作讲演,而是晚上到学生宿舍,召开学生座谈会,和学生交朋友。不过这是后话。那天钱梦梧回到武南县政府,向陈成同志汇报了去城南中学的情况。陈成同志安慰钱梦梧说:

“你父亲和国民党的渊源关系较深,现在还兼任着国民党江浙巡回教育团第二队队长的职务,自然是向着国民党的,只要他支持抗日就好,不急,我们慢慢做工作。”

钱梦梧没有想到,两天后,父亲托人来做他的工作了。那天是县政府秘书杨谷方通知他的,叫他到庙桥周明山家去见一个重要客人。这个客人原来是周若愚,他个子高高的,很能说。他原先也在南夏墅小学当老师,是父亲的好朋友,也是顽固的国民党党员,父亲站在国民党的立场,很可能是受他的影响。此时他担任国民党江浙巡回教育团第一队队长。一见面,钱梦梧就知道父亲的说客来了,果真如此。他劝钱梦梧不要在乡下瞎搞了,几个人几条破枪,跟共产党干弄不出什么名堂来,很有可能年纪轻轻就把小命丢掉了,听你父亲的话,回到上海好好读书,他说:

“贤侄,你父亲说了,现在读书依然是正经事,只要你愿意,你父亲准备花大本钱,送你出国留洋……”

钱梦梧出于礼貌,耐心地听周若愚说,越听越生气,实在忍耐不住了,不得不打断周若愚的说教,严肃地说:“周叔,你算说的啥话?你想让我从抗日战场上撤离,当逃兵吗?投身抗战是我们每个中国人的神圣职责,也是我们每一个中国人应尽的义务。我不当逃兵。你说我们共产党抗日是瞎搞,你不是睁着眼睛瞎说吗?目前是国共合作,共同抗日,你这样的言论不是有损国共合作吗?事实上也不是这样,不说远的,就拿武进地盘上来说,这几年来共产党的部队消灭了多少日伪军,你算过没有?你们国民党杀死多少日伪军?你心里不清楚吗?”钱梦梧的一席话,说得周若愚张口结舌无法回答。过了一会儿,周若愚摇摇头说:“贤侄,你和你姐都太单纯,被共产党洗了脑了,你知道共产党为什么把你和你姐派到家乡来搞抗日?目的就是破坏你父亲在地方上的威信,让国民党不信任他。你父亲是常武地区的名流,是国民党的中流砥柱,可他一双儿女却跑到共产党那边去了,让他的面子过得去吗?你还跑到城南中学在他的眼皮底下,宣传共产党,这不触他的心窝吗,你们让他如何面对上司?你父亲说了,要想抗日跟我回去,和你父亲一起抗日，或者跑远点，不要在眼前晃。贤侄，你一向是听你父亲的话，你回去，在你父亲保护之下抗日，不安全一点吗？你考虑考虑？”

钱梦梧直截了当地说：“周叔，我早考虑好了，我不会跟你回去的。我跟共产党走，任何情况下都不会改变，我姐也不会改变。你不用再说了，就是父亲亲自来，我姐弟俩也一定不会跟他回去。有一点是你们想歪了，我们回家乡来抗日，不是共产党派来的，是我们主动反复要求来的，我们是为保卫家乡来的，更不是故意来触父亲心窝来的。我们是共同抗日的。”

周若愚见钱梦梧态度如此坚决，再多说也无用，他长长地叹一口气，站起来准备离开。临别时钱梦梧请周若愚转告父亲，抗日战争是一个长期的过程，希望父亲注意安全，保重身体。钱梦梧回到县政府，把谈话的内容如实地向陈成同志作了报告。陈成同志很赞赏他鲜明的态度。陈成同志说：

“很好！你和你姐一样，都是坚定的革命派。你父亲应该为你们骄傲才是。”

武南县的几所中学，钱梦梧都去了，小学有百余所，到每所小学都去做工作，光靠他一个人跑不过来，而且小学生的思想工作也不是一两次报告就能做好的，关键是要教师结合日常的教学来灌输。于是，钱梦梧向县委提出了分期分批举办小学教师培训班的建议，让广大的小学教师树立起抗日必胜的观点，从而来教育影响孩子们。县委采纳了他的建议，并且在县委会议上作了专门研究。县委把培训小学教师作为一件大事来抓，让杨谷方同志协助钱梦梧做好这一工作。第一期 30 人，大部分不是学校正副校长就是教导主任。地点选在胜西东山坟的松林里，时间是两天。东山坟是比前黄杨家坟还大的坟地，据说是卞家的家属墓地。坟地长满碗口粗的松树，茂茂密密，遮天蔽日，人进入山东坟是难以找到的，是一个天然隐蔽的场所。地方也比较偏僻，离前黄、南夏墅、坂上的日寇据点较远。培训班白天在东山坟听报告，晚上住宿在东山坟旁的小村里，以 10 人为一组，进行讨论。作报告的是陈成副县长、杨谷方县政府秘书和钱梦梧 3 位。小组讨论时 3 人各负责一组。钱梦梧还特地为培训班每天安排一小时教唱抗日歌曲，自然是他教，他教唱了《热血歌》《义勇军进行曲》《大刀向鬼子头上砍去》《鱼水情》《反“扫荡”》《反“清乡”》等歌。他要求这些领导们回校后，把这些抗日歌曲教给全校师生，让这些抗日歌曲在全县唱起来。伙食也是在小村上代伙的，烧好后送进东山坟，在坟地里吃的。为了确保安全，陈成副县长把县政府的短枪班12人调来，在松林四周放哨，第一道岗哨一直放到前黄、南夏墅和坂上日寇据点附近，据点有一点儿动静他们便知道了。钱梦梧是培训班的总负责人，他小心谨慎，除作报告参加小组讨论外，常到松林四周巡查，以防万一敌人冲进来。

在这次培训班上，钱梦梧认识了不少新朋友，尤其是南夏墅小学的教导主任杨继震老师。杨继震老师是南夏墅小学的毕业生，读书很刻苦，成绩优异，钱梦梧父亲多次表彰他。小学毕业后，他考入宜兴农校就读。1938年南夏墅小学复校后，聘请杨继震任六年级的算术老师，半年后任学校教导主任。他很早就认识钱梦梧，但钱梦梧不认识他。这次他见到钱梦梧很兴奋，他说："我第一次看到你时，你还没有课桌高，几年不见，你竟然是抗日干部了。你出息了。"见到父亲的学生，钱梦梧自然也很高兴，两人交流了很长时间，临分别时，杨继震老师一再向钱梦梧表示，今后有什么抗日活动，一定通知他，他一定积极参加。

这次培训班办得很成功，后来又办了两次，全县一百多名小学教师参加培训。参加培训的老师大多数成了抗日的积极分子。他们一面在课堂上传授爱国抗日的思想，一面投身于抗日的救亡活动，在群众中教唱抗日歌曲，还利用业余时间在村村巷巷开展扫盲运动，积极向群众宣传抗日的道理。这是一支不可小觑的力量。

经过钱梦梧和吴桂达近三个月的努力，武南县教育系统抗战教育蓬蓬勃勃开展起来。钱梦梧还和立华姐联手，在杨桥几所小学组织了儿童团，在儿童团成立大会上，钱梦梧姐弟俩人都讲了话，鼓励儿童在读书的同时，参加一些力所能及的抗日工作。会议后，在教师的指导下，儿童们用一块较大的青布做了一个流动宣传栏，把一些重要的宣传材料贴在青布上，然后到街上和村上去宣传。他们还到村口去站岗放哨,遇到陌生人立刻报告。年龄大点儿的孩子们大都是爬树的能手,他们爬到电话线杆上去剪电话线,把电话线割断后抽去里面的铜丝,仍然接好,让敌人一时查不出来。有一次漕桥碉堡和运村日伪军之间的电话线被剪断后,半个多月没有查出来。别看小孩子人小,抗日作用发挥出来,也是令日伪军十分头疼的。

陈成副县长看到抗战教育的开展,很高兴,几次在县政府的会上表扬了钱梦梧,钱梦梧听了,心里乐滋滋的,很高兴。可他万万没有想到,几天之后,噩耗传来,他痛不欲生。

第四章

姐姐钱立华牺牲

1942 年 6 月 4 日，晴空万里，火红的太阳从东方树丛中慢慢升起，万道金光洒在广袤的原野上。一望无际的麦田，已经抽穗，空气中飘浮着麦花淡淡的幽香，丰收在望。钱立华一早起来，便踏着潮润的泥土，在田间散步。多么美丽宁静的乡村，多么美好的田野。钱立华想如果没有战争该多好啊，该死的日本侵略者烧杀抢掠，把我们和平宁静的生活撕碎了。钱立华带着章引昨天来参加县委扩大会议，当时武南县委驻扎在杨桥西南靠近宜兴闸口的河沱圩一个竹园村里。晚上散会，本来要赶回各自的驻地去，临晚下起雨，天黑，路上又泥泞难行，那天钱立华身体有些不适，就没有摸黑冒雨离开，和章引两人在县委住了一夜。今天起来，果真是好天，钱立华吃了早饭，准备和章引一起离开。万万没有想到，就在这时战斗打响了。多路日伪军把县委驻地重重包围了。敌人的子弹在空中"嗖嗖"地乱飞。

河沱圩处于漕桥、和桥、闸口的三角地带，日寇侦察到武南县委的驻地，便集中近千名日伪军进行梳篦式的扫荡，新四军独立二团程维新部奋力抵抗。县委机关立即转移。房东大妈拿出两套衣服让钱立华和章引换上便装，劝她们混在村民们中间，不要走了。钱立华为了不连累群众，婉言谢绝，她拉着章引冲进了麦田，匍匐前进。麦田是很好的青纱帐，这么广阔的田野，日军不可能一块块麦田搜寻，但日军十分狡猾，端着机枪朝麦田轮番交错扫射。不幸,一颗流弹击中钱立华的腰背部,血流如注,章引从后面爬上来,大吃一惊,立即解下自己的绷带,给钱立华包扎,但血仍不住地往外冒,绷带很快就被殷红的血染红了。章引一手抱着钱立华,另一只手努力向前爬行。钱立华知道自己不行了。她奋力推开章引,催着章引赶快转移。她对章引说:

"你快走,快转移,我不行了,别管我!"

说着,钱立华艰难地从胸口摸出一份材料,交给章引,让她交给陈成副县长。

钱立华的血快流光了,她紧闭着眼睛,呼吸越来越急迫粗重,脸色也越来越苍白。章引紧紧地抱着她,轻轻地呼唤着她,问她还有什么话要说,钱立华微微睁开眼,拼出全身的力气说:

"请你转告我梦梧弟,不要悲伤……好好为党……工作,也请你……代我照……应……他……抗战胜利,请……请……告诉……我……家祭勿……忘告……"

章引流着泪答应了钱立华。钱立华一会儿就停止了呼吸。章引一直流着泪,搂着钱立华,等到战斗结束,日伪军撤离后,章引才背着钱立华钻出麦田。这次战斗独立团打得很英勇,给日伪军重创。一个团几乎损失了近半,地方干部损失也较大。除钱立华外,锡、宜、武三县行政委员会秘书长任大可、中共太滆特委施教团团长张芝华和太滆特委敌部部长孙宁也牺牲了。

村庄静默,大地呜咽。悲伤笼罩着河沱圩村。

当天晚上,陈成副县长、杨谷方秘书和县短枪队几个人,把钱立华等几位烈士的遗体擦洗干净,换上新军装,用白布包裹好,临时埋葬在临河边的高岗上。两天后武南县政府运来几口棺木,分别为烈士重新入殓,尽可能分别送回烈士的家乡,交给亲人。深夜,县政府秘书杨谷方带着四位短枪队队员,用小船把钱立华的灵柩运到南夏墅小学,交给杨继震老师。杨谷方和杨继震商量,考虑到贸然把灵柩交给她父亲,怕她父亲一时接受不了,便暂时把钱立华的灵柩停放在小学,在适当的时候再交给她父亲。杨继震和一位姓张的老师把钱立华的灵柩藏在杂物间的最里面,外面堆放着破旧的课桌凳等乱七八糟的杂物,没有想到十多天以后,杂物间不知什么原因忽然起火,烧了起来,幸亏及时扑灭,钱立华的灵柩没有受到影响。杨继震考虑到烈士的灵柩长期存放在那里也不好,还是早点入土为安。当天晚上,他便去钱家,找钱立华的父亲钱伯显。他们在书房坐下后,杨继震对钱伯显说:

"钱校长,不好意思,我给你带来一个……一个……不好的消息。"

"什么消息,杨主任你说,直截了当告诉我,不要吞吞吐吐。"

杨继震抬头看着钱伯显,说:"钱校长,你要挺住。前几天立华在杨桥附近被日寇包围,撤退时中流弹……"

钱伯显突然焦急地站起来,急切地问:"受伤了?人在哪里?伤重不重?"

"钱校长,你挺住,立华,她……她,为国捐躯了。"

钱伯显跌坐在椅子上,两眼直直地看着前面,一声不响,过了好一会儿,说:"确实吗?哪里来的消息?是新四军派人来通知的吗?不会有误?"

杨继震说:"消息确实,他们把立华的灵柩送来小学了。"

书房里静静的,没有一点儿响声,两人默默地坐着。

过了好一会儿,钱伯显长长地叹一口气,痛苦地说:"姐弟俩也不知道中了什么邪,送他们去上海读书,书不好好读,跑回来,死心塌地跟着共产党抗日,劝也劝不醒,现在好了吧,今年才21岁,年纪轻轻就没了性命。唉!我……我,不知道将来怎么向她妈交代?……"

杨继震说:"钱校长,立华的灵柩藏在小学里也不是办法,还是早点让她入土为安吧。"

钱伯显默默不作声,任眼泪往下流。

杨继震小声地问:"还准备运回来,在家里发丧吗?"

钱伯显校长擦干眼泪,停了停说:"怎么能运回来,她奶奶70多岁了,一直跟丫头很亲,让她知道怎么了得?弄不好要跟着丫头去了,万万不能让她知道。在家里办丧,让据点里的日军知道也是麻烦……立华为国捐躯了,不让她的灵柩进屋，我也于心不忍！难啊！”说着，眼泪又情不自禁地流满了脸。

杨继震建议说：“我们就在学校里悄悄地发丧，这学校是立华的母校，也是你钱家办的，跟家里一样。”

最后商量决定，就在小学里发送立华的灵柩，时间是第二天晚上十点。钱伯显委托杨继震老师把杂物间清理一下，搞一个简单的灵堂。第二天晚上十点，钱伯显带着立华的后妈、二姑母和立华五位同父异母的弟妹，来到灵堂。钱伯显抚摸着女儿的灵柩痛心地说：

“丫头，为父只能简单地给你发送了。你，你，送你去上海读书，你偏偏跑回来抗日，唉唉……你，你才 21 岁，21 岁啊！为父怎么舍得……丫头，你让我怎么不心疼……丫头，你好狠心啊……你让我怎么向你妈交代……”

夜漆黑，大地静肃，天空飘洒着零星的雨点。天地也在为烈士悲伤地流泪，弟妹们穿着白衣，戴着白帽，默默地给立华姐磕头，烧纸钱，祭奠。然后由五个弟妹抚着立华的灵柩送到学校旁靠近池塘的高地上安葬，让立华入土为安。立华的后妈一直跟着灵柩，低低地哭泣，立华虽不是她亲生，也是她一手抚养带大的孩子，她怎么不心疼？怎么不肝肠寸断？解放后，武进县政府在墓前树立一块“纪念死难烈士”的纪念碑，每年清明节南夏墅中小学生和周围群众都去祭拜她。这是后话。

6 月 4 日那天，钱梦梧在大成乡的一个村子里，那里是武南县政府另一个驻地，不在敌人的包围圈里。早晨，他听到杨桥方向传来激烈的枪声，不知道什么情况。陈成副县长是昨天晚上散会后回来的，也不了解情况。派侦察员去侦察，回来说，杨桥南面的青墩头村有日伪军封锁，过不去。一直到下午，被打散的部分战士从武宜交界的大河泅渡过来，才知道一些情况。立华姐牺牲，当天没有人告诉钱梦梧，怕钱梦梧一时接受不了。直到第三天，陈成副县长才告诉他。这几天钱梦梧从大家关切的眼神中意识到立华姐可能出事了，有了一点思想准备，但突然听到立华姐牺牲的确切消息，依然不能接受，脑子一片空白，整个人几乎呆了。他不相信，无论如何也不相信，前几天还看着立华姐微笑着和他告别，离开县政府的，如今这画面已经定格，微笑着的立华姐，永远不会再出现了。钱梦梧问，立华姐的遗体安葬在哪里，他要去立华姐的墓地看望立华姐姐。陈成副县长告诉他，立华姐的灵柩已经请短枪队送回南夏墅，交给他父亲了。陈成副县长拍着钱梦梧的肩头说：

"梦梧，你要挺住，你姐姐临终叮嘱小章转告你，让你不要悲伤，要你好好听党话，为党工作。你不要辜负立华姐的期望，打起精神来，化悲痛为力量。我们共产党人，从入党那一刻开始，就已经做好准备，随时有可能献出生命，钱立华同志走在前面了，我们也要紧紧跟上。下面有可能轮到我，也可能会轮到你，我们队伍中的每一个人都要做好准备。为了把日寇赶出中国去，是不可能没有牺牲的，我们要前仆后继。"

钱梦梧坚强地抬起头，眼里饱含着眼泪，低低地说："陈副县长，请放心。我挺得住，我不会被悲伤击垮的。"

过了一会儿，钱梦梧擦干眼泪，对陈成同志说："我想一个人安静地坐一会儿，好吗？"

陈成副县长点点头，离开了。钱梦梧把自己关在房间里，他摸出一直珍藏在胸口衬衣口袋里姐弟俩穿着新四军新军装的合影照，他盯着立华姐看，立华姐依然温和地微笑着。一会儿，立华姐似乎站在面前看着他。钱梦梧脸上挂满了眼泪，但他没有哭出声，只是默默地流着泪。他从上海奔立华姐来，共同在太滆地区从事抗日工作，仅仅5个多月，他们姐弟俩一共才见了四次面，第一次在宜兴杨家村小学，匆匆忙忙吃完饭，姐姐就把他送走了；第二次是春节期间，在杨桥南面的小村上，姐姐把自己的毛线衣拆了，给他织了一件毛线衣，这件粉红色的毛线衣就在枕头边的箱子里放着，他还没有舍得穿，却成了姐姐送给他的最后的纪念品了；第三次是在杨桥小学的操场上，召开儿童团的成立大会，他们姐弟俩都在会上讲了话；第四次是前几天，立华姐到县政府来，没有来得及说话，就匆匆走了。谁知这一别竟成了永别。钱梦梧以为姐弟俩同在武南县政府工作，今后见面的机会很多，谁知竟这么短暂,这么少,一共才四次。钱梦梧想起自从母亲过世后,姐姐一直像母亲一样照顾他,有什么好吃的,总是藏着给他吃,冬天怕他冻着,夏天怕他热着,逃难在灵台,父亲让他们去三里外的高梅村补古文和算术,来回的路上立华姐都是搀着他走的,怕他跌跤。钱梦梧越想越伤心,眼泪不断。吃中饭的时间到了,同志们喊他去吃饭,他一点也不感到饿,没有去吃,同志们把饭菜给他端来了,劝他多少吃一点,他看着饭菜一点也没有胃口。下午,钱梦梧仍没有离开宿舍。陈成副县长特地把章引请来,让她劝劝钱梦梧。钱梦梧看到章引姐,他叫了一声章引姐,便问:"我姐临终,你一直陪在她身边的?"章引点点头说:"是的,立华姐伤得太重了,从中弹到闭上眼睛,仅仅几分钟,我没有办法抢救。"钱梦梧急切地说:

"快,你给我说说,立华姐临终怎么给你说的,不要漏掉一个字,照实说,不要瞒我。"

章引把当时的情况如实复述了一遍,钱梦梧突然扑向章引姐,在章引怀里放声痛哭:

"章引姐,立华姐真的走了吗?你说的是真的吗?……"

章引也一直在掉眼泪,她来太滆地区一直跟着钱立华的,她们既是战友,又是姐妹,感情很深,钱立华比她小几个月,小章却一直欢喜叫她姐。立华也一直似亲姐姐那样照应她,钱立华的牺牲对她的打击也很大。她陪着钱梦梧哭着,一直到钱梦梧情绪慢慢平静了,才说:

"梦梧弟弟,立华姐是不希望我们沉浸在悲痛里的,她最后的话,要我们好好地为党工作。我们要振作起来,做好我们的工作,让立华姐放心,让我们以出色的工作,为立华姐报仇。"

章引起身给钱梦梧绞了一把热毛巾,让钱梦梧擦了擦脸,钱梦梧不好意思地说:

"章引姐,让你笑话了。你放心,我不会轻易地被悲伤打垮的,我会按照立华姐的话去做,听党话,努力为党工作。我也不会让立华姐的血白流,我会亲手杀几个日伪军为立华姐报仇的。"

钱梦梧说到做到，他把悲痛藏在心里，第二天就全力以赴地投身到工作中去了。陈成副县长让钱梦梧休息几天再工作，钱梦梧没有同意，他说："我身体没有毛病，不用休息。现在，我一个人要完成两个人的工作，立华姐的工作也让我来完成。"第二天，钱梦梧和吴桂达就一起离开县政府的驻地，又深入各个中学去做师生的抗日发动工作了。

三个月后，武南县政府在杨桥东南的贝墅村上，为新四军独立二团阵亡将士和太滆地区牺牲的烈士举行了隆重的追悼会。会场肃穆庄严。主席台前挂着用棉花缀成的"浩气长存"四个大字。主席台的正面挂着一排烈士的照片，钱立华带着微笑梳着齐耳短发的照片，挂在右上方显著的地方。照片两旁和主席台的两旁都是各单位和武南县著名人士送的花圈、花篮和挽联。太滆地区党政军领导、新四军独立二团部分指战员、烈士的亲属和群众500多人参加了追悼大会，前黄新园中学的周人老师带着30多位学生也赶来参加。开追悼会前，陈成副县长特地派人去请钱伯显先生来参加会议，并代表烈士家属讲话。钱伯显婉言谢绝了，推说他想到立华心里就难受得不能自持，眼泪控制不住，话也讲不出来。

陈成副县长主持会议，会议开始，全体起立，面对烈士的照片默哀三分钟。整个会场没有一点儿声音，只有压抑的悲泣声。太滆特委书记陈立平同志以悲壮的声调宣读祭文，然后讲话，他最后说：

"革命烈士浩气长存，以他们的年轻生命完成了杀敌保国的任务，为我们所有活着的人做了个榜样，我们要接过他们手中的枪，踏着他们的足迹，投身于抗日战争中，去完成他们未竟的事业，我们要努力奋斗，把日伪军彻底消灭，来建设我们美丽的武南家乡，我们以此来祭奠英灵。"

最后一个发言的是烈士家属的代表钱梦梧，他走上主席台，向烈士照片三鞠躬，他见立华姐微笑地看着自己，眼泪就情不自禁地流了下来。他强忍着悲伤，擦了擦眼泪，面对广大群众说：

"我们的亲人为抗日捐躯了，是很悲痛的事情。我姐钱立华在战斗中牺牲后，我连续多天半夜哭醒，常常以泪洗面。我是一名新四军地方工作人员，也是一名抗日战士，我不能沉沦在悲痛中，忘掉自己的职责，我相信立华姐姐如果地下有知，她也不希望我天天萎靡不振。我们要继承、发扬烈士勇于战斗的精神，投身抗日，用我们手中的抢，手中的炸弹，去保家卫国，彻底干净地消灭日伪军，还我们家乡清净和平的世界。”

钱梦梧一面流泪，一面快速地讲，他担心一旦讲话中断，便哽咽得无法进行下去。整个会场，都是压抑的抽泣声。天空乌沉沉的，吹着阵阵的风，似乎老天爷也在悲伤地哭泣。

一阵阵激昂的口号声响彻云霄：

“学习烈士英勇顽强战斗精神！”

“为烈士报仇，血债血还，彻底干净消灭日伪军！”

“烈士万岁！

追悼会在一片激昂的口号声中宣布结束。

那天晚上，月色很好。县政府秘书杨谷方陪着钱梦梧踏着月色，返回大成乡驻地。想起钱立华姐弟俩背叛家庭，一往无前地投身革命，为着这片美丽的家乡，立华姐献出了21岁的青春生命，弟弟梦梧还将为消灭日寇继续浴血奋战，对姐弟俩充满崇敬之情，慢慢从心间涌出了一首《悼钱立华》的诗：

为求真理背离家，
姐弟从军志可嘉。
独惜英年身战死，
长留碧血沃中华。

这首小诗充分表达了对烈士献身精神的赞扬和人民群众对烈士的敬仰之情。

第五章

万人破路

锡宜公路和武宜公路，是无锡、宜兴、常州之间重要的交通要道，也可以直达南京、上海、杭州等大城市，是日寇重要的后勤补给线。新四军来武南后，曾组织群众破过几次路，但都是局部的，日军没有几天就修好通车了。太滆特委决定彻底摧毁这条运输线，给日寇以沉重的打击。1942 年 9 月初的一天深夜，武南县政府发动了公路沿线的数万名群众，带着锄头、钉耙，上公路，把雪堰、漕桥到湖塘之间近百里的公路路面挖得坑坑洼洼，不要说通汽车，连步行都困难，公路上大大小小的几十座桥梁也全部毁掉。

这次破路，武南县政府做了充分的准备。破路的前一天，陈成副县长带着钱梦梧在塘洋桥附近的鼋头村小学召开了公路沿线的保长会议。这些保长表面上与日伪军有联系，拥护维持会的，他们都是日伪军任命的，但绝大部分心里是向着抗日民主政府的，他们也看不惯日伪军的飞扬跋扈，烧杀抢掠，抗日民主政府布置的任务没有半点懈怠，非常积极，陈成副县长称他们为“白皮红心”的保长。不可否认，也有个别保长是反动的，不情愿为抗日民主政府出力，但迫于形势也不敢公开投敌，充当汉奸，他们不得不为自己留一条后路。他们心里明白，一旦被抗日民主政府发觉他们的汉奸勾当，他们肯定活不过当天，县政府的短枪队一定找上门，给他们算总账。今年年初一上午，一个作恶多端的大汉奸盛计然就被短枪队镇压在前黄街上的鸦片烟埸上。这是对所有汉奸的一个严正的警告。会议开始,陈成副县长首先讲话,讲了这次锡宜公路和武宜公路沿线数十个村庄联合破路的重要意义,要求各保长回去充分发动群众,请群众随时做好准备,动手的时间未定,一旦命令下达要求保长半小时之内带领群众上路,在两个小时的时间里把包干的路面彻底摧毁掉,架在河上的公路桥也要拆掉。陈成副县长还告诉大家,这次破路不要怕据点里的日伪军,他们早被我们打怕了,晚上是轻易不敢出门的,到时候,县政府会派新四军来保护大家。保长们的任务就是带领群众闷头破路。陈成副县长布置任务后,让钱梦梧也讲讲。钱梦梧主要讲这次任务要保密,事先不能让日伪军有所察觉,让大家回去做工作时给群众讲清楚,要大家把好保密关。群众对日伪军很怨恨,让大家去破路,肯定会踊跃参加的,但不可否认也有个别群众胆小怕事,不愿去,我们也不勉强,不愿去的就是强拉去了,也会出工不出力。钱梦梧说:

"这次破路规模较大,是我们县里第一次组织的大规模的群众性的抗日壮举。大家一定要做好。你们是不是真心拥护抗日民主政府,这次破路是试金石。事后敌人也会疯狂报复,你们可以把责任全部推在新四军身上,说是新四军干的,与大家无关,日寇对我们新四军是无可奈何的,这样既保护了广大群众,又让敌人摸不着头脑。"

破路的时间暂时没有宣布,也是出于保密的缘故。其实行动的时间,已在今天下午通知了沿途几个区的中共区委书记,要他们明晚 8 点整把破路行动时间告诉各位保长,让保长们在半小时内带领破路群众上路行动。因为 7 点半前,新四军独立团两个营的兵力,将分散埋伏在敌人各个据点的周围,在破路期间,日伪军胆敢离开据点外出,便彻底消灭。县政府的短枪队把锡宜公路和武宜公路沿线的电话线全部割断了,使 100 多里内的所有日伪据点,对外联系完全中断。在这个时间,敌人就是知道我们的破路行动,也无济于事了,一个据点,力量单薄,他们无论如何不敢外出撒野的。

那天,开完会,夕阳西下,大地一片金黄,一望无际的水稻已抽穗。金黄的霞光,一轮一轮地在碧绿的稻叶上跳动,空气中流淌着稻花甜甜的清香。

陈成同志颇有感慨地说：

“我们家乡的确很美，没有战争多好，真正是人间的天堂。”

钱梦梧说；“该死的日本侵略者，硬是不让我们过和平幸福的生活。”

会议结束了，按原计划他们要连夜返回到大成的县政府驻地。钱梦梧改变了主意，对陈成同志说：“我不陪你回去了，我争取留下来，参加明天南夏墅公路段的破路，我是南夏墅人，熟悉周围环境，人员也熟，工作起来方便，请陈成同志批准。”说着，两眼恳切地看着陈成副县长。陈成同志考虑一下，便笑着说：

“你呀，我真拿你没有办法，不同意你的要求，我耳朵边近两天便不得清静，被你唠叨得心烦。好吧，你留下，但你要注意安全。”说着，他回头对身边的吴桂达说，“你也留下，你们是老搭档，钱梦梧的安全就交给你了。”

当夜，钱梦梧和吴桂达就住宿在桐庄村的武南县政府的秘密交通站里。第二天一早他们来到南夏墅街上钱梦梧二姑妈的杂货店。二姑妈的杂货店在南街头，不大。店铺后面是住家，家里来往人不多。二姑妈见到钱梦梧十分吃惊，这里离日军的据点很近，街上时常有日伪军巡逻。二姑妈匆匆忙忙把他们俩领到后廨的房间里，紧张地对钱梦梧说：

“你怎么来了？不怕日本人抓你？”

钱梦梧轻松地笑着说：“我想姑妈了，不能来看望吗？日本人有什么可怕的，我脸上又没有写着‘新四军’三个字。”

二姑妈说：“你立华姐殁了，我可不希望你有什么事，今后街上少来，我也不希望你常来看我，你平平安安的，比什么都好。”

说起立华姐，二姑妈流下了眼泪，钱梦梧心里也不好受。钱梦梧已经两年没有见到老祖母了，很思念老祖母，二姑妈告诉他老祖母已经完全瘫痪了，下不了床，别的方面都还好，就是一直念他们姐弟俩，说他们在上海念书，怎么暑寒假也不回来，过年也不回来。钱梦梧问：

“立华姐的事没有告诉她吧？”

“怎么敢告诉她？”

钱梦梧决定今晚破路结束后，回家一趟看望老祖母。中午后，钱梦梧让二姑妈悄悄地到南夏墅小学把杨继震老师叫来。杨继震很快就来了。他没有想到会在南夏墅街上见到钱梦梧，很高兴。钱梦梧首先对杨继震老师保护、下葬钱立华的棺木表示感谢。杨继震老师很朴实，不善言谈。钱梦梧的感谢弄得他很不好意思，擦着两只手，不知说什么好。钱梦梧问他知道不知道晚上的行动，他知道了，说街上有人通知他了。他也在教师中作了发动，今晚上有十位教师参加破路，大家热情很高，都说早该这么干了。他们的任务是拆盛龙桥——公路上的木桥。他们还准备了一条船，把拆下来的方木全部运走，不给日寇重新修桥时留下木料。钱梦梧听了很满意，他拍拍杨继震老师的肩膀说：

"你们考虑得很细。拆下来的木料的确不能留下，全运走。桥桩也要齐水面锯掉，这样敌人水上运输也不方便。"

钱梦梧和吴桂达送走了杨继震老师，临晚来到甲长家里，甲长是钱梦梧从小的玩伴，比钱梦梧长两岁，按辈分，钱梦梧应叫他叔叔。甲长见到钱梦梧非常吃惊，说："你不是在上海上学吗？怎么回来了？"钱梦梧说，现在的中国，哪里还有平静的校园，不把日本侵略者赶出中国，什么书都读不成。说起破路的事，甲长告诉他，保长已找他们甲长开过会了，让他们动员大家，随时准备去破路，"我也把会议精神和大先生——伯显大哥说了，你父亲说，凡是打日本人的事，不论国民党还是共产党，我们一律支持，按照伯显大哥的意思，我已经挨家挨户通知了，只要上头动手的命令下达，我们立即行动。"

钱梦梧问："还有啥困难，需要老侄我帮忙？"

甲长想了想，说："还真没有了。凡是有劳力的人都通知了，都答应去，日本人太恶毒，听说破路，没有一个人不起劲儿。那些老的老、小的小的人家，没有劳动力，就没有去动员。"

钱梦梧见甲长安排得很周到，很满意。他笑着说：

"任何事情，由你老叔经手，都会安排得妥妥贴贴。谁让我叔是大能人呢。"

甲长也笑了:“说笑了。读过书的人,说起话来,就是让人舒服。”

钱梦梧和吴桂达在二姑妈家吃了晚饭。8 点多钟,甲长让人通知各家,半小时后带工具去破路。大家群情激奋,还没有到 8 点半,就纷纷去公路了,钱梦梧和吴桂达也一人拿一把铁锹随着大家去了公路。今晚月亮很亮,照着路面如同白昼,一丈之内,大家的脸看得清清楚楚。大家憋着一股劲儿,也不打招呼,一上路就在路中间动手,有的用蛮锄,有的用钉耙,有的用铁锹,最顺手的是鹤嘴镐。鹤嘴镐是专门对付路面碎石子儿的。铁匠铺老丁是中共地下党员,昨天就知道晚上的行动了,他一连打了 7 把鹤嘴镐,分给支部里每位党员,让他们分散在群众中间,专门为大家破碎石子儿路面。路面破开了,下面的就容易挖了,速度也大大地加快。为了增加日军重修的困难,不少群众把挖出的泥土甩在公路旁的水沟里。

这种强体力劳动,钱梦梧从来没有干过,他用力地挖了 10 多分钟,手臂就酸麻了,出气也不匀称,而且开始冒汗了,但他还是坚持着。吴桂达是种田的老手,一点也不感到吃力。他从钱梦梧的喘气声中,知道钱梦梧吃不消了,便对钱梦梧说,慢慢挖,不能一开始就拼命用力。不要急,用力要均匀。累了就休息一会儿。钱梦梧只得站直腰,悄悄地歇一会儿。他见大家都在拼命地挖,只有他一个人站着休息,很不好意思。他后悔自己从小没有好好锻炼,现在出洋相了。他悄悄喘了一口气,又弯腰挖起来。钱梦梧和吴桂达挖了半个钟点,就去顺龙桥边看看杨继震他们拆桥的情况。桥面已经拆下,杨继震正站在河边把拆下的方木往河里传递,放到船上去。钱梦梧问桥桩锯了没有?杨继震指指河里,有位教师正在河里使劲地锯桥桩。钱梦梧说:“这木头要藏好,让日本人查到了就麻烦了。”

杨继震凑近钱梦梧的耳朵,悄悄地说:“我们考虑好了,在学校的菜地上挖一个大坑,把木头埋在里面,上面栽上菜。等赶走了日本人,再把木头取出来,可以做不少板凳课桌。”

钱梦梧说:“这是一个好主意。”

近百里的公路上,数万名群众在同一时间破路,场面是何等壮观,何等雄伟！只听到一片“咔嚓咔嚓”的垦地声，是那么和谐，那么美妙，似乎是数万人奏出的一曲雄壮动听的乐曲。突然前黄方向传来激烈的枪声，大家没有打听，也没有观望，更没有停下手中的工具，相反更加起劲地挖着。大家心里明白，新四军为大家争取到的时间有限，不能耽误手中干活。枪声持续了十多分钟就沉寂了，估计是前黄据点的日军在碉堡里发现了破路大军，又不敢钻出据点，于是就放枪壮壮胆而已。

时间过得很快，十一点很快就到了。奋战两个半小时，战绩辉煌，一百多里的锡宜路和武宜路，面目全非。一声令下，数万群众带着疲劳和兴奋，迅速撤离，不到十分钟，公路上一个人也没有了。静悄悄的，刚刚数万人奋战的场面似乎从来就没有发生过。钱梦梧和吴桂达回到二姑妈家，还掉工具，告别了二姑妈，准备连夜返回县政府驻地。经过自己家门口时，见屋里还有灯光，显然家里也有人去破路刚回来。他推门进去，见父亲站在天井里，似乎在等他。他叫了一声爸，父亲不冷不热地说：

“你也知道这里是你家，也知道回来？我以为你过家门而不入呢。”

钱梦梧说：“不是忙吗？”

“你忙，忙什么？供你读书，你不读，叫你回来，你不回来，尽在外面干好事，给我添麻烦！”

钱梦梧说：“参加新四军，抗日救国不是好事，难道是坏事吗？你今天不是也去了吗？”

钱梦梧知道，他和立华姐参加新四军，父亲在国民党那里很没有面子，给他很大的压力。父亲不是反对他抗日，而是反对他参加新四军。父亲一心想把钱梦梧拉到国民党的队伍中去。无奈钱梦梧就是不听他的话，而且在他的眼皮底下活动。所以他见到钱梦梧就来气。说话的声音渐渐高了。他们的争吵惊动了家人，继母从房间里出来，把他父亲劝走了。钱梦梧来到祖母房间。两年不见，祖母衰老多了，已经完全瘫痪，连坐起来也勉强。老祖母见到钱梦梧特别高兴，拉着钱梦梧的手，说：

“梦梧，你回来了。你两年没有回来看我，我还以为再看不到你了，我支撑不了多久了。你姐呢,怎么不来看我?"

钱梦梧强忍着眼泪告诉祖母,他和姐都很好,不用老祖母惦记,立华姐很忙,暂时还不能回家看祖母。老祖母告诉他,只要他们姐弟俩好好的,她也就安心了。

钱梦梧急着赶回去,和老祖母交谈几句就离开了,也没有和父亲、继母告别,就和吴桂达赶回大成县政府驻地。

第二天早晨,锡宜路和宜武路沿线各据点的日伪军醒来,面对坑坑洼洼的公路,大吃一惊。他们做梦也没有想到昨晚还好好的公路,竟完全瘫痪了。他们开始疯狂地报复,把公路沿线的保长、甲长全抓起来,敲打审问。保长、甲长众口一词地喊冤,都说是新四军搞的,与他们无关。他们什么都不知道。审问了几天,问不出所以然,只得把他们全部放了。日军心里也明白,对这班保长、甲长也不能太得罪,因为许多事情要靠他们来做。公路修复需要大量的劳动力,还得靠他们去组织。十天以后,日军用枪托、皮鞭强迫保长、甲长们组织劳动力开始修复公路,修复进度很慢,往往白天修好一段,晚上又被挖开了。尤其是几十座公路桥,日军是从别处调来的工兵部队修的,刚刚修好一座,没有几天又被炸了。反反复复,日军前后修了六个多月,公路才勉强可以通汽车。这次破路给日军的后勤补给带来无法估量的损失。

第六章

拔掉寨桥据点

寨桥地处武南最南部，与宜兴毗邻，寨桥向西仅仅三四里地就是浩浩荡荡的滆湖。滆湖与太湖相连，用小船漂过滆湖向东可以直达无锡、苏州，向西直达溧阳和金坛的茅山根据地，向南可以进入宜兴地界。武宜古运河贯穿寨桥南北，与河东杨柳港涓涓流水交汇于街北，与贯穿东西的锡溧漕河交汇于街南。船运可以直达常州、无锡、溧阳等周边多个城镇。寨桥自古以来就是交通发达，商贸繁荣的水埠头。

寨桥也是一个古镇，相传春秋战国时期，越国大夫范蠡帮助越王勾践灭吴后，便携带西施隐居于此，慢慢发展成集镇，寨桥古称为蠡塘，河上架的桥为蠡塘桥。元末明初大将军徐达、常遇春从安徽领兵攻打常州，曾扎寨于此，因此便改名为寨桥。寨桥是深含文化底蕴的古老而美丽的地方。自从日军建立据点以来，日寇经常出来骚扰平民百姓，烧杀抢掠，无恶不作，仅仅在凤沟村，一次就杀死村民 6 人，一把火烧毁 40 多亩田的稻堆。有一次日本士兵为了取乐，在寒冬腊月把抓去修据点的 100 多名民夫，全部推入河中，硬逼他们冬泳，结果淹死 10 多人。寨桥已变成人间地狱。老革命金良桥，是浙江临海人，1940 年来灵台、坊前等地发动群众抗日，建立游击小组，1941 年 4 月在寨桥南面的小河桥附近，与据点里出来的日伪军遭遇，被杀害了。新四军的税务干部曾伦才，江西吉安人，早年参加中国工农红军，是中共早期的党员。1940 年 12 月来苏南太滆地区抗日，担任武南县财经委负责人，以寨桥为中心建立税务所，征收货物流通税，在灵台、寨桥、夏坊一带活动。他经常帮助群众做家务，也参加田间劳动。1941 年 8 月的一天，日伪军从据点出来，到夏坊一带扫荡，曾伦才躲避不及，便隐蔽在群众钱焕生家的灶窝里，佯装烧火，被日军当场杀害了。

武南县政府决心拔掉寨桥据点。打通直达宜兴、溧阳和金坛茅山的水上通道。独立二团的王香雄营长曾派人侦察过两次，皆因碉堡坚固，敌人防守严密，一时无法动手。据点有日军一个班，一个伪军独立分队(加强排)40余人。1942 年 3 月新四军地下工作人员蒋裕福、朱东生等 4 人在灵台湖滩乘船时，被据点巡逻队当作新四军的嫌疑犯关押进据点，他们一直没有暴露真实身份，后来由武南县政府出面，请寨桥、灵台的保长花了一大笔钱，才把 4 人赎出来。蒋裕福他们在关押期间和副队长兼一班长的倪福兴颇谈得来，倪福兴是南夏墅街上人，有一定的爱国思想。蒋裕福把这一情况报告给陈成副县长。陈成副县长想请钱梦梧去寨桥进一步做工作，策反倪福兴。钱梦梧很高兴地接受了任务，第二天就只身来到了寨桥街上。

寨桥街，钱梦梧不陌生，在抗战开始，钱梦梧全家避居灵台时，曾到寨桥来玩过多次。那时候寨桥颇繁华，街上人来人往络绎不绝，河里流水清清，停泊着不少外埠来做生意的船只，沿街叫卖声时断时续，充满着诱惑。每次来，他会和姐姐钱立华站在寨桥的高桥上，看河里的游鱼，数河里停泊的船只。可是现在展现在钱梦梧眼前的，是一派萧条荒凉的景象，全然没有往日繁荣的样子。街上来往的人也不多，沿街的商铺不少都上着门板，河里停泊的船只也寥寥无几，诱惑的叫卖声也听不到了，代替它的是日伪军的辱骂声。钱梦梧在心里轻轻地叹了口气，说：

“好好的一个寨桥，被日本人摧残成什么样子？昔日的风姿荡然无存了。”

1941 年 10 月，武南县委曾派杨伯茂带着儿子杨立全，在寨桥南街开设祥丰南货店，作为县政府的一个秘密联络点。钱梦梧便以杨伯茂的外甥的身份住进了店里，对外宣称，是来跟舅舅学做生意的。南货店斜对面有一家药店，据蒋裕福说倪福兴和药店的医生陈松高关系较好，常到药店来坐坐。有时也到南货店来转转，买一点儿南货。杨伯茂也认识他，不过交往不多。钱梦梧坐在店里，盯着对门的药店。第三天午后，钱梦梧发现一个伪军晃晃悠悠地进了药店。杨伯茂证实，此人就是副队长倪福兴。钱梦梧等了几分钟，便从南货店出来走进了药店，钱梦梧进门便对陈医生说：

"陈医生，听我老舅说你是国医妙手，我几天前淋了一场冷雨，有点畏寒发热，浑身不得劲，你给我开张方子，抓点药调理调理。"说着便坐到陈松高诊病的桌子旁。桌子旁边坐着那位伪军，盯着钱梦梧看，钱梦梧抬起头，朝伪军看去，伪军吃惊地说：

"你，你不是钱校长的……"

钱梦梧大大方方地说："我是钱梦梧，是钱校长的儿子。你是……"

伪军哈哈笑着说："你果真是梦梧学弟。我叫……"

钱梦梧摇摇手说："你别说，我认识你，我记起来了，你……你叫福兴，对，是倪福兴，你是南夏墅街旁的村上人。"

遇见了熟人，两人特别高兴，便就着陈医生的茶水，交谈起来。倪福兴问钱梦梧："听说钱校长把你弄到上海去读书了，大家还特别羡慕。你怎么会来到寨桥？"钱梦梧说："上海也是日本人的天下，哪里还有安静的校园？和这里差不多，日本人任意地杀人放火，待不下去，就回来了。父亲便让我到表舅这里当学徒，学点经商的本领。"倪福兴告诉钱梦梧，他也是钱校长的学生，和他姐姐钱立华同班，钱校长还亲自教过他算术。说起南夏墅小学的生活，两人的话就多了，说得很投机。忽然倪福兴低低地问：

"听说你姐参加了抗日，几月前遭遇不测，是不是真的？"

钱梦梧点点头，痛苦地说："她躲在麦田里，日军用机枪扫射，中了流弹。"

陈医生插话说："该死的日本人，不把中国人当人看，中国人遭难了。"

钱梦梧拉拉倪福兴身上的伪军衣服说："你怎么穿上这身黄皮？钱校长

可不喜欢他的学生穿上黄皮。”

倪福兴一脸无奈地说:“谁愿意穿这身皮？我不是没有办法吗?”倪福兴告诉钱梦梧,他们这支伪军,原来是无锡常熟一带的国民党部队,日本人攻打无锡时,一枪未放就投降了日寇,摇身一变成了伪军,两年前移防到常州,他们的独立分队原先驻扎在南夏墅,一次他上街,被伪军拉进据点,强迫当了伪军,他们一共被拉去6个人,有一个人坚决不肯当伪军,被分队长于德德当场打死了。倪福兴痛苦地说:

“谁愿意穿这身黄皮？让人在背后骂汉奸？我现在连家也不敢回,回去老爸骂,不让我进家,老婆也不理我,不让我上床。唉!”

钱梦梧说:“没有想到,当汉奸还这么痛苦！你何不脱下这件黄皮?”

倪福兴说:“我也想脱,哪能这么容易？让于德德发觉一点儿苗头,非枪杀不可,部队里于德德耳目很多,谁不小心,背着于德德发发牢骚,第二天就不明不白地失踪了。”

这一天他们讲了不少掏心窝的话,渐渐成了好朋友。分别时,钱梦梧邀请倪福兴有空到南货店坐坐。当晚钱梦梧就把与倪福兴接触的情况,写成密信,连夜让杨立全向陈成副县长报告。第二天杨立全带回来陈成副县长的指示,希望钱梦梧按计划行事,同意在适当的时候暴露他新四军的身份。又过了两天,倪福兴到南货店来了,两人在店铺后面的小房间喝茶谈心。这一次谈话比上一次谈得更为深入,倪福兴说出了顾虑,他怕离开伪军后,于德德派人追杀,也担心新四军不放过他,他毕竟是副队长,当了两年汉奸,不能说一点儿坏事没干。钱梦梧亮了自己的身份,明白地告诉倪福兴:

“新四军是厌恶民族败类的,对那些顽固不化者,一律严惩,但是只要转变立场,改邪归正,站到人民这边来,新四军一律欢迎,既往不咎,还给予保护。”

“这番话代表新四军的态度吗?”

“我就是代表新四军来和你谈的。我的态度就是新四军的态度,你信吗?”

"我信。我们那天一见面,我就知道你是新四军。"

钱梦梧听了颇有点吃惊,没有想到倪福兴早已了解自己的身份。既然这样,两人交谈就不用绕弯子,直截了当敞开谈。

钱梦梧向倪福兴详细了解据点里的人员和武器装备情况,倪福兴如实相告:据点里一共50人,其中日军一个班10人,伪军一个排40人;机枪三挺,短枪6支,步枪50支。钱梦梧又问,如果让他反正过来,能拉过来多少人。倪福兴说:"有把握的8人,他们都是和我一样的本地人,被强拉来的。我跟他们关系很好,其余的都是于德德的家乡人,跟我们面和心不和。"

钱梦梧让倪福兴回去做8个人的工作,力争和他一起反正。钱梦梧反复叮嘱:

"做工作一定要注意安全,做一个是一个,有把握的便做,做不过来的也不勉强。"

三天后下午,倪福兴如约来到南货店,倪福兴告诉钱梦梧8个人的工作已经做好,他们早就厌恶身上这身黄皮。钱梦梧依据县委的意见,和倪福兴具体商定内外配合,一举拔掉寨桥据点的方案。时间定在10月28日(后天)晚上1点行动。后天后半夜是倪福兴带5个人值岗,到时用手电筒光联络,他们及时打开据点大门。钱梦梧带着方案,由杨立全陪同赶回县委驻地,当面向陈成副县长作了汇报,陈成请独立二团的王香雄营长过来,一起商量行动方案的细节。第二天一早,钱梦梧和杨立全赶回寨桥。10月28日临晚,倪福兴和钱梦梧见了一次面,据点里情况一切正常,他告诉钱梦梧,下午3点钟寨桥一位保长孝敬据点一只猪腿和一坛好酒,于德德很高兴,准备和他一起请日本士兵饮酒,欢聚一下。钱梦梧说:

"这是好事,趁机多给日本士兵灌一点酒。不过,你可不能贪酒误事。"

倪福兴说:"我心中有数,误不了。放心。"

钱梦梧知道向据点送肉送酒,这是中共寨桥支部做的,也是行动方案的一部分,目的是进一步迷惑敌人。到了晚上11点半,王香雄营长带着独立营一个连悄悄来到寨桥,在据点周围埋伏,割断据点与外面联系的电话线。12

点一过，县委军事科长荣长山带着县里的10多位短枪队员，和钱梦梧会合，来到据点大门口隐蔽。钱梦梧时不时焦急地盯着手表，老嫌手表走得慢。时间一分一分地过去。时间一到，钱梦梧用手电筒光向碉堡发出暗号，转三圈。碉堡上手电筒光也转了三圈。差不多同时，据点大门打开了，王香雄带着一个连的部队和荣长山带着短枪队迅速冲进据点，按照事先的分工，王香雄带着一个排的战士冲向日本士兵的房间，刚巧一个大个子的日本士兵开门出来小便，看到这么多人冲进来，大吃一惊，刚想大喊，王香雄手上的枪响了，王香雄迅速冲进房间，日本士兵已经被惊醒，不知道外面发生了什么事，在昏暗的灯光下，睁着吃惊的眼睛，当他们明白目前的处境时已经迟了，他们的枪还没有摸到，一阵枪响，个个都成了枪下鬼。解决伪军比较顺利，伪军住三个大房间，倪福兴带着新四军分三个组，冲了进去，两个组没有遇到抵抗，伪军纷纷举手投降。只有于德德态度恶劣，想摸枪抵抗，他还没有来得及拉开枪栓，荣长山的枪响了。战斗十分顺利，前后不到一刻钟。全歼企图反抗的10名日寇和一名伪军队长，俘虏伪军39名。王香雄命战士打扫战场，掩埋敌人的尸体。他和钱梦梧把俘虏的伪军集中在院子里，给他们讲话。称赞他们放下手中武器的举动是对的，他们如若反抗，下场和他们的队长于德德一样。希望他们从此改邪归正，不要再当人人痛骂的汉奸了。王香雄宣布：愿意留下来，参加新四军和我们一起打日本人的，我们欢迎；想回家的，我们发路费，天亮后请自行回家。不过，有谁再敢穿黄皮当汉奸，我们一旦发现，立即严惩，决不轻饶。王香雄讲过后，伪军沉默无声，似乎不相信王营长的承诺。钱梦梧便接着说：

“你们放下武器，不要再当伪军了，不要再跟着日本人危害我们的同胞了。汉奸人人痛骂。刚才王香雄同志讲得很清楚，放在你们面前的路有两条，一条是回家，从此不当汉奸。另一条是留下来参加新四军，和我们一起打日本人，把日本人赶出中国，保卫我们的家乡，我们一视同仁，大家便是同志，便是战友，你们当伪军的这段不光彩的历史一概抹掉，不再提起。我们完全尊重你们的选择。愿意留下来的，请出列。”倪福兴带头一下子出列了

10多位，过了几分钟又出列了10多位。希望回家的不足10位。钱梦梧当场就给他们每人发了两块大洋的路费，他们现在就可以离开。可是过一会儿，有5位领了钱的伪军，把钱交给钱梦梧，说他们不回去了。他们走出寨桥就是日本人的天下，他们怎么回去？还不如参加新四军，和大家一起打日本人痛快。钱梦梧说：

“你们考虑清楚了？你们参加新四军我们当然欢迎。”

他们一致说：“我们考虑清楚了，不回去了，跟着你们痛痛快快杀几个日本人。”

战场还没有打扫完毕，寨桥的保长带着群众拿着工具拥进来了，帮着部队拆除据点的所有房屋，大家热情很高，仅仅一个多小时，据点里的建筑全部荡平。一块砖一块瓦都没有剩下，似乎这里从来就没有建过日伪军的碉堡。

天亮前，钱梦梧跟着王香雄的部队回到县政府驻地。

寨桥据点荡平了，敌人震动很大。因为寨桥据点是周围几个据点里，实力比较强大的，却让新四军轻轻松松拔掉了，别的据点里的敌人不免兔死狐悲，颇有点惶惶不可终日的样子。

大概10天以后，陈成副县长得到情报，一部分日伪军被抽调到沿江地区去清乡扫荡了，一些据点力量空虚，尤其是南夏墅、塘洋桥两个据点，只剩下五六个伪军看门。陈成副县长认为这是拔掉这两个据点的好机会。当时王香雄带着独立二团二营，在阳山、锡西一带活动，一时间顾不过来，王子达县委书记和陈成副县长商量，决定用县政府的短枪队拔掉据点。当时县政府的短枪队一共有25人，主要任务是保障县级机关的安全，是警卫部队。现在南夏墅和塘洋桥两个敌人据点力量薄弱，县短枪队完全有力量消灭他们。县政府决定短枪队分两组，一组由军事科长荣长山带队，拔掉塘洋桥据点；另一组由钱梦梧和吴桂达带队，拔掉南夏墅据点。当天晚上两组同时出发，王子达书记和陈成副县长反复叮嘱他们注意安全，胜利凯旋。钱梦梧开玩笑说：

"拜托两位领导,把庆功酒斟满,天亮时及时返回庆功。"

这天晚上是麻花月亮,时亮时暗,路隐隐约约,赶路不受影响,但四周迷迷蒙蒙看不真切,正好成了他们行军的保护伞。钱梦梧把短枪队带到离南夏墅碉堡不足一里的一个小村上。这个小村三面都是河,河岸上都是秆稞,只有一面是竹园,竹园中间有一条小路,是全村出入的唯一通路。这是一个很隐蔽的小村子,村上只有七八户人家。据南夏墅小学的杨继震老师报告,村上有一个伪军伙夫,天天晚上回来住宿。钱梦梧把队伍隐蔽在秆稞岗里,他和吴桂达在村口竹园里等候伪军的伙夫。等了一个多小时,伙夫嘴里哼着锡剧回来了。钱梦梧和吴桂达用短枪把他"请"到竹园深处,表明身份,要他配合。伙夫很乐意配合,他说:

"我也恨死那帮日伪军,早就不想在据点里干了。你们要我做什么,我一定配合。"

钱梦梧问:"据点里现在有几个人?有多少条枪?现在在做什么?"

伙夫说:"原来有6个日本士兵,20个伪军。前天调走了6个日本士兵和12个伪军,现在只有8个人,刚好一桌,我烧了一桌饭菜。头头都走了,这几个伪军便没了管束,他们没事就打麻将,在吃饭的地方,桌子、麻将都现成的,刚好两桌。"

吴桂达说:"你这话实不实,有没有假话?"

"我句句都是实话,我也是有正义感的人,骗你们做什么?我就是这村上人,我说了假话,你们尽可来找我嘛。"

钱梦梧问:"碉堡里没有站岗的吗?门口有没岗哨?"

伙夫说:"平时有,半天一轮。现在没有,都在麻将桌上。谁还放哨?大门上锁,便万事大吉。"

"你一早去烧早饭?怎么进去,谁开门?"

"我有钥匙。"说着从兜里摸出一把钥匙,要交给钱梦梧。

钱梦梧没有接他的钥匙,说:"请你给我们打开大门。大门打开了,就没有你的事了,便可以回来了。"

钱梦梧带着短枪队跟着伙夫来到据点门口。伙夫打开门,向四周看了看,静悄悄的。钱梦梧和吴桂达各带 5 人迅速进入据点,在伙夫的指点下轻轻推开饭堂的门,轻手轻脚走了进去,迅速包围了牌桌,分别用短枪指着他们,那帮家伙个个沉浸在麻将中间,一点儿也没有发觉。钱梦梧说:

“各位好雅兴,日本人把大半个中国都占了,你们还有心思打麻将?”

伪军们猛吃一惊,见一支支短枪对准他们,连忙举起双手站起来,浑身颤抖,有的连站也站不稳。他们的枪都靠墙放着。钱梦梧让他们双手抱头站着,向他们训话:

“日本人把我们家乡侵占了,罪恶滔天,你们七尺男儿,不但不思保家卫国,竟然还充当日本人的帮凶,心甘情愿做汉奸,你们还是中国人吗?中国人的脸都被你们丢光了。”接着,钱梦梧说了一番抗日救国的道理,要他们认清形势,不要死心塌地为日本人卖命,目前摆在他们面前有两条路:一条是留下来,参加新四军,和我们一起抗日,过去犯的罪行一笔勾销,和我们一样,以同志相称;另一条是彻底洗心革面,回家,从此不再当汉奸。钱梦梧说:

“两条路由你们自己选,我们决不勉强。愿意参加新四军的,我们欢迎;愿意回家的,我们发路费,天亮后迅速离开;还想当汉奸,让我们发现了严惩不贷。”

在钱梦梧的宣传下,有 5 位愿意参加新四军,投身抗日,他们都是武进本地人,3 个想回去的伪军都是无锡那边的人。一会儿,南夏墅的保长和杨继震老师带着群众,扛着工具,拥进据点,帮着短枪队战士拆据点里的房屋和碉堡,大家热情很高,说说笑笑,不到两小时,这里化为平地。

钱梦梧他们扛着缴获的机枪、步枪和三四箱手榴弹、子弹,踏着黎明前的黑暗回到驻地。钱梦梧无比高兴,这是他第一次带领短枪队独立行动,取得了胜利,缴获颇丰,而且不费一枪一弹。荣长山带队拔塘洋桥据点的那组,比他们早回来半小时,也出色地完成了任务。这次不到半月连续拔掉了三处据点,取得了辉煌的胜利,极大地鼓舞了群众的信心,扩大了我党我军的政治影响,有力地推动了武南地区抗战新局面的展开。

第七章

击退敌人的疯狂反扑

接连拔掉日伪军的三个据点，驻守在前黄据点的木川中佐十分恼火，拍着桌子骂了几十个“八嘎呀路”。骂完以后，便决定亲自带队扫荡新四军，狠狠地报复。他派出三路侦察兵，到大成、灵台、杨桥等地寻找武南县政府和新四军部队。三天后，侦察兵陆续返回，没有得到一点确实有用的消息。气得木川中佐把侦察兵“饭桶”“混蛋”地乱骂一通，把桌上的水杯一连砸了三个。木川中佐正在碉堡里急得一筹莫展时，前黄东街的张媒婆来了，木川大喜过望，他知道张媒婆来必定会带来好消息的。张媒婆40多岁，他丈夫原是伪军的排长，年前在殷墅桥战斗中被新四军击毙，她发誓报仇，常常借口做媒婆串村走巷，收集新四军的情报。昨天她到薛家塘做媒人，看到主家大门角落里有一只灰色的装雨伞的伞袋。这伞袋只有新四军有，一般人家是不用伞袋的。她明白新四军就住在薛家村。她借故在村里村外转了一圈，虽没有特别发现，但她被村上人盘问了两次，还有两个儿童团员一直跟着她。她进一步确信，新四军肯定住在村里。薛家塘是靠近运河的一个不大的村子。进进出出的交通十分方便。张媒婆回前黄，便进了据点。木川中佐反复询问张媒婆：

“你看到新四军没有？”

“太君，我没有看到，但我知道新四军一定在薛家塘村，错不了。”

木川决定半夜坐汽艇走水路，天亮前悄悄地包围薛家塘，出其不意地给新四军沉重打击，出出这口恶气。为了确保全歼这股不断给他们捣蛋的新四军，他电令漕桥据点的日军，给予大力支援，请他们黎明前出发，从陆路进攻。木川中佐根本没有想到，他的进军方案早已落在一直跟在他身边的翻译许耀宗的眼里，2 个小时以后，这一方案就到了陈成副县长的手里。陈成副县长把独立营的王香雄请过来商量。敌人既然如此嚣张，我们新四军自然奉陪到底，给予迎头痛击。武南县政府其实不在薛家塘，而是在薛家塘旁边的村上，不过确实有部分机关工作人员经常在薛家塘活动。这天晚饭后，机关干部迅速转移到另外一个驻地。县政府短枪队配合独立营一个加强排，在深夜一点钟，埋伏在运河奋壮庙渡口两边的高岗上，高岗上是茂密的秆稞。部队埋伏在里面就是白天从旁边走路，也难以发现。这支部队由陈成副县长亲自指挥，钱梦梧和吴桂达也在队伍里，他们就埋伏在陈成同志的旁边。王香雄带着他独立营的大部分战士，也在深夜 1 点钟出发，赶到武宜公路谢桥附近的秆稞岗埋伏，此处是漕桥到大成的必经之路，几个月前，王香雄曾在此处伏击过漕桥的日伪军，日伪军稍有一点儿记性，走到这里都会特别小心的，不应作第二次伏击地。王香雄营长故意违反常规用兵，他嘲笑日伪军那班愚蠢的家伙，一定不会有这点儿记性作防备的。

钱梦梧他们在秆稞岗里等到 4 点钟，河里传来“叭”“叭”“叭”的汽艇开动的声音。陈成副县长发出做好战斗准备的指令。大家聚精会神地注视着河面。不一会儿，在黎明前朦朦胧胧中，两艘日寇汽艇靠岸了，甲板上出现了不少日伪军，倒背枪，正在搭跳板下船。陈成副县长一声喊打，喊声如惊雷响彻凌晨的河面，随着数十颗手榴弹飞向汽艇，机枪、步枪和短枪一齐开火。木川中佐做梦也没有想到会在这里遭遇到突然袭击，他呆了。他们聚集在汽艇上只有挨打的份儿，毫无还手之力。“轰”“轰”“轰”手榴弹一颗接一颗在汽艇上或汽艇周围爆炸，两艘汽艇很快进水，歪斜，下沉。会水的日伪军纷纷跳水，但也难逃新四军战士追击的子弹。战斗半小时结束，全歼了这股敌人。陈成副县长组织战士迅速打扫战场，会水的同志纷纷下河打捞敌人遗留在河中的武器。钱梦梧五六岁就跟着小伙伴在南夏墅青龙桥畔玩水,是游泳的好手,他特别擅长潜水,战斗一结束他第一个跳下水打捞胜利果实。已经11月了,天气开始转凉,河水也有点凉了,尤其是清晨,但取得这么大的胜利,兴致很高,钱梦梧一点儿也没有感到水冷,仅仅几秒钟,他从水底下冒出来,两只手高高地举着木川中佐的指挥刀,大声说:

"你们看,我捞到日本头子的指挥刀了。木川中佐这个蛮横的日本佬无论如何也没有想到,他会命丧运河底。"

钱梦梧第二次冒出水面,捞上来一挺轻机枪。大家心绪很高,一面捞武器,一面开着玩笑,十分快活。陈成副县长说,我们不光捞武器,敌人的尸体也要打捞上来,不能让他们留在水里坏了我们的运河水。大家虽然不大愿意,但也听话,把敌人的尸体一一打捞上岸,就地掩埋。

天完全亮了,金色的阳光从东方升起,在平静的河面泛起一轮轮美轮美奂的霞光。两艘残破的汽艇歪斜地躺在那里,大半身沉没在水里,只有船尾露在水面上。陈成副县长领着战士,扛着缴获的大批武器,迎着朝阳回到驻地,这一仗打得很解气。一共打捞出38具尸体,其中日本士兵尸体18具。河底是否还有?谁也不清楚。钱梦梧他们的短枪队无一伤亡。战士们很开心,说这样的仗再多打几仗才好,让日本士兵尝尝中国人的铁拳。大家说说笑笑回到驻地,一夜的疲劳也在说笑中消失得干干净净。

王香雄营长的伏击战也很顺利,不过没有全歼,只消灭日伪军50多人,我方有3名战士受伤,也是很大的胜利。这一仗打伤了日伪军,使他们好长时间不敢轻易走出据点,为我们乡镇政权的建设赢得了时间。

敌人是不甘心的,他们虽不敢轻易触犯新四军,但对付手无寸铁的老百姓还是贪婪残忍的。武南县各据点伪军的总头目叫姚鹤皋,他原来是国民党军队的一名团长,现在是常武地区皇协军的大队长,接连几个据点被拔除,又一连打了几个败仗,皇协军损失很大,是日军的四五倍,这些兄弟都是他手里捞钱的资本,他很痛心,也很窝心。终于他想出了一条报复的毒计,他把鸣凰、南夏墅、前黄据点周围的抗日家属全部抓进了据点,一下子抓了

40多人。武南县政府的秘书杨谷方的父亲、妻子和3岁的儿子也都被关进据点。姚鹤皋手段很残忍,对这些家属进行酷刑摧残,用皮鞭抽打、上老虎凳、灌辣椒水、用烧红的铁块烫,逼迫他们说出新四军的驻地,或逼他们写信给自己的亲人,要他们放下手里的武器来据点自首。亲属们都很坚强,忍受了难以忍受的痛苦,没有一个人向敌人屈服,如杨谷方的父亲,一连三天上了老虎凳,浑身痛得如散了架,躺也不是,坐也不是,但他忍住了,坚强地回答姚鹤皋:

“抗日有罪吗?”

“孩子大了,有权选择自己的道路!”

“你有本事,你自己去找我儿子说去,把我们这些老头子老太婆关押在据点算什么本领!”

武南县县委对这一情况非常重视,一面组织各方面力量积极营救,确保家属们安全;一面立即以武南县政府的名义,写信给姚鹤皋向他提出严正警告,责令他立即释放被捕的抗日家属,确保他们的安全,否则后果自负!姚鹤皋面对这封信,表面上对他的下属说:“老子不是吓大的!笑话,我抓人后果不是我负,还有谁替我负?”但静下心来想想,还是后背发凉,相当后怕。新四军的威力他心里是清楚的,他们信守承诺,说到做到。与新四军结冤太深,说不定什么时候走出据点大门就回不来了。他立即下令停止对这些家属的折磨。刚好这时,前黄、鸣凰、南夏墅的乡保长们陆陆续续出面,要求释放这些亲属,他便做个顺水人情:

“我本来就是为了地方安全起见,把这些老头老太在据点里关几天,教训教训那班不要命的人。既然你们来保释,看在你们的面子上,那……好吧,你们就领了回去吧!”

这些亲属关押了一周多就释放了。不过由于用刑过重,有几位老人出据点不久就去世了。姚鹤皋死心塌地当汉奸,他又一次欠了革命人民的一笔血债。

在抗日战争的全过程中,任何时候都不能放松对汉奸的严惩。那些日本侵略者，如果没有那些民族败类充当内应，他们便成了瞎人瞎马，辨不清东西南北，发不了多少威，容易对付得多。1939 年年初陈毅、粟裕遵循中共中央的决定，按照毛泽东同志《抗日游击战争的战略问题》的指示，自派遣新四军进入武南、锡西，开辟太滆地区抗日游击根据地以来，就不断严惩民族败类。如走马塘上阳的盛计然，他原本是小学教师，在新四军进入武南的初期他积极配合，做了一些工作，后来他经受不了艰苦环境的考验，叛变革命，投靠了日寇，充当日伪军的密探队队长，号称为日寇的"剿匪大队长"，残杀多名抗日干部和革命群众。1942 年春节，陈成同志派三名短枪队队员冒着寒冷的雨加雪，把他击毙于前黄西街的鸦片塌上。这次日伪军为什么一下子能准确地抓捕许多抗日的亲属？显然是汉奸的"功劳"。汉奸猖獗，对进一步开展抗日游击战争带来许多不便。陈成副县长在武南县委会议上，提出惩治汉奸的建议，得到大家一致的支持。会议结束后，经过一番侦查摸底，决定先惩办三名作恶多端的汉奸：前黄街上的张媒婆，龟缩在鸣凰据点里的皇协军大队长姚鹤皋和南夏墅的李长云。陈成把短枪队分成三个组，分别严惩三名汉奸。钱梦梧主动要求参加，他想去南夏墅。陈成副县长考虑了一下，答应了钱梦梧的要求，一方面钱梦梧是南夏墅街上人，熟悉环境，人头也熟，遇到特殊情况容易处理，另一方面也想锻炼锻炼钱梦梧，便让钱梦梧和吴桂达一起带两名短枪队员，负责镇压李长云。第二天钱梦梧他们一早就到了南夏墅街上，隐蔽在二姑妈的店里。李长云是南夏墅街西边的村上人，原先是武南县政府的交通员，工作还算积极，但私心较重，对金钱计较多，贪图享乐，后来他和常州临川里的一个女特务勾搭上，便成了女特务的俘虏，当上了可耻的叛徒。他常常进出南夏墅和鸣凰的日伪据点，提供情报。凡是他熟悉的地方都遭殃，一些革命同志惨遭杀害。这次抗属的名单也是他提供的。李长云和女特务住在常州，不大回家，不过白天常来南夏墅和鸣凰转转，暗中刺探新四军的情报。不经常提供情报，那个女特务是不会放他进门的，更不允许李长云上她的床。钱梦梧找到杨继震老师，让杨老师在街上暗中察访汉奸李长云的行踪。杨老师和李长云都是南夏墅小学的学生，一向比较熟悉。杨继震一连在南夏墅街上转悠了两天，没有发现李长云的踪迹，原来这两天李长云一直在常州和女特务鬼混，没有下乡，第三天中午，李长云刚刚在南夏墅街上露头，就让杨继震发现了。杨继震特地和他打招呼：

"你真的成了常州人了，好福气，好多天看不到你了。"

"让你见笑了。这不，我来了。南夏墅是我老家，怎么会不来？"

杨继震迅速到钱梦梧二姑妈店里，把消息告诉钱梦梧。钱梦梧让吴桂达和一名短枪队员化妆成农民，头戴着毡帽，身穿黑色对襟旧棉衣，相笼着手，低着头来到街上，同时钱梦梧和另一名短枪队员来到小学菜园旁的秆棵岗旁边，随时负责接应。吴桂达他们在布店门前找到了李长云，他正在和店铺里的朝奉打听那天拆碉堡之事。吴桂达他们悄悄靠近李长云，一人抓住李长云的一只手臂，同时用短枪顶住他的腰部，吴桂达低低地喝道：

"要想活命，不准作声。跟我们走，有人要见你。"

李长云几乎吓瘫了，但听口音知道是吴桂达，原来他们两人在武南县政府时走得较近，也较熟悉，心里稍稍定心一点儿。他心中有数，吴桂达不会拿他怎么样的。他低低地问：

"桂达老兄是你吗？你让我去哪里？"

吴桂达用枪顶顶李长云，说："快走，不许说话！"同时，吴桂达朝吃惊得张大嘴巴的朝奉说：

"好好做你的生意，别多管闲事。你什么都没有看见。"

朝奉笑笑，低头做生意，等于没有看见。不过，他心里明白，那个狗汉奸要见阎王了。

吴桂达拉着李长云往西街去，路上遇见一个日本士兵，两个伪军。他们没有注意吴桂达他们，李长云也不敢喊。出了西街，朝南夏墅小学的菜园子走去。李长云发觉情况不大妙。他不肯走了。他问吴桂达：

"到哪里去，谁要见我？桂达，我们是老朋友，我没有害人，更没有害你，你行行好，放了我吧，我一辈子念你的好！"

“你没有害人？你害了多少人，你心里没有数？”

吴桂达看看周围，没有什么人，离开街有一段路了，便决定在这里审判李长云，便严肃地对李长云说：

“你这个可耻的叛徒，充当日本人的一条狗，杀害3名抗日干部和3位抗日的群众，打伤多人。这次你又把抗日家属的名单交给日本人，你坏事做绝，还有脸说没有害人！我们代表武南县政府宣判你死刑！”

吴桂达不等李长云反应过来，当胸一刀直插心脏，李长云一声未哼，跌倒在地。另一位短枪队员怕他不死，又在他脖子上补了一刀。然后把一块写有“叛徒汉奸可耻下场”的白布放在他身上。吴桂达在李长云身上擦干净刀上的血迹，然后看看毫无动静的四周，便迅速离开。一百公尺外的秆稞岗前，钱梦梧和另一位短枪队员在接应他们。四个人会合后便迅速消失在秆稞岗后，他们当天晚上回到了武南县政府，向陈成同志汇报刺杀叛徒的经过。第二天一早，南夏墅街最热闹的中街，贴出了武南县政府的公告，历数了叛徒汉奸李长云的罪状，并向汉奸伪军提出严正警告，若不悬崖勒马，继续为非作歹，李长云的今天，便是他们的明天！李长云的尸体一直躺在那里三天，竟然无人收尸，他的亲属也十分厌恶他，不愿给他收尸。最后还是南夏墅的维持会出钱请人把他埋掉的。

镇压前黄街上的张媒婆也很顺利，两名短枪队员一男一女，一副村民打扮，找到张媒婆，自称是前黄街南面的薛渎村人，想请她到薛渎村去保媒，张媒婆一点儿也没有怀疑，抬脚就跟他们走了，因为请她保媒的事经常有。薛渎村在前黄街南三华里的地方，张媒婆也确实在那里保过媒，在薛渎村上有不少熟人。她隔在两人中间，兴冲冲地走着。到了南庄村后面的坟地，离薛渎村还有一里多路，走在前面的短枪队员突然转过身来，用短枪指着张媒婆说：

“你利用媒婆的身份作掩护，到处刺探抗日政权的情报，出卖给日本人，充当人人喊打的汉奸，给抗日工作带来严重危害。我们今天代表武南县政府宣判你死刑，立即执行！”

张媒婆吓得面如土色，立即跪地求饶。短枪队员抽出刀将其一刀毙命，随即把写有“汉奸可耻下场”的白布盖在她脸上，迅速离开。

镇压鸣凰据点里的汉奸姚鹤皋出了一点儿意外。四个短枪队员，发现姚鹤皋的行踪后，两个短枪队员跟踪，两个守在街口，以便随时应变突发的情况。两个短枪队员跟着姚鹤皋来到大药房门口，姚鹤皋进药店想请老医生把把脉。短枪队员觉得机会来了，便抽出枪准备射击，被姚鹤皋身边的警卫员发觉，他大喊一声“危险”便伏在姚鹤皋身上，枪响后警卫员倒地，姚鹤皋机警地向后屋跑，另一位短枪队员打了一枪，击中其胸背部，姚鹤皋立即倒地。短枪队员迅速离开和街口的两位队员会合，一会儿就不见了影踪。谁知姚鹤皋命大，只受重伤，没有死，在医院里躺了两个多月。不过受了这次惊吓，姚鹤皋收敛不少，轻易不敢离开碉堡了。

钱梦梧那天向陈成副县长汇报完完成任务的情况后，便与吴桂达分手，回到自己的办公室兼宿舍，推开门，见章引姐在给他洗衣服。这几件脏衣服还是前两天去南夏墅执行任务时换下来的，走得匆忙，没有来得及洗，便塞在床底下。钱梦梧很不好意思，说：

“章引姐，你来了。衣服快放下，让我来洗，你放下。”

钱梦梧说着，赶过来抢章引姐手里的衣服。章引朝钱梦梧笑笑说：

“让姐给你洗洗衣服也是应该的，谁叫我是你姐呢？快坐下歇歇。你跑了二十多里路，也累了，喘口气吧。热水壶里有开水，我刚烧的，我快洗好了。”

钱梦梧知道，自从立华姐临终前要章引姐照顾自己以来，章引姐一有机会便来看他，问寒问暖，真的把他当作亲弟弟一样照料，钱梦梧感到温暖，也十分感激章引姐，但他总感到不好意思。钱梦梧刚喝了一杯开水，章引就把衣服洗好了。她告诉钱梦梧，她上午就来县政府了，陈成副县长找她谈话，她的工作有变动，不再做县妇女工作了，调她到丁舍区政府当区长，配合区委书记管炎生工作。等一下管炎生同志开完县委会议来接她，一同去丁舍区政府。

为了适应新的斗争形势，武南县决定成立丁舍、南宅、张桥、礼嘉四个行政区。同时调整原来的小漕、湖滨、毛家桥、南周中共的区委组织，同行政区域一致起来，建立了四个区委，实行党的一元化领导。四个区的区委书记都是由有一定斗争经验的老同志担任，丁舍区委书记是管炎生，南宅区委书记是周平，张桥区委书记是许季英，礼嘉区委书记是于希平。四个区级政权建立后，对进一步推行抗日统一战线的政策，发动群众，团结一切可以团结的力量投身抗战很有好处，准备各区加强地方武装，发展民兵，成立区警卫大队。武南县的局面蓬蓬勃勃地发展，为1943年的反“清乡”斗争打下了坚实的基础。

钱梦梧对章引说：“丁舍区是新设的，离我们大成不远，也只七八里路。在区里工作独立性强，工作环境也复杂，一定要当心。”章引说：“工作艰苦一点不要紧，反正有管炎生同志挑大梁，我只要配合他把工作做好，环境复杂一点也不怕，不是更好锻炼人吗？”她接着又说：

“在地方上工作，天天在群众家里，比较忙，恐怕抽不出时间来看你，你自己可要照顾好自己，不要让姐担心。前几天我把我的背心拆了，抽空给你织了一条围巾，天冷了，出门记着围着。”章引说着从包里拿出一条淡绿色的围巾给钱梦梧。钱梦梧不好意思接，他说：

“这……你天天出门，你留着自己围，我衣服厚不冷，用不到！”

章引佯装生气地说：“姐给你的，你就拿着，什么这不这那，听话，拿着。”

就在这时管炎生同志来叫她，章引姐把围巾往钱梦梧脖子上一挂，就笑着走了，到门口回头对钱梦梧说：“记着，天冷下来，出门围着。”

钱梦梧手握柔软的围巾，既温暖又舒适，他真的从章引姐身上又感受到立华姐姐对他的关心了，似乎立华姐就在眼前。他的眼睛湿润了。立华姐牺牲4个多月了。4个月来，钱梦梧牢记立华姐的话，全身心投入抗日工作。工作一忙，暂时忘却了对立华姐的思念。但一有空闲就想起了立华姐，尤其是夜深人静的时候，思念得更深切。这是没有办法的事，立华姐既是姐姐，又是母亲，时时处处对自己关爱有加，更是革命的领路人！钱梦梧怎么能不时刻思念她呢？

第八章

“二五”减租

建立了区乡政权后，武南县政府按照中共中央的方针，决定全面推开“二五”减租，减轻群众的负担，让群众能够吃饱饭，有力气参加抗日。各区纷纷召开地主们的座谈会，向他们这些减租对象们说明政策，让他们明白，田虽然是他们的，但粮食是佃户们种的，没有佃户终日的劳作，田里自然长不出粮食来，他们收租也要手下留情，田租过高，佃户辛辛苦苦劳作一年，连肚皮都吃不饱，哪有力气来耕作？“二五”减租，是顾及地主和佃户双方的利益。通过讲道理，让地主们心甘情愿地实行“二五”减租。对于一些顽固不化的地主，是先礼后兵，先做思想工作，对个别顽固分子也要采取一定的强制手段。

“二五”减租是政策性很强的工作，为了让大家准确掌握政策，做到执行政策不走样，陈成副县长交给钱梦梧一项特殊任务，让他按照武南县的实际情况，拟定出《武南县实施“二五”减租的具体细则》来。这份“细则”既要符合中共中央颁发的文件精神，又要符合武南县的实际情况，还要通俗易懂，让乡村干部一看就明白。陈成副县长说：

“怎么样？给你三天时间，头两天到各区转转，了解一下，他们执行‘二五’减租遇到了哪些问题？需要在政策上作哪些明确的界定？也可以找找有土地出租的人，问问他们有什么要求？然后回来用一天时间把细则写出来。能完成任务?”

钱梦梧说:“没有问题,一定完成任务,不过我只能完成初稿,修改、定稿还请陈成同志完成。”

陈成副县长笑着说:“好吧,我就要初稿,定稿不是我,而是我们县委集体讨论。”

当晚,钱楚梧把中共中央颁发的“二五”减租的文件认认真真地钻研几遍,尽可能吃透文件精神,才上床睡觉。他深深地感觉到党中央确确实实是站在贫苦大众立场上的,为贫苦大众着想的。他联想到自己的家庭,他家有300多亩水田,全部出租给无田少地的贫困人家耕种,他家一分地也不种,每年收的田租要好几大仓,供他们一家全年吃喝外,还有大量的积余。那些佃户,一年到头在田里辛辛苦苦劳作,夏天顶着火热的太阳,冬天饱受风霜雨雪,收的粮食将近一半交了租,自己勉强度日,确实是不公平。钱梦梧又想到:父亲钱伯显面对“二五”减租会不会有抵触?他回想起父亲的所作所为,觉得父亲还算开明,对金钱不那么计较,地方上修桥铺路,他都带头捐款,对缴不起田租的个别佃户,也不苛刻,他往往会减免掉。他觉得父亲不可能是执行“二五”减租的拦路虎。钱梦梧想到这些,心里还是宽慰的。想想这想想那,一直到天快亮的时候,他才迷迷糊糊地睡着。

第二天,吃了早饭,钱梦梧和吴桂达便出发了。他们第一站来到丁舍区委。丁舍区委在丁舍街后背的一个小村上。这个村子前有一大片竹园,后面是清澈的小河,沿河是茂密的秆稞,环境十分隐蔽。钱梦梧他们在交通员的指引下,推开一户人家的侧门,见区委书记管炎生正在召开区委会议,章引姐也在座。钱梦梧说明来意,管书记说,你们来的正是时候,我们就是在研究“二五”减租中的具体问题。钱梦梧应邀参加。吴桂达在门口和区警卫队队员一起警戒。

丁舍区大户人家不多,最大的就是南夏墅钱家,即钱梦梧家。他家出租的水田有300多亩,大多数所谓大户人家,有水田百来亩,七八十亩,也有三四十亩的。也有一部分人家自己种一部分,出租一部分。这些人家出租的土地,毫无疑问都要实行“二五”减租。还有一种情况,孤儿寡母,有五六亩水田,缺少劳动力自己种不了,全部租给别人家种,全家靠收租过活,生活并不富裕,这种田租要不要减?又如家里有田地十五六亩,大部分田地是自己耕种的,只有少数几亩地出租给无地少地的人家耕种,这种田租要不要减免?减多少?会议上就这些具体问题展开讨论。钱梦梧一面参与讨论,一面把这些问题一一记下来。两天中,钱梦梧不仅走访了区乡干部,还走访了那些中小土地出租者,听听他们对减租的意见。就在丁舍区委旁边的村上,有一位小量土地出租者,对钱梦梧说:

“我明白,不把日本人赶走,我们生活没有保障,今天活着,明天就难保还能端到饭碗。为了动员大家起来抗日,进行‘二五’减租,我没有意见,举双手赞成,但也要保证我家有吃有穿,我也不求大富大贵,不至于挨饿受冻就好。”

钱梦梧很赞赏这种实事求是的态度。钱梦梧还在前黄南边的一个村里,走访一家姓胡的大户人家,攀谈起来竟然是钱梦梧家的远亲,是钱梦梧太爷爷一辈的亲戚,爷爷在世时往来较密切,爷爷去世后就渐渐疏远了。他对“二五”减租完全拥护,他说日本人长期占领这里,连命都难保,要这些粮食做什么?还不如拿出来为抗日做点贡献。话说得很漂亮,也很光彩。不过他接下来的一句话,让钱梦梧心里很不是滋味:

“我只有二百多亩地,比你钱家少多了,只要你父亲钱先生站起来带个头,我立马响应。”

钱梦梧说:“你放心,这个头我父亲会带的。”

话虽这么说,钱梦梧对他父亲是否拥护“二五”减租,心里还真没有底。

两天后,钱梦梧和吴桂达回到县政府驻地,把了解到的情况向陈成副县长一一作了汇报,还就一些政策的界定和陈成同志进行具体商讨,譬如,有的佃户反映,他们租的田亩面积不足,希望能重新核实田亩数;地主收租时的秤和斗斛不标准,往往偏大,希望一律按新秤新斗交租等。陈成同志要求钱梦梧把这些问题也写入“细则”中。钱梦梧告别了陈成同志,回到自己的宿舍,连夜起草了《武南县实施“二五”减租的具体细则》。他反复修改了三遍,然后誊抄一遍,在标题后面用括号写上“讨论稿”三个字,第二天一早就交给陈成同志。陈成副县长看了一遍,说:

“先放在这里,晚上召开县委会会议,具体研究。请你列席,一起讨论。”

钱梦梧说:“县委会议我就不参加了,你们讨论,有什么修改意见记下来,我再改。晚上我想回家一趟,做做家父的工作,让他带个头,这样推广起来就容易多了。”

陈成同志说:“梦梧,你主动要求做父亲的工作,这种精神可嘉。请放心,你父亲是著名的开明绅士,对抗日工作还是积极支持的。县委考虑到你父亲的影响,已让你父亲的老朋友去做工作了。你放心参加会议,把这份实施细则修改好,及早发下去。”

“我父亲的老朋友？谁?”

陈成同志笑笑,没有正面回答,只说:“你的任务是集中精力,写好你的‘实施具体细则’,别的事情就不要分心了。”

其实,钱伯显先生对实施“二五”减租的态度是很不积极的,他认为这是共产党利用减租减息的手段来讨好佃户,收买人心,壮大自己的实力。因为田租收多收少是佃户在租田时早就讲好了的,并且订有契约,一个愿打,一个愿挨,都是自愿的,没有什么欺诈,更没有压迫行为。自从“二五”减租实施以来,南夏墅、鸣凰一带的大户人家,纷纷向钱伯显诉苦,说是共产党开始吃大户了,要他带头抵制。他虽然没有明确表示抵制,但心里是很不快的。武南县委考虑到钱伯显在地方上的影响力,尽可能化消极因素为积极因素,武南县委请示中共太滆特委,特委书记陈立平曾在南夏墅小学做过教师,跟钱伯显校长关系尚好,决定亲自去做钱伯显校长的工作,争取钱伯显校长起来带个头,推动“二五”减租的顺利开展。

当天晚上,钱梦梧参加了武南县委会议。对照上级文件精神,一条条审阅《“二五”减租实施具体细则》,有偏差的地方立刻修改,有模棱两可的地方,一律改明确。还有没有需要考虑到的地方,提出来,立刻补充完备。会议整整开了两个多小时。会议结束后,陈成同志让钱梦梧按照会议精神对"实施具体细则"再修饰一遍,然后定稿付印,尽快发下去。钱梦梧回到住宿处,立即就着手修改。

钱梦梧专心致志地修改,一字一句地推敲,刚把"实施具体细则"修饰一遍,宿舍门突然被推开了,陈成同志陪着陈立平书记走了进来。钱梦梧抬头见是他们两人,赶紧站起来让坐,可房间里就一张板凳,哪里还有坐的地方?两位领导也不计较,就在钱梦梧身后的床上坐下来,陈立平书记顺手把手里的一个包裹放在床上。陈立平书记说:

"小钱,你到我们太滆根据地一年了吧?你的工作陈成同志向我汇报过多次。不错,你很优秀,你工作很好。度过了生活关,克服了许多难以想象的困难,已经完全适应了敌后工作的环境。你做了许多工作,县委对你的工作是满意的。"

猛听领导的表扬,钱梦梧很不自然,他讷讷地说:

"这是我应该做的。我身上还有许多小资产阶级情调,有时情绪急躁,考虑问题很不细致。今后要好好地向老同志学习,让自己快点成熟起来。"

陈立平书记说:"你能这样认识,我很高兴。我刚从你父亲那里回来,这包衣服,是你父亲带给你的。"

"你,你去看我父亲了?"钱梦梧大吃一惊,似乎有一点儿不相信,"你就是我父亲的老朋友?亲自去做我父亲的工作了?怎么样?他拥护'二五'减租吗?"

"你放心,你父亲是有名的开明绅士,是大先生,他对我们的'二五'减租有误解,解释清楚就好了,他完全拥护。"

"真的吗?"钱梦梧似乎有点儿不相信。

两位领导都笑了。陈立平书记说:"当然是真的。他还要主动找一些大户人家做工作,让他们也主动配合,实行'二五'减租。"

"我父亲没有拖我的后腿,让我回家吧?"钱梦梧担心地问。

陈立平同志实事求是地说:"说了,让我劝你回上海读书,他主要不放心你,我做了工作,他放心了。这不,还让我带了一包冬天穿的衣服给你。让我带信,让你方便的时候回去看看奶奶。你父亲是很讲道理的人,抗日的态度还是很积极的。”

“谢谢陈书记,给我完全解除了后顾之忧！这样我可以放心地回去看奶奶了。”钱梦梧由衷地感谢陈立平书记。陈立平书记临走时叮嘱钱梦梧,没有十分必要不要回家,他家离敌人的碉堡太近,危险较大。陈立平书记说:

“你要处处注意安全,我是向你父亲打了包票的,确保你的安全。立华同志牺牲了,你父亲更加在乎你,也更加担心你了。你一定记着。”

父亲的态度转变,更加激起了钱梦梧的工作热情。他送走了两位领导,便集中精力修改实施“二五”减租的具体细则,一直改到完全满意了才上床休息。

第二天天不亮,钱梦梧便起身,用冷水洗了脸,又坐下来把“二五”减租的实施细则,仔仔细细地修改一遍。每个词都反复作了推敲。这是钱梦梧代表武南县政府起草的第一个文件。他心里明白,这个“实施细则”作为县政府文件发下去,是要下面执行的,任何差错都会影响县政府的威信,都会影响到“二五”减租运动的正确展开。早饭后,他把《武南县实施“二五”减租的具体细则》送给陈成副县长审核,陈成同志看了一遍,脸上露出了微笑,立即签上“同意印发”几个字,并签上自己的名字,然后递给钱梦梧,说:

“写得不错,很到位。你会刻钢板吗?”

“刻过几次,还是在上海搞地下工作时刻过传单。”钱梦梧记得,他入党前接受党组织的第一次任务便是刻钢板,印刷上级党组织传来的揭露日寇烧杀抢掠的传单。刻印好传单,他组织符德铭几个同学分头上街贴传单,还在同学中间广为散发。

陈成同志说:“那就请你把实施‘二五’减租的具体细则印刷一千份,给你两天时间,来得及吗?”

钱梦梧说:“没有问题。”说着,接过《武南县实施“二五”减租的具体细则》转身就走了。他回到自己的房间就干起来了。印一千份的任务是够重的。一张腊纸那时最多印 300 多份,印一千份意味着要刻三遍钢板,每份有两页,全部印刷好要刻 6 张腊纸,还要印刷,装订。两天时间很紧张。钱梦梧知道这任务只能提前,不能拖后。下面“二五”减租的工作已经铺开,急需要这份“实施细则”,形势不允许他拖。钱梦梧紧张地工作,紧赶慢赶,终于如愿以偿,在第二天临晚,钱梦梧把还散发着油墨清香的一千份《武南县实施“二五”减租的具体细则》交给县政府秘书长杨谷方时,杨谷方大吃一惊,他没有想到钱梦梧竟然做得如此利索,他向钱梦梧竖起了大拇指。提前完成了任务原打算休息一天,松一松紧绷的精神。谁知第二天,即 1942 年 11 月 2 日刚吃完早饭,陈成同志就把他叫去了。

原来钱梦梧家并不是武南县占地最多的大户,占地最多的应该是天宁寺。位于常州城东的天宁寺是建于唐朝而香火盛于明清朝的大寺。天宁寺和尚,历年来用强取豪夺的办法占有土地数万余亩,遍及常武地区。仅武南县就有上万亩土地,全部租给佃农耕种,涉及四五千农户。天宁寺的地租不减,“二五”减租运动难以取得真正的成果。陈成同志把钱梦梧找去就是商量天宁寺减租的事。陈成同志告诉钱梦梧,我党早在 1927 年 11 月曾发动天宁寺的佃户起来和天宁寺进行斗争,要求减租减息,时历三年,上千佃户还在前黄公学的大操场上召开大会,坚决要求天宁寺减租减息,要求退回天宁寺多收的浮租,会后还举行游行示威。前黄公学的教务主任徐秋蝉和校董杨锡类,代表佃户在都家桥小学和天宁寺和尚钦锋谈判,时任中共江苏省农委书记的陈云同志曾到前黄公学召县委、区委和支部书记的联席会议,具体部署与天宁寺的抗租斗争。最后天宁寺勾结国民党官府严厉镇压,才惨遭失败。

钱梦梧对这段轰轰烈烈的抗租斗争,头脑里还有记忆,佃户们手执小红旗,高喊着口号奔向常州去请愿示威的情形,他还有点印象。他那时只有四五岁,他曾随着小伙伴,站在大路旁边,看着游行队伍通过。他也曾多次听家父说过此事。父亲多次叮嘱外出收租的雇员,收租不能穷凶极恶,要手下留情,要让佃户也有口饭吃,能生活下去。看来父亲是从这件事情吸取了教训。钱梦梧有时想，恐怕正因为这一点，是父亲这次能够爽爽快快接受“二五”减租的原因吧？

陈成同志说：“让你去天宁寺找住持方丈谈判，有没有信心？任务是艰巨的，但我们必须拿下，不然我们‘二五’减租无法进行下去。”

钱梦梧吃惊地看着陈成同志说：“你让我一个人去吗？”

陈成同志笑了，说：“当然不是让你一个人。县委请示特委，同意我和你两个人去。我们县里没有设宗教科长，按照分工宗教这方面的事务也应归在你名下，减租政策你吃得很透，执行起来不会走样。怎么样，敢不敢去天宁寺闯一闯？”

钱梦梧高兴地说：“有你县长当头羊，当然敢闯，哪怕是龙潭虎穴，也没有什么可怕的！”

陈成同志说：“从天宁寺回来，你具体排一排，我们县里也有几十座寺庙，也都有些庙产田，多的有上百亩，有些学校也有数十亩出租田，他们田租也要实行‘二五’减免。去这些寺庙开展工作，我就不能陪你了，只能让你和吴桂达去了。”

钱梦梧回答得很干脆：“没有问题，一定完成任务。”

其实去天宁寺是三个人，还有一个是吴桂达，他是负责安全的。当天他们吃了早中饭就出发，必须赶在下午6点前进城，6点以后城门口盘查就严格了。三人全穿的是便装，陈成同志头戴礼帽，身穿灰色长衫，配一副茶色眼镜，俨然是一个乡绅。钱梦梧仍是青年学生模样，他一点儿也不用化妆，只要换一身衣服便行，和陈成同志以师徒相称。吴桂达扮成跟班，手里拎一只皮箱，皮箱里是几件替换衣服，夹层里放着三把短枪。他们五点多来到南门口，进进出出的人较多，排着长长的队伍。日军盘查只是核对一下良民证，只对他们认为有怀疑的人，才搜身，检查行李。陈成他们都有良民证，而且是一副大先生的派头，很轻松地通过盘查，进入城内。他们直奔东大街同昌杂货店。

同昌杂货店是太滆特委于1941年年初在常州设立的秘密联络机关。负责人是王法,是特委的情报工作组组长,他的身份是大股东,他经常往来于上海、路北、浙西、宜兴、茅山等地区。店员三人,他们是章朴民、任惠君和任全才,也是太滆特委选派的精干的情报人员。他们的任务是收集日伪的情报,及时传递给太滆特委,还要加强各抗日根据地的联络,掩护、护送中共南来北往军政干部。1942 年年初,特委把这个联络点移交给武南县委,由时任县委书记王子达直接领导。陈成和店员都熟悉。当晚他们就住宿在店里。陈成考虑到为了与天宁寺方丈谈判顺利进行,最好能与方丈事先沟通一下,否则,明天突然造访,很有可能见不到当家方丈。他问王法,与方丈有否交往。王法说,每年年初一,他都到天宁寺烧香,企求菩萨的保佑。这是店家约定俗成的规矩,大家都去,王法虽不信佛,自然也得去,但只见过住持方丈一面,简单交谈过几句,一点儿不熟悉,住持方丈不一定记得我。在一旁的钱梦梧说,住持方丈他认识,他从 8 岁开始,年年初一跟着父亲到天宁寺烧香,每一次都进方丈室,住持方丈陪他们说话,还吃一碗素面,自然他父亲会给天宁寺一大笔香钱。钱梦梧说:

“我现在就去天宁寺,先跟住持通通气,事先有个心理准备,免得太突然。”

陈成同意钱梦梧去做点儿铺垫工作,但考虑到让钱梦梧一人晚上去,很不安全,而且钱梦梧对城内的地理环境也不熟悉,一旦发生情况,难以应付,连往哪儿逃避也不清楚。商量再三,决定由店员章朴民陪着钱梦梧一道去。章朴民是常州人,对天宁寺一带从小就熟悉,经常到红梅塔去玩。晚饭后,钱梦梧和章朴民穿过小巷弄堂,也只半个小时就来到天宁寺山门前,自从日军占领常州后,天宁寺也门庭冷落车马稀了。白天没有多少香客进来,现在更是静悄悄的,没有一点儿声息,两盏昏黄的灯笼挂在山门两旁,有气无力地散发着微弱的光,似乎难以穿透四周浓墨的黑暗。山门半开着,钱梦梧他们跨进山门,门内也是昏昏暗暗,平时彻夜不灭地点在四大金刚面前的蜡烛也不见了。钱梦梧以为没有人,刚走了两步,两旁闪出两个和尚,拦住去路,厉声道:

“施主止步,请回吧。特殊时期,晚上不接待香客。请吧,施主!”

钱梦梧作揖施礼,告诉两位和尚,他们有事要见住持方丈,请他们通报。和尚说住持在做晚课,不便见客,请他们明天来。钱梦梧说:

“我和住持有私交,请你们一定通报,就说南夏墅钱家小少爷来访。”

两位和尚也知道南夏墅钱家是常武地区出了名的大户,钱家每年供奉他们的香火钱很多,他们不敢怠慢,飞快给住持方丈通报,得到住持方丈允诺后,一位和尚陪着钱梦梧他们往里走。钱梦梧知道住持方丈的房间在最里面一座大殿东厢房,要走好长的一段路,如果没有和尚带路,黑灯瞎火的他也很难摸到。天宁寺殿宇高大空寂,供奉着一尊尊怪模怪样的菩萨,偶尔还传来“笃笃笃”低沉的木鱼声,阴森森的很有点儿吓人。钱梦梧他们跟着和尚七转八转来到最后一座大殿前,一位老者站在殿门前迎接,他低头作揖道:

“阿弥陀佛,贤侄,请。”

钱梦梧和章朴民都作揖,道:“住持请!”

钱梦梧和章朴民随着住持方丈来到住持念经打坐的房间。刚刚坐下,一位和尚给他们一人冲上一杯香茶,然后退出门外。住持看着钱梦梧问道:

“贤侄不是在上海读书吗?什么时候回来的?”

钱梦梧告诉主持,日本人占领了大半个中国,天天烧杀抢掠,民不聊生,哪里还有安静读书的环境?不把日本人赶出中国,是没有法子读书的。住持听了长长地叹口气,他说,谁说不是呢?日本人在城里天天杀人,三天前还在我们山门前杀害了三名妇女。他们口口声声敬重菩萨,但多次荷枪实弹冲进庙里来搜寻所谓抗日分子。钱梦梧见住持对日本人也很痛恨,便开门见山地告诉住持,他早在一年前就回来参加抗日了,住持听了一点儿也不惊讶,他说:

“阿弥陀佛,我从贤侄面相上看出来,贤侄走上正义之路了。今天所为何事?要老衲如何配合,请明示,我们都不是局外人。”

钱梦梧说:“我今天来只是打个前站,和您约一下,明天上午我陪领导来和您具体商量,好让您有一个思想准备。”

住持说:“阿弥陀佛,只要对打日寇有利,老衲会尽量配合的。”

钱梦梧见完成了任务,便告别了住持,由一位和尚陪着送出山门。仍然避开大街穿巷子回到店里,钱梦梧如实向陈成副县长汇报了完成任务的情况。陈成很高兴,称赞钱梦梧说:

“看来,选你做搭档选对了,没有想到你还跟住持有较深的关系。”

由于钱梦梧提前安排,第二天陈成、钱梦梧和吴桂达去谈判就顺利多了。吴桂达没有进住持房间,留在门外警戒,以防万一。陈成和钱梦梧刚刚在住持对面方凳上坐下,一位和尚给他们敬上一杯茶。钱梦梧便把陈成副县长介绍给住持,他说:

“这位是新四军武南县抗日民主政府副县长陈成同志。”陈成站起来向住持作揖,说道:“今天冒昧打搅了。”住持也站起来还礼,说:“欢迎贵客临门,阿弥陀佛!”双方重新坐定后,住持开口说:

“贵党是真心抗日的,老衲不常出门,但贵党抗日的业绩还是常常听说的。老衲也是中国人,对贵军是拥护的。要老衲做什么请直言,我寺一定配合。”

陈成说:“谢谢住持对我党我军的理解和支持,我们同为中国人,不能眼看着同胞遭受日寇的欺凌。为了动员广大民众投身抗日,我党将在广大农村实行‘二五’减租减息。”接着陈成让钱梦梧把“二五”减租的政策,实施的办法详详细细地解释一遍。然后陈成说:

“我今天和钱梦梧同志专程赶来拜访住持,主要是和您商量减租的事,贵寺的庙产有一万多亩在我们武南县,我们竭诚地希望住持能支持我们的工作。”

住持听得很仔细,陈成说后,住持没有表态,他站起来亲自为陈成和钱梦梧续了一次茶水,然后说:

“我天宁寺家大业大,吃饭的人也多,我们生活来源主要是靠田产的租米,平时的香火钱买香烛都不够,还有一部分收入靠施主们的捐助,梦梧贤侄家每年要捐助几十担米，但自从日军占领这里以来，烧香拜佛的人少了，今天就没有几个人进香，不少大户人家逃往后方，捐助也骤减。不瞒你们两位说，我们的生活也岌岌可危了，但我们的生活总比佃户们要好，贵党为了改善老百姓的生活，让他们吃饱了去抗日，拯救中国，这也是很大的善事。我代表我们天宁禅寺的众僧们支持贵党的政策，所有的佃租都实行‘二五’减租。如果有的佃户遇到天灾人祸生活实在困难，也可以免交租米。这也是功德无量的事。阿弥陀佛！”

住持爽脆地支持“二五”减租，陈成副县长很高兴。他向住持作揖道谢。后来他们谈起十多年前的减租，住持说他那时主管天宁禅寺的后勤方面工作，“那次我们态度强硬，没有同意减租，报告了国民党县政府，动用警察下乡抓人，还开枪打死了佃户。主要是我们对贵党不了解，不知道你们是为穷苦百姓着想，明明是一件功德无量的事，却听信国民党政府，认为你们是匪党，结果闹得不欢而散。”其实那一年，武进那里的田租大部分没有收回来。陈成说：“这件事我们也有责任，应该和你们住持先商量，不要一开始就游行示威，高喊过激的口号。”住持说：

“我们是中了国民党的奸计，他们借机镇压贵党，他们捣毁前黄公学，逮捕了七八位教师。我的前任住持为这事很后悔，他升天时，对我说这是他一辈子做的最错的一件事，他告诫我今后天宁禅寺要超脱党派之外，不参与政治，不参与两党的斗争。我们是普度众生，慈悲为怀。哈哈，今天我违背了老住持的叮嘱，支持贵党了。”

钱梦梧说：“时代不同了，我们的目标一致，是对付外敌的。”

“贤侄说得很对！抵御倭寇，保卫中华民族匹夫有责，我们僧人也要为抗日出一份力嘛！”主持说。

双方谈得很融洽，也很开心。住持还应陈成之请，写了一份同意“二五”减租的契约，双方签了字。中午时间到了，住持便留他们吃了一顿素餐。完成了任务，陈成他们下午就出城，回到了武南县政府。陈成连夜写了一份报告，向太滆地委详细报告了这件事，第二天一早请交通员送给特委陈立平书记。

解决了天宁寺的“二五”减租,“二五”减租在全县迅速铺开。

武南县大大小小的庙宇七十余座,都有些庙产出租,从天宁寺回来的第二天,钱梦梧和吴桂达一个一个庙宇去拜访那里的当家和尚,和他们商谈减租的事。有的庙田多,有的庙田少,有的收租高,有的收租低。钱梦梧和吴桂达商量着合情合理地进行减免,既让和尚有饭吃,也让佃户们有饭吃,双方都满意。东岳庙是一座古庙,据传有近千年的历史,庙里古树很多,放生池畔的一棵银杏树枝叶茂密,三个人还合抱不过来。钱梦梧和方丈谈“二五”减租,很融洽,两人竟成了朋友,后来,东岳庙也成了新四军秘密的联络站。有一次钱梦梧和吴桂达被日伪军包围,突围出来就藏在东岳庙里,吴桂达躲在菩萨神像后面,钱梦梧爬上银杏树,藏在茂密的枝叶中,成功地躲过日伪军的搜捕。

钱梦梧和吴桂达跑了一个多月才落实了全县寺庙的“二五”减租,完成了任务。

第九章

去灵台筹建船民工会

随着“二五”减租的全面开展，广大群众抗日救国的积极性普遍高涨，各地的农会纷纷建立起来了，各村的扫盲识字也开展起来了，村村巷巷搞得热气腾腾。一天中午，陈成同志找钱梦梧进行了一次推心置腹的谈话，陈成同志对钱梦梧一年多来的工作很满意，作了肯定的评价，认为钱梦梧工作主动，也很踏实，一年多来进步很快，但工作还不够大胆，有时有些缩手缩脚，和群众结合还不够。也就是说，身上还有一点洋学生的腔调。钱梦梧完全接受陈成同志的批评，他诚恳地说：

“你批评得很对，工作的泼辣劲头我远远不如你们，有时到群众家里会有坐没坐处，站没站处的感觉。在群众家吃饭也很不习惯，常觉得不卫生，似乎他们的碗筷没有洗干净，又不好意思当着他们的面把碗筷重新清洗一遍，心里别别扭扭，很不痛快。我在县委机关就没有这样的感觉，很舒畅。”

陈成说：“这要有一个过程，你一直生活在富裕的家庭，在大上海又生活了几年，有这样那样的别别扭扭很自然，一点儿也不奇怪。我开始也不习惯。我一直在学校生活，知识分子的气味较浓，刚到农村，晚上连睡觉也睡不安稳，老是担心被子不干净，怀疑有跳蚤、虱子，痒痒的，浑身不舒服。其实什么都没有。纯粹是思想上作怪。”说着笑了起来。

钱梦梧说：“这就是布尔乔亚的思想，也就是我们常说的小资产阶级的情调吗?”

陈成微笑着说:“不用上纲上线,也没有那么严重。只要稍微注意一点儿,你深入群众,和群众相处久了,自然而然就克服了。”

谈话结束时,陈成同志要钱梦梧暂时把手头的文教工作放一放,去坊前、灵台、寨桥一带把西滆湖的船民组织起来。陈成告诉钱梦梧,西滆湖有四五百个船工,成天风里来雨里去,生活在船上,生活很艰苦,他们革命性很高,受日军的祸害也很深,抗日热情高涨。县委早几个月就把你的老同学派过去工作了,你过去,和他一道把船民组织起来。钱梦梧问:

“我的老同学?哪一位?是史济荣吗?”

“对的,是史济荣,你们不是同桌吗?”

史济荣的确是钱梦梧小学时的同桌,两人从四年级开始到小学毕生一直坐在一起,情同亲兄弟,他长钱梦梧一岁,是丁舍后街人。家里有七八亩田,在丁舍街上还开一家小南货店。父亲很能干,一面种田一面经商,但生活并不十分富裕,有一学期的学费交不起,还是钱梦梧向他父亲提出来减免的。他学习用功,成绩不比钱梦梧差。他家离学校有8里多路,他天天走读,风雨无阻,从没有迟到早退过,钱梦梧的父亲很赏识他,不止一次地告诉钱梦梧,好好向史济荣学习。小学毕业他们分开了。史济荣就读鸣凰城南中学。日本人攻占常州后,他们俩一直没有见面,一直到今年三月,钱梦梧到湖塘桥青云中学给全校师生作报告时才重逢。当时史济荣就坐在下面听报告。报告完了,史济荣找到钱梦梧,高兴得连话也说不连贯。他告诉钱梦梧他去年在坂上铺华中学读完初中被聘到青云中学当干事,主要是刻刻钢板,有时也上城里采购点教学用品。自从那次以后,史济荣多次到大成、杨桥、闸口等地寻找钱梦梧。两人一见面,便谈论世界反法西斯战争和全国抗日战争的形势,讨论青年的出路。说起日军的暴行,史济荣愤愤不已,他亲眼看到日军在丁舍放火烧掉半条街,老皮匠腿脚不灵避之不及,被活活烧死在大火中,理发店的毛师傅刚从店里跑出来,就被日本士兵一刺刀,杀死在店门口。他一个朋友告诉史济荣,日军侵入奔牛镇,三里多长的街道变成一片焦土，烧毁房屋1742间，杀害无辜群众441人。史济荣多次对钱梦梧说：

“梦梧，老同学，你帮我向新四军介绍介绍，我要参加你们的队伍，打日本侵略者，为乡亲们报仇。”

钱梦梧回到县政府，把史济荣的情况向陈成同志作了介绍，陈成亲自找史济荣谈了一次，让史济荣以教师的身份和他的初中同学周志尧一起，在湖塘桥租了一间屋，做武南县政府的秘密交通站，负责情报传递和往来人员的接送。史济荣的工作很出色，他多次借以为学校采购教学用品的名义，去常州城里为新四军购买急需用的药品、电池、布匹等物品。他还成功策反湖塘镇的两位伪军，利用晚上放哨的机会，弃暗投明，携带一支三八式步枪和一挺轻机枪，成了王香雄手下的两名战士。陈成对史济荣的工作相当满意，在钱梦梧面前几次提到他，说钱梦梧推荐了一位优秀的革命同志。

史济荣一次去灵台姨娘家，刚好三位船民和他姨父在谈判，要求减免船租，他姨父不同意，闹得很激烈，差点动手。史济荣做了不少协调工作，他姨父答应减免船租。减多少还没有讲好，船民要减一半，他姨父只同意减十分之一。当天晚上，史济荣去县政府向陈成副县长汇报这件事。陈成副县长意识到县政府忽视了船民的工作。船民在滆湖以捕鱼为生，只有一部分人在湖岸边有住房，大部分以船为家，一家人吃住在一条小船上，船大部分是租用船主的。自己有船的不多。船主也不是很富有，一般是岸上有七八亩地，自己种，打造二三条船，自己用一条，种田时用船运肥料、运稻麦，农闲下湖捕鱼，补贴家用，其他的船只租给渔民用。在一定意义上说，船民风里来雨里去，吃的苦，比佃户们多得多，把他们发动起来，组织起来，也是一支不可多得的力量。当晚陈成同志就在县委会议上提出船民的发动组织工作，决定让史济荣去灵台做船民的发动工作。现在船民们开始发动起来了，大家情绪高涨。陈成对钱梦梧说：

“县委同意史济荣的意见，成立船民工会。由船民工会和船主们签订“二五”减租契约，既要减轻船民们的负担，也要让船主们有利可生活。更重要的是，通过减租斗争发现并培养一批积极分子，在船民中间建立秘密党组织。这个任务很艰巨,希望你完成好。”

钱梦梧爽脆地答应:“请县委放心,我一定完成任务。”

钱梦梧问:“史济荣是不是中共党员?”

陈成微笑着告诉钱梦梧,史济荣也是他考察培养的对象,只要条件成熟,就可以发展史济荣入党。钱梦梧接受了任务,下午就赶到灵台。交通员一直把钱梦梧送到湖滩一个小茅草屋里。这小茅草屋是船民们上岸临时避风歇脚的地方,屋里很昏暗,有一张破旧的木板床,床上铺着稻草,另外还有两张小竹椅。钱梦梧推门进去,屋里史济荣和五位船民正在开会。史济荣把钱梦梧向大家作了介绍,说武南县委很重视船民工作,特地派钱梦梧同志来指导工作,大家很高兴,用热烈的掌声表示欢迎。钱梦梧靠着史济荣坐在床上,会议便继续进行。钱梦梧首先传达武南县委的指示,要充分把船民发动起来,建立船民工会,由工会牵头,和船主商量签订减租合同。减多少租算合情合理?县委的意见是坚持“二五”减租的标准。钱梦梧说:

“我们减租的目的,是想改善船民们的生活,让船民有饭吃,吃饱了肚皮才能站起来和日本侵略者作斗争。我们也要考虑船主们的利益,这些船主并非是胡匪渔霸,我们也要团结他们,让他们跟我们一起和日本侵略者作斗争。所以我们要兼顾双方的利益。中共中央提出‘二五’减租的比例是十分恰当的。”

大家一致同意“二五”减租,和佃户们的减租同一标准。会议上也分了工,让五位船民分片用串连的方法,发动船民起来成立船民工会。钱梦梧和史济荣做船主们的工作,让他们心甘情愿地接受“二五”减租。临分别时那个叫徐海生的船民,对钱梦梧说:

“你放心,组织船民工会没有问题,大家都会参加。有你们新四军撑腰,我们这些打鱼的怕啥?只要我们手中有了枪,我们就敢跟日本人干。”

钱梦梧拍拍徐海生的肩头,笑了。

散会后,史济荣陪着钱梦梧去他姨父家。一路上史济荣向钱梦梧介绍五位船民的情况。他说那位徐海生态度最积极,是他第一个向船主提出减租的。他活动能力也很强，这几天他已经发动了一百多船民起来要求减租了。他是船民中自发成长起来的领头人。钱梦梧向史济荣了解徐海生的家庭情况，史济荣说：

“我上过他的船，生活十分艰难。全家窝在船上。父母亲都没有了，他父亲是被日本人开枪打死的。五个月前，他父亲背着一篮湖鲜在寨桥街上叫卖，遇到日本士兵追逐花姑娘，一个女孩躲在他身后，他拦着日本士兵让女孩逃跑了。那个日本士兵拔出枪当胸就是一枪，他父亲倒在街头。他恨死了日本人，发誓要亲手杀几个日本士兵为老父亲报仇。”

钱梦梧很赏识徐海生，认为徐海生很有培养前途。

钱梦梧和史济荣边走边交谈，不经意间走进史济荣的姨父家，钱梦梧一抬头，吃了一惊，这里他很熟识，竟是他曾生活过一年多的蒋家。钱梦梧问史济荣：“你姨父可是蒋培斌伯伯？”

“对，你认识？”

“何止认识？我全家前几年逃难到这里，就住在蒋伯伯家。”

“真巧。这就不用我介绍了。”

这时，史济荣的姨父从屋里走出来，说：

“济荣，回来了。啊，这不是钱少爷吗？你爸送你去上海念书，怎么会在这里？你爸好吗？前几天我还寻思，等天冷一点儿，弄点湖鲜给你爸送去，让大先生也尝尝鲜。你来了，刚好给你带回去，就不用我送了。”

“谢谢蒋伯伯好意。我早回来参加抗日了。不把日本侵略者赶出中国，哪里有安心读书的地方。”钱梦梧说。

史济荣告诉姨父，钱梦梧早已参加新四军抗日队伍了，现在在武南县政府工作。最近一段时间就在湖边工作，和他住在一起。蒋培斌高兴地说：

“我早就和你父亲说过，从小看到老，你小时候用功读书，将来一定会有出息的，也只几年时间，你就出息了。让济荣跟着你我放心。济荣，你要好好向钱少爷学学。”

史济荣笑着说：“姨父，我会的。我天天跟着梦梧学，跟在钱少爷的屁股后面转。”

钱梦梧笑着说:“蒋伯伯,叫我梦梧,可不能叫我钱少爷。我们新四军队伍里都是以同志相称,蒋伯伯你再叫我少爷,我可要抗议了。”

“好,好,好!我叫你梦梧同志。行了吧?”蒋伯伯笑着说。

在吃晚饭的时候,钱梦梧提出来以“二五”比例减免船租的方案,想听听蒋伯伯的意见。蒋培斌立即表态,他完全同意这个方案。他说:

“他们船户要求减一半,太凶了。田租是‘二五’减租,为啥船租要减半?没有这道理嘛。我相信新四军,新四军做事总是合情合理的。”

钱梦梧问:“蒋伯伯,你看‘二五’减免船租,船主会答应吗?”

蒋培斌说:“会答应。‘二五’减租是大势所趋,我看不会有人反对,就是个别人有意见,也只会在人背后嘀咕,不会公开反对的。大家都在减,你能不减?”

蒋培斌的态度,更加坚定了钱梦梧推行“二五”减免船租的信心。从第二天开始,他和史齐荣一连几天走访了几十户船主,先走访灵台的船主,接着走访寨桥沿湖的船主,最后到坊前去走访。大多数船主都接受“二五”减租的方案,也有少数船主有阻力,但做了工作,也都能接受,应该说工作比较顺利;但也遇到一点儿麻烦,他们在靠近坊前街的一家船主家里做工作时,被坊前碉堡里的密探发现,引来了十多名伪军,幸亏他们出碉堡时被一位农会干部发现,立即赶来报告,船主从后门把钱梦梧和史济荣送上船,摇进芦苇滩。时令已是冬天,芦苇早已枯萎了,如果在早几年,芦苇早已割了堆在湖滩,家家户户都在家里剖芦编织芦席和芦链了。白亮整齐的芦席芦链是老百姓生活中的必需品,也是沿湖群众的主要副业,是他们全家全年零花钱的来源。可是自从日本人来,烧杀抢掠不断,谁还有心思割芦编席?芦苇还高高挺立在湖边的浅水处,密密的,像是一道天然的屏障。一望无际的芦苇,在湖风的吹拂下,轻轻地摆动,米黄色的芦花像一片片云霞一样在飘动。伪军赶到湖边,望着一片芦苇,哪里还有新四军的影子?气得向芦苇叭叭地放了几枪。船主摇着船一直把钱梦梧和史济荣送到灵台。晚上蒋培斌听说了这事，反复告诫史济荣：

“今后出门一定小心点儿，让梦梧在湖边出了意外，我怎么向他父亲交代呢？”

钱梦梧说：“蒋伯伯，你放心，我们不是好好地回来了吗？几个伪军是奈何不了我们的。”

走访了船主，接下来几天，钱梦梧便跟着史济荣走访船户。钱梦梧跟着史济荣走访的第一个船户便是徐海生。徐海生全家都生活在船上，终年捕鱼，除寒冬腊月湖面结冰无法下网外，天天在湖里撒网。钱梦梧除坐过几次运河里的小火轮外，还是第一次踏上渔船，这渔船远没有小火轮平稳，有点晃动，还有一股强烈的腥臭味，直冲鼻孔，几乎要作呕。他赶紧扶着史济荣的肩头，站稳脚跟，努力忍住几乎冲口而出的呕吐，憋得眼泪几乎流出来。细心的徐海生急忙扶着钱梦梧进仓，坐下来。他说：

“钱同志是第一次上小渔船吧，我们天天打鱼，鱼腥味较重，多来几次习惯了，就好了。”

钱梦梧在船仓小板凳上坐下，心里稍许平静一点儿。这时一个小男孩，大概四五岁的样子，从后仓跑过来，躲在徐海生的身后，两只乌黑的眼睛一眨不眨地盯着钱梦梧看，钱梦梧向他招招手，叫他过来。徐海山把小孩拉到钱梦梧前面，叫小孩子喊“叔叔”，小孩子看了一眼钱梦梧，突然扭头，沿着船舷逃回船尾去了，躲在他妈妈的身后。他妈妈在摇橹。徐海生说小孩见不得陌生人，讷口，不肯喊人。天气很冷，钱梦梧穿着棉袄，还感到有些寒气逼人，湖风像刀一样刮在脸上，可小孩穿着破旧的夹衣，下身还是开裆裤，赤着一双脚。钱梦梧觉得不可思议，小孩子不冷吗？徐海生告诉钱梦梧，渔家的小孩耐冻，不怕冷。钱梦梧心里清楚，不是小孩子不怕冷，实在是家里穷，一年到头无力为小孩添置新衣服。徐海生的全部家当都在船上，都呈现在钱梦梧眼前：船中间的两个大舱，是专门用来捕鱼的，靠船尾的一个舱是一家人的生活区，舱底铺着一块木板，上面铺着芦席，一角叠放了两条旧被子，被子下面是个木箱，里面大概存放着全家人一年四季的替换衣服。如果不上船,钱梦梧真的不敢相信,天下竟有这么贫苦的人。钱梦梧心情很沉重。三人在船舱坐定后,徐海生向钱梦梧详细报告了串联船户的情况。几天来他们分头做工作,向船民们宣传成立船民工会,减免船租,打日本人。船民听后很齐心,劲头很足,已经联系了 312 户。连湖对过宜兴船户也有几户要过来参加。钱梦梧问:

“船租实行‘二五’减免,他们同意吗?要给他们讲清楚。”

“讲清楚了。我们都相信你们新四军,你们是向着我们穷人的。你们提出‘二五’减租,有它一定的道理。我们全部同意。”

钱梦梧动情地说:“船户们一年到头在湖里抛风浪水,吃不饱穿不暖,生活十分贫困,船租就是减免一半也不为过,但我们也要考虑到船主们的收入。我们这里的船主大多数也不是十分富裕,没有船霸渔霸,我们也要让船主们接受。”

徐海生说:“道理我们懂。大家都没有意见。”

徐海生忽然说:“我有一个要求,钱同志,不知好不好提?”

钱梦梧说:“你提吧,什么都可以提。我们不是一家人吗?有啥不好提?”

徐海生讷讷了半天,似乎是鼓足了勇气才说:“我想在船民中组织一支游击队,你们能支持我们一点枪支吗,不多,七八支,三五支都可以。”这个问题太突然,钱梦梧无法立即答复,他要请示县委。他实事求是地说:

“船民工会成立了,你们想成立游击队,打击日本侵略者,这是好事,武南县政府一定会全力支持你们的,能不能支持一点武器,我看一定会的,但我做不了主,我要回去请示,过几天给你答复,好吗?”

其实,成立水上游击队并不是徐海生一时的心血来潮,他考虑很久了。是从日本人占领常州、无锡一带以后,插着太阳旗的汽艇在隔湖里横冲直撞,有时甚至朝着渔船直冲,有几次都把渔船撞翻了,日本人以此为乐,发出哈哈大笑。谁要是提出抗议,他们便开枪。日本人简直不是人。徐海生气不过,有一次日本一艘汽艇靠在灵台湖滩,日本士兵进村抢东西去了。汽艇上只有两个日本士兵留守,徐海生神不知鬼不觉地潜水到汽艇旁,乘着一个日本士兵在船尾小便时,徐海生突然从水中钻出来,那个士兵大吃一惊,还没有来得及喊出声,就被徐海生拖下水,溺死在汽艇底下了。徐海生缴获了一支三八大盖和两颗手榴弹,为他父亲报了仇。就从那时候开始,徐海生就想组织游击队,多杀几个日本士兵。徐海生说着,从船帮下面取出了那支三八大盖,说:“就是这支枪。手中有枪,我们的腰杆子就更硬朗了。日本没啥可怕的,没有三头六臂,真的干起来,谁杀死谁还不一定呢。”

徐海生还告诉钱梦梧,他已经联络了 6 个船民,他们都愿意和他一起抗日,他们个个都是青壮小伙子,十分机灵,绝对弄船的好手。钱梦梧十分赞赏徐海生的斗争精神。他情不自禁地拍拍徐海生的肩头,激动地说:

“大家都像你一样,站出来抗日,日本人哪里是我们的对手?你是船民的好榜样。”

说得徐海生很不好意思,脸都红了。他讷讷地说:“我是什么榜样?我就想多杀几个日本侵略者,给爹报仇,给老百姓报仇。”

钱梦梧和史济荣一连几天都在船户们中走访,了解船户们的生活和要求,向船户们解释“二五”减租的政策。钱梦梧和史济荣商量,觉得成立船民工会的条件已经成熟了。钱梦梧决定回武南县政府向陈成同志汇报,临走那天的晚上,他和史济荣慎重地谈了一次。钱梦梧来灵台后,一直和史济荣生活、工作在一起,晚上两人睡在史济荣的姨夫家的一间房里,常常交谈到深夜,内容很广泛,有对目前形势的看法,有对革命前途的理解,也谈共产党的宗旨和纲领。有一次史济荣突然问钱梦梧:

“梦梧老弟,你是共产党员?”

钱梦梧微笑着说:“你看呢?”

“我看你一定是,你是钱家大少爷,抛开锦衣玉食,冒着生命危险在这里吃辛吃苦,怎么会不是共产党员呢?你一定是。”

钱梦梧只是笑笑,没有作确切的回答。史济荣也明白,那时共产党员的身份还是保密的,当时斗争环境很险恶。今天晚上两人坐在床上,钱梦梧很严肃地对史济荣说：

“我今天不是以老同学的身份，而是代表中共武南县县委的身份和你谈话，请你认真地回答几个问题，我们中国共产党的奋斗目标，不仅仅是赶走日本侵略者，解放全中国，让中国人过上没有压迫剥削的和平民主的新生活，而且还要解放全人类。每一个共产党员都要为实现这一庄严的目标奉献一切，甚至献出生命，你能做到吗？”

史济荣爽快地回答：“能做到，我投身抗日工作，就已经做好随时牺牲一切的准备，也包括生命，请党组织放心。”

钱梦梧问：“无产阶级的导师列宁同志说，共产党人是特殊材料制成的，要有顽强的意志和不屈的信念，在对敌斗争的残酷环境里，我们随时有可能遭遇到敌人的刀枪、皮鞭和老虎凳，你能经受住考验，保持党员的纯洁性，保守党的机密吗？你能永不叛党吗？”

史济荣认真地点点头，说：“我能经受住一切考验，忠诚于党，永不背叛党，永不出卖党的利益。”

钱梦梧说：“共产党人是纯粹的人，是全心全意为人民服务、大公无私的人。我们每个人身上都带有旧社会的烙印，我们要不断开展批评与自我批评，不断改造自己，这种改造过程有时会很痛苦。你能经受得住吗？”

史济荣眼睛里闪烁着亮光，他坚定地说：“没有问题，我能经受得住。”

钱梦梧情不自禁地握着史济荣的手，说：

“老同学，我的问题问完，你回答得很好。其实，我到灵台来，一方面是协助你把船民工会组织起来，搞好船租减免，把船民的抗日的积极性发动起来，另一方面是考察你，看看你具备不具备入党条件。据我的观察，你已经具备了入党条件。现在你连夜写一份入党申请书，我明天交给陈成同志。”

史济荣很激动。他立即起草了入党申请书，写好了，让钱梦梧看一遍，钱梦梧提出了几点补充意见，他又作了修改，然后端端正正抄写一遍，双手捧着交给钱梦梧。天快亮了，两人才躺下睡觉。第二天早饭后，钱梦梧返回设在大成的武南县政府，向陈成作详细的汇报。陈成也认为成立船民工会的条件成熟,决定三天后在灵台召开船民工会成立大会。谈到对史济荣的考察,陈成也完全同意钱梦梧的意见,决定立即发展史济荣入党,而且陈成同志愿意和钱梦梧一起,做史济荣的入党介绍人。钱梦梧高兴地代表史济荣谢谢陈成同志。陈成说:“梦梧,不断发展壮大我们党的队伍,是我们每个党员应尽的职责,你我都有份儿,有什么好谢的。”

说得钱梦梧笑了。钱梦梧还特地汇报了徐海生他们几个人的情况,可以作为重点对象培养。陈成同志也完全同意钱梦梧的看法,对于成立水上游击队,陈成同志非常重视,他说我们县政府全力支持,可以支持一些武器,但主要靠他们自己从日本人手里抢夺。陈成告诉钱梦梧,随着“二五”减租的全面推行,各村各乡的农会组织起来,各地的民兵组织也纷纷成立,各区成立了区大队,县里也成立了警卫大队,武器很缺乏。钱梦梧说:

“形势大好!各地民兵组织起来,日军就不敢随便下乡,为所欲为了。”

陈成说:“对的,不过也给我们的工作带来了压力。你也要有思想准备,要给你增加负担了。”

钱梦梧笑着说:“我身体好,浑身是劲儿,再多的工作也不怕。”

陈成看着一年多前还是什么都不懂的学生仔,笑了。他心里说,革命斗争就是能锻炼人,改变人,造就人。一年多来,钱梦梧身上的变化是惊人的。

船民工会成立大会如期召开,县短枪队全部出动,在通往寨桥、坊前的各个路口都放了暗哨,以防日伪军的突然袭击。大会在灵台湖滩召开。会场布置很简单,靠近芦苇的一片空地上,放一张吃饭的八仙桌,作为讲台。那天陈成参加了会议,他站在八仙桌上,作了一场激动人心的报告,钱梦梧也讲了话,他主要是讲船民们团结起来,共同搞好船租的“二五”减免,并且组织起来,投身抗日,保卫家乡,把日寇赶出中国。会上用选举的办法,选出了五名工会委员,徐海生被选为船民工会的主席。会后陈成专门和徐海生谈了一次话,鼓励他好好干,及早把水上游击队组建起来。史济荣暂时留在船民工会,协助徐海生工作,钱梦梧返回县政府。

钱梦梧回到县政府的第二天,陈成同志向他传达了县委的决定,让他去丁舍区向管炎生报到，协助区长章引同志工作，担任副区长。当时全县四个区，丁舍区范围较大，包括前黄、南夏墅、鸣凰、坊前、寨桥、灵台一带，既有武宜公路南北贯通，还有运河穿过，水陆交通发达。无论是军事上，还是经济上，都是日伪军控制的重点区域。前黄、鸣凰都设有日伪军的重要据点。去那里工作，钱梦梧从来没有想过，他感到很突然。不过能和章引姐在一起工作，也是他向往的。钱梦梧没有立即表态。陈成看着钱梦梧说：

“有困难吗？还是想在县里工作不想下去？”

钱梦梧说：“不是，没有困准。我服从组织的安排。我只是感到太突然了，思想上没有一点儿准备，一时转不过弯来。”

陈成说：“这就对了，我们的梦梧同志从来都是坚决接受组织的安排，不讲条件的嘛。”

当时县政府也在丁舍区的地盘上，从县政府出发到丁舍区政府只有七八里路，钱梦梧背着自己的背包，不到一小时就来到了丁舍区政府。

第十章

建立区警卫排

丁舍区委书记管炎生和区长章引热情地欢迎钱梦梧的到来。

管炎生中等身材，说话响亮风趣。钱梦梧和管炎生认识，但不大熟识，没有在一起工作过。管炎生握着钱梦梧的手说：

“欢迎你回老家来工作。是我特地向陈成副县长要你来的，你不怪我吧？你可能不大熟识我，我可是从小就认识你的，我也是你父亲钱伯显校长的学生，比你高二级，你一向成绩优秀，我们都很羡慕你。”

竟然是管炎生主动要求他来丁舍区工作的，这一点钱梦梧没有想到。钱梦梧笑着说：“丁舍区的工作一向跑在全县的前头，你们不担心我会拖你们的后腿，把工作搞砸了？”

章引同志说：“我们更相信钱梦梧同志会给我们的工作带来新的活力，推动工作取得更大的成绩。”

当时丁舍区委区政府就他们 3 个人，加会计戴廷忠才 4 个人。他们作了具体分工：管炎生抓全面工作，重点抓党务；章引主要负责民运，即进一步发动群众投身抗日，把各乡各村的农会组织起来，动员一切力量组织识字班，开展扫盲工作；钱梦梧主要抓民兵工作。管炎生说：

“我们分工，不等于分家，各项工作都需要大家相互配合，相互支持。章引同志的民运工作，面广量大，光靠她一个人是忙不过来的，我们都要参与。

扫盲本来就是文教科长的事，钱梦梧同志是内行，开展起来得心应手。你能不帮助你这位大姐？”

说得钱梦梧和章引俩都笑了起来。章引说，梦梧弟好像是《水浒传》中的拼命三郎，只要有任务，都会不管不顾地去完成的。在姐姐这里，就不许这样，工作要尽力去干，任务一定要完成，但也要保护好自己，这一点也很重要。

当时丁舍区已经成立了20多人的警卫排，人员是从各乡游击小组里选拔上来的，一律是20多岁的精壮小伙子。为了提高各乡各区民兵的战斗力，陈成同志特地从新四军王香雄营长那里借过来15位班排干部，分配到各乡各区充当教员，具体负责民兵的训练工作。负责丁舍区警卫排训练的是张云排长，他原是王香雄营长手下一位很能干的副排长，是战斗英雄，作战经验很丰富。丁舍区的警卫排就在区政府北面的大竹园里训练。下午，章引陪着钱梦梧到训练营地，和大家见面，宣布钱梦梧为副区长，主管民兵工作，张云排长向钱梦梧详细汇报了警卫排的训练情况。警卫排成立的第二天，张云排长就奉命赶过来了，临来时，王香雄握着他的手说：“给你三个月时间，给我带出一支有一定战斗力的队伍来。”张云排长对训练抓得很紧，也很实。他心里清楚日本人不会给他们多少训练的时间。警卫排训练很认真，大家都明白训练就是学习杀日伪军的本领，本领不过硬，不但敌人杀不了，反而会有性命之忧。所以大家训练十分上心，早上晚上锻炼体能，一般是负重跑，白天练习拼刺刀和射击。为适应实战的需要，警卫排集中住宿在离竹园不远临时搭建的简易草房内。章引和钱梦梧特地到营房实地看了一下，住宿条件很简陋，草房的房架是毛竹，墙壁是土夯的，没有桌椅，更无木板床，一律睡地铺，然而很整洁，铺盖折叠得方方正正，不像是民兵的宿舍，更像是正规军的营房。钱梦梧明白，这全是张云排长严格训练的结果。钱梦梧对张云排长说：“大家挤挤，还能给我挤一个铺位吗？”张云排长说：“怎么你也住过来吗？”钱梦梧说：

“说实在的，我也需要好好接受全面的军事训练，我一年前还是一个中学生,不趁机训练训练,一旦遇到敌情,就难于适应了。章引同志,你说呢?”

张云排长说:“钱梦梧同志和我们吃住在一起,我们欢迎。”

章引说:“钱梦梧同志,学点打仗本领是好事,不过区里的事情,也要兼管。”

“章引同志放心,全区的工作我会负责的。”

当天下午,钱梦梧请示了管炎生同志就把行李搬进了警卫排的营房。他和普通战士一样严格要求自己,早晨和大家一起跑步,晚上和大家一样轮流站岗放哨,白天伏在地上练习射击,和大家一起练习拼刺刀。开头几天,钱梦梧感到十分疲劳,到晚上累得一句话也不想多说,但钱梦梧知道,他不同于一般战士,他必须以身作则,全警卫排战士的眼睛都看着他,他必须把疲劳克服在心里,一点儿也不能表露出来,相反要不断安慰身边的战士,让他们克服疲劳,坚持下去。晚上他还要起身给战士们盖被子,配合张云排长检查岗哨。一周下来,他习惯了,完全适应了艰苦的训练生活。由于他的到来,整个警卫排的情绪高涨,训练劲头也更足了。钱梦梧跟章引姐商量好,他一周三天在警卫排接受训练,其他日子早晚在部队训练,白天便到各乡巡查民兵组织和训练工作。几天跑下来,整个区里的民兵训练就清楚了。各乡都成立了民兵组织,人数多少不一,少的十三四个人,多的有二十多人,都在认真开展训练。组建民兵的共同问题是武器缺乏,就区警卫排来说,也只有两支三八大盖,这两支枪还是张云排长从部队带过来的,还有三支鸟枪,其他的人都是拿木棍来训练的。怎么办?一次在区里开会时,钱梦梧提出了这个问题,如何解决?他提出两个办法,一是向日伪军索取,寻找一切机会袭击敌人,既歼灭了敌人,又武装了自己;二是动员民众把散在民间的零星武器捐献出来,让这些武器在抗日斗争中发挥作用。这两个办法都是可行的,但实行起来,都有一定的难度。管炎生同志说,第一个办法把握比较大,但要寻找有利的战机,看准了机会,集中我们的力量狠狠地敲他一下。第二个办法,危险性少,但也要掌握情况,知道谁家有枪支,我们才可以有的放矢地去做工作。管炎生拍拍钱梦梧的肩头,微笑着说:“梦梧同志仅仅到区里工作一周多,已经全身心投入了工作,积极设法去寻找武器,工作有成效嘛。”

钱梦梧说:“有些大户人家有枪支,我知道我父亲就有两支短枪,问题是我父亲反对我参加新四军,几次三番拉我回去读书,我不知道如何去做工作,能让他心甘情愿地把枪捐给我们。”

钱梦梧低着头想了一会儿,说:“我想回去找我父亲试试。我尽量说服他,大不了碰一次壁,父亲就是不把枪捐出来,也不至于把我锁在家里吧。”

章引同志说:“我同意梦梧同志回去做父亲的工作,不过不是一个人去,我陪你去。你父亲是开明人士,是我们丁舍区有名的文化人,我作为区长也该上门拜访拜访他了。”

钱梦梧高兴地说:“有你章姐,应该说有你章引区长同志出马,我成功的把握就更足了。”

管炎生同志开始不同意,说那里离南夏墅据点太近,一旦走漏了消息,日军不到5分钟就来了,但经不住钱梦梧软磨硬泡,管炎生只好同意了。他们说干就干,当晚7点多出发。那天是麻花月亮,看出去一切都是隐隐约约的,不甚清楚。脚下的路是熟的。丁舍到南夏墅不过8里路,8点多他们就到了南夏墅街上。冬天人们睡得早,整个一条街黑沉沉的,没有一丝声响,连灯光也没有,似乎整条街都在黑夜中沉沉地睡着了。为了确保安全,管炎生让张云排长带着几个警卫排战士悄悄跟过去,在南夏墅街东西两头放了暗哨。

钱梦梧轻轻地敲开了二姑妈的店门,钱梦梧和章引迅速闪了进去。二姑妈把他们领到后厢房间里,钱梦梧对二姑妈耳语几句,二姑妈出去了。没有多久二姑妈同着钱梦梧的父亲来了。钱梦梧父亲一跨进房间就冲着儿子发火:“你长能耐了,到了南夏墅也不进家门!你们共产党真的是六亲不认了吗?”

“我是怕惊动奶奶,我不想奶奶为我担惊受怕。”钱梦梧说,他不想跟父亲吵架,他赶紧把章引同志介绍给父亲。他说:

“这位是章引同志，是我们丁舍区的区长，她一直想来拜访你，我陪她来看你了。”

钱梦梧父亲朝章引点点头，说：“钱某是一介草民，不值得区长深夜来访，有什么事请直言。”

章引说：“钱先生客气了，我今天来没有什么大事，只是了却一桩心愿。我和立华差不多同时来到武南地区抗日，我们俩情同姐妹，一直吃住在一起，立华姐中弹牺牲时，我就在她身旁，我一直抱着立华姐……”说着章引同志详细地叙述了立华的牺牲过程和立华临终的托付，并且讲了许多立华姐平时生活中的故事，也说了立华姐很思念父亲和奶奶，一直想回家来看看，就怕引起父亲的不高兴不敢回来。前年除夕夜，她陪着立华姐从桐庄来到家门口，站了一个多小时，多次举手想敲门，最终怕半夜打搅家人，没有敲门。章引一面说一面流泪，有几次都哽咽得说不下去。章引告诉钱先生，立华姐常常怀念父亲，说父亲是一位可亲可敬的好父亲，是深明大义的。可惜父亲对她参加抗日不理解，这是立华姐最大的心病，章引说：

“立华姐，她一直希望您钱先生理解她，原谅她，支持她。我今天让梦梧弟陪着来就是了却立华姐的这桩心愿，代她来看看您。”

章引同志的一番话，说得钱梦梧的父亲老泪纵横，泪流满面。二姑妈和钱梦梧也一直流泪。章引同志接着说：

“说句不怕钱先生见笑的话，我们新四军困难重重，最重要的是我们手里没有足够的武器，那天我和立华姐如果都有武器，早已冲出包围圈了。没有武器只得躲在麦田里。我们的武器大都是从敌人手中夺过来的，供应一线部队还不够，我们在后方工作的同志大都是没有武器的。我们区里最近组建了一个警卫排，20 多人，只有 2 支步枪，3 支鸟枪。没有武器如何抵抗日本侵略者？我们希望得到地方上开明人士的支持，大家共同打击日本侵略者。”

钱梦梧说：“爸爸，我记得你说过我们家里也有几支枪，放着不用，能否捐献出来，或者借给我们，让枪在抗日战争中发挥它的作用？”

钱梦梧的父亲没有作声，默默地坐了一会儿。房间里很静，外面起风了，传来阵阵西北风的呼啸声。钱梦梧的父亲抬头看着章引同志说：

“好吧，章区长我答应你，我手里确实藏有几支枪和几箱子弹，是我前两年联络几位大户人家，共同捐资购买的，原来打算组建一支国民党的游击队，但一直没有落实，因为找不到合适的懂军事的人才。我知道你们新四军是真正抗日的部队，这些枪放着也只是放着，不如交给你们发挥点作用。不过要等几天，我分头和几位捐资的人通个气，我做好了工作，才能交给你们。”

章引同志很高兴地向钱先生致谢：“谢谢钱先生，我相信立华姐地下有知，看到钱先生大力支持我们，会高兴的。钱先生，你放心，我们一定用这些武器为立华姐报仇。”

最后钱梦梧和他父亲约定三天后，钱梦梧带人去桐庄他亲戚家取枪，他父亲提前把枪放在那里。临别时父亲对钱梦梧说：“你搞抗日我支持，好好听你们区长的话，注意安全。”

章引说：“您放心，我答应了立华姐的承诺，我一定兑现，我一定会照应好梦梧弟弟的。”

三天后，钱梦梧陪同张云排长从桐庄取回了 10 支三八大盖，2 支驳壳枪，5000 发子弹和两箱手榴弹。管炎生同志看到这些武器，高兴地说：

“哈哈，我们发财了，我们当财主了。谢谢梦梧，谢谢钱校长！”

管炎生转身对张云排长说：“这些宝贝全交给你，你要用这批武器至少从日伪军那儿夺回一个排的装备。夺敌人的武器来武装自己，壮大自己是我们的基本策略。”

用真枪来训练，大家情绪更加高涨，素养提高得也快。

一天下午，区警卫排训练营地来了三个年轻人，强烈要求参加警卫排。他们是南夏墅张桥村的张秋大、程福初和徐来生。他们听说新四军缺少枪支，决定抢夺了枪，带着武器来投奔新四军。说着他们拿出一支驳壳枪和两颗手榴弹。张秋大说：

“我们在南夏墅烟馆杀死一个汉奸，抢了他的枪，就赶来了，衣服也没有来得及换，还有不少血迹。你们就留下我们吧！”

他们有了夺枪参加新四军的打算，便四处寻找机会，他们发现那个经常带着伪军下乡打人抢东西的伪军中队长，天天下午饭后去烟馆抽大烟，在烟馆夺枪杀死他，这是一个好机会。他们三人买了一把杀猪刀，便尾随着伪军中队长去了烟馆，烟馆女老板接待了伪军中队长后，见来了三位生客，很热情地招待他们，他们便在伪军中队长旁边的烟塌上躺了上去。见伪军中队长斜挎着驳壳枪，迫不及待地一连吸了几口鸦片烟，正眯细着眼睛享用烟味的美妙。张秋大见烟馆人不多，也没有见别的伪军，便跳过去用杀猪刀抵着他的后脑勺儿，大喊一声“狗汉奸，缴枪不杀”，伪军中队长大吃一惊，魂不附体，丢掉烟枪，不断地讨饶：“四爷爷，我投降，我……投降！”程福初他们俩冲过去揪住伪军中队长的双手。张秋大缴了伪军中队长的枪，用枪对准他。伪军中队长从惊慌中清醒过来，见三位年轻人不像是新四军，完全是生手，对准他的枪连保险也没打开，加上他吸了几口烟劲头正足，便猛然用力挣脱了双手，拿起烟塌上的烟枪想反击，张秋大哪里允许他反击，顺手就是一刀直插喉头，顾不得喷射出来的鲜血，一连刺了三刀，伪军中队长如死狗一样躺在烟塌上。女老板见状，一面高喊“杀人了”，一面往外面跑，程福初一把抓住女老板，威胁道：“再敢喊一声一刀杀了你。”女老板瘫倒在地。张秋大他们三人，迅速出门往南而去。等到碉堡里的日伪军弄清情况，赶过来，张秋大三人早已不知去向。

钱梦梧听了他们的诉说，很佩服他们的有勇有谋，也很赏识他们。他和张云排长商量一下，对他们三人说，他们想参加警卫排抗日，很欢迎，但他一个人做不了主，让他们留下武器，先回去和家人商量好，如果真想参加警卫排，三天后来。他们走后，钱梦梧立即把这件事报告了区委书记管炎生，让区委通过渠道核实这件事，具体了解这三个人的情况，看看三人是否适合留在警卫排。现在斗争形势很复杂，不得不小心谨慎。通过区委核实，反馈情况是确切的，三位都是对日本侵略者十分仇恨的人。不过三天后，只有张秋大和程福初来参加警卫排,徐来生因父母亲不同意没有来。警卫排特地召开了热烈的欢迎会,欢迎他们两位加入警卫排。钱梦梧在欢迎会上代表丁舍区委、区政府对张秋大和程福初两位参加区警卫排表示热烈的欢迎,对两位的的勇敢精神表示赞赏。他说:“张秋大和程福初是我们全体警卫排战士的榜样,我们全体警卫排战士要好好地学习他们的勇敢精神和不怕死的斗争精神。把这两种精神在平时训练中、战斗中充分发扬光大,训练好杀敌本领,投身于杀敌的战斗中去,多杀敌人,为乡亲报仇!”

热烈的欢迎,让张、程两位很感动。张秋大激动地说:“谢谢同志们,谢谢你们的欢迎,我和程福初一定不当怂蛋,无论是训练,还是打仗,我们一定不折不扣地完成任务。争取当一个优秀的新四军战士。”

一天晚上7点多钟,有情报说,塘洋桥碉堡里5个伪军在离碉堡不远的酒店里饮酒,已经喝得糊里糊涂了。钱梦梧和张云排长商量,这是一个天赐良机,决定去“拜访”一下。因酒馆离碉堡仅一华里,一定要速战速决,尽量不开枪。他们挑选8位警卫战士,迅速赶到酒馆,这5个伪军还在吆五喝六地喝着,喝得连话也说不清楚了。张排长让两位战士守在门口,他带着其他战士进去,围住桌子,用枪指着他们喝道:

“举起手来,缴枪不杀!”

一个伪军睁开醉眼昏花的眼睛,看了他们一眼,说:“闹什么闹？当心那东西走火,来来来,我们一口闷!”

钱梦梧严厉地说:“我们是新四军,举起手来!”

听说是“新四军”个个傻眼了,举起了双手,酒也吓醒了一半,有两位直接瘫在地上。其实枪也不用交,全部靠墙放着,钱梦梧已让警卫战士把枪全部背在身上。警卫战士迅速把伪军身上的子弹带卸下来,然后押着伪军走出酒馆,走到湖边,钱梦梧让伪军排好队,各人报了姓名和家庭住址,钱梦梧对他们教育一番,要他们从此重新做人,不能再当汉奸了。“我们已经记住你们了,若第二次抓到你们,一定新账老账一起算,严惩不贷。”然后放他们回家。

这次战斗很轻松,前后不到一刻钟,缴到5支步枪和10颗手榴弹。大家很开心,说这种战斗多打几次就好了。

最近,钱梦梧又到各乡跑了几天,专门了解各乡民兵训练情况,发现了一些不尽如人意的地方,尤其是武器依然是制约民兵发展的主要矛盾。他回到区里,向章引同志作了全面汇报。章引说:

“敌人正在紧锣密鼓地调兵遣将,各乡民兵要抢在敌人前面形成一定的战斗力。梦梧弟,你有什么法子?”

钱梦梧说,他想把各乡民兵队长和负责训练的同志召集到区警卫排来开会,让张云排长现身说法,说说他训练的体会,请章引讲讲抢时间加紧形成战斗力的重要性,把他们千方百计弄武器的办法也告诉对方,让各乡都各自想办法寻找武器,有了一定数量的武器,他们才有力量打击敌人。正在这时,管炎生书记从县委开会回来了,钱梦梧简单介绍自己的想法,管炎生说:

“这是好办法,我完全支持,我也参加会议。你们商量迅速提高民兵战斗力的想法,和县委会议精神完全吻合,这次县委指示我们要加快发展民兵,提高保卫家乡的能力,随时随地做好反击日军大规模‘清乡’的准备。”

管炎生同志问:“如果今晚日军来袭,警卫排能拉出来战斗吗?”

钱梦梧实事求是地回答:“我们的警卫排有一定的战斗力,个个摩拳擦掌,士气高涨,枪也打得准,就是缺少实战锻炼,如果事前周密部署,消灭小规模敌人是完全可以做到的。”

管炎生满意地点点头,说:“梦梧,有你这句话,我心里就有底了。”

章引同志说:“梦梧弟近阶段全身心扑在警卫排的训练上,工作是有成绩的。我们要开好这次会议,还要借这次会议,进一步提高全体战士消灭敌人的信心和决心,是否向县委汇报一下,请陈成同志来讲讲话,鼓鼓劲儿?”

管炎生说:“章引同志的建议很好,我完全同意。梦梧,你呢,同意吗?”

钱梦梧笑着说:“我当然同意,章姐的意见,我举双手赞成。”

管炎生说,既然大家同意,今晚就麻烦钱梦梧同志去县委向陈成同志全面汇报一下,听听陈成同志的意见,当面邀请他参加会议。管炎生说:

“陈成同志可关心你了，你可是他心里的宝贝疙瘩，我见到他第一句话就问你的情况，你们也有一段时间没有见面了，你就辛苦一下，去一趟吧。”

吃了晚饭，等天完全黑了。钱梦梧在交通员的陪同下，来到县委，在陈成房间里见到陈成同志。陈成同志握着钱梦梧的手说：

“看来，你们的书记没有骗我，你确实没有消瘦。怎么样，区里的工作能适应吗？”

得到钱梦梧肯定的回答，陈成同志拉着钱梦梧坐在自己的身旁，说：“什么事？你们书记刚刚回去，你又连夜赶来？”

钱梦梧详细地汇报区警卫排的情况和召开全区民兵队长会议的想法，诚恳地提出来请陈成同志在会上讲话的要求。钱梦梧说：

“我们绝大多数战士都是农民，他们还没有见过县长，县长亲自讲讲话，比我们这些人讲话肯定管用。我今夜赶来就是请县长的，你能安排吗？”

陈成开玩笑地说：“钱梦梧同志是批评我脱离群众了吗？我完全接受，以后多和群众打成一片。你们召开的会议，很好，我一定参加。不过……”说着，他看着钱梦梧，思考一下，继续说，“梦梧，你们的会议是否可以扩大到全县，让各区的区委书记和区长带着各乡的乡长和民兵队长都来参加，把你们的做法，一下子推广到全县，可以吗？”

“当然可以。”

陈成当机立断，说：“你今夜就别回去了，我们立即召开临时县委会议，请在驻地的所有县委委员都参加，也请你列席县委会议，我们具体商量一下。”

县委会议结束时，村上的大公鸡开始叫第一遍了。会议上决定有关民兵现场会议确定为“武南县加强民兵训练现场会”。开会地点设在灵台湖滩，万一遇到敌情，湖滩便于撤离。时间是三天后。钱梦梧回到丁舍区委，黑夜正在褪去，天空渐渐转亮了。钱梦梧很兴奋，在丁舍区召开现场会议，就表明县委充分肯定了丁舍区委的民兵工作，也是变相地表扬丁舍区委的工作，钱梦梧怎么能不高兴呢？不过他不断地叮嘱自己，工作刚取得了一点成绩，切莫骄傲自满，一定要戒骄戒躁把工作做得更好。钱梦梧回到区里，见管炎生同志房间里的灯亮了，管炎生同志已经起来坐在油灯下看文件了。钱梦梧向管炎生汇报了县委会议精神，才回到宿舍躺下休息。

会议如期召开，县政府短枪队提前在寨桥、坊前、灵台各个路口布置了岗哨，让徐海生水上游击队组织了三十只船停靠在湖滩芦苇旁边，一旦发现异常情况，参加会议的人全部上船，迅速撤离。会议是丁舍区委唱主角。会议开始前，观看了丁舍区警卫排的拼刺刀，两两相对，动作娴熟、迅速、精准；还观看了警卫排的实弹射击，每人打三枪，无一枪脱靶，及格率为 100%，优秀率高达 76%。这个成绩是了不得的。参加会议的所有人，没有一个不佩服。接下去会议开始，管炎生书记主持会议，首先请陈成副县长讲话，陈成同志从表彰丁舍区警卫排说起，重点阐明目前形势，严峻、紧迫，敌人留给我们民兵训练的时间不多，要求全县民兵训练向丁舍警卫排学习，从实战出发，努力提高战斗力，他说：

“保卫家乡，拿什么来保？只有认真训练，掌握各种作战本领，提高自身的战斗力，把日本侵略者赶出中国，才有保障。保卫家乡是我们的神圣职责，不是一句空话，要落实在日常的训练和战斗中。”

第二个发言的是张云排长，他讲自己训练的体会，主要是从实战的角度出发和严格与关心相结合的训练原则。他的话不长，朴实，很有用。他讲话结束时说：

“陈县长表扬我们，我觉得很惭愧，我们做得很不够，还要进一步努力，一定抢在敌人的前头，带出一支有战斗力的排来，到时请各位领导来验收。”

接下去发言的是章引区长。她介绍了丁舍区解决民兵武器的具体做法。她说，我们的武器，一是靠感化，用我们的真情、用我们打击日寇的实际行动，来感化那些手中有武器的大户人家，主动把武器捐给我们用；二是到敌人手中去夺，看中目标，周密部署，一举成功，把敌人的武器变成我们手中的武器。她说：

“这两个办法，让我们手上的武器渐渐多了起来。我们区警卫排基本上做到人手一杆枪,两枚手榴弹。手中有了枪,我们的民兵才有战斗力,才能和敌人斗争到底。”

按照事先的安排,沒有安排钱梦梧讲话,他主要负责会议的安全保障,整个会议期间,他都在会场四周巡查。会议结束前,陈成副县长突然向他招手,让他也在会上讲几句,他不得不上台说几句。他很谦虚地说:

“我们区警卫排成立几个月以来,在训练上抓得较紧,训练也得法,但这是初步的成绩,领导给我们评价很高。这是对我们的鞭策和鼓励。训练是为了实战,我们学的本领是不是花拳绣腿,是要经受实战考验的。我们决心在今后的战斗中,接受领导们的考验。”钱梦梧突然转向站立会场右边的丁舍警卫排战士说:“丁舍警卫排的全体战士,你们能不能在实战中拿出好成绩向领导汇报?”全体警卫排战士齐声回答:“能!”

巨大的声浪,迅速向四周扩散,惊起了躲在芦苇中休息的群鸟们,一齐拍着翅膀冲向天空。就在这时,主持会议的管炎生书记宣布散会,让大家把大会的精神带回去,扎扎实实抓紧有限时间,把民兵训练工作抓上一个新台阶。

这样大规模的会议,难免不走漏消息。果真,在散会时外围流动哨传来消息,寨桥和坊前的两支日伪军气势汹汹地向灵台方向扑过来。大家在管炎生的指挥下,迅速登船,隐匿在芦苇后面向湖心驶去,然后各奔东西。等到两路日伪军赶到湖边沙滩,只见茫茫的湖水一片,什么人也没有见到,气得他们向滆湖胡乱放了一通枪。

第十一章

奔袭东杨墅园

自从召开丁舍民兵训练现场会议以来，武南县各乡各区民兵训练进入一个新的高潮，从日伪军手里夺取枪支的战斗也在全县全面展开，他们紧紧盯着敌人的碉堡，见到零星日伪军离开碉堡就动手。各地三三两两的日伪军，一旦离开碉堡，晚上肯定回不了碉堡，莫名其妙就失踪了，有的被民兵缴了枪，放回老家了；有的投降了民兵，自愿加入了民兵队伍；也有极小数的顽固分子，成了民兵的枪下鬼。弄得日伪军整天龟缩在碉堡里，不敢离开半步。

新四军独立二团二营的王香雄营长，带着部队驻扎在鸣凰附近，时时刻刻在寻找战机。除夕那天下午，他带着两名警卫人员来到驻扎在大成的武南县县委，他想了解早几个月派往这里帮助训练民兵的15名干部的工作情形。如果他们的任务完成得差不多了，就想把他们撤回部队。这15名干部都是他部队里的骨干，是他的心头肉，个个都是打仗的好手，谁都可以独当一面。陈成副县长热情地接待他们，并邀请他们在这里过除夕，却一句也不提归还干部的事。王香雄营长急了，又一次提出来，谁知陈成副县长给他打起了“官腔”。

陈成副县长说：“强将手下无弱兵，你的手下个个都是好样的。你这15名干部成了我们这里的宝贝，训练、实战都离不开他们。王营长手下这样的兵多的是,这几个兵就暂时留给我们吧……"

王营长心里着急,没等陈成同志说完,抢过话头说:"这可不行,当初我们就讲好,借给你们三个月,现在三个月快到了,时间一到,我就把人带回去。你可不能要赖,说话不算数。"

陈成笑着说:"王营长的脾气一点儿没变,还是炮仗脾气,一点就着。我没有说不还,听我把话说完,我是说暂时不放,让他们在这里多训练几天民兵,等你们要补充部队时,让他们带着熟练的民兵回部队,不好吗?让你手下的这些人,个个成为会带兵的师傅,每个人至少可以带回一个排。你说对革命有利还是不利?对你好还是不好?"

陈成副县长一席话,说得王营长有点不好意思地低下头,他话说得很有道理,部队里不少战士,也都是各地的民兵中选拔出来的。恰好这时交通员给王营长送来情报,王营长看了情报说:

"张云排长训练的部队有多少人?有一个足额的排吗?"

陈成副县长作了肯定的回答,而且还告诉王营长他们武器弹药充足,有较强的战斗力,就是实战经验不足。王营长满脸露出了喜气,高兴地说:"这个排,我借用一天,不,就借用一晚上,行不行?"

原来,刚才的情报是锡西中共地下组织传来的,无锡西门伪军头子严文耀手下的分队长阿焕带着一个排的伪军,回到与武南阳山交界处的东杨墅老家,为他母亲做六十大寿,并留宿在老家,陪着老母亲守岁,过除夕。阿焕是罪恶累累的大汉奸,经常带着伪军为日军征粮收税,屠杀革命群众,中共锡西区委早就想严惩他了,无奈他太狡猾,三次都逃脱了。这次是一个好机会,但他们只有十余人的短枪队,地下组织担心力量悬殊,完不成任务。特地来求救,希望王营长出兵支援他们。现在已经是下午三点了,王营长没有时间赶回营部带着部队前去。这里到东杨墅,至少还有60多里的路要赶。于是王营长想到了张云排长训练的警卫排。王营长向陈成同志介绍了情报内容,便问:

"怎么样,同意不同意?只用一晚上,明晨出太阳前还你?"

陈成笑着说："有什么借不借，人民的军队为人民，我们组建警卫排就是为了打击日伪军。只要是抗日，我这里的民兵随时听你调遣。不过，"陈成看着王营长说，"你打了胜仗，缴获了武器也分一点儿给我们地方上，我们就是缺武器。"

王营长满口答应："没有问题。"

王营长站起来告辞，说："本来想在陈成副县长这里揩点油，吃点除夕的好饭菜，看来是没有口福了，我得赶紧开拔了。"说着，他带着两名警卫员火速离开。他赶到丁舍警卫排，还不到半小时。钱梦梧快速召集部队，作了简短的战前动员，就带着部队跟着王香雄直奔靠近东杨墅的鹁鸪山而去。时间很紧，必须在3小时内赶到鹁鸪山。他们全程是跑步前进的。张云排长带着部队在前，紧跟着王营长，钱梦梧在部队的最后，督促大家快步跟上，不能让一个战士掉队。除夕夜黑得早，四周漆黑一片。如果在和平时代，这个时候是一年中最欢乐最喜庆的时候，最穷的人家，也要弄几碗像样的好菜，一家人团聚一下。家家也都要放几响鞭炮，热闹一下。不少人家还要在大门口挂两盏红灯笼，喜庆喜庆。可现在一派死气沉沉，从村庄旁边经过，听不到一声鞭炮，连一声狗叫都没有。十分安静。耳朵边只有战士们"嚓嚓嚓"的脚步声，混杂着轻轻的喘气声。这样快速行军，如果没有平时天天高强度的体能训练，肯定是跑不下来的。钱梦梧想：平时有些战士对负重跑步等体能训练不理解，还会发点小牢骚，现在应该明白了吧？打仗时，什么难以预料的事情都可能发生。

他们比预计的时间提前一刻钟，赶到鹁鸪山山脚下。鹁鸪山是一座石头山，光秃秃的，离村子较远，很荒凉，平时就很少有人来，现在更是寂静无声。锡西短枪队十多人已经在那里等候他们了。锡西短枪队的负责人顾彬向王香雄营长详细汇报了大汉奸阿焕家的具体情况。他家是一处独立的院落，在村东第二家，三间开两厢，中间是天井。天井旁是厨房，厨房旁有一处侧门，平时是给买菜和厨工们出入的。现在前厢办了四桌，专门供伪军吃的，后厢办了五桌，是亲友为老太太祝寿的地方。阿焕和排长等几位亲信陪着老太太坐在正中的一桌。酒席已开始了两个小时,酒已喝了不少,不少士兵都喝得醉醺醺了,有的在划拳,有的在唱戏,花样百出。锡西短枪队有两名队员以厨工的身份,进入汉奸家,在9点时打开侧门。针对这样的情况,王香雄营长迅速作了部署:他自己带一个班和锡西短枪队,从侧门进去,直扑后廨;张云排长和钱梦梧各带一个班,从前门进入,迅速解除伪军的武装,争取不开枪。决定9点战斗开始,还有半个小时,这里离东杨墅村不到3华里路,王香雄营长见时间较宽松,便让部队在原地稍微休息一下,作了简短的动员,他知道这支部队大部分战士是第一次参加战斗,难免有些紧张。他压低声音对大家说:

“同志们,还有几分钟战斗便打响,我们平时刻苦训练就要见分晓了,杀我同胞奸我姐妹的敌人就在我们眼前,我们有没有信心全歼敌人?”

大家异口同声悄悄地回答:“有!”压低的愤怒的声音,在夜空中回旋。

王营长继续说:“这次是奇袭,一定要严守纪律,听从指挥!行动前不能让敌人有丝毫的察觉。进了村脚步要轻,不准说话。记住没有?”

大家齐崭崭地轻声回答:“记住了。”

“出发!”王香雄营长发出战斗号令,大家一个接着一个紧跟着,鱼贯地向前,走了不多久便进了东杨墅村。大家控制着步伐,小心翼翼地前行,尽量不发出一点儿声音。他们提前三分钟到达目的地,王营长这组隐蔽在侧门两旁,张云和钱梦梧两组分别隐蔽在大门两侧。大门开着,灯光射得很远。屋内传出喝酒的喧闹声,划拳声,还夹杂着公鸭似的哈哈的笑声。看来喝酒还没有尽兴。门口有两个哨兵,背着枪,枪口倒挂着,一副没精打采的样子。张云和钱梦梧悄悄接近哨兵,突然冲上去,一人一个哨兵,一手卡住哨兵的脖子,一手用短枪指着哨兵的头,低沉而有力地喝道:“新四军,不准作声。”两个哨兵乖乖地举起双手,成了俘虏,被后面赶来的战士捆绑住他们的手脚,嘴里塞着帽子撂在门旁。两位警卫排的战士拿着枪站在门口,警剔地注视着四周。张云和钱梦梧带头冲进大门,直闯大厅。仅仅几秒钟,两组战士用枪对准那帮喝得东倒西歪的伪军。钱梦梧厉声喝道:“我们是新四军,举起手来!”

伪军睁开醉眼蒙眬的眼,见这么多枪对准自己,早已吓瘫了,举起了双手。就在这时后廨传来三声清脆的枪声。一个歪戴着军帽,满脸油汗的家伙,突然跳起来,高喊:“队长动手了,兄弟们拿枪!”可是还没有等他取出枪,张云手里的枪响了,那家伙满口喷着鲜血倒在地上。其他伪军看了,吓得个个脸色发白,低下头。

原来王香雄营长他们从侧门进入后廨,迅速包围了五桌客人。王营长带着两个警卫战士,就站在阿焕的身后。王营长高声说:“我们是新四军,是来严惩汉奸的,请大家配合,全部举起手!”

阿焕果真狡猾,笑着对王营长说:“既然是冲我来的,与诸亲无关,请不要为难他们,我跟你们走。”说着眼一眨,突然和身边的两名亲兵一齐抓起桌上的枪,企图顽抗,王营长哪能让他们的阴谋得逞,连开三枪,三个家伙个个头脑开花,横在地上。诸亲吓得一齐跪在地上求饶,身上带枪的主动交出武器。王营长把这些亲友交给锡西短枪队的顾彬处理,他们熟悉情况,凡是有汉奸行为或干过坏事的也要好好清算。王营长把伪军全部集中在前廨大厅进行教育,要求他们从此改邪归正,重新做人。宣布:“愿意留下来参加新四军的,我们欢迎,愿意回家的等我们离开了,便可回家,但有谁还想干伪军当汉奸,我们将严惩不贷。”当场有 16 人愿意留下来参加新四军。

这次战斗,仅仅打了 4 枪就消灭了伪军一个排,缴获了 30 支步枪和两挺轻机枪,8 箱子弹,5 箱手榴弹。王营长分给锡西短枪队 10 支步枪和两箱子弹。让自己的警卫员扛走一挺轻机枪,其余的武器全留给丁舍区警卫排。王营长带着部队连夜返回武南县政府驻地。这是一次大胜利,大家很兴奋,一路上说说笑笑,特别开心。不知不觉就走完了 60 里路,一点儿也没感到累。他们都觉得回来的路似乎比去的路至少近了 1/3。

刚刚走到村头,陈成副县长和管炎生、章引等同志从屋里迎了出来。今天是大年夜,陈成同志把管炎生、章引等同志请过来一起过年,但是今夜是丁舍区警卫排自成立以来第一次远袭,仗打得怎么样?有没有全歼敌人?

首次作战有没有战士怯阵？有没有伤亡？这些问题一直在他们心里盘旋，虽然他们谁也不说，但是心里都明白。随着时间的推移，这种担忧越来越重，尤其是章引，她既要为整个警卫排担忧，又要为梦梧弟担心，梦梧弟弟还是离校一年多的学生，从来没有经历过这样大的战斗，会不会受伤？真的受了伤如何向立华姐交代？这些问题一直在她的大脑里盘旋，弄得她有些心神不宁，越到后来，惦记越重，颇有点坐立不安了，几次到门口，朝沉沉的黑夜瞭望。陈成对她说："还早呐，照路程推算，他们才刚刚到东杨墅村上，战斗估计还没有打响。你放心，有王营长带队绝对有保障，出不了问题。"

陈成同志仍像往常一样，让厨房烧几个菜，大家在一起吃一顿年夜饭，稍许热闹一下，过一个愉快的除夕夜。可是大家的心里都很焦急，哪有心思坐下来吃年夜饭？陈成和管炎生、章引他们商量一下，决定等王香雄、钱梦梧他们回来一同吃，反正不饿。快凌晨 3 点，陈成估计警卫排也该回来了。就在这时，短枪队的最前面的哨兵回来报信说，警卫排凯旋了。陈成同志第一个冲出房屋，身后跟着管炎生和章引他们，快步走向村头。陈成走上前去握着王营长的手说：

"欢迎凯旋！怎么样？我们的战士，没有给你添麻烦吧，有没有全歼敌人？"

王营长高兴地说："取得了很大的胜利。32 个伪军一个也没有逃掉，成了我们的俘虏，你看，有 16 位伪军愿意参加新四军。警卫战士个个表现出色，他们动作敏捷，严守纪律。不错，你们警卫排的战斗力不亚于我们的正规军。"

章引拉着钱梦梧的手，急切地说："梦梧弟，快让我看看，受伤没有？"

钱梦梧说："没有。章引姐放心，我是全头全须回来了，你看，"说着，钱梦梧在原地转了一圈，"这一仗我们只打了 4 枪，消灭了 4 个顽固分子，没有给敌人开枪喘息的机会。"

大家说说笑笑拥进屋，陈成同志让厨房立即开饭，大家一同吃一顿凯旋祝捷的年夜饭。王营长对陈成同志说："陈县长的好意我们心领了，年夜饭我们就不吃了。我们就回去了,还有20里路就到了。不瞒你说,今夜我还欠我们战士一个文艺节目,战士们还等着我回去表现呢。我把借你的战士悉数还给你了,请检验一下,一根毫毛也不少。”

王营长坚持要走,陈成和钱梦梧等人一起把王营长他们送出村。陈成考虑到王营长他们3个人要带16个刚刚投诚的战士,怕路上不安全,便让张云排长辛苦一下,带一班战士护送王营长到鸣凰并住宿在那里,第二天早晨回来。

全体警卫排留在县政府和陈成副县长一同吃了一顿团圆饭,菜很丰盛,有鱼有肉也有鸡,还让大家喝了一点酒,陈成还代表县政府,向警卫排敬酒,祝贺这次大捷。时任县政府秘书的杨谷方,平时就喜欢舞文弄墨,是公认的革命秀才。在这样开心的时候,怎么会不诗情大发呢？他举着酒杯高兴地说:“各位同志,我忽然灵感一动,来诗了,我赋诗一首,歌颂这次首战的胜利,送给大家。”说着,一口把杯中酒喝完,便朗诵道:

奔袭东杨墅园

除夕村村过节忙,天兵赫怒下东杨。

长途突袭人枪获,奏凯归来椒酒尝。

钱梦梧带头热烈鼓掌,掌声把除夕之夜吵醒了。

吃完团圆饭,头遍鸡叫了,天快要亮了。管炎生、章引和钱梦梧他们婉言谢绝陈成副县长在县政府住宿的挽留,带着警卫排连夜回到丁舍区委区政府。他们回到各自的宿舍,睡个把小时便起身,他们按照原定的计划将分头到烈军属家里去拜年,对于一些统战的重点对象也要去拜访一下,加强沟通。皖南事变以后,国民党右派势力嚣张,一时间流言较多,有些统战对象开始动摇。南夏墅、桐庄一片是钱梦梧的任务范围。初一初二,钱梦梧拜完了烈军属,准备初三回家代表区委区政府向父亲钱伯显先生拜年。不过他有点畏难情绪,他回家看望父亲没什么,但要代表组织去拜年,怕难以表达清楚。他向章引姐说了自己的顾虑。章引姐笑着说:

“明天下午我陪你回家。自从上次见面后,我觉得你父亲还是很讲道理的,很慈祥。有点像我的父亲。我们就讲定了,一起去。”

“一起去哪里,可否带我一道去蹭饭?”陈成副县长笑着走了进来。

章引告诉陈成同志,她和梦梧弟商量明天去钱府“混饭”吃,“你也去吗?”

陈成说:“巧了。我来找钱梦梧就是和他商量一起去向他父亲拜年的。那明天下午我们三个人一起去?他父亲伯显先生是我敬重的人,沦陷前我曾在南夏墅小学做了年把教师,钱校长对我很关心。抗战以来,他支持我们开展工作,做了不少对抗战有益的事情,我理应去拜访拜访他,表示一下我们的诚意。”

和陈成副县长一道去向父亲拜年,钱梦梧还是十分开心的。

为了安全起见,陈成、钱梦梧先到达桐庄交通站,等天完全黑了才出发去南夏墅。天黑沉沉的,没有月亮也没有闪亮的星星,周围死一般寂静。一路走去没有遇见人,一点新年的欢乐气氛也没有。他们先到钱梦梧二姑妈店里,让二姑妈回家看看,家里有没有其他客人。二姑妈回来说没有人,他们才过去。钱梦梧推门进去,父亲在门口恭候了。

钱梦梧轻轻地喊一声爸,然后说:“陈县长和章区长特地来看你了。”

陈成副县长上前,向钱梦梧的父亲鞠一躬,说:“钱校长,深夜打搅了。我们代表县政府向您拜年来了。”钱父把客人让到二厮的书房里,钱梦梧知道,父亲只会把特别尊贵的客人让到书房接待。待客人坐下后,父亲说:“老朽何德何能让陈县长、章区长上门拜年?贵党太客气了。”

陈成说:“想当年,我在南小做教师时,钱校长就关心我。我们新四军在这里,几年来,钱校长一向支持我们,一起打鬼子,我们很感动,趁新年,向钱校长拜拜年,表达表达我们的感激之情。”

钱梦梧父亲说:“贵党太客气了,抗日是我们共同的责任,在力所能及的范围里,我做点小事情也是应该的。”说着,转头看着钱梦梧说:“你奶奶身体不大好,估计撑不了多久,你同章区长一同去看看奶奶,她醒来老念着你和立华。去见最后一面吧,她走时就不通知你了,你也不方便回来。”

钱梦梧听说奶奶病重,心急如焚,立刻同章引去看望奶奶,但他心里明白,父亲是有意支开他和章引姐的,肯定是有重要事情和陈副县长相商。奶奶房间里灯光雪亮,但很安静。后妈在给奶奶洗脸擦身。钱梦梧轻轻地叫了一声"奶奶",奶奶耳朵仍很尖,立即说:"是梦梧吗?你从上海回来了,快过来,让奶奶看看?"

钱梦梧立即上前,又喊了一声"奶奶",便俯下身,让奶奶枯瘦的双手摸着自己的脸。奶奶停了停,颤抖着说:"你立华姐呢?她没有回来看我吗?这丫头已经三年没有回来看我了,这么狠心。"章引含着泪,立即上前叫一声"奶奶",说:"我在这里呢,奶奶,我同弟弟一起回来看你了,你放心,我们俩好好的。"说着章引伸出双手握着奶奶的手。奶奶继续说:

"你们姐弟俩回来就好,回来就好!你们从小没有了娘,好可怜……"

说着说着没有了声音,奶奶又昏迷过去。后妈告诉钱梦梧,近来奶奶一直是清醒一会儿,昏迷一会儿,清醒时就念着你们姐弟俩。钱梦梧和章引姐在奶奶身边待了一会儿,后妈说:"梦梧,你放心,奶奶我会照应好的,你们不能在家里多待,近来经常有一些不三不四的人,在大门口转悠。你们还是早点走吧。家里很不安全。"

钱梦梧诚心诚意向后妈鞠了一躬,说:"谢谢妈妈,辛苦妈妈了。"说着就和章引姐离开了奶奶的屋子。回到书房,陈成同志和父亲也谈得差不多了。他们便和父亲告别,父亲一直把他们送出大门,钱梦梧留在最后,和父亲说:

"爸爸,保重,我不便常回来,家里一切让你操心了,谢谢爸爸。"

父亲拍拍钱梦梧的肩膀,什么都没有说,只挥挥手,让钱梦梧赶快离开。钱梦梧走了一段路,回头见父亲还站在大门口,看着他们离开。

父亲和陈成副县长谈了什么?钱梦梧很想知道,但陈成不主动告诉他,他也不好意思多问。一直到反"清乡"斗争开始后,钱梦梧从章引姐那里才知道。

以后几天,钱梦梧和章引姐结伴代表中共武南县委和县政府给区里重要的统战对象拜年:杨桥的著名的中医朱彦彬、前黄的保长冯荣华、前黄乡的乡长周京斌、寨桥的乡长黄道平等人,他们都去一一拜访。他们也和钱伯显一样,十分感激县委县政府,共产党对他们很真诚,很坦率,处处尊重他们,也进一步坚定了他们跟着共产党新四军抗日的立场。

第十二章

到党校学习

1943年春节刚过,陈成同志通知钱梦梧去苏皖区党委党校学习。去党校读书,一直是钱梦梧梦寐以求的,他也曾向陈成同志提出过要求,但组织上一直没有安排。这次去的人较多,太滆地区有十多人。阳山地区的符德铭、南宅区的区长张涛同志也在内。两天后,所有去党校的同志在武南县政府集中出发,因为走得匆忙,钱梦梧只跟章引简单地告别了一下,章引叮嘱他路上务必注意安全。钱梦梧笑着说:“章引姐放心,我一定会全身全须回到你身边来的。”

苏皖区党委下辖茅山和太滆两个地委,外加一个广郎中心县委。党校设在溧水白马回峰山下的李巷村,那里是新四军十六旅旅部的所在地。从武南到那里有200多里的路程。沿途环境复杂,要从日伪控制的地区穿过,有很长一段路还要从国民党反共顽固派“忠义救国军”频繁活动的地盘穿过。临出发时,刚巧苏皖区党委派两个全副武装的班护送一批干部来太滆地区,他们回去时正好一同走。那天晚上,他们在灵台上船,由徐海生的水上游击队护送,一共6艘船。一上船,钱梦梧见一位船工朝他笑,那便是徐海生。钱梦梧已经有3个多月没有见到徐海生了,突然遇见,感到特别高兴,特别亲切。钱梦梧没有坐在船舱里,而是坐在船尾,靠近摇船的徐海生。徐海生边摇船边和他攀谈。徐海生告诉他,他们水上游击队已有队员30人,大部分手里都有了枪，而且人人都是水老虎，水上功夫了得，不比他差。他兴奋地说：“现在日寇不敢在西滆湖耀武扬威了，被我们打疼了。一个月前，我们狠狠地揍了他们一顿，炸沉了一艘汽艇，让他们尝尝我们渔民的铁拳头。”

水上游击队直属于县政府领导，不归丁舍区政府管辖，但灵台、寨桥、坊前毕竟属于丁舍区的范畴，水上游击队打日寇汽艇的事钱梦梧怎么能不知道？那天，日寇开着汽艇到湖上抢鱼，徐海生用一艘渔船一直把汽艇引到一片芦苇的浅水滩上。汽艇陷在那里，进退不得，五六艘小木船便围着汽艇打，把汽艇上的20个鬼子伪军全部歼灭，炸翻了汽艇。徐海生得意地说：

“我们一下子缴获了20支三八大盖，一把短枪，还打死一个少佐军官。有很长时间，小汽艇不敢到西滆湖来撒野了。”

自从成立了水上游击队，西滆湖组建了一条水上交通线，他们到金坛茅山、宜兴等地，可以从湖上直接走，方便也安全。所以钱梦梧称赞徐海生说：“你们水上游击队功劳卓著，也为我们提供了不少方便，我为你们高兴。”

那天很冷，尤其是湖风很硬，刮得脸生疼。坐在船头，钱梦梧的脚冻麻了。不过两人谈得很投缘，钱梦梧心里热呼呼的，并没有感到多冷。徐海生几次催他下船舱暖和暖和，他都没有去。时间就在他们的交谈中不知不觉地流逝，似乎没过多久，目的地就到了。但是湖岸边水太浅，船靠不到岸，大约还有三丈多路，跳板也够不着。带队的是一位排长，他低低地命令大家赤脚上岸。他首先下船，大家也纷纷效法下船。钱梦梧毫不犹豫地卷起裤腿，赤脚，跨到结着薄冰的湖水里。自从参加革命以来，赤过不少次脚，脚底下早已磨起了老茧，但下到冰冷的湖水里还是第一次，而且是天将黎明，是一天中最寒冷的时候，一阵刺骨的疼痛袭来，他那麻木的双腿不由自主地向前一冲，几乎要跌倒，钱梦梧控制住了，站住了脚跟，但无论如何也迈不开步子。徐海生跳下船，搀扶着钱梦梧向岸边走去，钱梦梧感激地朝徐海生苦笑笑，说：

“谢谢你，我真无用，还是锻炼少了。”

徐海生说：“多锻炼几次就好了，每个人都有第一次。”

徐海生把钱梦梧送上岸，又往返三次，一一把掉在后面难以跨步的几个人送上岸。大家告别了水上游击队，继续上路，大概走七八里路，两只脚才慢慢地暖和起来，恢复了知觉。钱梦梧一面走一面自责，觉得自己接受艰苦生活的锻炼实在是太少了，今后要多接受这方面的锻炼。他们在天将微明时赶到山脚下的一个小村，悄悄地进了一户人家。因为进村时引起了一阵狗叫，大家担心可能暴露目标，排长让大家提高警惕，背包都不打开，随时做好投入战斗的准备。这里是反共"忠义救国军"的地盘。据交通员介绍，他们经常到村子里骚挠，请大家不要躺下，靠墙坐着打个盹。下午有十多个"忠义救国军"的士兵从他们屋前经过，但并没有进屋，排长叫醒大家，子弹上膛，一旦忠义救国军胆敢进屋，立即送他们上西天。在紧张的煎熬中度过一天。天慢慢黑下来，大家才松了一口气。大家吃了一点干粮，等天完全黑了才上路。这次他们听了交通员的建议，索性走公路，因为日伪军晚上不敢离开碉堡，忠义救国军驻扎在村子里，走小路会引起村子里的狗叫，反倒会引起他们的注意。走公路相对比较安全，而且可以放开手脚走，速度也快多了。一路上他们白天住宿，晚上赶路，一共赶了两个晚上，绕过茅山东麓，穿过句容的磨盘山，才平安地到达苏皖区党委党校所在地李巷村。李巷村是靠山的村子，有六七十户人家，大都是低矮的茅草房，就是瓦屋也年久失修破败了，显然这是一个贫困的村庄。他们这些学员全部分散住在群众家里。群众对他们可热情了，钱梦梧真有回家一样的感觉。

党校校长是李坚真同志。李坚真是广东丰顺县人，当年跟着彭湃同志闹革命，1927 年就加入中国共产党，参加过长征，是老红军领导干部。她的斗争经验非常丰富，理论水平也高，对人真诚，和蔼可亲。对学员们很关心，大家都亲热地称她为李大姐。教育长是顾玉良同志，他是上海嘉定人，也是一位 1927 年入党的老同志。学员一百多人，有的来自根据地，有的来自游击区，有的来自城市或敌占区。为了保密起见，大家都给自己起了一个假名，钱梦梧便起了一个"吴定"的名字。他们十个人组成一个班，每班发一支步枪五发子弹，用于晚上轮流值班放哨。钱梦梧和符德铭编在一个班。开学没几天，无锡钱桥的张雨同学突然衣衫褴褛地出现在党校，脸上还有一处擦伤。原来，他和无锡的3位同志一同来党校，在进磨盘山前，遭到伪军的拦截，他跳水逃跑了，其余两位同志被捕了。党校组织经过审查后接受了他，并把他分到他们班一起学习。钱梦梧无论如何没有想到他们三位要好的同学竟然一年多后在党校相聚了。钱梦梧问张雨："你什么时候参加抗日的？早知道你想参加抗日，当初跟我们一起去宜兴，一起到武南县抗日，多好。"

"谁叫你们骗我？知道你们俩去宜兴是参加新四军的，我一定跟你们走，害得我到无锡乡下瞎摸了几个月才找到新四军，我们也算殊途同归了。"他现在是锡西区的干部。说起东杨墅村的那次战斗，他说那个阿焕大汉奸回乡为母亲庆寿的情报还是他提供的。钱梦梧高兴地说："没有想到，我们老同学早已联手对付可恶的汉奸了。"

一周以后，党校举办了一场联欢晚会。这次联欢晚会规模比较大，观众还有所在地李巷的群众和新四军十六旅旅部的战士。要求每个班要出一个节目。钱梦梧他们班的节目自然是他们三个包了。他们一共演了两个节目，第一个节目是钱梦梧的独唱《热血歌》，由符德铭手风琴伴奏。这是他们还是在施教团演出过的保留节目。钱梦梧站在台上，深情地唱着：

热血滔滔，
像江里的浪，
像海里的涛。
……
四万万同胞啊，
洒着你的热血去除强暴，杀鬼子。
四万万同胞啊，
拼着你的热血去争光荣，除倭寇！

钱梦梧深情地唱着，唱得满腔愤怒，激昂慷慨。他眼前自然而然地出现了广大革命战士奋不顾身、奋勇杀敌的场面，他也想起了姐姐钱立华惨死在麦田的情形，钱梦梧情不自禁地流下了眼泪。钱梦梧的歌声把观众带到激烈战斗的场境里。钱梦梧唱完了,便羞涩地低下头,朝台下的观众敬了一个军礼。偌大的广场安静得没有一点声音,突然爆发出一阵狂热的掌声,随即传来一阵阵“再来一曲”的欢呼声。钱梦梧擦干了眼泪,朝台下招招手,张雨跳上台,他们并排站着向观众敬了一个军礼,然后分开,在符德铭的伴奏下,他和张雨放开喉咙,高唱起《保卫黄河》来:

风在吼　马在叫
黄河在咆哮　黄河在咆哮
河西山岗万丈高　河东河北高粱熟了
万山丛中　抗日英雄真不少
青纱帐里　游击健儿逞英豪
端起了土枪洋枪
挥动着大刀长矛
保卫家乡　保卫黄河
保卫华北　保卫全中国
……

饱含深情、高昂激扬的歌声,在会场上空回荡,激荡着每一个观众的心。他们的一腔热血沸腾了,似乎也挥动着大刀长矛,奔走在保卫全中国的战场,不少观众情不自禁地站出来,和钱梦梧、张雨一起高唱,变成了真正的大合唱。

一场联欢会,让钱梦梧他们三位同学,在党校出了名,大家都称赞他们的歌唱得好,不比文工团专业演员差,连李大姐见着钱梦梧都说:

“你的歌唱得真好,苏联有一位诗人玛雅可夫斯基说,一首诗,一曲歌,就是掷向敌人的一颗炸弹,我原来体会不到,听了你的歌,我体会到了。”

钱梦梧不好意思地说:“谢谢李大姐的夸赞,主要是歌词写得好,我们仅仅是把歌词的内涵表达出来而已。”

李大姐鼓励钱梦梧说:“你们是刚从上海来参加革命的学生,趁这次机会,好好学习,在反扫荡斗争十分紧张的时刻,难得有这样的机会。”

钱梦梧答应了李大姐。他很敬佩李坚真大姐,敬佩她工作做得这样细,竟对每一位学员的情况了如指掌。这也是他应该向老革命学习的地方。

这次党校学习,主要是传达党中央延安1942年的整风精神,学习毛主席亲自撰写的整风文件:学习《改造我们的学习》,反对主观主义,以整顿学风;学习《整顿党的作风》,反对宗派主义,以整顿党风;学习《反对党八股》,反对党八股洋八股,以整顿文风。教育长顾玉良对学习抓得很紧。上午听报告,大家集中在李家祠堂的大堂里,没有课桌板凳,大家坐在背包上,在膝盖上记笔记。没有专职的教师,第一讲便是校长李大姐讲的,第二讲是顾玉良讲的,有的是请十六旅司令部的参谋讲的。他们讲课很生动,常常结合目前的形势和自己的体会来讲的,讲得有血有肉,很好懂。下午分班集中读文件,讨论。钱梦梧十分珍惜这次难得的学习机会,学得很认真,笔记记得也很全,几乎是一字不漏地记下来,讨论时认真思考,联系实际谈体会。有一次李坚真大姐参加他们班讨论,听了钱梦梧的发言,觉得讲得很好,有一定的深度,她当时就说:

"钱梦梧同志的发言,说到了问题的根源,在我们干部队伍里,有一些人往往凭着想当然来办事情,头脑一热,胸脯一拍,就去干了,能不把事情办砸吗?这就是毛主席批评的主观主义。我们讨论就要像钱梦梧同志那样,要联系我们的工作,联系我们的思想来说,把我们周围人身上的与自己身上的主观主义毛病摆一摆,摆透了,我们今后的工作才能少犯主观主义的毛病。"

李坚真大姐的一席话,既肯定了钱梦梧的发言,又为大家指明了讨论的方向。临走时,她交给钱梦梧一个任务,要钱梦梧稍微准备一下,一会儿给大家做一个辅导报告。钱梦梧一点也没有思想准备,他婉拒:

"我刚刚学习,体会不深刻,也没有形成系统,做辅导报告就免了吧?"

李坚真大姐说:"钱梦梧同志,你上台唱歌从容不迫,怎么让你给大家做一个中心发言就不敢了?怵了?就按你刚才讲的体会,给全体学员讲讲,没有别的意思,给大家启发启发嘛!"

一个小时后,全体学员集中在李家祠堂的大堂里,钱梦梧认认真真地讲了自己学习毛主席《改造我们学习》的体会,前后一个多小时。他从自己身上,也从现实生活中,列举了正反两方面的实例,说明主观主义的危害及其表现形式,也说了克服主观主义的办法,即加强调查研究和多听听各方面的意见,尤其是不同观点的意见。他所举的实例中,有不少是他亲身的经历,很感人。钱梦梧的发言得到与会者的一致赞颂,大家报以热烈的掌声。散会后,李大姐握着钱梦梧的手说:"你这个学生兵,我很喜欢,我们就缺你这样的人。怎么样?到我们这里来做教员吧,我们党校欢迎你,行不行?"

钱梦梧立即婉拒:"李大姐饶了我吧,我是被你逼得勉为其难。谢谢李大姐的好意。我的工作岗位在基层,让我好好地在基层工作中经受锻炼吧。"

李坚真大姐笑了,说:"你是一个好苗子,好好地锻炼吧。"

除学习整风文件外,还请十六旅的军事干部主讲游击战,既有理论也有实际战例。教员第一讲用实例宣讲了毛泽东同志的伟大著作《抗日游击战争的战略问题》,生动地阐述了游击战在抗战中的地位、作用以及一系列的具体战略战术问题。他说:"毛泽东同志是伟大的军事家,他是世界上第一个论述游击战重要战略意义的人,也是世界上第一个灵活机动地运用游击战,创造了大量以少胜多、以弱胜强的战例的人。"教员生动的讲解,一下子就把钱梦梧吸引住了。对钱梦梧来说这是一门全新的知识,他虽然跟着大家打了几个小仗,但对游击战还是似懂非懂,想要今后在战场上像王营长那样掌控主动权,灵活机动地、有效地打击敌人,一定要趁此机会,多学一点。钱梦梧学得很上心,一有点时间就找十六旅旅部的参谋问这问那的。钱梦梧还曾向李坚真大姐建议,如有可能让他们这批学员也见习见习正规部队的打仗,学学打游击战的本领。李坚真大姐说:

"你别急,仗有得你打,不仅是见习,让你们直接参加战斗的机会也是会有的。"

还真让李坚贞大姐说着了。钱梦梧他们学了个把月,忠义救国军突然向苏皖区党委驻地李巷发起进攻,妄图和日寇联手消灭新四军十六旅。党校学员以班为单位配合作战,搞后勤支援工作。钱梦梧所在的班跟着十六旅教导队一起行动。教导队相当于一个营的编制,拖着敌军两个团,打打走走,在磨盘山里转了三天三夜,把敌军拖得精疲力尽,然后配合十六旅的一个团设伏,狠狠地打击敌人,战斗打得十分激烈,从火线上抬下来的伤员很多,钱梦梧他们帮着组织担架,把伤员迅速运到战地医院。在战斗最紧张的时候,钱梦梧和符德铭也到前线战壕里背了几次伤员。钱梦梧有一次背的是一位炸断一条腿的战士,这位战士人高马大,很沉,钱梦梧背得浑身是汗,但他坚持着一直把伤员背到安全地带,中间没有休息。战斗从中午打响,一直打到临晚,才把这两个团彻底消灭了。当晚打扫完战场后,钱梦梧他们又跟着部队转移,走了大半夜,来到一个周围都是竹园的小村上宿营。第二天早上起身,传来一个特大的喜讯,就在昨天下午,他们消灭敌军两个团的同时,另一个团绕道袭击敌军的师部,活捉了敌军的师长。这消息大快人心。他们白天休息,晚上又跟着部队转移,天很黑,一米之外就看不清人脸了。行军速度较快,前面不断传来“快跟上”“不要掉队”的喊声。他们整整走了一个通宵,一直到第二天上午9点多钟,他们来到了金坛县茅麓山脚的一个村上。他们被安排到群众家去休息,群众热情地招呼他们吃了稀饭,便让他们在靠墙的稻草铺上休息。休息两小时,钱梦梧他们被叫醒,钱梦梧一睁眼,就看见李坚真大姐正笑眯眯地看着自己。钱梦梧赶快站起来,吃惊地对李大姐说:

“李大姐,你,你,怎么会在这儿?”

“我也是刚到一会儿。快起来,我们开个会。”

一百多名学员全背着背包集中在竹园里,李坚真大姐简单总结了这一届党校的学习,宣布这次学习到此结束。她说:

“按照原计划,这次学习的时间是三个月,但形势不允许我们继续学习下去,日伪的‘清乡’、扫荡全面开始了,忠义爱国军也来凑热闹,赶来捣乱,企图与日伪军联手,共同对付我们,不让我们安心学习。你们要把整风精神带回去,在日常工作中贯彻下去,争取反扫荡斗争取得全面胜利,我在校部等着你们的捷报。”

他们一百多人就在竹园里相互道别，踏上返回的路程，李坚真大姐和各位学员一一握手送别，她握着钱梦梧的手，看着他说：

“小伙子，一路小心。好好干，你是不会让大姐失望的，对吗？”

“对！不会让李大姐失望！”钱梦梧干脆地回答，“望李大姐保重！”

钱梦梧他们三位同学和张涛一起走，考虑到身上没有武器，晚上走不方便，此地人生地不熟，路也不认得，他们决定白天走，边走边问路。钱梦梧和符德铭走在前头，主要是问路，察看情况，张涛和张雨在后面相隔30多米，万一出事，就说互不认识。走了3个多小时，在一个村旁见到一队日伪军过来，他们就到村上一户群众家暂避一下。钱梦梧顺便打听了一下，得知此地是金坛的尧塘镇，再往前走不到10里，便是金坛和武进的交界处。那里有一座城隍庙，庙里有日伪驻军，绕过城隍庙便是武进了。他们等日伪军过去了，按照群众的指点，斜插上了一条乡间大道，循着大道走，走了一个多小时，果然见不远处有一座庙宇，庙门口树着一杆太阳旗，天也渐渐黑了。他们小心翼翼地绕过去继续走，准备进了武进地界才找地方休息。又走了一段路，见前面是一面竹篱笆，有一人多高，向两面延伸，见不到首尾。路边树丛中有座草房，门口有一位老人。钱梦梧向老人打听，老人告诉他们，十多天前日寇开始“清乡”，逼着群众筑了这段篱笆墙，篱笆里面是“清乡”区，这里沿着竹篱笆向前不到一里的地方有一个出入口，白天有三四个伪军守着，出入凭良民证，晚上他们怕新四军袭击，一般是没有人把守的。钱梦梧他们在老人草屋里休息了个把小时，吃了一点干粮，就沿着篱笆走。天已经完全黑了，不过天上有月亮，隐隐约约能看得清路。一会儿就到了出入口，果然没有伪军守候，他们越过了篱笆，进入武进地界。他们仍沿着大路走，路上静悄悄的，似乎进入了无人区，没有一点生气。又走了一个多小时，来到一个村上，他们敲开离村子较远的一座矮屋的门，一个老婆婆告诉他们，这里是芦家巷。钱梦梧知道他们到了武南县的张桥区。路不熟悉，不能瞎闯，便跟老婆婆商量，想在这里借宿一晚，明天一早离开。老婆婆说保长一再交待，外面来的陌生人一律不得留宿。钱梦梧问保长在哪里？老婆婆同钱梦梧他们，敲开了芦家巷小学的校门，原来保长是小学校长兼的。一见面，校长就认出了钱梦梧，还是钱梦梧当文教委员召集校长会议时认识的。校长热情地接待了他们，给他们下了面条，还烧了洗脚水，安排他们在教师床上睡觉。钱梦梧向保长了解了目前武南的形势。保长告诉他，半月前日伪军的“清乡”就开始了，来势凶猛，押着沿滆湖的群众筑了500多里的竹篱笆，企图困死新四军。在竹篱笆里挨个村庄搜查新四军。芦家巷暂时还没有搜查，也还没有日伪军驻防。目前较安全。听了保长的介绍，钱梦梧心里明白了，武南形势十分严峻，反“清乡”斗争的任务很重。第二天吃过早饭，校长安排一位本地的教师，一直把他们送到靠近丁舍的一坟地。钱梦梧便在此地和其他人分别。当天他们都安全回到工作岗位上，更残酷的反“清乡”斗争正在等着他们。

第十三章

反“清乡”斗争

钱梦梧和他们分别后，来到石塘湾周家村找到秘密交通员张金根。张金根把钱梦梧带到大成乡，找到武南县委组织部长许英和丁舍区长章引。章引高兴地说：“梦梧弟，你总算回来了，这条路不好走，日伪军和顽军都很猖獗，我为你担心死了。路上没有遇到危险吧？”

钱梦梧笑笑说：“有什么好担心的。我不是毫发无损地站在你面前了，你检验一下，有没有少一根汗毛？”

许英告诉钱梦梧，为适应目前反“清乡”斗争的需要，县委研究决定，丁舍区委书记管炎生调到南宅区委任书记了，区委书记由章引担任，钱梦梧任区长。许英说：“丁舍区是一个大区，下属9个乡，沿武宜公路日伪设立的许多重要据点，都在丁舍区里，如前黄、南夏墅、鸣凰等，武南县委大部分时间也驻在你们区里，这次敌伪‘清乡’大扫荡，丁舍区是重点，来势凶猛，你们肩上的担子可不轻啊。”

章引说：“请许英同志转告王子达书记和陈成副县长，我们会群策群力，紧紧依靠群众，团结一切可以团结的力量，全力以赴地取得反扫荡斗争的胜利。”

钱梦梧也说：“请领导放心，我们会做好自己的工作的，”说着，钱梦梧看了一眼章引姐，对许英笑笑说，“不过，我们紧紧依靠县委，遇到困难随时请示县委,你们领导不会不理睬我们吧?”

许英和章引都被钱梦梧逗笑了。

当天临晚,钱梦梧和章引回到丁舍区政府。章引向钱梦梧详细介绍了当前严峻的形势:日伪军凑集两万部队从多个方面围攻太滆地区,一方面强迫老百姓修筑长达500多里的篱笆围墙,从常州西门马公桥开始,沿滆湖南下,经过灵台、五洞桥、杨桥、漕桥、分水墩,一直到太湖边,在重要道口设立检查站,出入一律凭良民证,动不动还要搜身,没有良民证不但不能进出,还要被关押。在篱笆圈里的称为“清乡”区,日伪军整天进行梳篦式的清理,发现所谓的抗日嫌疑分子,一律关押、枪杀。另一方面在“清乡”区内增添据点,不仅被新四军拔掉的据点全部重修,还增修了不少据点,单单丁舍区里就增设了7处,据点里驻扎日伪军,构成梅花桩式据点群,据点与据点之间相距大致十里路,都架有电话线,一处据点有事情,四周的据点会迅速出兵支援。日伪军还加张了维持会的建设,维持会会长都是伪乡长兼任,并强化了保甲制,每一保设保长一人,下辖七八个自然村,每个自然村为一甲,设甲长一人。保甲长要对自己的辖区负责,在辖区内有新四军活动,或发现抗日宣传标语,不及时报告,保甲长要被问责,轻则鞭打,重则坐牢,直到杀头。清乡区里一律进行人口登记,编造户口册。日伪军经常突击检查户口,核实人员,发现多一人就以新四军嫌疑犯逮捕。更毒辣的一手是收罗地方上的地痞流氓,组织密探队,广泛搜集新四军和抗日政府的情报。那帮家伙趁机敲诈勒索,无恶不作。日寇明白,新四军人数虽少,但有强大的生命力,主要是得到了广大群众的支持,他们“清乡”一方面围剿新四军;另一方面用高压手段千方百计切断新四军与广大群众的联系。一时间弄得整个社会乌烟瘴气,人心惶惶。

形势无比险恶,比钱梦梧想象得还要恶劣。章引告诉钱梦梧,幸亏他们提前三个月得到情报,提前做了针锋相对的安排。他们教育群众要树立反“清乡”斗争的胜利信念,坚持统一战线,团结争取中间力量,争取统一力量和我们一起共渡难关。对行政干部进行精简强化。各区委一般是二到三人，丁舍区除章引、钱梦梧两人外，还有史济荣，他管财务，但暂时还没有来报到。各区警卫排抽出一部分人加入县政府的短枪队，组成警卫连，由陈成同志兼任连长，王子达同志兼任指导员。区里警卫排只留下七八位素质过硬的战士，由张云排长带着，其余的人都分散埋伏，什么时候需要，一声召唤立即赶来。王香雄营长带着部队跳出包围圈，在外线活动，随时策应篱笆圈里的斗争。章引说：“敌人采用保甲制限制我们，我们却反过来，让保甲长为我所用。我们充分发动群众，把保甲长换成我们的人，不是中共党员就是抗日积极分子，就连维持会会长也有不少是中共党员或由支持我们的人担任。没有保甲长的配合，敌人就成了睁眼瞎了。”

章引忽然神秘地说：“你知道，谁把敌人‘清乡’的有关情报提前告诉我们的吗？”

“不知道？谁有这么大的能耐？”

“你猜猜？”

钱梦梧摇摇头说，这哪能瞎猜。

章引笑着说：“告诉你吧，你别不信，是你爸，钱伯显先生。为了这次‘清乡’，日寇筹划了好长时间，国民党上层得到情报，年前就告诉你爸了，你还记得吧？年初三晚上，我们去你家，你爸把我们支开，单独和陈成副县长谈的。”

钱梦梧说：“难怪父亲不让我们知道，是怕我们走漏消息。这样的消息确实应该谨慎。当时我还有点生气，我错怪他老人家了。”说着钱梦梧笑了。

最可恶的是敌人的密探队，那班地痞流氓，都是本地人，人头熟，地理环境也熟，威胁很大。他们经常下乡，狐假虎威，无中生有地敲竹杠，骚扰老百姓，群众也对他们恨死了。钱梦梧觉得他们应该主动出击，对那班家伙敲打敲打，他和章引同志商量，对罪大恶极的家伙镇压一批。章引完全同意钱梦梧的意见。他们立即行动，让各乡各村把那班家伙的姓名、地址和罪行事先报到区里，由张云排长和钱梦梧分别带着警卫排的战士一夜之间逮捕了12人。钱梦梧和张云排长连夜审讯。征得陈成同志的同意，对罪大恶极的5人当场击毙,并把他们的罪行,以武南县政府的名义张榜公布。其余的人,对他们进行严厉警告,胆敢继续为日伪军卖命,再干一件坏事,就新账老账一起算,立即送他们去见阎王。

第二天,钱梦梧起草了一封给伪军和汉奸的公开信。他在信中这样写道:“中国人自古就有爱国保家的情怀,当日寇侵略我国,屠杀我同胞、奸淫我姐妹的时候,每一个中国人都应当挺身而出,为保卫家乡、保卫祖国而贡献自己的一切。你们却违背祖训,违背良心,充当汉奸,出卖自己的灵魂,背上汉奸的骂名,你们有何面目面对乡亲,面对自己的父母兄妹!

“悬崖勒马,回头是岸!希望你们丢掉幻想,立即回到人民的立场上来。胆敢继续充当汉奸,为非作歹,我们一定严惩不贷!”

就以县政府名义刻印出来,交给各乡的保甲长,悄悄塞在伪军、汉奸或具有汉奸行为人家的门缝里。

通过这样的两次行动,那班伪军、汉奸的行为收敛多了,不大敢大张旗鼓地下乡搜刮老百姓了。

王香雄带着部队在外围寻找有利战机和有利机会,一发现便狠狠地打击敌人。有一次,南宅据点的内线送出情报说据点的日伪军明天下午将经过符家桥,去华渡桥方向扫荡。王香雄带着部队,天不亮就赶到距符家桥200米的杆稞岗埋伏。

午后,天气晴朗,碧蓝的天空,飘浮着白云。大地一抹绿色,空气中漂浮着淡淡的野花香。日本中村队长带着“剔抉队”的13名鬼子和20多名伪军摇摇晃晃地朝符家桥来了。自从在南宅设立据点后,日伪军多次下乡,从来没有遇到过抵抗,他们心情很好,一点防备也没有,当他们完全进入伏击圈后,王香雄一声令下,一阵手榴弹“嗖嗖”地从两旁杆稞岗飞出,接连在敌群中爆炸,炸得敌人鬼哭狼嚎,倒地一片,日伪军一下子蒙了。中村队长急忙下令抵抗,可是新四军哪能允许他们喘息,他们的机枪、步枪齐发,子弹似暴雨般飞来,没有几分钟,日伪军又死伤不少。中村队长只得指挥残部原路撤退,可他万万没有想到符家桥已被掀掉,撤退的路完全被堵死了,中村队长急得团团转，只得带着残余部队下水泅渡，刚到河中，河两岸的子弹嗖嗖地朝河中飞来，日伪军一点还手之力都没有，没几分钟就全部命丧河中。中村和翻译官就是渡河时被打死在河当中的。这次战斗前后不过半小时，彻底歼灭了日寇专门为“清乡”成立的“剔抉队”，取得了反“清乡”斗争的首战胜利，王香雄缴获了20多支三八大盖，两挺机枪，还有3支短枪。不过新四军一名战士李法荣也光荣牺牲了。从此南宅据点的日伪军再也不敢离开碉堡半步。这一仗大大鼓舞了广大群众反“清乡”斗争的士气。当时有民间诗人就写了4句顺口溜，在群众中广泛流传：

伏击符桥斗志昂，
清乡首战获全胜。
横行日寇俱伤亡，
伪警从兹不下乡。

这几句顺口流，一经写出，便迅速传播，流传甚广。

钱梦梧第二天就得到了胜利的消息，他很高兴地对章引说：“就该这么干，寻找战机狠狠地咬他几口。我们也该这么干，寻找机会主动出击，我们吃不了大的，一小口一小口地吃总可以的嘛，今天打死他一个，明天打死一双，慢慢地消耗他们的有生力量，把他们打怕。”

章引很赞同钱梦梧的意见，他们把张云排长叫来，共同研究。第二天他们就布置警卫战士到各据点附近侦察，如有小股日伪军出据点，就寻找机会揍他们一下。很快机会来了，杨桥据点的日伪军经常几个人到周围村上去抢东西，寻找花姑娘。不过都离据点不远，动手难度大。钱梦梧和张云排长研究后，决定带8名战士备足干粮，起早赶到杨桥日伪军经常出没的地方，埋伏在秆稞岗里。下午2点，1个日军带着3个伪军来了。当他们靠近秆稞岗时，钱梦梧他们8个人突然冲出来，枪口对准他们，张云喊道：“举起手来！”3个伪军都高高地举起手，那个日军一面拔抢一面回头想溜，钱梦梧对准他的脑袋就是一枪托，日军不声不响地倒在了地下，旁边的战士又一连打了几枪托，日军便两脚一伸一命呜呼了。张云排长和两个战士把日军的尸体拖进秆稞岗里埋了。钱梦梧对3个伪军教育一番,便放他们回家,但警告他们,如果再当汉奸,继续为非作歹,今后一定老账新账一起算。前后不到10分钟,钱梦梧他们就神不知鬼不觉地消灭了4个日伪军,缴获了4支三八大盖。

杨桥据点里一直到吃晚饭时才发觉少了4个人,分头寻找未果。第二天又寻找,刚巧王香雄带着一部分战士经过这里,又顺手牵羊地杀了几个鬼子,俘虏了七八个伪军。

没过几天,灵台湖边有3个鬼子到湖边抢鱼,也被钱梦梧他们杀死在湖滩。

王子达和陈成在全县推广钱梦梧他们积小胜为大胜的经验,全县发动起来,利用手中的武器,纷纷杀鬼子。王子达和陈成也分头带着县里的短枪队时而在芦荡中,时而在偏僻小村,寻找机会杀鬼子。日伪军看不见他们,找不到他们,却处处挨打,似乎他们无处不在,弄得日伪军十分狼狈。

5月中旬,前黄伪军营长带着两个排的伪军70多人,浩浩荡荡地到灵台去赴宴,他们仗着人多势众,场面摆得很大,伪军营长坐在轿子里,观赏着沿途的风景,好不舒畅。副官提醒他小心点,他笑笑说:“零散的新四军,敢对我动手?笑话!他们只配揪揪三五个小鱼小虾。”伪军营长心中有数,他们人多武器好,又带了3挺机枪,子弹也充足。新四军奈何不了他的。

那天王香雄营长带着两个班的战士,正好在丁舍区活动。他得到情报后,便和钱梦梧商量,想敲打敲打这个耀武扬威的伪军营长。王香雄营长得到钱梦梧首肯后,把武南县短枪队和丁舍区的警卫排都调过来,趁天黑前,把部队埋伏在关刀桥前大路两边的秆稞岗里,秆稞长势很好,已经一人一手高了,郁郁葱葱,不要说晚上,就是大白天,人躲在里面只要不说话,就是从旁边走过也不会被发现。他们在闷热的秆稞岗里等了2个多小时,天渐渐黑了。伪军营长酒足饭饱,带着部队过来了。他们在灵台从中午吃到傍晚,酒肉吃了不少,醉态百出,走路摇摇晃晃,懒懒散散,有的枪倒挂着,有的横挎在背上。伪军营长大概也喝多了,在轿子里哼着黄色小调,不时地与轿边的伪军大声地讲着笑话,发出公鸭似的笑声,好不惬意,心情无比地好。

这天月色朦胧，不甚明朗。然而从秆稞丛中向外看，伪军的种种丑态还是看得清清楚楚的。伪军过了关刀桥，王香雄营长命令两位战士悄悄地在关刀桥桥背上架起一挺机枪。王营长一声喊打，钱梦梧随着大家一起扔出了手榴弹，随着轰轰的爆炸声，敌人鬼哭狼嚎死伤一片。新四军的机枪、步枪、短枪一齐开火，一颗颗子弹射向无比惊恐的敌人。钱梦梧一连打倒了两名伪军，伪军营长跳下轿子，狂喊着：

"兄弟们，快，别怕，抢占有利地形，还击还击！……"

可是他一句话还没有说完，钱梦梧对准他就是一枪，伪军营长便倒了下去。他的副官一面组织伪军还击，一面让伪军营长的卫兵背着伪军营长往前直冲。王香雄营长发出了冲锋号，战士们纷纷从秆稞岗里冲出来，杀向伪军。战斗仅仅半小时，打死打伤伪军多人，俘虏伪军 20 多人，只有几个伪军跟着副官冲出包围圈，进入坊前的据点。伪军营长由于伤势，两天后死在前黄据点。这次战斗中王营长牺牲一位战士，是他的警卫员，王营长很伤心，就地将他安葬在关刀桥畔。三位战士受伤，其中两位是丁舍警卫排的。钱梦梧亲自用船把伤员护送到杨桥，夜已经深了，钱梦梧找到保长，请他把伤员妥然安排在群众家里，然后请朱彦斌医生一一为他们治疗。钱梦梧对朱医生说：

"朱医生，不好意思，深夜打扰你了。你多包涵。请你一定精心治疗。"

朱彦斌医生说："我们军民如一家，一家人不说两家话，你们为打日伪军受伤，就是为我们老百姓受伤，你放心，我一定细心地治疗。"

钱梦梧知道，朱医生很爱国，人也很正直，新四军来到杨桥后，他积极支持新四军的工作，多次为新四军治病。他常常是义务看病，不收一分钱。因此钱梦梧很敬重朱彦斌医生。朱彦斌医生也是丁舍区的重要统战对象。

关刀桥离灵台、寨桥、坊前的据点很近，三处地方都能隐隐听到激烈的枪炮声，站在碉堡顶上也能看到手榴弹爆炸的火光。但他们谁也没有出兵支援，情况不明谁敢贸然出兵？大概枪声停止了 2 个小时后，寨桥据点和灵台据点联系，相约派出一部分兵力来到关刀桥，地上是一片死伤的伪军，王营长他们早已带着战利品撤到几十里路外了。

关刀桥战斗一次消灭敌人两个排。人们奔走相告,欢欣鼓舞。广大群众对反“清乡”斗争的胜利充满了信心。

敌人吃了亏,晚上不敢出调堡一步,但白天气焰仍十分嚣张。派出多支“清乡”部队进行拉网式的搜索。第三天吃早饭时,有一支近百人的日伪军队伍突然包围了丁舍区委所在的村子。村子比较隐蔽,前面是一大片竹园,村边是一条运河支流,岸边是秆稞岗。村子不大,有十多户人家。区政府就设在群众家里,只有章引书记一人在,钱梦梧一早去礼嘉区参加县政府会议了。区政府两名警卫员赵永大和王金生住在与区政府相邻的一户人家里。当警卫员发现鬼子时,鬼子已经进村了,来不及通知章引书记转移,他们当机立断,两人便隐蔽在竹园里,密切注视着区政府的情况。

日寇挨家搜查,搜查到区政府时,见一个老婆婆抱着两岁多的小女孩坐在门口,屋内有两个女人一边在绕头绳,一边在说笑,一个鬼子突然用刀子指着小孩说:“这两个女的是干什么的?说!”小孩“哇”的一声吓哭了。老婆婆拍着小孩说:“小孙孙别哭,皇军给你闹着玩的。你说她们两个你叫什么?”小孩怯生生地分别叫“妈妈”和“阿姨”。老婆婆说:“一个是我媳妇,一个是我媳妇的妹子。”日寇正在疑惑的时候,一旁的翻译官突然认出了章引,指着她正要说什么。情况十分危急,赵永大手中的枪响了,翻译官一声未发地倒在地上。赵永大和王金生向鬼子一连扔出了三颗手榴弹,转身便逃,鬼子便向他们追赶过来。章引书记和老婆婆一家从后门迅速通过菜地钻进秆稞岗,泅渡过河,进入对岸的秆稞岗便分头跑,老婆婆一家向东,章引在秆稞岗里面一直向西跑,跑了好长时间,便蹲在秆稞岗里,等到天晚时,才钻出秆稞岗。清乡的鬼子伪军抬着三具尸体早撤走了。章引悄悄地回到区政府,老婆婆一家也回来了。章引向老婆婆全家表示感谢。老婆婆说:“你客气了,说什么谢不谢,真要说谢,应该是我们谢你才对。你一个姑娘家,从老远的浙江赶来,为了啥?还不是帮助我们抗日吗?对不对?”

这次赵永大牺牲了。日寇击中他的腿部,不能跑,王金生要背着他走,他严厉拒绝,用枪逼着王金生离开,为了掩护王金生又和日寇激战十多分钟,最后牺牲。他是区警卫排第一位牺牲的战士。他完全是为了救章引而牺牲的,章引看着穿着崭新军装躺在棺木里的赵永大,哭得很伤心。章引深深自责,她如果警惕性高一点,可以早一点发觉敌情,赵永大同志也就不会牺牲了。日寇又欠了丁舍区人民一笔血债。晚上,钱梦梧回来了。在区政府门前的广场上,钱梦梧和张云排长带着全体警卫战士,向赵永大的遗体告别,发出了“誓死为赵永大同志报仇,把日寇赶出中国”的誓言。由章引和钱梦梧抚着赵永大的棺木,抬到小船上,张云排长带着五名警卫排的战士,一直把赵永大的灵柩送到湖西老家去安葬。

当夜,章引和钱梦梧带着警卫排战士,把区委区政府迁移到另外一处更为隐蔽的地方。钱梦梧对章引姐说,现在斗争形势很复杂,我们一定要提高警惕,这种事情可不能发生第二回。章引姐说:“梦梧弟放心,我们大家都要小心,现在日寇鬼得很,常常突然袭击,包围一两个村子,进行梳篦式的搜查,我们驻地的暗哨要放远一点,敌人如果突然袭击,我们转移的时间可以充裕一点。”

钱梦梧完全赞同章引姐的这一建议。就在这时,章引发现钱梦梧的脖子上有几条划伤的血痕,便吃惊地问:“怎么,梦梧弟,怎么回事,脖子上怎么有伤痕?”

钱梦梧用手擦擦脖子,轻松地说:“这算什么伤,在回来的路上,遇见鬼子,和你一样钻进秆稞岗躲了一会,不小心被树枝划破点皮而已,与你遇到的危险相比,差远了。”

其实,钱梦梧遭遇的危险,远非这样轻松,不过是他不愿说罢了,他怕章引姐无端地为他担心。这天东方刚刚发白,钱梦梧带着一名警卫战士就赶到礼嘉区的前夏庄,县委书记王子达和陈成副县长带着短枪队提前一天来到那里。准备在前夏庄召开武南县区长会议,商量部署进一步的反“清乡”斗争。会议 9 点开始,在快结束的时候,暗哨传来消息,一支 20 多人的日伪军正从后夏庄向前夏庄包抄过来。王子达立刻结束会议,布置行动,他让参加会议的同志，全部拿起武器，和他所带的短枪队合在一起行动，狠狠打击敌人。前后夏庄之间有一片坟地，是前后庄之间的必经之地。坟地长满了郁郁葱葱的松树和柏树，还有许多杂树。人蹲在树丛中，外面的人是难以发现的。王子达同志带着部队埋伏在树丛中，大约一刻钟左右，日伪军嘻嘻哈哈地过来了，他们在后夏庄抢夺了不少鸡鸭，挂在枪尖上。他们无论如何也不会想到县短枪队白天会在这里等着他们。等日伪军进了伏击圈，王子达一声喊打，30 多支枪在同一时间里喷出愤怒的子弹，等敌人清醒过来准备反击时，已有七八具尸体躺在地上了，钱梦梧射出的第一颗子弹，击中一位日寇的胸膛，因此他很兴奋。正当他寻找目标再次射击时，伏在旁边的短枪队指导员顾彬大腿部中弹，鲜血直流，他忙过去把自己的白衬衫撕下一幅，给顾彬同志包扎。短枪队的战士躲在树丛中完全能看清楚面前的日伪军，而日伪军却不易发现目标，只得胡乱放枪。战斗持续不到 20 分钟，日伪军死伤过半，便匆匆转身逃跑了。这便是前夏庄之战，这一仗陈成他们消灭了 14 个日伪军。但也牺牲了一位短枪队队员谭信。谭信是中共党员，常州东门人。指导员顾彬受伤后由组织上派周平同志转送宜兴治疗。战斗结束后，钱梦梧告别了王子达他们，临晚时分回到丁舍区政府。钱梦梧原本不想把前夏庄的战斗告诉章引姐，但又憋不住，因为这是他第一次打死了一个日寇。他需要有人分享他的兴奋。于是他高兴地对章引说："章引姐，我告诉你一桩高兴的事，今天我跟着王子达书记伏击日寇，我第一枪就命中目标，打死一个鬼子。你说高兴不高兴？"

"怎么回事？你们开会时发生战斗了？"

在章引姐一再追问之下，钱梦梧才和盘托出，叙说了前夏庄战斗。章引故作生气地说："你回来为什么不首先告诉我？还要骗我是钻秆稞岗划的，你说该不该打？"说着举手在钱梦梧头上轻轻凿了一个毛栗子，章引说：

"记着，梦梧弟，下不为例，以后外面不管发生什么情况，都要一五一十地给姐说，不许半点隐瞒。"

钱梦梧咕噜说："又不是工作，一点一滴都要向你书记汇报。"

章引说:“你咕噜啥？又讨打了吗？不是向书记汇报,是向姐汇报。”说着举起手又要凿毛栗子。钱梦梧赶紧举着双手,笑着跑回自己的房间。

第二天,史济荣来区政府报到,陈成副县长让他到丁舍区协助钱梦梧的工作,具体担任区里的财务工作。钱梦梧高兴地说:“好啊,我们两位老同学又在一起工作了。我可把财务方面的一摊工作全交给你了。当然,你随时还要配合中心工作。”

史济荣笑笑说:“区长同志,你放心,在搞好财务本职工作以外,一定全力配合区里的中心工作。”

钱梦梧说:“我自然放心,有你这位工作狂协助,还有什么工作干不好？”

日寇沿滆湖、太湖修筑了一条长达500多里竹篱笆,把太滆地区一分为二,目的是分片清剿抗日力量,日寇想得过于天真了,竹篱笆怎么能阻碍军民的交往呢,又不是铜墙铁壁？不过,有一道篱笆相隔,多少给军民交往带来了一点不方便,更重要的是,这道篱笆对广大群众来说,是心理上的一道障碍。太滆地委决定于5月28日晚上10点,动员有关地区的群众用一小时时间,全线摧毁篱笆。武南县把这决定提前一天通知了丁舍区委,因为有五六十里篱笆墙筑在丁舍区的范围里。钱梦梧笑着对章引姐说:“这个决定很及时,日寇的‘清乡’扫荡是以筑篱笆开始的,今天把它一举摧毁,也就标志着反‘清乡’斗争将以胜利告终了。”

章引很赞同钱梦梧的分析,她说,至少我们看到胜利的前奏了。

章引同志立即召开有关人员的会议,讲明任务和完成任务的意义。然后分工下去做发动工作。在会上,钱梦梧一再强调,一定要告诉群众,拆下来的竹子千万不能带回家,要防止敌人报复。会后,章引、钱梦梧、史济荣各带一名警卫排战士分头到沿篱笆的村上,找甲长布置任务,请甲长第二天晚上10点带领全村人去拆篱笆,把拆下来的竹子集中堆起来,一把火烧掉。一听说要烧篱笆大家都高兴。有一位甲长对钱梦梧说:

“早该烧了,天天看着篱笆就生气,日寇把我们当成畜牲圈了。”

张云排长的主要任务是,布置战士于明晚9点前把周围几个日伪据点的电话线全部剪掉，让日寇无法传递信息。一般来说，据点里的敌人晚上是不敢随便出门的，与周围据点联系中断了，外面情况不明，更不敢跨出据点半步。但是为了防止意外发生，陈成还是把县里的警卫连派出来，协助丁舍区警卫排，在各个路口警戒，确保参加拆篱笆群众的绝对安全。

5月28这天晚上，章引、钱梦梧和史济荣8点半就来到篱笆附近。天色较暗，有月亮，但常常被乌云遮蔽，不甚明亮，两米之外，人脸就看不清楚了。9点一到，附近村子里拥出了一片黑压压的人群，奔向竹篱笆。一到篱笆面前了立即分散，一人负责一段，先统一把篱笆两面的铁丝网剪掉。然后动手拔，一根根地拔，篱笆插得不深，一点不牢，用不了多少力气。钱梦梧和章引他们也参加到群众里面，一起拔，每人拔10米左右，半小时不到就拔好了。这比破公路容易得多了。大家把拔下来的竹子堆成一堆，然后点燃，这些竹子早已干枯，烧起来火势很旺，还发出噼噼啪啪的声响，犹如放鞭炮，火越烧越旺，火苗升得很高，足有2米多高，照出了大家欢乐兴奋的脸。不知是谁说了一句："好像是为我们庆祝胜利放鞭炮呐！"立即引起了共鸣，大家欢笑一片。

钱梦梧拉着章引姐站在高处，向远方看去，只见一堆堆冲天的大火，沿着滆湖向前延伸，一直到看不见的夜空，像一条巨大的火龙在故乡的大地上滚动，跳跃，十分美丽壮观。把整个天空都染红了，好似一片朝霞落在湖畔。

章引说，要是有一架照相机，把这壮观的一幕拍下来多好，一定是抗日战争中最靓丽的一幕，抗日战争胜利后可以进入反侵略博物馆，让后人永远记住这一幕。钱梦梧完全赞同章引姐的看法。同一时间，数万名群众在中国共产党的一声号令下，不怕牺牲，不怕危险，冲向反"清乡"斗争第一线，这本身就是一件不可思议的奇迹。不过他没有说话，此时此刻，他又想起了立华姐，如果立华姐看到这幅激动人心的画面，该有多好啊。

立在一旁的史济荣说："在碉堡里的日寇看到这一堆一堆熊熊的大火，不知作何感想？"

钱梦梧说："他们苦心构筑3个月的篱笆，半小时内化为灰烬，会有什么感想？急得狗脚跳墙吧！”

完成了任务，各村的甲长便招呼大家迅速撤离。他们早已统一了口径，明后天日伪军问起来，一律推说是新四军大部队搞的。等群众全部离开后，章引、钱梦梧、史济荣和张云排长带着警卫排战士，也撤离了现场，回到了区政府驻地。第二天，日寇把沿篱笆村上的保甲长全部抓到据点，拷问了三天，保甲长的说法大同小异，都说是新四军干的，说有好几万人。问不出所以然，日寇也没有办法，只好把他们放了。不过有的地方日伪军下乡顺手牵羊，抢了老百姓不少东西，还烧了老百姓的几处房子，但他们在回来的路上遭到王营长部队的伏击，鬼哭狼嚎，损失惨重。

这次摧毁篱笆围墙，真如钱梦梧所断言的那样，日伪军“清乡”扫荡已接近尾声了。然而就在这时，发生了一件钱梦梧一生中意想不到的事，让他十分后悔。

第十四章

在朱家塘被捕

在彻底摧毁竹篱笆围墙后，一天上午，钱梦梧在丁舍区政府里处理杂务。

这时，区政府已经迁到胜东乡朱家塘村。这个村子也不大，只有十多户人家，而且都是贫穷人家。大家抗日的积极性很高。村子环境也比较隐蔽，处于竹园、杂树丛和秆稞岗的包围之中，紧靠村子的西面北面都有河道。这里离开东山坟松树林也不远，如果遇到突发情况，撤离到东山坟，进入松林，也就安全了。

临近中午时，传来情报说，前黄据点日伪军30多人下乡扫荡，上午在武宜公路西面的胜西乡，下午又可能过公路到胜东乡来。钱梦梧估计不会马上过来，到这里至少要2小时以后，准备吃过中饭后立即转移。饭后，南夏墅乡一个妇女送来她收集的十多发步枪子弹。钱梦梧很感动，对她说：

“大嫂，谢谢你！你做得很对，大家都要支持抗日，齐心抗日。大家都发动起来，投身抗日，日寇怎么会消灭不了？你回去，向你的老姐妹讲讲我们的政策，带动他们一起来关心支持我们的抗日。”

那位妇女爽快地答应了钱梦梧。

钱梦梧送走妇女，便收拾好东西准备转移，但已经迟了，日伪军已从东面进村了。钱梦梧和3位区政府人员立即从后门离开，迅速向西撤离，转过墙角刚到河边还未来得及进入秆稞岗，便与从西村包抄过来的日伪军迎面相遇，几把上着刺刀的枪口对准他们每一个人的胸膛。跟在钱梦梧后面的区警卫战士赵荣大拔出枪便打，他想造成混乱，掩护钱梦梧他们逃跑，谁知子弹卡壳，打不出来，他便翻身向前跑几步，跳进河里，日伪军追上去，一阵乱枪，赵荣大英勇牺牲了，半河水被鲜血染红。钱梦梧他们四个人被捕，从钱梦梧身上搜出一支短枪和一个小本子。幸亏丁舍区区政府公章藏在区政府，没有带在身上。钱梦梧他们被反绑着双手，押进前黄据点里。进据点时与翻译官许耀宗和一位伪军班长陈忠武迎面相遇，许耀宗和陈忠武都是本地人，是中共前黄支部一年前发展的内线工作的同志。许耀宗是认识钱梦梧的，许耀宗大吃一惊，他低低地和陈忠武商量，让陈忠武尽快转告钱梦梧：坚持说自己是一个什么也不知道的中学生，前几天刚从上海回家。

日寇小队长，是位少佐。他是前黄据点的负责人，听皇协军事务长汇报说逮到了新四军的一位区长，是一个不小的人物，非常高兴，便立即亲自审讯。他们把钱梦梧五花大绑绑在柱子上，旁边站着一位膀圆腰粗的打手，打手手里拎着一根皮鞭。日寇小队长问：

“你是谁，快快交代！是新四军区长吗？”

许耀宗站在日本小队长旁边一句句地翻译。告诉日本小队长，他是前几天从上海回来的高二学生，不是什么新四军区长，皇军先生弄错了。日寇小队长生气地敲着桌子说：“你的，小小年纪不老实的，你不是区长？谁是区长？这是什么东西？”小队长指指桌子上的一支手枪和一个记事本，说，“不是从你的身上搜出来的么？狡猾狡猾的，打！”

旁边的打手上去就凶狠地打，一鞭下去，钱梦梧的白衬衫上立即洇出来一条血痕。钱梦梧忍着钻心般的疼痛，哼都没哼一声。他心里明白，他接受考验的时候到了，他早已做好牺牲的准备。自从参加革命的那一天起，钱梦梧就把生死置之度外了，何况仅是酷刑呢？日本小队长用手阻止了打手，继续审问：“你的学生？学生怎么会有手抢？”

钱梦梧说：“我真的是学生，这枪和本子怎么到我身上的，我也不知道。

我也说不清楚。我真的是冤枉的。”

在场没有伪军,都是日寇,他们听不懂钱梦梧说的话,许耀宗翻译时告诉中队长说,他的确是学生,当场反抗跳水的那个人是区长,区长跳水前把枪和小本子塞在他身上的。

日本小队长继续问:“你是中学生,不是新四军,谁能证明?”

许耀宗翻译时告诉钱梦梧说:“太君要你找一个证人,证明你的身份,你村上的陈忠武不是在皇协军里当班长吗?你怎么忘了?”

钱梦梧按照许耀宗的提示,告诉日本小队长据点的陈忠武班长是他的同村人,可以为他作证。

伪军班长陈忠武很快被找来了。陈忠武一进审讯室,见绑着的钱梦梧便说:“定定,怎么是你?你不是一直在上海读书吗?怎么成了新四军的区长了?错了,全弄错了!”随即,陈忠武对日本小队长说:“报告皇军,弄错了,一个文弱书生怎么会是新四军的区长?”

日本小队长指着钱梦梧问:“陈君,你认识他?一个新四军的区长?”

陈忠武说:“这个人是我村上的,我从小就认识,他不是新四军的区长,他一直在上海上学,前两天才从上海回来。弄错了,完全错了。”

日本小队长问:“陈君,你没有骗我,他是中学生?”

陈忠武说:“太君,我怎么敢骗你呢?我发誓他绝对是一个中学生,新四军的区长怎么会是文弱书生?还这样年轻?”

经过许耀宗添油加醋的翻译,日寇想想也对,新四军的一个区长怎么会是个文弱书生呢?也绝不会这样年轻。便挥挥手,把钱梦梧暂时关了起来。

钱梦梧被捕,陈成第一时间就知道了,他立即和王子达商量,决定立即赶回县政府,坐镇指挥营救。王子达便联系王香雄,让王香雄率领一个连,加上县警卫连,连夜潜伏在离前黄据点仅一华里的沈家塘,做好随时战斗的准备,如果营救不成功,就武力解决。陈成决定动用一切关系,不惜一切代价组织营救。陈成立即派人赶到前黄伪乡长周京斌家里,周京斌是汪伪政府任命的乡长,同时兼任前黄维持会的会长,不过他心里明白,日本人在这里长不了,他不愿做铁杆汉奸,从不违背良心干伤天害理的事情,抗日政府布置的任务,他从来不敢马虎,件件完成。陈成派来的人对他说,陈成副县长请他出面到前黄据点做工作,把钱梦梧捞出来。周京斌大吃一惊,他知道一旦钱梦梧身份暴露,是救不出来的,他清楚日本小队长对钱梦梧十分仇恨,做梦都想活剐了钱梦梧,狠不得把他碎尸万段,彻底消灭新四军。如果身份还没有暴露,事情就好办一些。他派手下的办事员丁泉生去据点了解情况。丁泉生也是前黄本地人,他和许耀宗是好朋友。许耀宗告诉丁泉生说:"哪里是捉到区长了,全是回来的兄弟瞎冒功,把一个从上海回来的中学生当作新四军的区长,滑天下之大稽,还捉了三个朱家塘村上人。"

许耀宗私下请丁泉生转告周京斌乡长,让他赶快设法做伪军事务长的工作,把人捞出去,以免夜长梦多。周京斌心领神会,他一面让妻子准备酒菜,一面让前黄的保长冯荣华去据点请皇协军事务长到家来小叙。保长冯荣华是前黄街上人,他也是白皮红心的保长,他对据点的任务常常是软顶硬抗的,对抗日政府的工作却是实打实地完成的,不敢有半点推诿。他与皇协军事务长和周京斌都是喜欢玩麻将的朋友,周京斌有事无事常让冯荣华去据点请皇协军事务长过来玩几把。冯荣华心领神会,在据点找到事务长,这人正气鼓鼓的一脸不高兴,原来鬼子小队长审完钱梦梧把他大骂一通,骂他良心坏坏的,下乡抓一个中学生和几个农民来冒功！他不敢反驳,也不敢解释,日本小队长正在气头上,弄得不好,一刀劈下来,小命就不保了。只能忍气吞声低头陪笑,任凭日寇发泄。冯荣华说:"谁惹你生气?生啥气！气坏了还不是自己倒霉?别生气了,走,周乡长让我过来请你去玩几把,他弄到一条三斤重的大白鱼,我们哥儿几个喝几盅!"

"三斤重的白鱼?可是难得一见的好东西！好,去。我们哥儿几个有段时间不摸麻将了。他娘的,今天好好地散散心!"皇协军事务长立刻眉开眼笑,站起来跟着冯荣华就来到周京斌家。周京斌乡长早就站在门口迎接了,周京斌身旁还站着胜东乡的伪乡长潘贤导。潘贤导也跟伪军事务长熟悉。

原来,钱梦梧一被逮捕,消息立刻就传到他父亲钱伯显的耳朵里,钱伯显很焦急,他一年前已经失去爱女钱立华,他无论如何也不能再失去儿子钱梦梧。可是他一点办法也没有,他和前黄据点里的人搭不上话。情急之下,他想起了胜东乡的伪乡长潘贤导,潘贤导和他一样热衷于教育,潘贤导曾和杨木者一起创办新园初级中学,在创办时还专门找钱伯显请教过,钱伯显出了不少主意,还慷慨解囊捐了十几担大米。钱伯显知道,凡是乡长跟据点里都是有些往来的。钱伯显心中明白潘贤导也不是真心附逆的人。他决定请潘贤导出面去据点救人。他把家中仅有的两万元伪币带着,赶到潘贤导家。潘贤导说:“请钱校长放心,你的事情就是我的事情,我一定全力以赴,我现在就去前黄,联络前黄乡的周京斌一同进据点,保释令郎。”

潘贤导和周京斌关系也很深,他向周京斌说明了来意。周京斌说:

“你潘乡长今天一登门,我就知道来意了。我和你一样也在想办法,我已让冯保长去据点请皇协军事务长来舍下玩麻将,吃饭。你来得正好。你就说是你的亲外甥被误抓了,请他放人。”

潘贤导拿出两万元伪币,对周京斌,说:“钱校长说了,一切拜托,这钱够不够?不够,明天设法筹集,家中一时拿不出多少。”

“两万够多了。钱校长也不容易。今晚我们先送两万,不够再说。那个家伙也不能这么黑我们的钱。”周京斌说。

一会儿,冯荣华陪着皇协军事务长来了。周京斌便和潘贤导起身到门口迎接。皇协军事务长见胜东乡的潘贤导也在这里,高兴地说:“好啊,我们刚好凑一局,好好玩一把,散散心。”

麻将是现成的,四人坐四边,立即开局。皇协军事务长今天的牌风很顺,局局皆赢,皇协军事务长十分开心,不停地哈哈大笑,看着自己面前越来越多的钱,眼睛都笑眯了,鼻尖上还沁出了油汗。他说:

“我发财了,今天我牌独顺,看你们的臭手,竟抓不到一只好牌。”

皇协军事务长哪里知道,其他三个人都是哄着他玩,故意让他赢的。抓了几局,天色已暗,吃晚饭的时间到了,便收起麻将坐席吃晚饭。三个人轮流给事务长敬酒,吃着太湖里的大白鱼,味道十分鲜美。皇协军事务长吃得十分开心，不断称颂酒美鱼鲜。酒喝了一半，周京斌放下酒杯，指着潘贤导说："事务长，潘乡长想麻烦你一件小事，不知道行不行？"

"什么事行不行？我们兄弟之间不行也得行，只要我办得到的，一定照办。"

"好，够兄弟！潘乡长，我们俩再敬事务长一杯。"说着两人站起来，郑重其事地敬了事务长满满一杯酒。潘贤导便把自己的亲外甥，前两天刚从上海回来，今天中午被抓进了据点的事告诉事务长，请事务长务必帮忙。潘乡长说："我老阿姐就这么一个儿子，哭得十分伤心，硬逼着我求你开恩放人，我怕我一个人的面子薄，所以请周乡长一道求你了。"说着从包里拿出一叠钱放在皇协军事务长的面前说："这点钱请事务长笑纳，别嫌少。"

皇协军事务长说："我当是什么大事？我手下太不会办事了，也不知道是潘乡长的外甥，把你外甥和几个老百姓抓进了据点，以为是抓到了新四军的大鱼，全是他妈的误会。我答应你，人一定放，不过这钱就不用了吧？拿了钱我们不是生分了？"说着他看了一眼潘贤导和周京斌两位乡长。

潘贤导和周京斌两位乡长赶紧说："这钱一定要收，我们不好意思一直麻烦你。"周京斌还特地说："这钱不是全给你的，你找皇军小队长去说情也得花钱，我们不好意思让你贴钱。"事务长哈哈笑着说："两位兄长既然这样说，小弟就不客气了。这钱，我收，我收就是。"

四个人高高兴兴吃完晚饭，皇协军事务长便告辞。潘贤导便说：

"我和冯保长送你回据点，顺便把我外甥接回去，免得我姐担心，行吧？"

皇协军事务长想了想，说："好吧。你这位舅舅，真是好舅舅。"

三个人到了据点，伪军事务长让潘贤导他俩在据点门口等，大概等了半个小时，伪军班长陈忠武把钱梦梧送了出来。冯荣华和潘贤导把钱梦梧送到冯保长家里，见到了章引和县委秘书杨谷方。突然见到章引姐和杨谷方，钱梦梧内心的激动难以言说，从他被捕的那一刻起，就已做好牺牲的准备，以为再也见不到章引姐和同志们了。他紧紧地握着两人的手，眼里噙满了泪花，说不出话来。此地不是安全的地方，敌人随时有可能反悔，再次逮捕钱梦梧,此地不宜久留。章引提出立即转移。钱梦梧也十分感激为救他而奔波的周京斌、潘贤导和冯荣华他们,向他们表示真诚的谢意,并请冯荣华保长向周京斌乡长转达他的谢意。当晚由冯荣华和潘贤导把钱梦梧他们送出前黄街。潘贤导回南夏墅向钱梦梧父亲钱伯显报告好消息,免得这位老父亲担心。钱梦梧、杨谷方和章引经后西巷来到杨家坟交通站稍事休息一下,便连夜回到丁舍区政府。陈成已经在区政府等他们了。钱梦梧向陈成同志详细汇报了被捕经过和脱险情况。钱梦梧也做了深刻反省。他说:“这次被捕主要是我警惕性不高,麻痹大意,我认为反‘清乡’斗争即将取得全面胜利,敌人如秋后的蚂蚱蹦哒不了几天。如果我接到情报后,不吃中饭,立即转移就不会发生今天的事情了,赵荣大同志也就不会牺牲了。”

陈成听了钱梦梧的反省,脸上露出了不易察觉的微笑,他为钱梦梧高兴,因为他进一步成熟了。经过县委慎重研究,鉴于钱梦梧在被捕后不屈不挠的斗争精神,决定钱梦梧同志仍在原地担任现职。

第二天,钱梦梧带领全区工作人员为牺牲的赵荣大同志举行了隆重的葬礼。面对赵荣大同志的遗体,钱梦梧十分悲痛,也十分自责,赵荣大同志的牺牲完全是他麻痹轻敌的结果。他面对自己的同志痛陈自己的过错。他说:

“我一定记住这次沉痛的教训,我也希望大家记住这次教训,我们任何时候都没有理由轻敌,任何时候都没有理由轻狂、骄傲,我们的一举一动都关系着人民大众的利益……”

因为赵荣大同志不是当地人,暂时无法把他的遗体送给他的亲人,钱梦梧决定把赵荣大安葬在离区政府不远的秆稞岗上。好让赵荣大同志,随时随地提醒自己不要麻痹轻敌,随时随地提高警惕,保持旺盛的革命精神。

陈成继续请周京斌等乡保长做工作,另外三位被捕的同志也于一周内逐步释放。在这次营救过程中,一些伪乡长、伪保长和社会人士热心奔走,奋不顾身,也是令人感动的。这也从一个侧面体现了我们抗日统一战线政策的无比威力。

县政府秘书杨谷方同志也参加了这次营救，感触颇多，当时就写了一首诗刊登在《抗战报》上：

区长脱险

仓猝之间寇已临，枪声过后众人惊。

同心营救通关节，矢口齐称是学生。

前黄东街的张惠福是1939年参加抗日的中共党员。他跟前黄据点的翻译官许耀宗有一点远亲，许翻译官有空常到他家里坐坐，喝喝茶，一来二去竟热络起来。许耀宗多次暴露想脱掉一身黄皮，不当汉奸的想法，张惠福在陈成副县长的指导下，做了不少启发工作。在张惠福的安排下，陈成和许耀宗在杨家坟的松林里见了一面，陈成指示许耀宗继续留在据点里，一面搜集情报，一面做工作，多启发一些伪军的觉悟，多争取一些人。不久便发生钱梦梧被捕的事，许耀宗主动配合，起了关键作用。钱梦梧离开据点一个多月后，许耀宗通过张惠福传来消息说，生性多疑残暴的日本小队长，开始怀疑许耀宗了，许耀宗要求立即反正，陈成答应了他。约定第二天临晚，许耀宗和陈忠武带着他的一个班到前黄街巡视，然后直接进入杨家坟松林，宣布起义。当他们到达时，钱梦梧带着丁舍区警卫排已经在那里等候多时了。后来，许耀宗分配到县警卫部队任文化教员，陈忠武到新四军独立二团副官处工作，一个班战士全部进入独立二团，成了王香雄营长的战士。

第十五章

反顽斗争的胜利

反“清乡”斗争刚刚结束，激烈的反顽斗争又拉开了序幕。国民党江苏省保安第四纵队教导二团团长孙志汉、副团长薛仁芳带着两个营五六百人，从宜兴来到丁舍、大成一带活动。保安四纵队另外一支杨玉亭部几百人，窜到洛阳、礼嘉一带活动。忠义救国军的晏子风部一百多人，在南宅等地活动。他们步步为营，用蚕食的办法来抢夺反“清乡”斗争的胜利果实。他们表面上打着抗日的旗号，主动跟新四军打招呼，提出什么携手共同抗日的口号。但背地里却与日伪军眉来眼去，狼狈为奸。他们从不打日伪军，专门拉拢地方上的乡坤和地痞流氓，挑拨共产党与群众的关系，还企图绑架新四军地方干部。他们不断扩充实力，企图借日伪力量，把共产党和新四军排挤出武南地面，以达到长期霸占武南的目的。

陈成和钱梦梧他们密切注视事态的发展，教育干部群众针锋相对地和他们斗争，让广大群众逐步认清他们的面目。11 月初，陈成和钱梦梧代表武南县政府和孙志汉、薛仁芳在上店乡西堰村会面商谈。我方从大局出发，尽量忍让，希望忠义救国军以民族利益为重，双方配合一致抗日。孙志汉趾高气扬，横蛮无理，竟然提出要我方让出一半地方给他。孙志汉无耻地说：“既然我们是国共合作，共同抗日，我军刚到武进，没有立足之地。贵军可否让出两个区的地盘，让我们安顿下来。这样我们才能安心打日寇嘛。”

陈成同志笑笑，说：“贵军有志于抗日，我们举双手欢迎，大家都是中国人嘛。你们的立足之地应该向日寇索取，用自己的鲜血和生命拼搏出来的地盘，才是自己的真正立足之地。”

薛仁芳说：“我们不是刚到嘛，还没有来得及施展手脚，现在是困难时期，不过是暂借几天，你们也不必小气，这不也是从维护抗日的大局出发吗？”

钱梦梧针锋相对地说：“我们的每一寸土地，都是从日寇手里抢夺来的，是用烈士的鲜血换来的，岂能拱手送人？你们有本事，从日本人手里去夺嘛。”

他们毫无合作抗日的诚意，双方谈判自然不欢而散。就在当天下午，他们配合日伪军突然袭击礼嘉区政府，礼嘉区委书记管炎生早有防备，及时转移，没有人员伤亡，仅仅被他们搜罗到一些文件和抗日报纸罢了。

既然顽军与日伪军勾结，向新四军开了第一枪。陈成请示了太滆地委，决定给予狠狠还击。孙志汉部钱殿英一个营200多人驻扎在南夏墅桐庄村北面的朱家头村。朱家头村不大，不到20户人家，也是个竹园村。因为他们早已和日伪军和睦相处，自然不会担心日伪军会来打他们，更不担心新四军会主动袭击他们，因为新四军一向是顾大局的，不可能贸然出兵，而且新四军的武器远远不如他们，就是想吃他们，也没有一点办法，因此防范松懈，村周围的岗哨也不多。钱梦梧和张云排长带着两名警卫战士，在桐庄村头，趴在一棵高高的榉树上，用望远镜观察。顽军的情况尽收眼底，他们摸清了顽军的防卫工事和火力配置。钱梦梧和张云回到区政府，便和刚刚赶到这里的王香雄营长、王子达书记、陈成副县长商量作战方案。以往我们作战一般是夜袭，日伪军最怕夜战，这次王香雄决定在早上发动袭击，因为顽军都住在群众家里，黑暗中射击容易误伤群众。王香雄率一连部队从朱家头村北面包围朱家头村，天亮前部队埋伏在村北的竹园里，封锁从村北逃跑的所有通道；王子达、陈成带着县警卫连，钱梦梧带着丁舍区的警卫排，晚上住宿在西庄,天亮前急行军,埋伏在朱家头村村前的竹园里,一共5挺机关枪,从高处控制着整个村子。天完全亮了,早起的群众都起身开门了,顽军还赖在床上,睡着舒服的回笼觉。就在这时王香雄发出了战斗信号,300多名新四军从天而降,冲进各家各户,把顽军从床上俘虏了。也有个别的铁杆顽军想反抗,被当场击毙。

薛殿荣营长在睡梦中似乎发觉情况有变,一跃而起,带着几个卫兵向外冲,企图夺路逃跑,刚刚跑到门外,迎接他的是一串串子弹,他便中弹倒地。其他卫兵只得高举双手投降。

整个战斗一小时不到,歼灭了薛殿荣一个营200多人。没有一个人逃脱。一共缴获了6挺机关枪,200多支步枪,俘虏了200多名战俘,所有的俘虏都被押到王香雄营部。经过教育,大部分顽军参加了新四军,一小部分不愿意参加新四军的发给路费,让他们回家去了。

朱家头村距离日伪军南夏墅据点、坊前和鸣凰据点都不远,大约5公里,他们听到枪声赶过来救援,要不了多少时间,但他们没有出动,仅仅站在碉堡的顶层,用望远镜看看而已。

保四纵队吃了亏,孙志汉大发雷霆,大骂日伪军不讲信用,也大骂新四军不够友好,发誓要给兄弟们报仇出气。一周以后,副团长薛仁芳带着一个营窜到丁舍区寨桥东面三里多路的后庄和小桥头村宿营。这分明是寻找新四军的部队报仇来了。那一天,钱梦梧、张云排长和区委干部带着区警卫排在坊前乡杨家村宿营,距离顽军营地仅三里多路。早饭后,小桥头村游击小组送来情报。钱梦梧随即加强侦察和警戒,封锁过往行人。钱梦梧和张云排长商量,决定按照游击战争的办法,避其锋芒,在运动中寻找薄弱环节消灭敌人的原则,率领部队迅速转移,穿过马路,一直到胜东乡的陈家边村上。钱梦梧走后仅仅半个小时,薛仁芳就带着部队分两路向杨家村包抄过来。杨家村只有七八户人家,也不全姓杨。薛仁芳到村上不仅没有发现一个新四军,就连一个老百姓也没有。薛仁芳气得跳着脚大骂一通,他把负责侦察的一位排长叫过来,狠狠地抽了几鞭,那位倒霉的排长也纳闷,明明新四军驻扎在这里，怎么一眨眼就不见了呢？薛仁芳大手一挥，纵容那班如狼似虎的手下挨家挨户地掳掠一空，还放火烧了三户人家。他们恶劣的行径和日寇进村并没有什么两样。薛仁芳扑空，便向北搜索。

县委组织部长许英和丁舍区委书记章引、通讯员黄亚英向北撤退，找到张家桥村的中共党支部书记张金根，四人一起朝比较隐蔽的狄家塘村走去。在狄家塘村东的田角里，四人坐下来，一面研究工作，一面密切地注视着敌人。章引布置好工作，张金根先走了。他们三人刚进入狄家塘村，就看到200米外一批顽军追过来了。村上群众要他们就地化装成老百姓，躲在村上，章引考虑到她和许英是外地人，一讲话便会露馅，很容易被敌人识破，还要连累群众，便让黄亚英留下，因为她是本地人。章引便和许英穿过狄家塘村飞快地向西北方向跑去，这时敌人发现了她们，子弹“嗖嗖”地从她们的头顶和身旁飞过去。跑不多远，穿过低坝，便是一大片低田，田边都是一大片还未来得及收割的秆稞岗，她们便钻进东边路边的秆稞岗里。章引躲在秆稞岗里，首先想到的是身上的一份中共党员的名单，若落到敌人手里，后果不堪设想，她便折了一段小树枝，挖一个坑把名单埋在地下。埋好名单，章引心里踏实多了。万一她被捕，甚至牺牲，地方党组织也不会受到破坏。那几天，章引支气管炎正在发作，刚才跑了一段急路，咳嗽更厉害了，无论怎样强忍也忍不住，只好用手帕捂住嘴，头闷在膝盖上轻轻地咳几声。

敌人追到低坝，朝浓密的秆稞岗高喊几声：

“你们出来吧，看到你们了。”

“不出来，我们开枪了！”

传来几声沉闷的枪响，他们向秆稞乱放一阵枪。接着，西边传来枪声，有人喊：“快追，在西面！”接着一大批敌人朝西北方向追过去了，传来一阵杂乱的脚步声。显然是张金根把敌人引开了。一会儿，敌人的脚步声、狂叫声慢慢地远去。整个田野里静悄悄的，死一般的沉寂。章引很为张金根同志焦急，不知道张金根同志怎么样了？有没有摆脱顽军的追赶？钱梦梧他们怎么样？有没有逃出顽军的包围圈？章引的心一刻也不能平静，很想立刻钻出秆棵岗，回到同志们中间去。但她和许英分析，敌人可能会杀回马枪，于是为了安全起见，白天无论如何不能出去，只能坚持到天黑再转移。时间一分一分地熬过去，夜幕渐渐地降临了，一轮皓月从东方升起，银光普照大地。尽管月光很亮，但几米外就看不清楚了，比白天安全多了。章引她们小心地钻出了秆棵岗，避过附近村庄，来到石柱塘村东的一个孤独的茅草屋——交通员丁桂珍家里。丁桂珍告诉章引，这次顽军肆无忌惮，拉很大的网，东到白土山，西到靠近坊前的日伪据点，东西横跨五六里路，逐村搜索，务必要找到新四军丁舍区委，加以消灭。幸亏区政府、区警卫排转移得快，没有受到一点损失。章引她们心里的一块石头落地了，心里无比高兴。但第二天一早，丁桂珍的父亲从外面回来，告诉章引一个不好的消息，张金根牺牲了。章引十分悲痛，她知道，张金根完全是为了掩护她们而牺牲的。

薛仁芳率领部队一面追赶新四军，一面拉网式地逐个村庄搜索，一天下来弄得精疲力尽。薛仁芳骑着马，不断督促部队前进。他虽然没有步行的士兵劳累，但骑了一天马，被颠簸得浑身骨头酸痛。他心里不断嘲笑新四军，居然比兔子溜得还快。他连续几天都没有找到新四军。可是他万万没想到，钱梦梧带着丁舍区的警卫排和陈成率领的县警卫连，在张家桥公路旁的秆棵岗里等着他们。天将薄暮时分，顽军进入包围圈，陈成一声令下，数十颗手榴弹在敌群中开花，手枪、步枪、机枪齐发，愤怒的子弹密集地射向敌人。薛仁芳被这突如其来的袭击，打得晕头转向，当他明白过来是怎么回事时，整个队伍早已溃不成军，死伤一大片，毫无还手之力，只得带着残部向前逃跑。陈成他们没有追赶，原本就只想教训教训他们，让他们再一次尝尝新四军游击战的滋味。战斗仅仅一刻钟，就宣告结束，打死打伤顽军 50 余名。缴获机枪两挺，步枪、短枪 40 余支。因为这里离开前黄日伪据点太近，仅仅两公里多，只能速战速决。

薛仁芳带着残兵败将，一口气跑了十多里路，见后面并没有追兵，也听不到枪声。心里颇疑惑，觉得不像是遇到新四军的正规部队。他重新整顿部队返回来察看，地上除了几十个死伤的人外，新四军早已不见影踪。薛仁芳气得几乎要吐血。薛仁芳原本要宿营过夜，第二天返回团部，现在他改变主意了，决定连夜经过漕桥，进入宜兴和团长孙志汉汇合。

这次伏击战，打得很漂亮，战士无一伤亡。钱梦梧带着警卫排回到区委，兴奋地对章引姐说：

“这一仗打得很过瘾，我们出其不意，几十颗手榴弹齐发，轰轰轰，炸得薛仁芳昏头昏脑，带着残兵败将逃得屁滚尿流。薛仁芳总算尝到了我们新四军的滋味，连夜逃窜到宜兴去了。”

章引淡淡地说：“那帮家伙，不杀日本人，对自己的同胞却手段残忍，早该教训教训他们了。”

钱梦梧见章引姐神情忧郁，情绪似乎不高，便问：

“章引姐，你怎么了？”

“张家桥村的党支部书记张金根牺牲了。”

“你说什么？张金根？那个爱开玩笑的小伙子？”

章引难过地说：“完全是为了救我和许英，把敌人引开……”说着，忍不住眼泪流了下来。

原来张金根也躲在秆稞岗里。他见敌人朝章引她们躲的那片秆稞岗放枪，怕她们有危险，便钻出秆稞岗，一面打枪，一面朝西北边狂跑，把敌人引开。张金根跑得很快，敌人一面打枪一面追赶，不幸腿部中枪而被捕，敌人用枪托疯狂地打他，要他交代新四军的藏匿地，他浑身是血，疼痛不已，但他坚贞不屈，没有透露半个字。最后薛仁芳残忍地把张金根活埋在靠近湖塘桥的梅龙坝，牺牲时年仅 29 岁。

张金根出身贫苦，从小父母双亡，是靠姐姐抚养长大的。抗战前张金根在上海一家皮鞋厂当工人，上海沦陷后，便回到南夏墅老家，和姐姐生活在一起。他拥护共产党和新四军，积极参加抗日活动，协助章引组织青救会、农救会。1942 年由章引同志介绍参加了中国共产党。对于他的惨死，章引同志很悲痛，也很自责。她对钱梦梧说：

“是我害了张金根，那天我不找他商量工作，他就不会遇难。我和许英不在狄家村停留一下,不和张金根一起离开,他也不会……”章引越说越伤心,泪流满面。

张金根是一个很好的同志,他的牺牲,钱梦梧也十分难过。他安慰章引姐说:“张金根同志是优秀党员,他以生命为代价,保住了党的机密,他是我们学习的榜样,我们应该为他而骄傲。”

第二天上午9点,丁舍区委在张家桥举行了隆重而庄严的张金根烈士的追悼大会。丁舍区委、区政府全体干部、区警卫排全体战士和张家桥村群众都参加了。新园初级中学周人老师带着30多名学生也赶来参加。到会人数有五六百之多。会场布置在村中的广场上,主席台的中间悬挂着张金根的照片,两旁都是各单位敬献的花圈,会场庄严、肃穆。钱梦梧主持大会,他报告了张金根的生平事迹。他最后说:“张金根同志被国民党顽军杀害了,他尽忠于抗日战争,尽忠于人民的革命事业,他是我们每一个活着的人学习的榜样,我们应该像张金根那样与日寇斗争到底,与破坏抗日统一战线的顽军斗争到底!”

张金根的姐姐也走上主席台,控诉了国民党顽军破坏抗日统一战线,杀害她弟弟的罪行。她边哭边讲,感染了到会的干部群众,大家也都泪流满面,整个会场哭声一片,气氛十分悲伤!钱梦梧领头高呼口号:

“打倒顽军反动派!”

“团结起来,保家卫国!”

“为张金根同志报仇!”

“把日寇赶出中国去!”

悲壮激昂的口号,响彻云霄,在整个村子上空回荡,表达了广大群众坚决消灭日伪军和顽军的决心。章引同志也在会上讲话,她号召全体共产党员,全体革命群众都要学习张金根同志无私无畏和不怕牺牲的精神,一个张金根倒下去了,就有十个百个千个张金根站起来,大家团结起来,保家卫国,把日寇赶出中国,建设和平民主的新中国!

追悼会,既悼念了革命先烈,又给大家上了一堂生动的阶级教育课,更加激起了与会干部群众高昂的革命斗志。

那天薛仁芳带着他的残部连夜进入宜兴，和团长孙志汉汇合，窜到湖西的夏庄桥，落入新四军四十八团和独立二团的包围圈里，经过两个小时的激战彻底被歼灭，团长孙志汉和副团长薛仁芳被当场击毙。另外窜到洛阳、礼嘉活动的顽军杨五亭部和在南宅活动的晏子风部也都是兴风作浪、不干好事的家伙，都被王香雄率领的部队先后消灭了，大快人心。从此，顽军再也不敢到武南地区撒野了。

第十六章

章引同志带病工作

在张金根同志牺牲后不久，章引同志病倒了。

章引同志本来身体就比较单薄，长期处于紧张的工作之中，得不到必要的休息，而且常常是饥一顿饱一顿的。尤其是在反顽斗争中，钱梦梧和史济荣带着区警卫排和顽军绕圈子，寻找战机，消灭顽军。区里常常只有她一个人，她既要搞党务工作，还要兼管民运，经常深入村落，参加各种各样的群众活动，从中发现积极分子，及时加以培养。她以真诚的心对待群众，群众也真心对她，把她完全看作“自己家里人”。她十四五岁就进城当工人，对农活不熟悉，为了和群众打成一片，虚心向群众学习，学会了不少农活，居然还能双手拔秧，也能插秧。水田里有蚂蝗，叮得腿上流血，她也不怕，用手拍拍，打掉了蚂蝗继续干活。陈成同志称她是“做群众工作的一把好手”。她的这一手是从钱立华身上学到的。她跟钱立华同志一起工作了两年，从钱立华身上学到不少好东西。她在全区群众中有不少知心朋友。一天她带着黄亚英到石柱塘村丁桂珍家，召开了周围几个村积极分子会议，给他们上了一堂党课，讲了党的宗旨、党的纲领。最后她说，我们的目标是推翻压在我们身上的三座大山，解放全中国，让大家翻身做主人，过上没有压迫、没有剥削的新生活。但目前摆在你我面前的任务是保家卫国，把日寇赶出我们的国家。因此她要求大家进一步把群众发动起来，密切关注敌人的动向，时刻提高警惕,在抗日战争中接受党组织的考验。会议结束,等大家悄悄离开后,她站起来也准备离开时,突然眼前一黑,脚一软,身子一歪,摔倒在地。黄亚英大吃一惊,赶紧和丁桂珍一起把她扶到床上躺下来,章引同志的脸色发白,呼吸粗重。黄亚英摸摸章引的额头,发现她的额头竟然很烫手。黄亚英知道,章引同志病得不轻。过了一会,章引出了一身冷汗,头脑慢慢清醒了,她睁开眼虚弱地看着黄亚英,问:

“这是哪里?我怎么会躺在这里?”

黄亚英说:“这是丁桂珍的家,你躺在丁桂珍的床上。刚才你昏倒了,多吓人!谢天谢地,你总算醒了。”

章引笑笑说:“把你们吓坏了吧,我不要紧。这几天我发觉浑身不得劲,有点咳嗽,我知道要生病了。不过,不碍事,可能是伤风了,喝点开水,出几身汗就没事了。”

章引说着就要下床,谁知一点也做不了主,头晕得厉害,还有点恶心,想呕吐。黄亚英急忙上前按住章引同志,说你赶快躺下吧,休息一会。章引心里清楚,她走不了。她对丁桂珍说:我动不了,但是我不能躺在这里,请你把你们的甲长请来。我有话说。不一会儿甲长来了。甲长也是章引同志发展的秘密中共党员。章引同志要甲长叫几个人把她送到丁舍区委去。她说:

“看来我走不了,我不能躺在这里,我回区里还有事,只得麻烦你了。”

甲长说:“你这样的身体怎么回区委工作?躺在这里也不好。这样行不,我立即找到钱梦梧同志,请示一下?”

大约一顿饭的工夫,钱梦梧和甲长赶回来了。钱梦梧焦急地说:“怎么昏倒了?现在怎么样了?前几天你身体就不大舒服,我劝你好好休息几天,你就是不听,这不病倒了吧。工作很多,只能慢慢做,你要听劝,不能蛮干。”这充满深情的埋怨,令人动容。钱梦梧说:

“我请示了陈成同志,他的意见是你暂不工作,认真治病。”

钱梦梧和甲长商量,把章引转移到水渠上杨家村的杨荣根家。这家也是革命的堡垒户。家里房子较多,有三廨,让章引躺在最后一廨的靠西的房间里，房间旁边是牛圈，牛圈里养着一条大牯牛。地方比较隐蔽，一般人发现不了。当天夜里，钱梦梧赶到杨桥，陪着朱彦斌医生来给章引切脉、开方。杨荣根全家人对章引照顾得无微不至，煎药，送茶，问寒问暖十分周到，还时不时给章引烧点好菜，做点好吃的，给章引补充营养。无奈章引没有一点食欲，一点也吃不下去。朱医生一连开了三次药方，吃了十多副药，但见效不快，烧有时退，有时很热。一天晚上，钱梦梧陪着陈成同志来看望章引，刚好朱医生也在。陈成见章引明显消瘦，脸色苍白，说话有气无力，和病前生龙活虎的样子，简直是判若两人。陈成问朱医生：

"已经三次转方，吃了十多副药了，见效不快，到底是啥病？"

朱医生说："我原以为是长期劳累，偶感风寒，外邪入侵所致。现在看来不像，病情较复杂，我估计肺上有问题。"

钱梦梧焦急地问："有什么好方法吗？"

朱医生抬头看看钱梦梧，又看看陈成说："不瞒你们说，我尽力了。我建议你们去礼嘉桥请顾船山医生吧，顾医生看这病把握较大。"

朱医生虽然没有明说，他怀疑章引得了肺结核，这病在当时是绝症，闻之色变，死亡率非常高。既然朱医生这样说，那就去礼嘉桥吧。由钱梦梧陪同，连夜用船把章引送到礼嘉桥，住进了丁舍区委委员卞庆忠的姨表姐家，请卞庆忠的表姐照料。卞庆忠没有把章引的身份明白告诉表姐，但表姐心里明白，病人一定是共产党的干部。姨表姐一家在礼嘉桥比较富有，有上百亩田，在礼嘉街上有两家商店，表姐夫是有名的大先生，热心公益事业，抗战以来，通过观察比较，他认为共产党是真心抗日的，国民党的抗日是喊在嘴巴上的。这些他都看在眼里。他非常拥护共产党的各项政策，他暗中与共产党也有较多的往来。章引来到他家，全家都非常欢迎。

顾船山医生是礼嘉桥方圆数十里的名医，名气大，架子也大。每天找他看病的船只，在街前的河里都歇满了。他一般不出诊，客观上是请他看病的人实在多。但也不是绝对不出诊，这就要看什么人邀请了。让章引去顾船山诊所排队号脉看病，显然不妥，容易暴露身份，而且身体也吃不消。卞庆忠和表姐夫商量，表姐夫说：

“不急。明天一早我去请，虽然我们往来不多，但顾医生这点面子会给我的。”

第二天早饭后，表姐夫去顾船山诊所，但很快回来了。他说顾医生实在走不开，诊所门庭若市，哭爹喊娘的都有，他脚都不敢歪。他答应中饭时过来看一看。表姐夫立即吩咐表姐炒几个好菜，烫一壶好酒，准备顾医生的中饭。中午时分顾医生来了，他骑着一匹高高大大的白马，只听见“嘚嘚嘚”一阵马蹄声响，顾医生便到了。表姐夫在门口迎着他说：“顾兄骑着高头大马，像大将军，可神气了。”顾医生笑着说：“我可不敢在老兄面前摆阔充老，赶时间而已。”进得门来，顾医生问：“病人在哪？引我过去。”表姐夫说，已备下薄酒，先吃几盅，充充饥吧，已经中午了。顾医生说：“看病似同救火，须臾耽误不得。如果你老兄这里不急，我还是先回诊所，我那里的病人很急，也是耽误不得的。”

顾医生说着转身要走。表姐夫赶紧陪着笑脸，陪同顾医生去为章引看病。到了房间里，顾医生先把脉，看舌苔，翻看章引的眼睑，又仔细地问章引得病的情况。开始把脉还面带着微笑，安慰章引说：

“人吃五谷，一天到晚哪能不生病呢？不要紧，吃几副药就好了，看来没有什么大碍。”

慢慢顾医生的脸色凝重了，话也少了。他反复看了章引的脸色、舌苔，又一次仔仔细细地号了一遍脉。过了一会他看了看朱医生开的药方，然后走出章引的房间，来到客厅，对表姐夫说：

“病人的病很凶险，好在朱医生用药对路，病情发展缓慢，只是朱医生过于谨慎，用药太轻了。”

表姐夫说：“谢谢顾医生，幸亏及时请顾医生诊治，我表妹还有救。”

顾医生说：“我也没有绝对的把握，我先开两副药，吃了病情有好转，以后慢慢调理就好了，万一没有好转，我也没有办法，另请高明吧。”说着，打开随身带着的青布包，取出笔墨纸砚，给章引开了药方，两贴。交代表姐夫立即去他诊所取药，一天煎一贴，两天吃完，第三天中午他再来。说完便要上马走。表姐夫挽留他吃饭，他拱拱手说：

“不瞒你说，我还要去看两个病人。不好意思，身不由己。”说着两腿一夹，白马载着他便“嘚嘚嘚”地跑开了。

章引服了一剂药，当晚出一身汗，顿时就觉得浑身轻松，头脑也不再昏沉沉的，清爽多了，也想吃东西了。章引心里清楚，她遇到高人了，身体有望好转。两剂药服完，她感到好多了，身上几乎没有什么不舒服，只是浑身乏力，手也提不起来，连拳头也握不紧，下床走路，步子跨不上来。第二天晚上钱梦梧和陈成来看她，她对他们说：

“好多了，你们不用惦记，要不了几天，我就可以回去工作了。你们忙，今后就不用来了。”

钱梦梧见章引姐身体大有好转，精神状态也大好，脸上有了笑模样，悬了多天的心总算落地了。他说：

“章姐，你现在的任务是治病养精神，工作上的事暂不考虑。趁这个机会把身体好好调理调理。身体好了，工作有你做的。”

陈成同志也说：“这次幸亏治疗及时，也多亏顾医生的水平高，否则不堪设想。你要有思想准备，你不把身体调理好，我们是不会让你工作的。”

章引听着他们这样说，心里感到特别温暖。

顾医生很守时，第三天中午骑着白马“嘚嘚嘚”地赶过来了。他仔细地看了章引的脸色、舌苔，搭了脉，开心地说：“蛮好，病好了70%，但还马虎不得。我开一张处方，一连吃三剂。第四天中午我再来。”

第二张处方，只吃了两剂药，章引就觉得自己的病完全好了，也能下地自由行动了，只是浑身还乏力，多走几步就喘气，身体太虚弱了。当天下午3点多，礼嘉桥据点的日伪军到街上挨家挨户搜查，说是前一天晚上街上来了三位新四军，估计还躲在街上，正在捉拿他们。保长陪同日伪军一帮人进了表姐家，保长对日军说：“这家是良民，家里人我都认识，我可以担保。这家就不用搜查了吧？”日军不同意，坚决搜查。日军到章引房间，指着头上搭着白毛巾躺在床上的章引问：

“这是谁？新四军吗？”

表姐说：“哪来的新四军？这是我娘家妹妹，生肺痨病，正在请顾医生吃药。”

“什么病？”

保长说：“肺痨病，一种烈性传染病，很容易感染。”

一听说患的是肺痨病，日伪军赶紧捏着鼻子离开了。章引十分感激表姐镇定自若的掩护。自从章引住到她家后，表姐对她的照顾真正是无微不至：煎药、喂药、端茶送水，样样很周全，完全像亲姐妹那样照应。章引吃了几副药，病情减轻了，表姐又怕她寂寞，常常陪她聊天，几天下来两人成了好姐妹。表姐知道她是浙江吴兴人，家里也穷，从小就被父母亲抛弃，她是养父养母养大的。养父家比较富有，是开饭店的，在她 4 岁那年，养父患脑溢血，突然病故，家里的生活便一落千丈。她是养母借债度日养大的。她 15 岁就到上海纱厂做工。抗战开始就跟着共产党搞革命，是共产党派她到太滆地区来工作的。表姐对章引十分崇敬。章引趁机向表姐讲了不少革命知识，讲了统一战线的方针政策，也讲了共产党闹革命的目的。俩人讲得很投机，有时表姐连烧中饭也忘记了。后来表姐和表姐夫，成了抗日的积极分子。他们家也成了抗日的堡垒户。

一连吃了顾医生七八副药，章引同志觉得身体完全康复了，可以返回工作岗位了。她心里清楚，区里事情多，可说是千头万绪，人手很紧，大家都很忙。她不愿意因自己的身体而增加同志们的负担。她向表姐和表姐夫提出来要回去，他们很吃惊，表姐夫说：

“顾医生开的药还有五副未吃，吃完了，顾医生不是说还要转一次方，吃一阵子才能彻底痊愈吗？起码还要吃半个多月的药。”

表姐也说：“你们那位钱先生一再叮嘱我，一定要彻底好了，才能让你走，到时他会来接你的。他不来接你，我们不会放你走的。”

章引同志笑着说：“表姐、表姐夫，我真好了，你们看我脸色红润，手脚也有劲了,还有几副药我带回去吃。真的,我完全好了,我在你们家快一个月了。给你们添了不少麻烦,我真不好意思,谢谢!我的生活费,请卞庆忠和你们算清,这是我们的纪律。"

由于章引同志坚持要离开,表姐和表姐夫挽留不成,只得放她走。由于大病初愈,身子骨还较虚弱,从嘉礼桥到丁舍区委要走二十多里路,步行太累,也为了路上的安全,卞庆忠便请表姐夫租了一顶青布小轿代步。章引斜躺在轿子里,身上盖着薄被单,额头上扎着一方手帕,打扮成重病模样。轿子在头里走,卞庆忠跟在轿旁走,身上带着短枪,准备随时对付意外情况,保护章引同志。他们不敢走大路,走小路相对安全一点。正是十月收稻前夕,一片片泛黄的稻子,散发着阵阵的稻子成熟的幽香。轿子两旁都是稻子,一眼望去,黄黄的一片。低垂的稻穗,随着微风轻轻地摇晃。章引被病魔圈在屋子里快两个月了,一下子进入广袤的田野,闻着阵阵野花和稻子的幽香,似乎有隔世之感,心情无比愉快。马上能见到日夜思念的同志们,心里更是无比高兴。

一路过来,都比较顺利,谁知到丁舍区前黄乡沙田下村时,发现前面路口有几个日寇在站岗,竟然在小路上设卡,这是从来没有过的。如果退回去,绕道而过已经不可能了,因为日本岗哨发现了他们。卞庆忠问章引怎么办?章引让卞庆忠把枪藏在稻田里,过岗哨时,如果敌人问抬的是什么人,大家统一口径,说抬的是重病人,患的是传染病。走近岗哨时,日寇问:

"抬的是什么人?"

"重病人。"

哨兵用枪上的刺刀,挑开轿门的门帘,朝轿里看看,轿子里确实躺着一位脸色苍白的人,额头上搭着湿毛巾,不停地咳嗽。卞庆忠在一边对日寇说:

"请皇军离远点,病人患的是肺痨,是传染病。"

日本哨兵一听说是传染病,立即放下轿门帘,挥挥手说:

"去,去,去……"

章引急中生智,顺利地通过日本哨卡。又走了5里多路才到丁舍区委。只有钱梦梧一人在写东西。他听见响声,一抬头见卞庆忠和章引姐站在门前。钱梦梧大吃一惊,他无论如何也想不到章引姐这时会出现在面前。钱梦梧说:

“你,你,怎么回来了?不是说还要吃半个月药吗?”

章引说,我病好了,还怎么好意思再麻烦别人,不回来赖在人家家里享清福吗?这样的福我可消受不起。钱梦梧说:

“我可听说,你治病过程中不断宣讲党的方针政策,做了不少争取工作,前两天陈成副县长还表扬你了……回来就回来吧,不过还是以休息为主,我可不愿意再次为你的病痛东奔西跑、担惊受怕了。”

“谢谢梦梧弟,为我担惊受怕,也为我承担了不少工作,辛苦你了。”

看到章引姐健健康康地站在面前,钱梦梧自然是十分高兴的。他对卞庆忠说:“全亏了你表姐和表姐夫,你代表我们区委好好地谢谢他们一家,没有他们的照应,我还真不知道怎么办。”

卞庆忠说:“我和章引同志都谢过了。不用客气,都是为了抗日工作。”

章引是歇不住的人,她病没有彻底痊愈就急匆匆地赶回来,就是想要参加工作,分担同志们的辛苦。钱梦梧的意见是,章引仍然以休息为主,适当参加一些力所能及的工作。陈成同志也是这样的意见。区委的主要工作仍由钱梦梧担着。现在丁舍区委的中心工作,是发展一批秘密党员。近年来,在各项工作中涌现出来一批各方面都很优秀的同志,经过重点培养,其中一部分基本上符合中共党员的要求,区委决定分期分批地发展一批。发展前区委领导要找每一个发展对象面谈一次。钱梦梧把靠近区委的几个发展对象分配给章引姐,让她去找他们谈话。党员是秘密发展的,领导找他们个别谈话也要避开其他人,趁家中没有人,或坐在竹园里谈,或坐在田间角落里谈。章引找谈话的人虽然在区政府周围的村子里,但来来去去找他们谈,对一个大病初愈的人来说,也是十分不容易的。一天,章引从外面回到区政府,步履蹒跚,气喘吁吁,脸色苍白。钱梦梧见了大吃一惊:

“怎么了,章引姐?”

“没什么,有点乏力,梦梧弟倒杯水给我,喉咙快冒火了。”

钱梦梧赶紧上前,搀扶章引姐坐下,递上一杯温温的开水,说:“你不能这么干,你的病还没彻底痊愈。你要以休息为主。复发了,可不是闹着玩的。我去找陈成同志,建议让你休息一段时间。”

章引慢慢地喝了一杯水,坐了好一会,气才喘均匀。她摇摇手,说:“不能去找陈成同志,我躺在家里,看着你们忙进忙出,我难受得不得了。我会注意休息的。梦梧弟,你放心。”

章引姐就是这样的人,干起工作不管不顾。钱梦梧看着她笑了,说:“你就是一个工作狂,一匹犟驴。我真拿你没有办法。再不注意休息,小心我去县委告你的状!”

“你不也是一个工作狂吗?也是一匹犟驴!我们彼此彼此,谁也别说谁!”

说着姐弟俩大笑起来,钱梦梧的眼角笑出了眼泪。

在区委的努力下,这次又成功地发展了一批党员。现在每个乡都建立了两三个中共党支部,党员人数也在不断地增加。把中共党组织建设在群众中,对充分发动群众,争取抗战胜利,起到了至关重要的保障作用。一次在县委扩大会议上,陈成同志对丁舍区委的党建工作的成绩进行了表扬。他说:

“党的领导是我们工作的保障,党建工作是我们工作的重中之重。丁舍区委做出了成绩,他们在各项工作中注意发现党员的苗子,加以重点培养,条件成熟及时发展入党,党组织不断壮大,更加促进各项工作的开展。把党组织扎根在群众中,是我们取得抗战胜利的重要保障,也是丁舍区委的工作经验。”

那天,章引和钱梦梧都参加了会议,听到陈成同志的表扬,心里甜滋滋的,别提有多么高兴了。

第十七章

加强政权建设

武南县委扩大会议散会时,陈成同志通知章引和钱梦梧暂时留一留,说王子达要找他们谈话。王子达先找章引谈,仅仅十多分钟谈话就结束了。章引从王子达的办公室里走出来,笑着对钱梦梧说,该轮到你了,王子达书记叫你进去。钱梦梧悄悄地问:

“什么事情,神神秘秘的?”

“你进去就知道了,快进去吧。”

“不能透露点信息?”

“不能。”

“好事还是坏事?”

“自然是好事。别啰唆了,快进去吧,别让书记等久了。”

钱梦梧带着满脑子的狐疑,走进王子达的办公室,和王书记面对面地坐着。王子达说:

“自章引同志生病以来,请你代理丁舍区委书记,已三个月了。其间,丁舍区各方面的工作很顺利,许多工作跑在其他区委的前面,尤其是党建工作取得出色的成绩,这是有目共睹的。今天会上陈成同志代表县委还对你们的工作进行了表扬。”

钱梦梧插话说:“这是章引同志前期工作做得扎实,基础打得好,也是区委一套班子共同努力的结果,可不是我一人的功劳。"

王子达说:"钱梦梧同志,你能这样认识,我很欣慰。这一两年来,你进步、成长确实很快。现在鉴于章引同志的身体还没有完全康复,目前斗争形势又很复杂,县委研究决定由你正式担任丁舍区委书记,把"代理"两字去掉,章引同志担任副书记,这样行吗?"

钱梦梧吃惊不小,他急忙说:"这样不妥,希望县委重新考虑。虽然作为一名党员,对党组织的决定应当无条件地服从,但这样安排明显不妥,我难以接受,请组织上重新考虑。"

王子达书记看着钱梦梧焦急的眼神,笑了笑说:"你说说有啥不妥?"

"这不明摆着么?章引同志各方面干得好好的,没有犯一丁点错误,突然莫名其妙地被降为副书记,她心里会舒服吗?对她公平吗?这样对她身体的康复也没有好处。我的意见是章引同志仍是书记,我仍任区长,我一定配合她把各方面的工作抓好抓实。"

王子达同志哈哈哈地笑起来,他说:"你口口声声叫章引姐姐,可是你对你姐的思想境界还是不了解。章引同志考虑的是党的工作,而不是地位的高低。作为一名中共党员,职位是能上能下的,一切以有利于党的工作为转移。实事求是地说,这样的安排是出于章引同志的多次建议。章引同志在生病前就向县委提出来了。"

钱梦梧听了王子达书记的话,脸绯红,思想上很受震动。他无论如何都没有想到,事情竟会是这样的。钱梦梧在内心深处十分钦佩章引姐,他要好好地向章引姐学习,时时处处把党的利益放在第一位。钱梦梧说:"我一定好好地向章引同志学习,不考虑个人的得失。一心一意完成党组织交代的任务。"王子达书记拍拍钱梦梧的肩头说:

"这就对了,在我们革命队伍里,不能考虑个人得失,一定要把革命工作放在前头。章引同志是好同志,值得我们好好学习。"

接着,王子达书记把章引同志叫进来,就两个人的分工和他们商量。钱梦梧抓区里的全面工作,仍兼区警卫排的指导员,做警卫排的思想工作。章引同志善于做群众工作,仍主管民运和党组织的发展工作。区里缺一位区长,王子达同志想听听他们俩的意见,谁最适合。钱梦梧和章引共同推荐了史济荣。王子达书记说,你们推荐的人选和县委考虑的完全一致。史济荣同志党龄不长,但工作踏实、认真,是一个很不错的同志。王子达书记说:

“由你们三个人搭建区委班子,是很理想的。希望你们团结协作,创出丁舍区委的新局面来。”

当天下午,钱梦梧和章引回到区里,立即把史济荣找来,由钱梦梧宣布了史济荣的新职务。史济荣也很吃惊,他说这次我们三个人职务的调整,对章引同志不公平。章引笑着说:“有啥不公平?就因为我从书记降为副书记么?我没有想到史济荣同志考虑问题也这么世俗,职务只能升不能降,降就意味着犯了错误。我们共产党人的职务是能上能下的。关键是党的利益,我们处处要从党的工作来考虑。钱梦梧同志能力比我强,水平也比我高,而且身体好,我应该让贤,这样对我们全区工作的开展有利。我从书记到副书记,并没有感到委屈。史济荣同志你实事求是地想想,这样的安排是不是比原来的安排要合适得多?”

史济荣被章引批评得一楞一楞的,脸都红了。史济荣不知道如何是好。章引看了史济荣一眼,说:“史济荣同志服不服?你说是否是这个理?”

史济荣说:“我明白了。”

钱梦梧说:“济荣既然明白了,那就接受组织的任命,现在就开始工作。”

接着三人坐下来,对照上级文件精神,畅谈目前区里工作的薄弱环节,他们认为目前最重要的工作,是加强政权建设。在反“清乡”过程中,有一些意志薄弱的同志,立场不稳,东躲西藏,工作丢开不管,也有的干脆投降了鬼子,充当了汉奸。钱梦梧主张从加强乡村基层的政权建设着手,来开创区里工作的新局面。

当时的乡村组织是保甲制,甲是以自然村落为单位的,一个自然村便是一甲,若干甲构成一保,若干保组成一乡。日寇来了,成立了一套伪乡村政权,建立维持会,任命乡长(一般是维持会会长兼任)和保长。1939 年,自新四军独立二团二营进入武南地区，开辟武南抗日游击根据地以来，充分发动群众，不断打击日寇，取得了很大胜利。于1941年6月成立武南县抗日民主政府，到了第二年建立了丁舍、南宅、张桥、礼嘉四个行政区，每个区设立若干乡，乡下面设立保甲基层的行政组织，任命了自己的乡保长，这些乡保长都是由拥护中共的政策、参加抗日活动的积极分子担任，其中不乏中共的秘密党员。汪伪政府的乡长、保长，一律称为“伪乡长”“伪保长”。中国共产党对他们进行思想教育，讲明政策，希望他们以中华民族的利益为重，参加抗日活动。如果能转变立场，为我所用，便委任他们为副乡长、副保长，让他们成为所谓“白皮红心”的人，表面上是汪伪政府的乡保长，实际上为抗日政府工作。对于那些死心塌地为日寇卖命的铁杆汉奸，坚决严惩。

钱梦梧和史济荣用了十多天时间，一个乡一个乡地跑，每个乡二到三天，他们深入群众开座谈会，也找保甲长个别谈话，摸清乡保长基层干部的情况。了解他们在反“清乡”斗争中立场是否坚定，能否保护群众，平时工作是否主动、称职。他们发现有一些乡保长的工作完全是被动应付式的，属于碗里鱼头式的干部，拨一拨动一动，不拨不动。也有少数的乡保长“清乡”时敌人还没有来，就逃之夭夭了。有些乡保长完全是投机式的，脚踏两条船，左右摇摆，我敌双方应付。也有个别的乡保长对敌人投怀送抱。大多数干部是赤胆忠心投身抗日工作的，他们处处把群众的利益放在心上。这些人中间大部分是中共秘密党员，也有一些是拥护抗日的地方开明绅士。钱梦梧和史济荣摸清了基层干部的情况，回到区上，召开了丁舍区区委会议。会上钱梦梧汇报了当前基层干部的思想状况和工作态度。钱梦梧提出了三条处理“不称职干部”的意见：(1)对个别附逆的汉奸，严惩不贷；(2)对那些意志消沉，胆小怕事的，坚决撤换；(3)对于那些工作平平，积极心不强的，加强教育。他说：“基层干部很重要，我们许多工作靠他们去做，他们应该是群众中的领头羊。我们的基层干部队伍一定要朝气蓬勃，有战斗力，有献身精神。有了这样的一批干部，任何艰巨的任务都能完成，才能真正把群众发动起来，取得抗战胜利。造成基层干部不得力的原因是多方面的，从我们自身来检查,主要原因是我们把全部精力用在对敌斗争上了,没有抽出一定的时间对基层干部进行教育,光让他们做事,缺少了对他们的教育培养。今后,我们要克服这个毛病,在抓对敌斗争的同时,也要加强对我们自己同志的教育培养。”

会议围绕钱梦梧的发言展开热烈的讨论,进一步细化三种处理的意见。最后决定举行一次为期三天的干部轮训班。即把全区的乡保长召集起来学习三天,由他们区里三位主要干部——钱梦梧、章引和史济荣,各负责一天,上午讲课,下午讨论消化。讲课的内容是围绕乡保长必须全身心投身抗战、全心全意为人民群众服务的总目标而展开的。

区委会议结束后,钱梦梧代表丁舍区委写了一份书面报告,题目是《丁舍区基层干部的调查报告及相应的处理意见》,写好后,请章引和史济荣提意见,钱梦梧遵照他们的意见,又修改了一遍。钱梦梧拿着修改稿,对章引说:

“章引姐,你再看看,还有什么要修改的吗?”

“不用了,你送给县委吧。”

“章引姐,你还是再看看吧,我老是担心有什么不完善的地方,这可是为区委起草的文稿,不能有一点不妥的地方。”

章引被钱梦梧恳切的目光看得不好意思了,她说:“好吧,我再看一遍。梦梧弟,工作仔细是对的,能避免发生错误,但你也要充分相信自己,不要担心这担心那。”

章引又仔细地看了一遍,没有发现不妥和需要修改的地方。章引把文稿交还给钱梦梧时,微笑着说:“很好,没有要修改的地方,你放心送县委吧。”

钱梦梧笑了。他说:“有你这句话,我心里就有底了。今后我们立一个规矩,凡是我代表区委写的材料,一律由你把关,你没有意见了,才算完稿,可以吗?章姐!”

“好吧!”面对这位比她小四岁的弟弟,章引不好意思拒绝。

钱梦梧把调查报告用油皮纸信封封好，写上“秘密”两字，连夜叫交通员送给县委。王子达和陈成接到调查报告后，觉得这份调查报告写得非常好，也非常重要，及时地提出了农村基层干部的教育培训问题，这对巩固发展根据地有着非常重要的意义。王子达同志以武南县委的名义写了一个按语，立即转发全县各区：

今转发丁舍区委《丁舍区基层干部的调查报告及相应的处理意见》，写得很好，提出了基层干部教育培养的重要问题。希各区委按照你们的具体情况，遵照执行，对本区的基层干部全面开展一次培训。

中共武南县县委

1944 年 10 月 15 日

很快全县掀起了整顿基层干部队伍、培训基层干部的活动。全县干部的面貌焕然一新，基层干部充满着勃勃生机。

丁舍区委基层干部培训班，设在东山坟的松林里，一共 50 多人。张云排长带着区警排在松林周围担任警戒。县长陈成同志应邀赶来参加开幕式，他在讲话前代表武南县政府宣布了两项决定：(1) ××乡的副乡长杨川近有通敌嫌疑，县政府决定对杨川近进行隔离审查，若情况凿实，立即交给群众公审；(2)据群众反映××乡的保长张杰原、王友人，××乡的副乡长赵汉达，××乡的保长陆成文、庄启达和××乡的保长杨洪大 6 人，平时工作不认真，敌人还没有来，就跑得无形无踪了，这种不肯为群众服务的乡保长，留着也无用，县政府决定免其职，请他们 6 人立即离开会场。等他们走出松林，陈成同志才开始讲话，他着重讲了举办这次培训的目的和意义，他说：“乡保长的职位不大，然而作用非常大，是共产党与群众联系的纽带。共产党的方针政策，要你们去宣传，要你们去组织实施。广大群众的思想工作要靠你们去做，你们是群众的领头羊。你们千万别小看自己。你们应该在区委、区政府的领导下把各项工作搞好。你们有没有信心？”

“有！”大家异口同声地大声回答。声音洪亮而有力。

接着是钱梦梧作报告，报告的题目是《复杂的形势和我们艰巨的任务》。钱梦梧没有底稿，只拟了几条提纲，他按照提纲，从容不迫地侃侃而谈，一讲就是两小时。他在讲话中反复强调虽然我们取得了反“清乡”斗争胜利，但不能麻痹大意，我们面对的敌人仍然非常强大，不仅武器精良，而且军事素质好。要想彻底战胜它们，不是一件容易的事，我们要深入学习毛主席的游击战争思想，运用灵活机动的战略战术，狠狠地打击敌人。更要充分发动群众，让日寇陷入人民群众的汪洋大海之中，我们才能战胜他们，才能把他们彻底消灭。

他说：“要想把群众充分发动起来，就要靠在座各位去做工作，要让广大群众相信你的为人，相信你说的话，要让广大群众看到未来，看到胜利的希望。我们要真心实意地对待群众，真心实意地为群众办事。才能把群众真正发动起来。”

钱梦梧的讲话，把干群关系阐述得清清楚楚，而且富有鼓动性，把乡保长的激情充分激发出来了。

下午讨论分三个小组，钱梦梧、章引和史济荣各参加一个组讨论，通过讨论让每一个参会者都明白自己工作的重要性，明白自己肩膀上的重任。

会议的第二天、第三天，分别由章引和史济荣负责，上午他们作报告，下午讨论消化。在会议第三天下午，临散会时由陈成副县长宣布对杨川近的审查结论，杨川近被两位警卫队员押进会场。陈成副县长严肃地宣布：

“经审查，杨犯川近完全堕落为可耻的汉奸，在反‘清乡’期间主动为日伪军带路，杀害我们2名秘密交通员。以上犯罪事实，杨犯川近供认不讳。县政府决定严惩，为烈士讨回血债。”

陈成同志宣读完毕，杨犯便被押赴刑场。主持会议的史济荣领头高呼口号：

“向汉奸讨回血债！”

“消灭日寇，保卫家乡！”

“叛徒汉奸，死有余辜！”

在阵阵热烈的口号声中，传来一声清脆的枪声。

公审会结束，丁舍区基层干部培训班散会，与会者趁着暮色回到各自的岗位。通过三天培训，大家的精神面貌有了较大的改观，大家兴致勃勃，对未来的工作充满必胜的信念。培养干部是一个长期的过程，仅靠开三天会议是不够的。培训班结束，丁舍区委又一次召开会议，商讨如何对基层干部进行跟踪培养，大家认为关键是在日常的工作中加以指导、培养，钱梦梧决定由他们三位区里的主要干部分片包干。丁舍区范围现有 7 个乡，另外南夏墅、桐庄两个乡，因条件不成熟还没有建立抗日政府的乡政权。实际上是 9 个乡，他们三人平均分摊，一人承包 3 个乡。但钱梦梧考虑到章引身体还没有彻底恢复，又有繁重的民运工作，便让她承包离区政府较近的坊前和大成两个乡，史济荣承包杨桥、前黄、胜东三个乡，余下的寨桥、灵台两个乡和未建乡的南夏墅、桐庄两处都由钱梦梧承包。各人承包的乡也是各人蹲点的乡。钱梦梧刚分配完，章引就提出反对意见，她说：

"我身体康复了，不用照顾。灵台划给我，由我负责。"

"章引同志，不争了。民运工作面广量大够你忙的，全区的党建工作也很繁杂。你就负责两个乡吧！"钱梦梧恳切地看着章引姐。章引说：

"全区工作的特点是工作多，人手少，谁不忙？我们都忙。9 个乡平均分摊，多好。谁也不吃亏，谁也不沾光。"章引微笑着说。

钱梦梧求助史济荣区长，说："说说你的意见？"

"我看你们俩的意见都有道理，可否这样，寨桥乡由你们姐弟俩共同承包。这样可以吗？"史济荣笑着说。章引拍手赞成。钱梦梧横了史济荣一眼，笑着说："你是一个小滑头。"

平时三个区里的主要干部都在自己承包的乡里活动，当然不是一个人出门，出门时配一名机警的警卫战士，负责安全。每周二和周五上半天在区里碰头，研究工作。这样的工作制度，钱梦梧也以书面形式向县委作了报告。陈成同志也很赏识这套工作制度。两个月以后，陈成亲自到丁舍区来考察，实地查看这种工作制度的执行情况。查看的情况很满意，基层干部的工作作风也有明显的改观。陈成同志和王子达书记商量后,便把这套工作制度向全县推广。

陈成同志说:“别看钱梦梧年纪轻轻,党龄也不长,到根据地两年,进步不小,工作点子不少。”王子达完全赞同陈成的意见。

他说:“由章引同志在身边带带他,他的进步快多了,毕竟章引同志斗争经验丰富。不过还要经常敲打敲打他,不能让他产生骄傲自满情绪。今后还有许多重要工作等着他去完成。”

陈成和王子达对钱梦梧两年来的进步是肯定的、赞赏的。

第十八章

跟父亲又一次较量

丁舍区一向是武南县的税收大户。早在 1939 年冬天，新四军来武南地区开辟敌后游击根据地，便在寨桥、灵台、坊前等地设置税务所，征收船只过境税。1940 年 12 月，老红军干部曾伦才调来武南县，专门负责税收。他带着杨存、钱全大等几个税收干部活动于寨桥、坊前、灵台、夏坊一带。曾伦才牺牲后，其他税务干部没有退缩，踏着曾伦才的血迹，一直坚守在税务岗位上。夏坊是武进、宜兴、无锡三县河运交汇处，又在滆湖之滨，交通便利，船只往来较多，货运量大，税源多，是太滆地区重要的财源之一。1941 年，武南县成立区乡抗日民主政权，从 1942 年开始征收农业税，称为“救国公粮”。每亩田夏秋两季共收粮 30 斤。区里责成乡里征收，可以收粮，也可以折合成钱币上缴，比较灵活。所收的钱粮，用来支撑着新四军的军费开支。当时新四军虽然属于国民党国军序列，但从蒋介石那里领不到半分军费。新四军官兵一致，生活十分艰苦，军队供给标准是每人每天三钱盐、三钱油、一斤蔬菜，一月一斤猪肉，半年发一条毛巾。这些起码的生活标准，也是要靠税收来支撑的。

每年完成救国公粮的征收，是区乡干部的硬任务。每年到征收救国公粮的季节，区乡干部都到基层，协助保甲长做工作。好在随着广大群众抗日积极性的提高，缴纳救国公粮的热情高涨，不少群众提出来，宁愿每天少吃一口,也要缴足救国公粮,要让我们的新四军战士吃饱肚皮,保家卫国打日军。

钱梦梧主政丁舍区,各方面工作抓得早,抓得紧,各项工作都跑在全县的前面。他没有想到"救国公粮"的征收却遇到了麻烦,问题就出在他父亲钱伯显身上。应该说,钱伯显先生对新四军进入武南地区建立抗日游击根据地,一开始是抵触的,他受国民党传统思想的影响,不看好新四军抗日,认为新四军武器装备如此低劣,根本就不是日寇的对手,"保家卫国""把日寇赶出中国去"仅仅是新四军蛊惑人心的政治口号,喊喊而已。所以当他得知钱立华和钱梦梧先后放弃学业,回来参加新四军,投身抗日工作,非常恼火。他一再派人做工作,想把他们劝回上海去读书,或者拉到自己身边,参加国民党所谓的抗战地下工作。无奈姐弟俩不听劝,铁了心参加新四军。他知道新四军的生活十分艰苦,他相信姐弟俩从小过惯"锦衣玉食"的生活,过不惯新四军的艰苦生活,很快就会回心转意的,但现实让他失望了。没有想到姐弟俩干得很欢,面对艰苦生活,面对危险,毫无退缩之意。他痛失了爱女后,无论如何也不想失去儿子,他再次动用各种关系做工作,但都无济于事。儿子女儿参加新四军的态度促使他反思,为什么他们如此信服共产党?新四军进入武南以来的所作所为,也让他看到共产党新四军才是真正的抗日力量,在武南地区打了不少仗,每一仗都消灭了不少日伪军,打得日伪军晚上都不敢迈出碉堡一步。钱伯显的态度开始转变了,暗中支持新四军,力所能及地为新四军提供帮助,也为新四军购买药物、布匹等军用物资提供方便。1944 年春节,他约请了几位在地方颇有名望的大先生,专门到新四军部队进行慰问,看望军政首长,对新四军坚决打击日寇表示了敬佩之情。他握着政军首长的手,说:"你们打出了我们中华民族的威望,让我们看到了抗战胜利的希望。你们是真正的仁义之师。我代表武南地区的父老乡亲感谢你们。"

军政首长说:"打日寇,把日寇赶出中国去,是我们新四军义不容辞的责任,国家兴亡匹夫有责嘛。我们能在武南地区迅速站住脚,狠狠地打击敌人,全靠广大民众的支持,没有你们的支持,我们是寸步难行的。我们希望广大民众继续支持我们新四军。”

钱伯显说:“请军政首长放心,我们会一如既往地支持你们,我们一定会和你们一起把日寇赶出中国!”

钱伯显说得斩钉截铁,慷慨激昂。可谁知到了上缴救国公粮时,态度发生了180度的大转变,他指使南夏墅伪乡长扣押南夏墅乡应缴的救国公粮。南夏墅还没有抗日民主政府的乡政权,收缴救国公粮是委托伪乡长代收的。伪乡长是“白皮红心”的乡长,对武南民主政府交给的任务不敢马虎,百分之百完成。他把救国公粮收齐,准备上缴武南县民主政府时,钱伯显发话了:

“救国公粮暂时储存起来,不能上缴给新四军,我们自己也要用。”

伪乡长纳闷了,他说:“怎么能不缴?抗日政府不催缴吗?”

“来催,就说我们自己要用,干脆就说,钱伯显不让上缴,让他们来找我。”

一个乡不上缴救国公粮,必然会产生连锁反应,影响其他各乡救国公粮的上缴。事情很快就反映到钱梦梧那里,钱梦梧颇感头疼,他弄不清老爸哪条神经搭错了,去年救国公粮还上缴得好好的,今年为啥起变化?很想立即赶回去找老爸问问,但转念一想,觉得不妥,老爸明明知道他钱梦梧主政丁舍地区,可能早已想好对付他的办法,等着他回去。他便让区长史济荣出面找他老爸。当天下午史济荣带着两名警卫战士,到南夏墅小学校长室找到了钱伯显校长。钱伯显伏在办公桌上认真地写着毛笔字,他觉得有人走进来,便一手拿着毛笔,抬起头看了来人一眼,说:

“是史济荣同学吗?你来了,找我有事?”

史济荣叫了他一声“钱校长”,便说:“我想和您谈谈,关于你们乡缴救国公粮的事。”

“我当是啥事。这里是学校,是孩子读书的地方,不是乡政府,史济荣同学你应该到乡政府去找乡长谈,你好像找错人了,对不对?”钱伯显手里仍拿着毛笔,也不叫史济荣坐下来,颇有点倨傲之义。

史济荣也不客气，在办公桌旁的椅子上坐下来，说："钱校长，您先把手里的毛笔放下吧。我想和您好好说说。我们去过乡里了，催过蒋乡长几次。蒋乡长让我找您，说是您不让他上缴的。钱校长，您是明白人，我们征收公粮，完全是支持新四军打鬼子的，你们的委员长从来就没有把军费拨给新四军，新四军只得就地征收，这些情况您都是知道的……"

史济荣和钱伯显讲大道理，钱伯显却没有兴趣听这些道理，他埋头一笔一画地写着他的毛笔字，一连写了三个大字，才抬起头对史济荣说："这些道理为师都懂，为师也是热心支持贵党抗日的，麻烦史济荣同学给犬子梦梧和你们的陈县长捎个口信，说我们征收的救国公粮，这次就不上缴了，我们留下来建设电力灌溉站。湖塘桥、前黄都在建，我们乡虽然小，但也不能落后，也要迎头赶上。建设电力灌溉站也是造福民众的大好事，与你们共产党的主张也是吻合的嘛。今年就不缴了，明年救国公粮我们一定如数上缴。"

史济荣说："钱校长，上缴救国公粮和建设电力灌溉站是两回事，不能混为一谈……"

史济荣还想力争。钱伯显不想谈下去了，他抬头看了一眼史济荣说："史济荣同学，我的话说清楚了，请回吧。这里离日伪军据点太近，不到两华里，一旦走漏了消息，日伪军赶过来，我保护不了你们。"

这是实情，一旦走漏消息，日伪军赶过来用不了5分钟，此地确实不能久留。史济荣只得带着两名警卫战士匆匆离开。

史济荣回到区里向钱梦梧做了详细汇报，钱梦梧也很生气，恨不得立即赶回去和父亲理论，但被章引劝阻了，章引说："你爸是得理不让人的。他认为建电灌站也是为民造福的正当事，你回去不一定能做通工作，反而会引起父子之间的矛盾，不利于今后工作的开展。"

"那怎么办？我不去谁去？"

章引微微一笑，说："我建议史济荣同志去县里向陈成同志汇报，你爸是县里著名的统战对象，一直是陈成同志负责联系的，听听他的意见，或许有更好的办法。"

钱梦梧一想也对，就让史济荣立即去找陈成同志。晚上史济荣回来，告诉钱梦梧，陈成的意见是让钱梦梧暂时不过问此事，一切由县里来处理。但究竟如何处理，陈成没有说，钱梦梧自然不清楚。两天后，陈成副县长派人把钱伯显请到县政府和他深谈。陈成副县长列举了钱伯显支持新四军抗日的事例，赞赏他抗日救国的鲜明立场，也赞赏他让一双儿女参加新四军，爱国大义凛然的精神，他为常武地区的大户人家树立了光辉榜样，也希望他在上缴爱国公粮上也起到带头作用。陈成副县长深情地说：

"钱校长，你是革命军人的父亲，也是烈士的父亲，是我们共同的骄傲。我们不希望你在上缴救国公粮上起反作用。确实修电灌站也是为群众办好事，但办好事也应分轻重缓急，目前是抗战最艰苦的时候，我们的战士吃不饱穿不暖，天天和日寇拼死战斗，我们要想方设法让他们吃饱穿暖，有足够的弹药可用。让我们的战士饿着肚皮和日寇拼命，我们做父母的于心何忍？目前，第一位的是消灭日寇，不把日寇赶走，建设得再好，也是无济于事的。钱校长，你好好想想，是不是这个理？"

陈成副县长还告诉钱校长，武南县政府决定把他留在县警卫连，和警卫连战士吃住在一起，让他充分体验体验警卫战士的生活。当天的中午饭，陈成和钱伯显一起在警卫连吃。钱伯显看得出，陈成这样县里的领导经常和战士在一起用餐，他们很熟悉，相互开着玩笑，气氛很融洽。这顿饭是钱伯显有生以来吃的最难吃的一次饭，主食是米饭，不过米很糙，饭是灰黄色的，一粒粒的很硬，吃在嘴里粗拉拉的，很难下咽，有些哽喉咙；菜是萝卜煮青菜，菜是新鲜的，就是几乎没有油星，盐也不多，淡得没有一点味道。这样的饭菜吃在嘴里有点作呕，很想吐。钱伯显是很要强的人，他一直忍耐着，不愿在战士们面前出洋相。陈成副县长吃得很自在，大口大口地吃着，似乎很香甜。陈成副县长见钱伯显吃得很慢，便关切地说：

"钱校长怎么样，吃得惯吗？第一顿会有些不习惯的，多吃几顿，慢慢适应了就好了。我们的饭菜是差一点，我们实在没有钱，大家过得很艰苦。"

钱伯显只得苦笑，说："你们的条件确实很艰苦，比我想象的还要苦。这种生活我没有经历过。”

陈成副县长不好意思地说,我已经和伙房讲了,尽量给您照顾,吃好一点,因为您是我们请来的客人嘛。晚上,钱伯显仍然吃的是糙米饭,菜是炒菠菜,有点油星了,味道比中午的稍微好些。但钱伯显依然吃得难以下咽。陈成和广大战士一样,一人两块煮熟的山芋,一碗菜糊糊汤。看来伙房对钱伯显还是照顾的。第一天下午警卫连战士学习,自然钱伯显也得参加,学的是军事理论,是听一位老战士讲游击战术。钱伯显对军事知识一点也没有兴趣,便坐在那里想心事。他心里明白,他不把救国公粮缴齐了,看来共产党是不会放他回去的,说得好听,让他来体验体验新四军战士的艰苦生活,实际上是变相的软禁。但钱伯显是不会轻易认输的,他还想看看共产党会拿他怎么办。

警卫连的流动性大,他们既要避免敌人的偷袭,还要寻找合适的机会狠狠地打击日伪军,有时一天行军要近百里路。钱伯显早已年过半百了,一天走下来,累得连话也不想说,警卫连的领导和战士对他很照顾,走不动,两名战土轮流背着他走,晚上宿营,张云排长亲自端来热水为他洗脚,钱伯显既感动又怨恨。临晚,他们刚刚宿营,准备吃晚饭。连长得到情报,有一队20多个日伪军经过这里回前黄据点,连长立即下令,让两个排去秆稞岗伏击,一个排带着钱伯显向夏家塘方向转移,钱伯显他们仅仅走了十多分钟,便传来一阵阵激烈的枪声和手榴弹爆炸声,伏击战打响了。枪声持续时间不长,也只有十多分钟。静寂的夜晚什么声音都没有,只有他们杂沓的脚步声。天公不作美,又下起雨来,虽然下得不算大,但路面湿了,有些硬滑,钱伯显不小心,脚一滑,跌了一跤,腰部扭伤,当时就动弹不得。两位战士用担架抬着他走。他们到夏家塘宿营,连里的卫生员给钱伯显按摩、贴膏药。那天伏击取得满意的战绩,缴获了10多支步枪和一挺轻机枪。大家都很高兴。

第二天,钱伯显腰部疼痛明显减轻了,但跟着警卫连行动显然不行了,便把他留在夏家塘,白天由两位警卫连战士陪着他去夏家塘小学,晚上宿在夏家塘夏汉云家。吃饭是在小学和3位老师一起吃的,伙食比警卫连的稍微好一点,这对钱伯显来说稍许有一点安慰。第二天钱梦梧得到消息,去夏家塘小学看望父亲。钱梦梧叫了一声爸爸,问:“腰还疼得厉害吗?”

钱伯显没有搭理儿子,板着脸说:“我不跌痛,你这位大领导还会来见我吗?你们要关押我到什么时候?”

钱梦梧微笑着说:“爸,你弄错了,我们没有关押你,你是我们县长请来的贵客嘛,让您体验体验我们新四军的生活,广大群众不缴救国公粮,就是这样的生活还过不上。您想回去马上就可以走,没有人阻拦。”

钱伯显生气地说:“你放心,我是你们请来的,你们不送我回去,我是不会走的。”停了停,钱伯显缓了缓语气,继续说:“我也想明白了,你们征公粮完全是为了抗日,也是应该的。我已带信给蒋乡长了,让他把公粮缴了。我不给你拖后腿了。”

钱梦梧说:“谢谢爸爸的理解!我们抗战确实很艰难,很辛苦。您能明白并明确支持我们,我是很开心的。”

钱伯显被“扣押”,在乡保长等上层人物中引起了很大震动。他们从中看到了我们征收救国公粮的决心和意志。南夏墅的伪保长时明达对钱梦梧说:“你快把钱先生放了吧,你不放大先生,大家对你的议论也不好听。”

钱梦梧回答说:“你们弄错了,我们没有扣押家父,是县长请家父来作客,让他亲自体验一下我们的生活,让他弄清楚上缴爱国公粮的意义。”

整个南夏墅乡的救国公粮都已缴到伪乡公所了。蒋乡长得到钱伯显带回来的信,第二天就把救国公粮缴清了。也在当天,陈成副县长派人把钱伯显送到南夏墅家里。这件事留给钱伯显的影响也是十分深刻的。他真正认识到共产党的伟大,共产党官兵一致,是真正廉洁清政的党,也是真正不谋私利和真正抗日的党,他也明白了一双儿女死心塌地跟着共产党抗日的原因了。他从心底里钦佩共产党。从此他一心一意与共产党合作,没有再做出类似的不合作的行为。

一天钱梦梧和陈成闲谈,说到缴救国公粮这件事。钱梦梧说:“还是陈县长有办法,一招就把我爸征服了。我爸从来就没有服过谁,你是他第一个佩服的人。”

陈成同志说:“梦梧,你弄错了。你爸不是佩服我,他佩服的是共产党。主要是中共中央的政策对路,以往我们对统战对象一味的尊重、团结,忽视了斗争。毛主席早就说过,一味地求团结,团结求不来,只有以斗争求团结,团结才长存。你爸是地方上有名的大先生,我们对他很尊重,但他有时不很尊重我们,他不缴救国公粮,我们和他斗一斗,让他到警卫连去体验几天,体验体验新四军战士的生活,让他明白我们征收公粮是合情合理的。他自然服贴了。”

陈成同志的一席话,对钱梦梧触动很大,让他明白了不少道理。

第十九章

火烧日军的“特工队”

下乡“清乡”扫荡的失败，让日军很不甘心。他们挖空心思，想出了更为毒辣的一招：以一小股日伪武装，加上一些特务，组成“特工队”，化装成新四军下乡，欺骗广大群众，企图寻找新四军的区乡政府，进行突然袭击。他们自谕为“以游击对付游击”。日军十分阴险狡诈。

1944年秋，一天下午，湖塘桥日伪军特工队，在日本宪兵队队长川本的率领下，伪装成礼嘉区警卫排，捆绑一个日军，由县警卫连叛徒盛廷生带路，来到丁舍区都家桥附近，寻找丁舍区公所和区警卫排。他们先向在田里播种麦子的老农民打听。

盛廷生问：“老伯，丁舍区公所在哪里，我们是礼嘉区警卫排的，刚才捉到一个日寇，想交给他们，我们还有重要任务去完成，不能多耽搁，麻烦你给我们指指路。”

老农民朝他们看了一眼，摇摇头，说：“我一个种田的哪里知道什么区公所？没有听过，你们问别人吧！”说着，低下头种他的麦子，不再理睬他们。盛廷生很生气，骂了一句老混蛋，便走了。一会儿，他们来到旁边的徐家村。群众见他们捆绑了一个日军，相信了他们的鬼话，便想办法给他们找区政府，一个村民把他们带到瞿家塘村，寻找交通站。瞿家塘游击小组成员瞿炳生见到日军，十分气愤，冲上前去就给日军一个大嘴巴。那个日军十分生气，虎着脸一连串地骂他，瞿炳生见鬼子气焰嚣张，撸起手臂还要教训教训他，盛廷生赶紧拉住瞿炳生，批评道：“我们新四军有纪律，不准打骂俘虏。你犯纪律了，不能再打了。”瞿炳生才气恨恨地住手，没有再打。

瞿炳生知道丁舍区的交通站在西荒田村，便自告奋勇地给他们带路。到了西荒田村，找到交通站，日军就露出本相，立即把交通站站长叶青平抓起来，控制了瞿炳生。那个被捆绑的日军解开了绳索，冲过来对瞿炳生拳打脚踢。瞿炳生十分悔恨，他万万没想到自己警惕性不高，上了日军的当，害了叶青平等同志。日本特工队秘密地封锁了西荒田村，西荒田村是一个小村子，七八户人家，四周不是竹园就是杂树丛，只有村口一条小路进出，日军在村口设置了暗哨：只准进，不准出。

来交通站联系工作的，来一个抓一个。区政府的粮管员胡春光、蒋环大、民运工作干部冯旦都被抓起来了。叶青平被捆绑在庭柱上，日军用皮鞭不停地抽打他，一鞭下去身上便是一道血痕，他们逼叶青平说出丁舍区政府的所在地，特别要他交代钱梦梧、章引、史济荣等领导干部的去向。叶青平虽然是入党不久的新党员，但他坚贞不屈，坚守党的秘密，不是大声咒骂日寇，就是一声不吭。日军见鞭打不见效，便给叶青平上老虎凳，这是十分痛苦的酷刑，随着一块砖一块砖地加，叶青平疼得几次昏死过去，但他坚挺着。他抱着必死的决心，决不向日军低头，决不透露半点信息，他说得最多的一句话是“我不知道”。日军为了撬开叶青平的嘴巴，竟然给叶青平灌红红的辣椒水。叶青平忍受着难以想象的痛苦，决不透露半点信息，但被折磨得奄奄一息。日军从叶青平身上得不到所需的情报，便把希望放在看上去较文弱的胡春光身上，他们从胡春光身上搜到了几张抗币，猜测他也是共产党的干部，对他先是拳打脚踢，逼问他丁舍区干部的去向，接着也给他上老虎凳，灌辣椒水，胡春光也像叶青平那样坚贞不屈，大义凛然。几个日军忙活了半天，什么也没有得到。看看天色将晚，晚上日军无论如何不敢在乡下逗留，于是他们押着瞿炳生、叶青平和胡春光三人匆匆离开。他们走到桐庄桥边，大概日军觉得瞿炳生仅仅是个带路的，留着无用，便把他手脚捆绑着，从桥顶上推入河中,把他活活地淹死了。

前黄乡乡长王焕宜、乡民兵中队长杨汉林也到西荒田村交通站联络工作,他们靠近村子时,发现情况不正常,一路上没有行人,田里也无人劳动,整个村子很静,没有一点动静,透过竹丛也不见有行人。他们就把随身携带的手枪藏在田角落,空身进村,进村后就被控制住了。他们推说是走亲戚的,村上也有人站出来说是他们兄弟俩的姨妈家的表兄弟,未暴露身份。日军走时,把他们和其他扣留的人,一同释放了。丁舍区政府通信员李友道去交通站送信,他把信握在手心里,放在身后,走到西荒田村的村头,发现了日寇便衣岗哨,他知道情况不妙,便机灵地松开手,信就掉在身后的草丛里,没有被敌人发觉,临晚也被释放了。

那天,钱梦梧和章引就在西荒田村西隔壁的一个小村上,两村相距不到一华里,他们正在向太滆地委组织部长石坚同志汇报工作,没有派人到交通站联络工作,一点也不知道交通站出事。直到天黑,李友道回来报告才知道,这时组织力量去营救被捕的同志,为时已晚了。

晚上,钱梦梧、章引和史济荣赶到西荒田村,进一步了解情况,安慰叶青平的家属,让他们放心,他们会想尽办法营救的。他们还去瞿家村,和游击小组一起悼唁瞿炳生同志。瞿炳生是抗日的积极分子,也是中共培养的发展对象,他惨遭杀害,钱梦梧和章引心里是十分悲痛的。钱梦梧面对来悼唁的群众说:“在大家的努力下,我们虽然取得了反‘清乡’斗争的胜利,但是敌人是不甘心失败的。目前形势还是很严峻,我们大意不得。敌人千方百计寻找机会来打击我们,我们要提高警惕,千万不要上当受骗。我们要吸取这次的教训。一定不能让日伪军钻空子。请大家坚信,我们一定会把日伪军通通消灭光。”

在场的群众,在史济荣同志的带领下高呼口号:

“打倒日本侵略者,把日本侵略者赶出中国去!”

“为死难烈士报仇!”

激烈的口号声,冲淡了灵堂过分压抑的悲伤气氛。

钱梦梧和章引他们按照常武地区传统的风俗习惯，先给瞿炳生同志点燃一支香，插在瞿炳生头边的香炉里，然后恭恭敬敬地向瞿炳生的遗体磕了三个头。钱梦梧对着瞿炳生的遗体悲愤地说：

“瞿炳生同志，你放心地走好！你的大仇，我们一定替你报，我们一定把日寇赶出中国。你的父母，我们也一定会照顾好！瞿炳生同志，你放心走好！”

当天夜里，钱梦梧和章引他们回到区政府，立即就这件事起草一份报告，连夜让通讯员送给陈成副县长。陈成副县长接到报告看了，觉得这是敌人玩的新花样，立即写上批示，印发给全县，要求全县各地立即传达到群众，让大家提高警惕，一定不能再次让敌人阴谋得逞。

湖塘桥据点的日伪军特工队，在西荒田村尝到了甜头，以为我们游击根据地军民愚昧可欺。10 天以后，10 月 25 日，他们故技重施，30 多人的特工队，在日本宪兵川本的率领下，全部穿着中国老百姓的衣服，从丫河乘船到坊前乡湖边洛舍村，住了一晚。他们口口声声说是从宜兴山里下来的新四军，他们对群众的态度很友好，一点也不挠乱，吃饭付钱，损坏东西也一律赔偿，早晨起来也把住宿的地方打扫得干干净净。确实有一点像新四军的作风。第二天到灵台蒋家村。他们对群众说，他们是新四军，是抗日部队，刚从宜兴山里下来，要找当地的新四军部队或县区机关联络。因为刚刚传达过，前几天有一股日本兵装扮成新四军袭击交通站的事，现在看到这股来历不明的新四军，大家心里便疑惑起来，他们既然是从山里下来的新四军，为什么没有交通员带路？为什么不事先和地方政府联络？为什么这班人，有不少人不开口说话？这么一想，就觉得这班人形迹可疑。没有人接近他们。村上的保长蒋裕福和蒋福元、蒋世根商量，由他先出面招呼他们，这是他职责所在，如果他被扣，或者发生其他情况，请他们立即找到交通站，迅速向区政府报告。蒋裕福走进被他们占领的屋子，说：

“我是这里的保长，贵军需要什么给我说，我们尽力去办。”

一个脸较瘦的青年说：“我是排长，姓盛。我们是从宜兴山里来的新四军,想找这里的抗日部队联络,也要和这里的区县政府联系。先安排我们吃饭,我们中饭还没有吃,战士们都饿坏了。”

“好的。马上安排烧中饭。不过,找新四军和区政府我办不到。我是灵台据点皇军任命的保长,跟新四军水火不相容。”蒋裕福进门就发现这班人不是新四军,他们敞开衣服,东倒西歪地坐在那里,开着无聊的玩笑,说话很粗野,一点也没有新四军的气质、神情,所以故意说是皇军任命的保长。

“你原来是汉奸。早该把你杀了,滚!”

“是,是,是”,蒋裕福赶紧点头哈腰,说,“我走,我走”。说着朝大门口退去。谁知刚到门口又被喊回来。是一个胖胖的家伙,他说:“你不能走,去墙角蹲着。你出了门,就会走漏消息,谁知道你会不会去据点报告!”

“我去安排中饭,不让我出门,怎么安排?”蒋裕福说。

“少啰唆,叫你蹲着就蹲着,当心你的脑袋!”那个胖家伙说着,盯着蒋裕福,扬扬手中的刀,一副凶神恶煞的样子,蒋裕福一听口音就知道那个胖家伙是日寇。

就这样蒋裕福保长被扣在里面了。蒋福元和蒋世根等了一会,不见蒋裕福出来,知道情况不妙。他们找到交通站报告情况,交通站站长仅仅用半小时就赶到8里路外的陈家边村,丁舍区政府就设在那里。刚巧前一天晚上,县委书记王子达同志和王香雄营长各带着一连的战士运动到那里。钱梦梧得到报告,立即向王子达同志、王香雄报告。他们也不相信宜兴山里会有新四军部队过来,如果山里有部队来,事先应该派人来通知,不可能不事先通知,就贸贸然派部队过来,当然也可能有特殊情况。他们估计十之八九仍是敌人的特工队。敌人既然来了,来而不往非礼也,他们就该好好“招待招待”。他们带着部队,连夜悄悄地来到蒋家村北面的宋庄头村埋伏,宋庄头和蒋家村是前后村,相距不到一华里。钱梦梧和张云排长带着区警卫排一同跟进,接受王香雄的统一指挥。王营长派两名战士去蒋家村侦察。一小时后两名战士侦察回来说,果真是化装成新四军的日寇的敌工队,正在给蒋裕福保长上老虎凳,逼他交出新四军储藏的粮食、布匹等物资。

蒋裕福忍受着巨痛，反复地说着：“我好冤枉！我是皇军的保长，我被群众骂为汉奸，我怎么知道共产党藏的东西。你们找错人了！”

王香雄立即做出战斗部署，决定第二天天明发起进攻。王香雄布置一排人埋伏在村东，向东边三大王庙据点方向也派出警戒，阻止三大王庙据点和灵台据点日伪军可能的增援，还派一排埋伏在寨桥方向，阻击寨桥据点可能来的增援。天色微明，进攻开始，部队跑步奔向目标。突击组首先干掉了敌人的岗哨，迅速包围了蒋家村被日伪军占据的房屋。钱梦梧和张云率领区警卫排埋伏在后门，张云亲自抱着一挺机枪封锁后门，无论日寇多么疯狂，也休想从后门逃走一个。王香雄营长指挥一个班占领了村后的一个高土墩。一挺机枪居高临下，火力封锁着屋面，使敌人不能上屋。这样就把敌人封锁在屋内，形成关门打狗的局面。敌人很狡猾，用机枪对空射击，企图让灵台、寨桥和三大王庙据点的日伪军，听到枪声赶来增援。刚巧那天刮着较大的东北风，三处据点里的日伪军根本就听不到枪声，就是听到枪声，在微明的黑暗中，他们也没有胆量离开据点。要是敢赶来增援，新四军正在半路上等着他们。

在全面进攻开始前，他们一面用大喇叭向敌人喊话：告诉他们已被包围，唯一出路是开门投降！一面让钱梦梧带着村上的甲长挨家挨户做工作，动员群众迅速离开，仅仅几分钟，全村所有民众都安全撤出来了。喊话无效，进攻便开始了，王香雄指挥战士往院墙里扔手榴弹，随着一阵阵的爆作声，屋里不断传来敌人疼痛的尖叫声。敌人想狗急跳墙，企图在墙壁上打洞，从里往外打抢，我们战士便大喊“敌人打墙洞了，赶快准备手榴弹”！这样一喊，敌人便不敢打洞了。

那时正是秋收的季节，屋里屋外到处都堆放着稻草、芦苇等易燃物，手榴弹爆炸的火花，点燃了柴草，便熊熊地燃烧起来，滚滚浓烟直往屋里灌。屋里烟雾弥漫，日伪军喉咙辣辣的，咳嗽不断，眼泪鼻涕一齐哗哗往下流，眼睁不开，气也喘不过来！没有多久，火势延烧到房屋，噼噼啪啪，火势越来越旺，敌人完全失去了战斗力。有的躲进水缸里，有的跳进粪坑里，有的实在呆不住,便打开后门跑出来缴枪投降。突然,在西荒田村被捕的交通站长叶青平也从后门跑了出来,后面紧跟着胡春光、蒋裕福。叶青平和胡春光是被特工队押解来的。战斗进行了一个多小时,敌人全部被歼灭。这时,天已大亮,一轮红日从东方冉冉升起,照得大地色彩斑斓,美轮美奂,乳白的薄雾从田野间升起,看来今天又是一个大晴天。

王子达和王香雄指挥战士一面灭火,一面收缴敌人丢弃了的枪支弹药,这次战斗我们未伤一兵一卒,全歼敌工队,缴获了 3 挺机枪,20 多支"三八"式步枪,这是一次很大的胜利。王子达和王香雄考虑到此地靠近西滆湖湖滩,如果敌人大规模增援,没有回旋的余地,便让钱梦梧招来水上游击队,用船把王子达和王香雄所带的部队渡过滆湖,到湖西去活动了。钱梦梧带着区警卫队扛着缴获的武器,趁着早晨的薄雾朝大成方向撤离。临走前,钱梦梧动员蒋家村民众暂时疏散到周围亲朋家住几天,敌人吃了大亏,肯定会来报复的。果然,下午灵台、寨桥和三大王庙据点里的日伪军来了,一面收拾日伪军尸体,一面疯狂报复,找不到人,便朝房屋撒气,放火烧了半个村子。

这次战斗,给敌人"特工队"沉重的打击,"特工队"日本宪兵川本少佐和伪军头目蒋鼎生全部溺死于粪坑。那个叛徒盛廷生被手榴弹炸得面目全非。从此以后,"特工队"再也不敢到丁舍区里来捣乱了。这次战斗蒋家村房屋被烧,损失惨重。1945 年夏天,钱梦梧带着部队在寨桥塘河边伏击敌人,缴获了不少毛竹,全部分给蒋家村群众,算是作为这次战斗的一点点补偿。

第二十章

参加县委扩大会议，进行整风学习

1945 年春节，天气特别寒冷。西北风呼呼地刮着，真是天寒地冻。武南县县委扩大会议就在这样的严寒时节召开了。参加会议的同志除县委、县政府领导王子达书记、陈成副县长、许英组织部长外，还有各区的正副书记、正副区长和各区的组织委员，新四军独立二团的参谋长王香雄（此时已升为参谋长，人们仍亲切地喊他矮王营长）也参加了会议。为了保障会议的安全，王参谋长特地带一连战士随县委一起活动。当时县里形势还是比较紧张的，据点里的日伪军有时白天还耀武扬威地下乡来，为了会议顺利进行，县委决定把会议地点安排在滆湖西面与金坛县交界的茅山脚下的一个小山村上。那里比较偏僻，靠近新四军茅山根据地，日伪军势力比较薄弱。

钱梦梧按照会议通知，和章引、史济荣几个人，小年夜这天吃过午饭出发，由水上游击队队长徐海生和一位战士，摇着船送他们过湖，徐海生也有几个月没有见到钱梦梧和史济荣他们了，乍一见面十分开心。徐海生告诉钱梦梧，自从成立船民工会以来，不准船主乱涨租金，生活上好多了。他说：

"多亏共产党撑腰，我们不再受日寇欺负了，我们这些臭鱼烂虾也有说话的权利了。我们手里有了枪杆子，也不怕日寇来骚扰。一个多月前，我们还打了一仗，打死 5 个鬼子，吓得敌人的汽艇也不敢来显摆了。"

徐海生很兴奋，钱梦梧发现徐海生比以前会讲多了。他说："海生，你比以前能干多了,话也会讲多了,革命真能锻炼人。"

徐海生脸红了,羞涩地笑笑,说:"没有办法,不讲不行呀。逼着你讲,开船员大会,我不上台讲,谁讲?鬼子的汽艇在湖里横冲直撞,我们想收拾它,要想战胜它,也逼得你想办法,不想不行嘛,人就这样一步一步被逼着上进了。"

徐海生在船尾,站在西北风的风口里,一面摇船,一面和钱梦梧他们攀谈。没有摇多久,阴沉的天空飘下鹅毛大雪,一朵朵梅花似的雪花,在灰蒙蒙的天空中盘旋飘洒,远远看去一片茫茫白雪,无边无垠。徐海生和一位战士戴着笠帽,披着他们自己编织的棕毛蓑衣,一会儿工夫浑身雪白,像一个雪人。气温骤然下降,船过了湖心,湖面开始结冰,越靠近湖岸冰越厚,船摇不动了。船上备有长柄榔头,徐海生一人摇船,让那个战士站在船头不停地敲冰。敲冰是很吃力的,敲了不多一会,战士身上的白雪全熔化掉了,浑身冒着热气。钱梦梧走出船舱,抢过榔头换那位战士回船舱休息。钱梦梧举着榔头敲,不用劲,只在冰上打一个白点子,冰纹丝不动。钱梦梧敲了十几分钟也浑身冒汗,气喘吁吁了。史济荣过来换他,就这样他们三个轮换着破冰。好在距离不大远,船很快就到嘉泽码头了。钱梦梧他们告别了徐海生,岸边交通员已经在接他们了。地上的积雪已没脚背了。好在是干雪,地上还没打滑,走起来还算轻松。在漫天大雪中,钱梦梧几人跟着交通员走了一个多小时来到山脚下的一条小溪边,过了小溪就到开会地点了。小溪上有一座独木桥,实际上是一条长跳板,仅一尺多宽,上面有雪,桥面上已结了薄冰,有点滑,人走在木桥中间还有点弹性。没有走惯田埂小径的人,是难以走过去的。钱梦梧这几年在田埂小径来来去去,早已锻炼出来了。看来走这样的小桥是不成问题的。他担心的是章引姐,他对身旁的章引姐说:

"能过吧?要不要我背你?"

章引看了看小木桥,确实有点担心,但她嘴上是不会服输的。

她说:"你不要门缝里看人,把人看扁了,你梦梧弟能过,姐也没有问题。"

史济荣先过桥，他一直在农村，这样的独木小桥是走惯的，只要稍许当心脚下打滑而已，他跨着大步，五六步就过去了，站在那头鼓励大家大胆过去。钱梦梧让章引姐走在自己的前面，他在后面跟着，伸出双手随时准备帮扶她。章引小心翼翼地跨着坚实的步子，一步步地向前，整个身子都挺立着，保持着平衡，走到桥中间，桥身轻轻晃动，章引的身子也不由自主地左右摇摆，钱梦梧立即伸手扶住章引，帮着章引姐朝前跨步，没有几步就走到桥头，史济荣把她拉上岸。章引轻轻叹了一口气，说：

"谢谢你们俩，我紧张得出了一身汗，这样的桥也只有这鬼地方有。"

钱梦梧调侃她说："到底闯过来了，没有被人看扁。"

章引瞟了钱梦梧一眼，笑着说："就数你话多。"

他们一行人过了独木桥，又走了十几分钟就到了一个被大雪覆盖的山村。他们开会地点到了。推开一家农户的大门，屋内热气腾腾，舒适温馨的气氛扑面而来，参加县委扩大会议的人员基本上都到了。平时在一个县里工作，彼此都知道，但也很少见面，现在聚在一起可热闹了，钱梦梧一眼见到老同学符德铭正和几个人闲谈，冲过去就是一拳，兴奋地说：

"你这家伙来得好快啊，听说你当了区长了，前桥张雨的情况你知道不知道？不知道他怎么样了？我们在苏皖区党委党校分别以来，小两年了，一点也不知道他的情况。你倒好，也不给我通点信息。"

符德铭哈哈地大声笑着说："你呢，你不是也没有给我信息吗，听说你被捉进据点了，我担心了好几天，后来才知道你当天就出来了。还是你本事大。张雨也进步很大，据说在县里做干事。"

他们这些人天天与日伪军作斗争，时时刻刻都在紧张地工作，不允许有一丝一毫的松懈，也不允许有一丝一毫的分心。即便是最要好的朋友，也没有时间去思念。这次会议，让大家有了相互交流的机会。章引和参加会议的女同志在一起边笑边叽叽咕咕地说个不停。大家都很快活。

县委扩大会议的整风学习，是晚饭后开始的。王子达书记以整风精神为主题作了近两年来工作的总结报告。他先说国内外的形势，目前国际形势很好,苏联红军节节胜利,已经打到德国境内,距离最后消灭德国法西斯势力的日子不远了。美国自从珍珠港事件参战以来,取得很大胜利,也已经打到日本本土了,我们抗日战争胜利的曙光已经在前头闪烁了。在国内,虽然国民党在正面战场上,依然节节败退,但我们共产党领导的敌后游击战争取得了辉煌的成就,八路军百团大战后,敌后抗日根据地迅速发展扩大。最近粟裕司令员率领新四军主力部队从苏北渡江南下,建立了苏浙军区,原先十六旅开辟的苏浙皖边区根据地也更加巩固壮大。我们武南县和整个太滆地区长期以来没有强大的后方根据地依托,与上级领导机关联系也困难,现在情况有了很大的改观,使我们对取得抗战胜利充满了信心。王子达挥着手激动地说:

"同志们,战友们,我们胜利在望!但是,我们不能盲目乐观,我们正处于黎明前最黑暗的时刻,我们要提高警惕,严防敌人垂死挣扎,最近敌人的特工队两次化装成新四军到丁舍区活动,这便是明证,我们必须清醒地认识目前的形势,决不能沾沾自喜,麻痹起来,那要吃大亏的。"

接下去,王子达书记总结了两年来的工作,讲了主要的成绩和不足之处,也讲了深刻的教训。王书记的总结中两次表扬了丁舍区委的工作,钱梦梧每次听到表扬都用钢笔捣一下坐在旁边的章引,章引也高兴地回他一个笑脸,见钱梦梧一脸得意的样子,她便用小纸条写了一行字:"当心小尾巴露出来!"送给钱梦梧,钱梦梧在反面写上五个字:"谢谢姐提醒!"章引接到纸条,侧过头看钱梦梧,见他正朝自己笑,也欣慰地笑了。没有想到他们的小动作,被坐在王子达旁边主持会议的陈成副县长看在眼里,他看了手下两位爱将一眼,也笑了。钱梦梧刚好抬头,见陈成副县长朝他和章引姐笑,一阵脸红,赶紧低下头,避开陈成的目光。第二天便是分组讨论,共分三组,县委县政府为一组,丁舍和礼嘉两个区为一组,南宅和张桥两个区为一组。陈成副县长在布置讨论时,要求大家用整风精神来讨论,就是少说空话和废话,一针见血地向县委县政府的工作开展批评,目的是扬长避短,以便改进工作,在复杂的形势中夺取最后的胜利。王子达、陈成和许英轮流到各组去听意见。陈成参加丁舍和礼嘉组讨论。

他听了几个人的发言后说：

“这两年来，县委县政府工作成绩是不少，但缺点也存在，我们千万不能回避，只有正视它，才能纠正。我认为最主要的缺点是我们有时工作太被动，似乎是被敌人牵着鼻子跑，穷于应付，而不是我们牵着敌人跑，造成这种局面的原因，主要是我思想上太保守，主动出击不够，往往等待上级的指示，由于环境特殊，我们和上级的联系并不紧密，因此缩手缩脚，错过了打击敌人的有利战机。另外对群众的积极性引导不够……我诚心诚意希望大家对县委的工作和对我个人提出批评。”

在陈成同志自我批评的引导下，讨论渐渐深入。大家恰如其分地评价了过去的工作，找出了不少薄弱的环节，也进一步明确了当前工作的方向。讨论进行了整整一天。除夕晚上，后勤的同志在嘉泽中共党组织的支持下弄了三桌较丰富的菜，还搞了几瓶丹阳黄酒。王子达书记在祝酒辞中说：

“今晚是大年夜，照传统的规矩我们应该热闹一下，吃一餐团圆饭。搞后勤的同志在冰天雪地里，给我们做了这么丰盛的菜，很不容易，我代表县委县政府谢谢他们。饭后，有不少同志建议大家联欢一下，唱唱歌跳跳舞，我们这些人天天在敌人的枪林弹雨中讨生活，过年了欢乐欢乐，也是合情合理的。但是，我们的敌人不允许我们联欢，目前形势仍相当严峻，日伪军时时刻刻在蠢蠢欲动，县委建议我们过一个革命化的节日，饭后继续开会，年初一、年初二、年初三也继续开会。同志们，你们说好不好？”

大家异口同声说：“好！”声音很宏亮，在大雪纷飞的夜空中传得很远。王子达书记高举酒杯，高声说：

“为夺取新年新胜利而干杯！”

晚饭后仍是分组讨论，一直开到午夜12点新旧年交替的时刻。钱梦梧风趣地对章引姐说：“你看，我们是革命化守岁，辞旧迎新年。”

史济荣听到了，便说，这是一副辞旧迎新的好对联，切合时宜。大家说笑一番才休息。钱梦梧躺在稻草铺就的地铺上，回忆起小时候除夕守岁的情景,便欣慰地笑了。

按照会议的进程,年初一仍是小组讨论,不过要求各区联系区里的工作进行总结,开展批评和自我批评。钱梦梧首先发言。他谈了近两年来所取得的成绩,但说得很简要,他主要讲不足,说教训,他认为成绩客观存在,不说大家心里都清楚,缺点不说,会影响今后的工作。他诚恳地说:

"我身上的毛病主要是背着出身不好的包袱,遇事不够决断,总要考虑再三,这就影响了工作。那次被捕前,明明有情报说敌人就要过来。我估计吃了饭撤离完全来得及,饭后又接待一位群众,如果不接待,立即转移,时间完全来得及,我又怕不接待产生不好的影响,送她走了再转移,结果就来不及了,很被动,还牺牲了一位很优秀的战士。我工作顺利时也容易产生骄傲自满情绪,容易轻敌,几个月前敌人的特工队破坏交通站的事,如果我们警惕性高一点,也是可以避免的……"

钱梦梧深刻地检查了自己的工作,一讲就是一个多小时,最后他说:

"我知道,我身上的毛病较多,参加党组织的时间不长,历练也不够,恳请大家帮助我,向我提出批评。"

今天是王子达书记参加他们小组的讨论,他听了钱梦梧同志的发言,很满意,他觉得钱梦梧比以前更加老练成熟了。钱梦梧来武南县工作仅仅三年,进步很快,年龄不大,但在现实革命的磨炼中,已经具备了革命者的气度和品格,也具备承担更大革命任务的条件。王子达接着钱梦梧的发言说:

"听完钱梦梧同志的发言,我很高兴。他认真地总结了自己的工作,深刻地检查了自己思想上的缺点,这是他进一步前进的好起点。我们要好好学习,实事求是地找出自身存在的问题。我像他那样的年龄,还是一个无知的青年,哪里懂得什么革命道理?"

接过王子达书记的话,大家热烈发言。章引接着发言,她先捡查了自己身上的缺点和错误,因为丁舍区的工作她也是主要负责人,丁舍区的缺点错误也应当由她来承担。接着她详细地剖析了自身的缺点,尤其是思想上较保守。最后,章引向钱梦梧提出批评。

她说："钱梦梧同志情绪变化快，打了胜仗，便沾沾自喜，有时会高兴得手舞足蹈；遇到挫折，便唉声叹气；偶有困难，便愁眉苦脸。身上学生气还时有流露。你现在是丁舍区主要负责人，你的情绪变化会对其他人造成不好的影响，虽然有时候情绪只在我面前发泄发泄，但也不好。我知道这都是小资产阶级思想情感作怪的缘故，我身上也有，我们共同克服吧。"

钱梦梧很感激地看了章引一眼，说："章引同志批评得对，我一定注意，希望大家继续批评。"

年初一天一整，都是帮助丁舍区总结经验教训，端正进一步工作的方向。钱梦梧听了同志们火辣辣的批评，有时很难忍，脸也会涨得红起来。每当这时候坐在旁边的章引同志会推推他，提醒他注意自己的态度，他常常以微笑回报，心态很快就平静下来，他很感激章引姐。有时钱梦梧心里也有委屈，因为事情并非如同志们理解的那样，不过同志们的心是火热的，是希望他进一步把党交给的工作搞好，有则改之，无则加勉，他很快就释然了。散会后，章引问钱梦梧，良药苦口利于病，忠言逆耳利于行，怎么样，还吃得消吗？

钱梦梧笑笑说："你小看我了。这种一针见血的批评，不留一点情面的意见，也只有我们共产党人才能做到，我们都是坦诚相待的。我感谢还来不及，怎么会吃不消呢？"

章引毫不客气地揭露说："我看你有三次涨红了脸，为啥？"

钱梦梧不好意思地说："猛一听，确实接受不了，但很快就想通了。"

走在他们身后的王子达同志，听了他们的谈话，高兴地拍着钱梦梧的肩头，说："很好，值得肯定，这就是我们共产党人对待批评和自我批评的正确态度。要知道批评和自我批评是我们共产党人战胜一切敌人的重要法宝。"说着，王子达同志在他们面前竖起了大拇指。

他们姐弟俩私密的谈话，竟让县委书记听到了，他们十分尴尬，两人的脸都红了，幸亏是晚上，不然一定很不好意思。章引反应很快，反击道：

"好啊，你跟在后面偷听我们的谈话。"

王子达同志说:“你可冤枉我了,我哪里想偷听,是你们的私房话主动跑到我耳朵里来的。”

说着,三人都开朗地大笑起来。

年初二这天,仍是小组讨论,先由礼嘉区的区委书记管炎生作工作总结并作自我批评,接着开展批评与自我批评。年初三这一天是大会交流。丁舍区钱梦梧代表区委发言,他发言的内容是陈成副县长指定的谈做统战工作的体会。丁舍区统战工作做得很好,他们经常拜访统战对象,团结他们一起为抗战出力。如杨桥著名的中医师朱彦彬,医术高超,为人清正,在群众中威信较高,一度担任杨桥乡的乡长,一直无偿地为新四军治疗伤员;又如灵台乡的蒋国桢和寨桥乡的黄道平一直担任抗日政府的乡长,他们表面上是汪伪政府的乡长,却一心一意从事抗日工作;再如寨桥的苗钦道,早在1939年就暗中帮助新四军采购物资,帮助抗日政府营救被捕人员,还帮助抗日政府建立税务站,做了不少工作。钱梦梧面对全体与会者站着,按照事先拟就的提纲侃侃而谈,他左手放在身后,右手时而高举,时而劈下,他如数家珍地举例谈了做统战工作几方面的体会。他最重要的体会是以他父亲为例来谈的。他说:

“统一战线是我们取得抗战胜利的重要法宝,我们要以真诚的态度来对待那些愿意和我们合作的统战对象,但光有真诚的态度不行,还需要不断地开展巧妙的斗争,对统战对象进行思想上的帮助。毛主席说过,以斗争求团结,则团结存。这话很对,一味地求团结,团结反而难以维护。家父钱伯显是县里有名的开明绅士,他热衷于教育,但他的立场一开始只是站在国民党的一边。刚开始他拼命反对我们姐弟俩参加新四军,拿他的话说,要抗日回来参加国民党的抗日,我们跟他斗,不理睬他;随着我们新四军不断取得胜利,让他看到新四军才是真正抗日的部队,他不反对我们了,明里暗里还帮助我们。我们对他也很尊重,过年时陈成副县长代表县政府去看望他。去年缴救国公粮,他不许南夏墅乡上缴,说是要用这公粮建造电灌站,也学我们共产党人造福民众。我让区长史济荣去做工作,他摆出一副老师对待学生的态度,高高在上,水都泼不进去。我没有办法,便请陈成同志找他谈,把他请到我们县警卫连,和战士们吃住在一起,一起行军,让他体验了一下我们战士的艰苦生活。让他从艰苦生活中受到了教育,看到了我们共产党人的伟大。一周后,我去看他,他主动说,他已经让乡长把救国公粮上缴了。从此以后,态度好得很,跟我们配合默契。如果我们不把他请来和我们一起吃几天苦,还不知道他要闹出多少麻烦事来。以斗争求团结,是我们搞统战工作的重要体会。”

钱梦梧的发言,给大家很大的启发,赢得与会者一阵热烈的掌声。

年初四召开大会,陈成副县长代表县委县政府作大会的总结。陈成讲得很简洁,他说目前是黎明前最黑暗的时刻,抗战即将取得全面胜利。但目前还十分艰辛,日伪顽相互勾结,十分猖獗,我们尤其要十分清醒地看到,蒋介石始终把我们共产党视作他的心腹大患,始终没有放弃消灭共产党的主张。随着抗战接近全面胜利,我们要预防他从峨嵋山上下来抢桃子。目前虽然困难重重,但我们要充满信心,发挥我们的聪明才智,去不断开创新的局面,夺取新的胜利。陈成着重讲了三个具体意见:(1)在群众中间,不断发现和培养积极分子,不断壮大我们的党组织,成熟一个发展一个;(2)利用各种形式,主动打击日伪顽的气焰,尽可能的消灭敌人的有生力量;(3)积极慎重地扩大我们的武装,成立民兵队伍。只有掌握了枪杆子,我们的胜利才会有保障。

最后,陈成副县长用激动的语言,向大家发出号召:“同志们,战友们,我们已看到抗战胜利的曙光了,我们要更进一步发动民众,团结一切可以团结的力量,克服一切困难,发扬革命英雄主义,打击敌人,消灭敌人,不断开创新局面,以出色的成绩迎接抗战的全面胜利!”

大家以热烈的掌声,响应陈成同志的号召。

等掌声平息了,王子达同志站起来,说:“我们愉快而又紧张的县委扩大会议,即将结束,散会后,大家奔赴各自的岗位,以新的姿态投身战斗,夺取新的胜利。回去的路上,一定注意安全。同志们还有没有意见,没有意见就散会。”

王子达同志的话一说完，我们的诗人，县政府秘书杨谷方同志站出来，说：“我有话说，这次会议是抗战胜利前夕的一次重要的整风会议，是总结与前进的会议，是统一思想与不断鼓劲的会议，这么重要的会议不能没有诗，我刚刚凑了几句，献给大会，以志纪念。”接着他便念道：

玉屑霏霏夜色寒，敲冰西渡过前滩。
整风学习精神爽，争上高楼举步难。

钱梦梧第一个站起来喊：“好诗！”并带头鼓掌。武南县委扩大会议，就在诗情浓郁的掌声中宣告闭幕。

大雪已经不下了，但天气依然很冷，冰冷的西北风吹在脸上，像刀割一样生疼。可大家的心里却热乎乎的。钱梦梧、章引、史济荣他们依然由滆湖水上游击队队长徐海生驾着船，一直把他们送到灵台。在黎明前的黑暗中，钱梦梧、章引和史济荣三人，一起回到了丁舍区政府。

第二十一章

主动出击

在县委扩大会议散会的第二天下午，丁舍区委在陈家边一家茅草屋里，召开了抗日政府的乡长会议，传达了县委扩大会议的精神，让各位乡长明确了当前的形势和任务，要求大家按照陈成副县长的三点指示精神积极开展工作。钱梦梧主持了会议。他说：

"日寇是兔子尾巴长不了，他们的失败指日可待，但我们不能麻痹大意，我们要进一步发动群众，用各种方法，让日伪军明白他们的处境，少下乡骚扰群众，或动员他们放下手中武器，向我们投诚。同时扩大我们自己的武装，我们区里争取在近期把警卫排扩充为一个连，各乡也要扩充到一个排。不单是人数增加，更要加强训练，提高他们的战斗力。同志们，让我们以出色的工作，开创新的局面，迎接抗日战争全面胜利的到来。"

会议只开了两个小时，大家明确了当前的形势和任务，就散会。钱梦梧开会的特点是有话则长，无话则短。拿现在时髦的话来说，全是干货，没有虚言。

乡长会议之后，各项工作在全区轰轰烈烈地展开了。钱梦梧和章引商量准备以丁舍区政府名义给伪军写封信，希望他们认清形势，不要与民众为敌，争取戴罪立功，早点回到革命阵营里来。章引很赞同钱梦梧的想法，她补充说：

“这是一场重要的心理战，打好了，会收到预期的效果的。不过，不要以丁舍区的名义，一个区力量不足，最好以武南县政府的名义，这样说服力就更强，发挥的作用也更大。”

“章姐的意见很对，”钱梦梧摸摸自己的头发，不好意思地说，“我怎么没有想到这一点呢？”

钱梦梧说干就干，仅个把小时就把《给全县伪军的一封信》的初稿写好了。他把稿子给章引，请她修改，章引读了两遍，改了几处笔误。她对钱梦梧说，写得很到位，不用修改了。钱梦梧随即写了一张便条给陈成副县长，说明写这封信的想法，希望以县政府的名义发出。连同这封信，一起交给交通员，请他立即送到县政府交给陈成同志。

三天后，县政府交通员送来一大捆东西，打开来，原来是铅印的《给全县伪军及其家属的一封公开信》，每个字都有铜板那样大。信尾盖有红色的武南县抗日民主政府的公章。交通员还带来陈成同志给钱梦梧的一封信，陈成在信中赞扬钱梦梧这个建议很有创意，信也写得很好。希望丁舍区政府充分发挥这封信的作用，对敌人起到一定的威慑作用。钱梦梧看到自己写的信被县政府采纳，铅印成传单，将在全县广泛张贴、散发，心里也很高兴。他随即让交通员分发，分别送到各乡，让他们在全区张贴，或者想方设法送进据点去，让更多的伪军读到，也可以送给伪军的家属，让家属做伪军的工作。

几天后，在全区重要的集镇、街巷人们聚集的地方，都贴出了这封信，大家围在那里读。有人趁着黑夜把信贴在据点的大门上，南夏墅、庙桥、坊前等据点的大门上就不止贴一次。一天，钱伯显校长的办公桌上，也有一张公开信，不知谁送给他的，他仔仔细细读了两遍，觉得这公开信写得很不错，也写得正当时，他十分佩服中共方面就是有能人。他把这封公开信交给杨继震老师，让他晚上把这封信贴到街上。据点的伪军这两天收到不少来信，拆开来，便是这封公开信，也有的伪军家属千方百计把这封信送进据点，给亲人阅读，劝他们及早回头。

这封公开信,如平静的湖面投入一颗炸弹,打破了据点里的平静,不少伪军心里忐忑不安。日本兵被气得吹胡子瞪眼睛,看到哪个伪军在看公开信,上去就是一个大嘴巴,大声斥骂,把公开信撕得粉碎,被打的伪军表面上服服贴贴,不敢流露出半点不满,可是心里的怨气却不断上升,有些伪军开始为自己的后路打算了。从此以后,据点的伪军消极怠工的人多了,他们龟缩在据点,不大敢下乡了。也有些伪军想办法找新四军联系,准备反正。不过寨桥据点里有点特别,伪军依然气焰嚣张,那里驻有伪军一个连,他们依仗人多实力强,仍然经常不断骚扰民众。尤其一位新从常州派来的伪军排长,他根本不相信公开信的观点,认为这是共产党一贯以来的恐吓分化策略,他照样大摇大摆出据点,在街上闲逛,顺手向店铺勒索点好处,稍不如意便动手打人,群众怨声载道。钱梦梧决定给寨桥伪军一点教训,他让区警卫连连长张云,带着两名战士去寨桥,伺机镇压那位耀武扬威的排长,达到杀鸡儆猴的目的。

一天午后,张云和两名战士乘船到寨桥街上,来到伪军排长经常喝茶的茶馆,刚刚坐下,要了三盅茶,还没有来得及喝一口,那位伪军排长过来了,他见自己常坐的宝座被一个破衣烂衫的农民占据,非常不高兴,走上前来呵斥道:

“走走走,老子的位置谁让你坐的?滚那边去!”

张云不慌不忙地端起茶盅喝了一口,抬头看他一眼,说:“你就是常州新来的那位排长?”

伪军排长傲慢地说:“怎么,不像吗?你是什么人?”

张云连长桌子一拍,喝道:“我们找的就是你!”说着抬手把一杯热茶泼在伪军排长的脸上,伪军排长避之不及,被烫得睁不开眼,旁边两个人上前把他按在桌上,缴了他的短枪,与此同时一支短枪抵住他的脑门。张云说道:

“我们是新四军,今天代表丁舍区政府特地来严惩你这个罪大恶极的狗汉奸!”

为了不弄脏茶馆,张云他们把伪军排长拖出茶馆,向前走了十多米,来到寨桥的高桥旁,当胸一刀结束了他的狗命。张云排长不慌不忙把丁舍区政府严惩狗汉奸的布告贴在他身后的墙上。布告中列数了他的种种罪行,并且警告其他伪军,如果继续为非作歹,便是同样的下场。张云他们从容不迫地做完这一切,便手里提着短枪,迈过大桥,走入一条巷子,很快就消失了。

当时街上有一些人,他们目睹了这一切,心里都暗暗高兴。新四军走了,为了避嫌,他们也都走了,竟没有一个人去据点报信。据点里伪军连长很迟才知道。他带着几十个伪军匆匆赶来,张云他们早已回到丁舍区政府,向钱梦梧报告完成任务的情况了。为这事,伪军连长被据点里的日本兵打了一个大嘴巴,还被他的上司严厉地斥责一番。伪军连长害怕极了,他怕新四军再次来寨桥严惩汉奸,怎么办?他苦苦想了一个办法,他哀求伪乡长向丁舍区政府传达一个口信,说:“请新四军四老爷高抬贵手,不要再来寨桥杀我们的人,我们一定改邪归正,决不下乡扫荡,也不敢骚扰老百姓!”

钱梦梧让伪乡长带口信给伪军连长说:“日寇好日子不多了,他们伪军何去何从,希望他们及早抉择。”

那位伪军连长,为了表达诚意,还请人暗地里送去一桌酒菜,慰劳新四军。史济荣问钱梦梧,怎么处理,收不收?

钱梦梧笑着说:“这是好事情嘛,怎么不收?伪军慰问新四军本身就是一则佳话,一律照单全收!”

这桌鸡鱼肉蛋齐全的好菜,按照钱梦梧的意见,直接送给到了区警卫连食堂,给全连战士加一次餐,全连战士吃得很开心。

有群众反映,最近在万塔西北十五洞桥一带,有国民党保九旅的残余势力在活动。一共十一二个人,领头的姓陈,是一位连长,以打渔作掩护,有时拦击船只,实施抢劫;有时上岸打家劫舍。他们心狠手辣,还杀死了一名村干部。群众对他们恨之入骨,强烈希望新四军收拾他们。钱梦梧让万塔乡长孙中元,暗中调查侦察,弄清他们的活动规律。这帮家伙狡猾得很,常常是打一枪换一个地方，没有固定的地方，不过经常在十五洞桥附近出现。

钱梦梧调集了徐海生的水上游击队5艘船，每船3名战士，又从区警卫连中挑选了20名水性好、枪打得准的战士，组成突击队。20名战士分散到徐海生他们的船上。天亮前，五艘船悄悄地开到十五洞桥边埋伏。多年来，十五洞桥是渔船结集地，天天都有渔船在岸边过夜。因此突然多几只停在岸边并不显眼。天渐渐亮了，通红的太阳在东方升起，水面飘起了薄薄的雾，似乎一切都在朦朦胧胧之中，四周很清静，船家似乎还在睡梦中没有醒来。我们战士埋伏在船上，眼睛紧紧盯着前面的水面。到了8点钟左右，从夏坊方向摇来一只较大的木船，蹲在钱梦梧旁边的孙中元乡长推推钱梦梧，说："来了。你看，就是这条船。"

钱梦梧发出指令，要大家作好战斗准备。三条船悄无声息地从三个不同方向朝大船包抄过去。张云连长站在船头，朝那条船喊道："保九旅的兄弟，你们听着，我是从山里出来给你们送信的，你们不要打枪。我找了你们几天了……"张云一连喊了三遍，大船没有声息，钱梦梧正在疑惑之际，大船船头出来一个人答话道：

"什么信？你是哪一部分的？"

"你是谁？请陈连长出来。"张云说。

"我就是陈连长，你是谁？从哪里来？"

就在这时，张云发出了进攻的命令，同时手中的枪响了。那个答话自称陈连长的人应声横卧船头，四条船几十枝枪同时开火，愤怒的子弹全部射向敌船。事发突然，敌人猝不及防。钱梦梧他们四只船把敌船死死围在当中。钱梦梧发出指令，让大家停止射击，他对顽军兄弟喊话：

"保九旅的弟兄们，你们已被包围，顽抗死路一条，我们一向优待俘虏，只要你们放下手中的武器，我们一律保障你们的生命安全。给你们三分钟时间考虑。三分钟不投降，我们发动全面进攻。"

短暂的沉默。一分钟后，对方有人喊："我们投降了，能放我们回去吗？"

钱梦梧回答："可以，愿意回家的，我们发放路费。"

又是静寂无声。一会儿,有人高举着枪支走出船舱,后面一个跟着一个,一共10人。张云、史济荣他们迅速跃上敌船,接受他们投降。他们一共12个人,陈连长和一名摇船的士兵已被打死。战斗只持续了十多分钟,彻底解决了这帮家伙。缴获颇丰:3支短枪,10支"三八"式步枪。

钱梦梧把被俘的10人,带到丁舍区政府,招待他们吃饭。然后给他们开了一个会,向他们说明,目前抗战正处于全面胜利的艰难时刻,作为一个中国人,应当挺身而出,为保家卫国作出贡献。然后他宣布:"你们如果留下来和我们一起抗日,我们十分欢迎,如果愿意回家的,我们发给路费。"有个高个子的俘虏问:"我们如果留下来和你们一道打鬼子,你们会不会秋后算账?"钱梦梧笑了,他说:

"你们尽管放心,对于你们的以往我们一笔勾销,现在都不算,秋后还会算吗?你们尽管放心。我也可以坦白地告诉你们,我们新四军队伍里有不少同志都是从国军和伪军中过来的。你们不要有顾虑。"

最后有6人选择留下来参加区警卫连,4人选择回家,丁舍区政府发放了每人两银元的路费,让他们离开。

这次战斗后,保九旅的反动势力在武南地区被彻底消灭了。

第二十二章

借粮度荒,开展大生产运动

每年到了三四月份,不少群众家里的米囤渐渐露底了,这正是青黄不接的时刻。1945 年的春荒更严重,一方面是去年水稻扬花期间,连续多天阴雨,影响了产量,另一方面是收割期间,日伪军四处抢粮,让群众损失不少。每年到春荒季节,贫苦人家的日子就难熬,只得向有粮的大户人家借粮。当时一百斤稻子可以轧白米70 到75 斤,借粮的利息高得吓人:"一米三担或一米四稻",即春上借一担米,秋后还三担,或四担稻。相当于借一担米,要还二担半米或三担米。没有办法,不少人家为了活命,只得睁着眼睛吃老鼠药,明知是死路,也只得跳入高利贷的陷阱中,任人宰割。年年借年年还不清,从此不得翻身。不少缺粮的人家常常是以野草度日,好在那几年风调雨顺,开春暖洋洋,各种杂草迅猛生长,许多猪羊能吃的野草,人自然也能吃。1945 年春荒来得早,二月底三月初断粮的人家渐渐多起来了。怎么办?群众的困难就是共产党和新四军的困难。在区委会的会议上,研究如何解决群众缺粮问题时,钱梦梧激动地说:

"群众是我们的衣食父母,没有群众的支持和拥护,我们寸步难行。群众的困难,便是我们的困难,我们一定要帮助群众度过春荒。"

在区委会上,一致决定由政府出面帮助缺粮户向有余粮的大户人家借粮,可以收一点利息,但不能过高,借 100 斤米秋后还 110 斤米或 160 斤稻子。让大户人家既做了好事,担了慈善人的好名声,又不吃亏,稍许有一点利息,但比传统高利贷的盘剥少多了。要让大户人家拿出米来,就得有人带头,谁带这个头?大家在商议时,钱梦梧觉得这个头只有让父亲钱伯显来带最合适,因为他也是武南县出了名的富户,他不出来带头似乎说不过去,而且他去做别人的工作,也难以开口。不过他知道动员父亲借粮,也有一定的难度。但最难,也得去做。钱梦梧在区委会上表态,说:

"家父是武南地区的大户,他这个头带好了,借粮才能顺利展开。家父的工作自然是我去做。今晚我就回去找他谈。"

坐在钱梦梧对面的章引看了一眼钱梦梧说:"我陪你一道去吧。"

钱梦梧很感激地看了章引一眼,说:"就这样决定吧。家父工作做通了,借粮就不会有多少阻力了。"

当晚8点多钟,钱梦梧和章引来到他二姑妈的杂货店里。二姑妈见到他们很高兴,钱梦梧告诉二姑妈想找父亲商量事情,请二姑妈把父亲请来。二姑妈说:"我知道你没有事情是不会回来看我的。"二姑妈话虽这么说,还是很高兴地去娘家把大哥找来了。钱伯显进门,见了钱梦梧满脸的不高兴,钱梦梧叫一声"爸爸",也没有答应。章引起身向他鞠躬,很亲热地叫一声"钱伯伯",他脸上才有一点喜色,他对章引说:

"章引姑娘也来了,走,回家去坐坐?"

"钱伯伯,我们就在姑妈这里坐一会儿吧,梦梧弟想跟你商量点事。"

"我知道,他没有事是不会回来的,他找我准没有好事。什么事?你说吧,又要我做什么?"

钱梦梧说:"爸,去年收成不好,今年断粮户很多,许多人家早已揭不开锅了,全靠野草度日,没有米粒下肚,时间长了身体会吃不消。我想请爸带个头,拿点粮食出来……"

钱梦梧还没有说完,钱伯显就打断他的话说:"你想让我开粥铺舍粥,还是发放救济粮?我家名声在外,有几百亩田,你们新四军要缴救国公粮,日本人要收田亩捐,我又大手大脚不知道节约,在教育上花了很多钱,去年又欠收,家中也没有多少粮食了。”

钱梦梧没有想到父亲会如此哭穷,有些生气,说:“爸,照你说,咱家也快成断粮户了?这无论如何说不过去。”

气氛有点紧张,章引插话说:“梦梧弟,你怎么跟钱伯伯说话呢?跟你爸好好说,把话说清楚。你还不清楚你爸的为人吗?钱伯伯是常武地面著名的大先生、慈善家,修桥铺路他带头募捐,办学校他无偿资助,为乡亲办电灌站他也从家里拿钱,为乡亲办事钱伯伯是舍得花钱的,从来就不皱一下眉头。何况这次只是借粮,只借五六个月,还有点利息。”接着章引向钱伯显详细说了借粮的具体做法,并且向钱伯显保证,粮借出去多少,借给谁全由区里派人来记账,秋后也由区里派人来催收,如数归还,不用钱伯伯担一点心思。章引最后说:

“有借有还完全自愿,没有一点强迫,我们只是做一点协调担保工作。群众没有饭吃,实在是太苦了。他们食不果腹,自然也影响抗日。”

听了章引的话,钱伯显脸上平静多了。他说:“梦梧,你看看章引姑娘多会说话,多学着点。不要老虎着脸,你虎着脸给谁看?”

钱梦梧说:“知子莫若父,爸爸,我从小就是这样,你还不了解?我没有虎脸。”说着,微微一笑,说,“我完全像你,你进来第一句话就敲打我,我还没有说完,不让我说了。爸,我们都是一样的脾气。我听你的话,今后多向章引姐学着点。好了吧!”

钱伯显脸色明显好转,他说:“早就该这样了。”

钱梦梧说:“那借粮怎么说?爸,我也很为难,我去动员别人借粮,别人开口就会问:你钱家是有名的富裕户,你爸又是德高望重的大先生,你家准备出借多少?我就很尴尬,我不知道如何回答。爸,你看,我们家能借出多少?”

章引插话说:“梦梧弟,不急,让钱伯伯考虑考虑。这也不是一件小事。”

过了一会儿,钱伯显说:“我拿出大米80担吧,够吗?我们本族内借粮不算在内,他们每年这个时候都会有人来借粮,我从来不收一分利息,今年忽然向他们收利息,不好,钱家有人要借粮,我另外处理。”

钱梦梧高兴地说:“爸,够了,谢谢!”

钱伯显说:“不用谢!我是看章引姑娘的面子借的,要是你一个人来,我一粒也不借。”

章引说:“谢谢钱伯伯!对,是看我的面子,与你无关,谁叫你一直虎着脸。”说着大家都笑了。向父亲借粮很顺利,钱梦梧很高兴。临走前,钱梦梧和章引跟着父亲一起回家看望继母毛志鹏和几个弟弟妹妹。

由于钱伯显老先生的带头,借粮开展得很顺利。胜东乡的卞朝元也是大户人家,钱梦梧和章引跟他商量时,他说:

“你父亲钱校长已做出表率,我也不能不响应,我粮仓里的粮全部借出,大概有三四百担吧。”

第二天,胜东乡的乡长组织缺粮户几百人,挑着箩担,排着长长的队伍来借粮,由乡里的乡长组织农会干部过秤、登账。卞朝元在一旁看着,满脸都是笑容,很开兴。他心里明白,把这些陈粮借出去,秋后新粮还回来,就是没有利息,也是很划算的事,由共产党负责借还,一粒粮也损失不了,还沾了一个慈善的好名声。何乐不为呢?

施家塘的大户施汉民、桐庄窑头村的大户齐景贤等也借出了几十担粮。那几天走在路上挑着箩担的长长的借粮队伍,成了春天田野中独特的风景线,被称作“箩担队”。顺利借粮,帮助几千户缺粮户顺利度过了春荒。

1945 年春夏之间,上级号召全区开展大生产运动,组织群众开垦荒地,扩大种植面积。一大批荒地被开垦出来,种上了粮食。苏南这地方是长江三角洲的核心区域,土地肥沃,雨水调匀,只要把种子种下,就能长出粮食来。不仅群众要开荒,区乡干部也要带头开荒。在南夏墅油车黄家村后,有一块坟地,足有四五十亩地大,坟都是上百年的无主坟。丁舍区委决定把这块坟地开垦出来,作为区委的试验田。一天下午,钱梦梧、章引、史济荣等七八个人扛着钉耙、镰刀来到坟地。钱梦梧事先了解过,这是一块他们南夏墅钱家的远祖坟地。因为年代久远,多年无人整修,坟地杂草丛生,中间夹杂着零零星星自然生长的杂树。钱梦梧他们先用镰刀把杂草杂树清理掉。七八个人一字排开向前割去,割草这种轻松的劳动,钱梦梧早已不在话下,完全能够对付,大概割了一个多小时,章引她们几个女同志早已气喘吁吁,有点吃不消了。钱梦梧便让她们休息一会。就在这时油车黄家村一个老人来到坟地,对钱梦梧说:“钱梦梧同志,可是南夏墅街上人?”

钱梦梧说:“对呀,我是南夏墅街上人,家父是钱伯显,老伯有什么事?”

老人生气地说:“这坟地是你们钱家的老祖宗,你怎么可以来动土,这是欺世灭祖的行为,你动都动不得。”

钱梦梧笑问:“老伯贵姓?”

“免贵姓黄,我是黄家村人。”

钱梦梧继续笑着说:“谢谢老伯的关心。我知道这坟地是我们钱家的远祖坟,这坟由我领头来开垦,也算是名正言顺了。我们让闲置的老坟地开垦出来,种上粮食,让它为后代子孙作点贡献,完全是好事,不能算欺世灭祖的行为,你看呢?”

老人被钱梦梧说得一句话也说不出来,只得说:“我以为你不知道这坟是你们钱家的祖坟,你既然晓得,我也就不多事。”说着就走了。也不知道是谁,专门跑到钱梦梧父亲那里告状,说钱梦梧挖祖坟,要钱伯显出面阻止。钱伯显是读过大学的,对封建迷信那一套,根本就不相信。当他听说钱梦梧带领一帮人要开垦钱家几百年前的老祖坟种粮食时,微笑着对告状人说:

“很好嘛,钱梦梧还有点破陈规陋习的精神,老祖宗过世几百年了,还占有这么一片土地,做啥?也该开垦出来,种上粮食,作点贡献了。”

告状的人听了,一脸木然,便不声不响地走了。

钱梦梧后来听说这事,很赞赏父亲,曾对章引说:“我爸还是很有觉悟的嘛!”

钱梦梧他们先清理了一二亩大的一块地方,便用钉耙开始翻地。按照迷信的说法,开垦坟地翻第一钉耙的人,容易遭到鬼神的报应,谁开第一钉耙?钱梦梧看了大家一眼,说:

“这第一钉耙自然是我们钱家人翻。”钱梦梧高高举起钉耙，对着坟地大声说：“钱家老祖宗，对不起了，请你们让让步，这块地方我们要开垦出来种粮食了，有报应冲我来。”

钱梦梧说着一钉耙下去，翻出一大块土。大家见钱梦梧翻了第一块土，便一齐举起钉耙翻土，当天就翻出一亩多田。这块坟地已荒芜几百年，翻出来的土块板结，而且草根连连，种麦子或改造成水田种稻都不行，需要经过两到三年的养护，才能变成肥田，养护最好的办法是种黄豆。黄豆不仅不用施肥，而且能在根部长出许多根瘤来，每一颗根瘤便是制造氮肥的小型化工厂，制造出来的氮肥，除供自身享用外，留在土里能够增加肥力。

钱梦梧他们一连开垦了半个多月，还让警卫排，以班为单位轮流来开垦了七八天，才把这块坟地全部开垦出来。他们把草根清理掉，平整分圪，种上大青豆。一周后，一宕宕豆苗出得一崭齐，粗壮的豆胫支撑着大片嫩黄的叶子，棵棵朝气勃勃，精精神神，让人赏心悦目。种豆的活，田间管理的活不多，既不要施肥浇水，也不用治虫整枝，只要拥一次土，豆苗间除除杂草就可以了。除草季节，钱梦梧带着章引、史济荣等人来除了一次草，他们看着一片绿油油的豆苗，心里充满自豪感，他们终于用自己的双手，把几百年的荒坟开垦成豆田了，再改造一二年，就可以改造成种麦栽秧的良田了。

由于区里干部带头开荒种地，各乡干部也纷纷行动起来了，不仅鼓励群众开垦荒地，自己也开荒种地，全区轰轰烈烈的大生产运动进展得如火如荼，当年全区就开垦了几百亩土地。

第二十三章

自制石雷土炮，打击敌人

成功减租减息，减轻了农户的负担；成功借粮，让不少揭不开锅的群众度过春荒；组织群众开荒，增加了土地。共产党做的一桩桩一件件的事情，都为群众着想，都做到群众的心坎上。广大民众都看清楚共产党是真正为老百姓着想的，共产党的威望在无形中提高。1945 年春季征兵运动开始后，青年人纷纷报名，仅仅三天，丁舍区就超额完成了征兵任务。许多青年进不了新四军正规部队，便参加区警卫排和乡里的民兵组织。丁舍区警卫排扩充为警卫连，一下子增加了两倍多人，各乡也由民兵游击小组扩充为民兵中队或大队。部队扩充了，一面加紧训练，迅速提高战斗力，一面进一步挖掘潜力寻找武器，武器的来源除了从日伪军手里抢夺外，他们也积极想办法自己制造。

一天警卫连连长张云拉着钱梦梧去参加新式武器——土炮的试放。他们来到警卫连驻地的大竹园里，只见竹园的临河边一字排开，蹲着三尊土炮，炮口一律对准河中心。张云连长告诉钱梦梧，三尊土炮是他们连上一位当过铁匠的战士王强创造的。王强当兵前是铁匠铺里的铁匠，他从师傅的废铁堆里翻出来一段拳头粗的钢管，截成三尺长三段，每段的底部用铁块封死，在靠近底部的地方钻一个通火药线的眼子，再在前半部分装上两条活动的腿撑住，一门土炮就做好了。王强是一个矮胖的小伙子，见到陌生人还有点腼腆，一说话脸就红。钱梦梧问他：

“这三门炮是你制造的吗？”

“前几天我想请师傅帮忙造一把土枪，但没有找到合适的枪管，师傅却找出一段钢管，我一看乐了，可以造土炮，我和师傅弄一天多，才弄了三门。”说着，他摸着头发，似乎很不好意思。

钱梦梧问：“能打多远？”

“打不远，只能打到百来丈吧！”

“有多大杀伤力？”

“不清楚。刚刚朝河里打了一炮，一会儿浮出来不少死鱼，你看——”

钱梦梧朝河里看去，真的，有不少死鱼漂在水面，钱梦梧明白，土炮的杀伤力不比手榴弹差，但手榴弹只能扔三十多米，土炮可以轻轻松松打二三百米。虽然比不上日寇的小钢炮，但也是有一定威力的武器。张云连长问钱梦梧要不要再试一炮。钱梦梧说不用了，我们留点火药对付日寇吧。

钱梦梧拍拍王强的肩头说：“王强同志，谢谢你。你造炮为我们弄武器开辟了一条崭新的思路。”

钱梦梧回到办公室，立即给县政府写了一个报告，介绍王强造土炮的经验。陈成副县长把钱梦梧的信，加一个编者按，转发给全县，让大家都来制造土枪土炮。土炮打出去的是一片碎铁片或铁砂子，可以打死打伤一大片敌人，着实让日伪军吃了不少苦头。有一次史济荣带着一个警卫班到前黄执行任务，晚上 10 点钟经过景德寺旁的寺桥，王强提出来试试火炮的威力，史济荣便让王强把火炮架在寺桥桥背上，向黄塘桥日伪据点的碉堡连轰两炮，把碉堡轰塌了半边，不知道新四军用了什么新式武器，吓得日伪军向外打了半夜枪。

一天，县政府发下来山东八路军根据地制造土地雷的资料。土地雷严格来说是石雷，把石头加工成石墩子，中间挖空，加进火药和碎铁片，用木塞子把洞口塞紧，洞口加上引爆的雷管。碰触雷管便引爆。火药也有现成的配方——“一硝二磺三木炭”，即一斤硝二两硫磺三两木炭粉碎，融和碾碎，便是黑火药。看来不难。钱梦梧把材料给史济荣，让他带着王强几个人去试制。他们先炼火药。硝和硫磺一般大药店都有卖。史济荣便托人从常州采购回来，按照现成的比例很快就制造出来。史济荣抓一点点放在地上，用点燃的香头一接触，火药立即燃烧，发射出一片旋转的火花，很有威力。史济荣高兴地拍着王强的肩头说：

"哈，一点就燃，一次成功，劲道蛮足。制成地雷够敌人喝一壶的。"

王强说："上级发下来的，我们依葫芦画瓢，自然不会错。"

这几天，王强他们找了几个青石墩子，把中间掏空了，他们便按资料上的介绍把火药和碎铁片装进石墩子肚子，装上雷管，再用木塞子把洞口堵死，一个土地雷就做好了。他们立即试验。王强小心翼翼地把土地雷埋好，然后大家撤离到20米以外趴好。史济荣匍匐上前，用石块猛烈撞击土地雷，"啪"的一声，土地雷的木塞飞起来，直窜天空，但土地雷没有爆炸，一连试了三颗，颗颗都是这样。这样的结果，显然谁也没有想到。他们围着三颗没有爆炸的地雷仔细察看，寻找失败的原因，始终找不出原因。王强反复对照资料查看，他们完全是按照资料一步一步地做的，没有半点差错。他嘟囔道：

"到底怎么了？我们的步骤一点也不错，怎么就不爆炸呢？"

史济荣也感到不可思议，火药点燃了，石墩子怎么没有炸呢？难道火药燃烧的力量不够，或者是木塞装得不紧，漏气了？史济荣想到这里，忽然明白了。他一拍大腿，高兴地说，原因找到了。他指着废土雷的洞口给大家解释说：

"洞口是凿的，并不光滑，木塞子装得很紧很紧，看上去严丝合缝，但总有小缝隙，火药燃烧瞬间产生的力量都从缝隙逃跑了，所以没有把墩子炸碎。材料上说要密封，我们就在密封上出了问题。你们说对不对？"

史济荣分析得头头是道，不由得大家不信服。王强说：

"那你说怎么办？怎么做到严丝合缝，不留一点空隙？"

一位同志提出用蜡烛油滴在木塞周围。这是一个好办法，蜡烛不是金贵的东西，到处可以买到。王强说："到正式大规模制造时用蜡烛油封口，但现在手头没有蜡烛油,我看可以用泥浆封口,泥浆不能太稀,以免水气弄潮火药,影响爆炸力。”大家觉得这个办法可行。史济荣指挥大家说干就干,立即再试。结果一试果然成功,“轰隆”一声,炸了三尺方圆的一个土坑,一块块拳头大小的石块,散落在二三丈见方的四周。如果土地雷在敌群中开花,这些大大小小的石块打在敌人身上非死即伤,够敌人受的。大家很高兴,土地雷终于试验成功了。

当天晚上,史济荣带着一颗地雷回到区政府,向钱梦梧报告试制地雷成功的消息。钱梦梧看着桌上笨重的石雷,想用手搬搬,估估分量,史济荣急忙伸出手阻止。他说:

“你别动,不小心压动木塞就会引爆,这可不是闹着玩的。”

钱梦梧说:“这么笨重,运输不方便,能不能小一点,一只五六斤重,这样搬运方便;现在这么笨重,而且不安全,碰都不能碰,一不当心就引爆了,敌人没有炸到,倒把自己人炸伤了。”

史济荣说:“你指出的问题,很对。这土地雷杀伤力还可以,缺点是太笨重,安全也是隐患,我们也想了不少办法,都无法克服。”

钱梦梧说:“主要是雷管不易控制,也不容易买到,能否找到代用品?你找几个人开开诸葛亮会,大家一起想想办法。”

第二天,史济荣把张云排长也请来,连同王强他们一起开会想办法。最后他们用点火引爆来代替雷管——把三根火柴放平,用丝线扎起来,夹在两片擦火柴的皮子中间。皮子贴在白铁皮上,埋在火药里,再做一个白铁皮卷成的小管子。把引线通到外面,最后用蜡烛油封口,用力拉引线,石雷果然爆炸。当然他们这个办法,花了三四天的时间,试验了几十次才做成功的。钱梦梧和章引同志去看了他们试爆,三个石雷都爆炸了。钱梦梧高兴地拍着史济荣的肩头说:

“谢谢你,济荣同志!你们终于在山东经验的基础上,做了大胆的革新,试验成功了。让日本侵略者也尝尝我们石雷的味道。”

章引同志说:“别看小小的石雷,作用还不小。能否多制造几个,争取每个乡的民兵大队发它三五个,在全区广泛使用。”

史济荣说:“我也有这个想法,我们组织几个石匠,先造它五十颗石雷,每个乡发五颗,让我们的石雷在全区开花,让日伪军普遍尝尝我们的石头西瓜。”

钱梦梧完全同意章引姐的建议。他还让史济荣就石雷的制作,写一份专题总结,送给陈成副县长,陈成在总结上加了一个“按语”,赞扬丁舍区在学习山东经验的基础上做了改进,使之更适合我们地区的做法,号召大家向丁舍区学习。

石雷刚刚下发给各乡的民兵大队,今年的反抢粮斗争就全面铺开了。

每年夏天,住在据点里的日伪军都要下乡来收军粮,收不到就抢。今年比前几年更残酷,见粮就抢,不问你有没有吃的,有点穷凶极恶了,不单抢粮食,见到群众家里的好东西也抢,鸡鸭自然是逃不掉的。群众称他们是强盗“倒米囤”。这是日伪军的垂死挣扎。武南县政府也提前作了安排,号召全县群众投入反抢粮的斗争,捍卫粮食,坚决不让日伪军抢到一粒粮。丁舍区委积极贯彻县委县政府的精神,大家分头下乡动员群众做好抗粮斗争。

八月初,钱梦梧和史济荣在大成乡里召开了一次全区正副乡长会议。钱梦梧在会上详细分析了当前抗日形势,美国直接参战后打得日本侵略者节节败退,苏联红军攻克伯林,消灭了希特勒以后,也移师向东,准备对日本所谓王牌部队“关东军”发起攻击。国内,国民党部队的正面战场虽然暂时还不见起色,但我们共产党领导的敌后游击战,不断取得了巨大胜利,不断消耗敌人的有生力量,开辟了大片抗日根据地。日本是一个小岛国,人口不多,兵源不足,资源也严重匮乏。

钱梦梧激动地说:“我们离抗战最后的胜利,为时不远了。日寇如兔子的尾巴,长不了。我们现在正处于黎明前最黑暗的时期,也是敌人最疯狂的时候。我们要充分做好思想准备,领导群众,打好最后的一仗。眼看灿稻成熟,即将开镰收割,日伪军将要走出据点下乡来抢粮了。我们要开展针锋相对的斗争,决不让敌人抢到一粒粮。现在我们手中有力量,我们县里有新四军独立二团,各区各乡都有民兵,我们完全有力量对付日伪军,他们胆敢抢粮,我们决不客气。各位乡长,会议后要迅速把会议精神传达到每家每户,让家家户户藏好粮,不能让敌人抢到一粒粮。我们要困死敌人,饿死敌人。”钱梦梧最后问大家,说,“大家有没有信心打好这一仗?”

大家异口同声地大声回答:“有信心!”

史济荣区长发言时说:“我们各乡一定要做到不向日伪军交一粒粮,这是区委的决定,也是这次会议的决定。有哪个乡违反了,我们一定追究责任,各乡各保也要密切注意隐藏在群众中的汉奸,他们胆敢替日伪军征收粮税,一定严惩不贷!”

散会时,钱梦梧同志一再交代,要大家密切注意那些汉奸,有什么动向请大家及时向区委报告。

坊前乡的乡长,最后一个离开会场,他对钱梦梧和史济荣反映,他们乡里的一贯道小头目李大志,最近常去据点走动,苗头不大好。这个李大志,钱梦梧和史济荣都是知道的,是史济荣邻村人。据说是一贯道的坛主,在地方上有些势力,收了不少门徒,每年也收门徒们朝供的钱财。抗战开始后,抗日的态度一直比较暧昧,但也没有明显反对共产党新四军的举动。他也有几十亩田出租,在减租减息时,发过几次牢骚,钱梦梧还找他谈过话,敲打过了两次。他在钱梦梧面前,态度很好,一口答应支持抗日政府,因此抗日政府还是团结他们的。现在如果发现他有明显的汉奸行为,尤其是破坏抗粮斗争,一定严惩。钱梦梧要求坊前乡乡长派可靠的民兵密切注意李大志的动向,一旦发现情况立即报告区里。坊前乡民兵对李大志实行24小时的监视,很快就发现问题,李大志先后两次半夜设坛,把门徒招来开会,要求门徒们催收日伪军的军粮,公然对抗抗日民主政府,公开为日伪军效劳。李大志披着一贯道的外衣,充当了日伪军的汉奸。一天晚上,钱梦梧让史济荣带着三位区警卫连战士,逮捕了李大志。李大志在铁证前无法抵赖,只得说:

“我也没有办法,我被日伪军中队长揪到据点,一定要我帮着收军粮,如果不完成交粮任务,就要杀我全家。我也是被逼得没有办法,只得让门徒们帮我收。”

钱梦梧严肃地说：“果真是这样？别编故事了，实事求是交代！你们全村、全乡没有一个人怕日伪军杀全家，独独你怕他们杀你全家？”

在钱梦梧严厉追问下，李大志只好如实交代了自己的罪行，他在减租减息中，吃了亏，每亩少收了好几担租米，一直耿耿于怀，据点里伪军中队长请他包收军粮，好处费是收一担留二斗。他动心了，便一口答应。他原以为通过四邻八乡二三百个门徒，至少收二三十担是没有问题的，而且神不知鬼不觉。谁知他刚动手，仅仅收上来二三担日伪军的军粮，就被捉了。李大志不仅利用一贯道为日伪军征收军粮，还对一贯道门徒胡说八道，美化日寇，诋毁新四军，这些汉奸罪行都证据确凿，自己也供认不讳。丁舍区政府决定召开全区的公审大会，当场宣判死刑，立即枪决。严惩破坏抗粮斗争的反动分子，严正地警告那帮蠢蠢欲动的家伙，起到了杀一儆百的作用，确保抗粮斗争顺利进行。

据点里收不到一粒粮，便把乡长们召去开会，限定他们10天内上缴全乡的军粮。这些乡长都是白皮红心的乡长。他们个个苦着脸，对日伪军诉苦：这个说老百姓很苦，家中没有粮可缴；那个说，现在新四军很强大，民兵到处都是，他们有粮也不敢收，我们今天帮你们收了，第二天我们的头颅就不在肩头上了；还有人说，村上群众都向着共产党新四军，稍不当心，汉奸的帽子就被戴上了，那就麻烦了，随时有可能脑袋搬家。弄得日伪军也很尴尬，本想关他们几天，想想关了他们，更加没有人为他们做事了，关一天就把他们放了。

敌人没有办法，只得组织日伪军武装抢粮，县区的警卫部队灵活机动地和各乡民兵组织配合，寻找一切机会伏击他们，用土炮轰他们，用土地雷摆地雷阵炸他们，打得他们焦头烂额，不但粮食没有抢到一粒，反倒损失惨重。

一天，鸣凰据点的内线送出情报，说第二天上午，日伪军30人去南夏墅都家桥一带抢粮。钱梦梧立即派人把这一消息告诉南夏墅乡的民兵大队长，让他们在都家桥附近的大道上摆地雷阵，又把两门土炮架在桥畔的秆稞岗里。上午9点多钟，日伪军大摇大摆地来了，他们明白新四军游击队只敢对少量的日伪军下手，他们这么多人，是不敢动手的。他们走到靠近都家桥时，突然“轰，轰，轰”一连三颗土地雷爆炸，日本小队长连忙指挥他们趴伏在地，作好战斗的准备。可是等了一会，周围一片静寂，也不见一个人影。日本小队长明白了，他们只是中了游击队的地雷阵。游击队早已撤走了。日本小队长赶紧爬起来整顿队伍，结果被炸死两人，其中一人是日本兵，炸伤三人。日本小队长气得哇啦哇啦地直叫。他们包扎好伤员，继续前进，不过他们的速度慢多了，日本小队长派两人在前面探路，吃一堑长一智，担心再中游击队的地雷阵。他们刚从都家桥上下来，突然天空中“轰，轰”两声，一阵铁沙铁片如旋风般向他们扑来，一片惨叫，日本小队长又一次让他的部队趴下，作好战斗的准备。等了一会，周围仍然什么声音也没有，也不见一个人影，也不知道这两炮从什么地方打过来的。日本小队长气得又“哇啦哇啦”大骂一通。他清点部队，这次又伤5人，死2人。经过两次袭击，本来士气就不高的那帮喽喽，都垂头丧气，有气无力。日本小队长决定休息一下，就在附近村上抢点粮食回去。别看这帮家伙个个胆颤心惊，但一到村上抢东西，个个劲头十足。他们翻箱倒柜，见什么就抢什么，粮食、鸡鸭不要说，就是好一点的衣被也不放过。一共抢了2个村庄。下午返回，他们不敢走内路了，便绕道上武宜公路，因为零星的游击队是不敢上公路的。谁知他们在公路上刚放松警惕，走了一公里多，来到一片秆稞岗附近，突然从秆稞岗里飞出了七八颗手榴弹，随着一阵爆炸声，日伪军倒下一片，接着是机枪、步枪、手枪声响成一片，日本小队长明白，这次遇着真正的新四军了，他看看自己周围已经没有多少人了，为了保命，来不及下撤退命令，立即向鸣凰方向逃去，跑了一段，渐渐枪声听不到了，他回头看看身后，只有五六个兵跟着他。他气喘吁吁回到鸣凰据点，大病一场，从此他再也不敢耀武扬威下乡作恶了。

那天是钱梦梧带着区警卫连两个排战士埋伏在秆稞岗里的，他估计那帮日伪军走内路连续吃了两次亏，回去一定不敢再走内路了，会绕道走公路,便在公路旁设伏。他还担心敌人不来呢。没有想到,敌人居然按着他设计的路线进入伏击圈,也活该那帮家伙倒霉,仅仅十分钟,敌人死的死,伤的伤,投降的投降,只逃掉五六个人。这里离鸣凰日寇的据点只有四五里,敌人如果来增援要不了半小时,钱梦梧下令让大家迅速打扫战场,收缴了一批武器,便押着俘虏离开了。敌人抢去的东西丢撒了一地,他们收拾好,派人送到都家桥,让群众自己来领回去。

有一次,南夏墅据点的日伪军出动,去桐庄附近抢粮,游击小组得到情报,便在通桐庄的必经的大道上,挖了不少土坑,盖上新土,有的埋石雷,有的没有埋,虚虚实实,迷惑敌人。敌人走到这里便不敢走大道,想改小路,但小路旁边都是一片秆稞,他们怕游击队隐藏在里边,从秆稞丛中,突然伸出几支枪来。怎么办？最后只得原路返回据点。

前黄据点里的汉奸头子卞锡松带着两个排的伪军下乡抢粮食,结果一粒粮也没有抢到,他便指使伪军把周围几个村子每家养的牛抢了回去,一共抢了80头牛。全部关在前黄据点后院,扬言每家要用三担米赎牛。牛是农家的宝,缺了牛,田没法耕种,犁田、耙田、车水全要靠牛。当天晚上,钱梦梧就知道了这件事。群众急难之事,也是他们的急难之事,当然要解决。钱梦梧立即把章引、史济荣、张云找来商量。史济荣想出一个主意:把卞锡松的儿子关押起来,卞锡松不放牛,我们不放人,他胆敢杀牛,我们就杀人。张云也认为这个办法好。钱梦梧却反对这样做,他认为犯罪的是汉奸卞锡松本人,我们不能迁罪于他的儿子。这是不符合政策的。过一会,钱梦梧说:

"没有其他好办法,史济荣的办法也不失为一个办法,不过,不是关押,而是把他请过来,我们不打不骂,好好款待,还可以扩大一点范围,把我们区里的伪军的子女都请过来,每家请一人,我们给他们上课,讲形势,讲政策,进行抗日宣传。我们对外宣称伪军不放牛,我们不放人。让伪军家属去碉堡向卞锡松要人。"

大家觉得这样做既符合政策,又可对付敌人。章引又提出补充意见。她带几个警卫战士去被抢牛的群众家里做工作,让他们放心。我们区政府不会不管，一定会把牛救回来的。大家都同意这个办法，便立即分头行动。史济荣和张云带着警卫连战士，连夜把伪军的子女请来，和警卫战士住在一起，钱梦梧给他们开会，说明请他们来的原因，请他们配合，让伪军尽快把牛放回来，并给他们上课，讲目前的抗战形势。第二天一早几十个伪军家属和伪军一起大闹前黄碉堡，向卞锡松要儿子。卞锡松的妻子也指着卞锡松大骂，他这个没良心的东西害家庭害子女。吵得卞锡松十分沮丧，他一筹莫展，头都大了。他昨天还得意扬扬地向日本主子表功，说："每头牛换三担白米，不来换更好，我们杀牛吃，咪西咪西。"他万万没有想到新四军来这一手。日本少佐也被吵烦了，走过来，狠狠地连抽了卞锡松三个大嘴巴，骂道："你干的好事！统统放掉！"卞锡松没有办法，只得让伪军牵着牛还给人家。当天下午钱梦梧给伪军子女讲完课，也让警卫战士送他们回家了。卞锡松弄得里外不是人，连他的部下也看不起他。他在前黄据点待不下去，只得去常州伪军司令部活动，把他调常州任职。

陆路上寸步难走，处处有土地雷、土大炮等着他们，日伪军便改变办法，走水路，乘汽艇下乡抢粮。前黄据点的内线送出情报，明天日伪军乘两艘汽艇去寨桥"收军粮"。钱梦梧得到情报，和区警卫连连长张云商量，决定在五洞桥桥畔打伏击，钱梦梧还向陈成副县长请求支援，陈成带着县警卫连一个排赶来支援，他们在五洞桥桥上，架起两挺机枪，等待着敌人到来。上午 10 点左右两艘汽艇一前一后开过来。敌人虽然一路上提心吊胆，怕两岸密集的秆稞丛里飞出手榴弹来。没有想到居然比较顺利，来到五洞桥他们不担心了，因为河面宽阔，游击队打他们不那么容易了。敌人正在得意的时候，密集的枪声响了。子弹从河两岸和五洞桥上三个方向飞来。敌人被打得晕头转向，只得躲在船舱里盲目地向外放枪。有两颗手榴弹接连在前头一艘汽艇的甲板上爆炸，汽艇开始进水，歪斜，眼看要沉没了，躲在船舱里的日伪军只得跳水逃命。他们浮在水面，完全失去了抵抗的能力，一个个成了我们射击的目标。后面一艘汽艇，一见情形不妙，立即调转船头，开足马力逃跑。谁知刚开出一公里多，从两岸密集的秆稞丛中射出了不少子弹，躲避不及的日伪军都一命呜呼。这艘汽艇好不容易冲出包围圈回到前黄据点，不过已经千疮百孔，汽艇上到处是鲜红的血迹，日伪军有三分之一变成了尸体。

战斗结束，陈成和钱梦梧立即组织水性好的战士下水，打捞日伪军尸体和枪支弹药。他们一共打捞出 16 具尸体，就地安葬在五洞桥附近的河岸上。不把他们的尸体从河里打捞出来，会污染清清的河水，这条河既是运输河道，也是沿河两岸的灌溉河道，更是两岸群众的吃水水源，绝不允许被日伪军的尸体污染。打捞出来 13 支三八式步枪和一挺机枪。陈成当场表示，这些武器全部留给区警卫连。钱梦梧高兴地握着陈成副县长的手，表示感谢。陈成副县长说：

“感谢就不必了，不过，我首先声明，这些武器不是白给，要多打几次胜仗。不然我会收回的。”

钱梦梧和区警卫连连长张云一再表示，一定不辱使命，一定寻找机会打几个漂亮仗，再多捞点枪支弹药。说得陈成笑了。

反抢粮斗争，声势搞得很大，全县军民一齐出动。群众手中有了武器，是一支潜在的力量，他们用土炮轰，用土地雷炸，这里轰隆，那里轰隆，炸得敌人胆颤心惊，人人自危。区县的武装力量和王香雄的新四军也寻找一切有利的机会，狠狠地打击敌人，把敌人打得狼狈不堪，不敢轻易下乡。完全打乱了日伪军的抢粮计划，有力地保护了群众，保护了群众的粮食。

第二十四章

抗战胜利了

各乡民兵迅速发展,为了提高各乡民兵的战斗力,丁舍区委研究决定举办几期民兵骨干训练班。

1945 年 8 月 10 日,第一期训练班在灵台滆湖边开学,学员 70 人,为期半个月。由钱梦梧和区警卫连连长张云负责,钱梦梧主讲政治思想课,提升民兵的思想觉悟,张云负责军事训练,提高他们军事素养和实战能力。早晨是军训,5 点钟起床,5 点 10 分全体学员全副武装地站立在训练场上。张云带队操练 3 个小时,8 点结束,吃早饭半个小时,8 点半开始上课,每堂课都是钱梦梧同志负责,有时是他作报告,有时是分小组讨论。下午也是军事训练。这期训练班已经开办了一周,无论从军事素质或政治素养看,都有显著的提高。今天钱梦梧主讲的题目是"我们为谁打仗"。钱梦梧上课的第一句便是问大家,我们为啥打仗?为谁打仗?大家觉得奇怪,钱梦梧同志为什么问这个人人都明白的问题?不就是打日本侵略者吗?谁不明白?钱梦梧从大家的眼神看出了大家心中的疑惑。便说:"大家都会说不就是把日本侵略者赶出中国吗?为了保家卫国,为了把日本侵略者赶出中国而战,在现阶段是对的,完全正确。这确实是我们当前的任务,但不是我们最根本的任务。我们是人民的军队,是老百姓的队伍。我们要让老百姓翻身,当家作主人。我们要创造一个人人平等,没有压迫,没有剥削的新社会,人人有饭吃,有衣穿,有房住。这样的社会,就要用我们手中的武器去创造。毛主席把我们头上的压迫比喻成三座大山,一座是封建主义,一座是帝国主义,一座是官僚资本主义。我们就要紧握我们手中枪,推倒这三座大山。我们把日本侵略者赶出中国,也绝不允许其他帝国主义再欺负我们,同时还要同一切反动派斗争到底,一直到建立独立、自主、富强、和平、民主的新中国,要把我们广大群众从被压迫、被剥削的环境中解放出来,人人过上幸福生活。"钱梦梧讲得很生动,很投入,他向大家描绘了一幅新中国的美景。最后,他激动地说:

"民兵同志们,建立新中国要靠我们手中的枪杆子,让广大群众翻身做主人,也要靠我们手中的枪杆子。毛主席早就告诉我们枪杆子里出政权!为此我们要牢牢掌握好手中的武器,练好作战的本领,为解放广大劳苦大众而战,为建设新中国而战!"

钱梦梧生动的讲解,赢得了大家热烈的掌声。钱梦梧讲课告一段落,宣布休息10分钟。这时,派往寨桥侦察的战士跑过来,气喘吁吁向钱梦梧报告一个惊天的消息:

"听说日寇无条件投降了,寨桥街上都在传,说储备票(汪伪政府发行的钞票)不用了。"

钱梦梧问:"你去据点里看没有?他们有什么反映?"

侦察员说:"没有去据点,一听说日寇投降了,高兴得一路狂奔,赶回来报信了。"

钱梦梧说:"传闻难以相信,我们要以县委的正式通知为准。如果日寇无条件投降了,县委会尽快通知我们,我们等待县委的通知。"

就在这时,章引同志和通讯员吴桂达从大门口跑进来,章引同志兴奋地对钱梦梧说:"胜利了,胜利了。特大的好消息,日寇无条件投降了!"

"是县委通知的吗?"钱梦梧急切地问。

"是的,吴桂达同志送来的。"

"地委通知的,陈成副县长特地让我来通知你的。"吴桂达同志在一旁补充说。

“我们终于胜利了！日本侵略者投降了！”钱梦梧高喊一声，突然抱着章引转了一圈，放下章引，又抱着吴桂达转了一圈，高兴地说：“胜利来之不易，我们整整打了14年！”钱梦梧对身边的张云说：

“今天下午放半天假，让大家欢庆一下。派人去寨桥多买些鞭炮来，让大家放放，好好热闹一下。”

吴桂达通知钱梦梧，县委在下午一点召开紧急会议，他和章引同志必须立即出发。钱梦梧和张云连长简单地商量一下培训班的具体安排，便和章引、吴桂达一同往县委赶。由于兴奋，浑身是劲，他们一路说说笑笑，赶路的速度自然而然快了不少，真有脚下生风之感。吴桂达是钱梦梧的老搭档，自从钱梦梧调丁舍区工作以来，很少见到吴桂达，也曾向陈成副县长打听过，陈成副县长说吴桂达已调地委工作去了。今天怎么到丁舍来了？他问吴桂达：

“老大哥，你不是调地委了吗？又调回来了？”

吴桂达说：“调啥地委？我还在武南县委。你调丁舍区后，我担任地委和县委之间的通讯员，来往于地委与县委之间。我今天早上来到县委，被陈成同志抓了差，让我到丁舍区来送通知了。下午还得回地委。”

钱梦梧说：“辛苦老大哥了。来来去去跑不少路。”

今天，钱梦梧他们竟然比平时快了半个多小时赶到县委，但依然没有赶上县委的饭点，县委的食堂关门了。陈成特地让食堂师傅给他们3人各下了一大碗面条，碗底还卧了两个鸡蛋。

下午一点半武南县县委会议准时召开，会议由陈成副县长主持，会议一开始陈成便请县委书记王子达同志讲话。王子达说：“经过14年艰苦的抗战，许许多多中华儿女流血牺牲，我们终于胜利了。武南的斗争形势很好，各项工作欣欣向荣，广大军民的斗争信心越来越高，日本侵略者彻底败亡是必然的，但没有料到胜利会来得这么快。抗战胜利后形势如何发展，我们如何应对，上级还没有部署，我们也没有来得及思考，我刚刚接到通知，会后我去苏浙区党委开会，一切听从上级的安排。我们不能坐等上级的布置，我们应该主动去应对,我和陈成同志商量一下,目前急需要做的事有三件:第一件,立即接受日伪军的投降,收缴他们的武器,把日伪军看管起来,听候上级处理。"王子达接着说:

"在我们武南地区只有我们新四军一直和日寇作斗争,除我们外不存在其他抗日部队。当然是我们新四军去接受日伪军的投降。这项工作必须今明两天完成。"

钱梦梧提出来,如果日伪军不肯缴出武器怎么办?王子达很干脆地回答:

"他们不缴,就意味着他们拒绝投降,就毫不客气地消灭他们。我们县警卫部队支援你们,王香雄的部队也在附近,也会支援你们。"

大家一起鼓掌。王子达同志继续说,第二件急需要做的就是没收敌产。他说:"各位回去好好排查一下,你们区里有哪些汉奸?我们必须彻底清算他们的罪行,没收他们所有的财产,分给附近贫穷的人家,罪大恶极的汉奸要逮捕交给人民审判。我们决不能允许汉奸逍遥法外。"王子达说着,朝钱梦梧点点头,说:"你们胜东乡有个大汉奸卞锡松,你们要留意,决不能让他逍遥法外。"钱梦梧说:"请县里放心,不会的。"

第三件急需要做的是扩充我们的部队。王子达说:"目前群众参军热情高涨,我们不能泼冷水,要因势利导,抓住时机,迅速发展我们的武装力量。"他又说:

"发动青年参军,大家正在做,丁舍区正在举办民兵骨干训练班,轮流进行培训。这很好,这一做法值得推广。我们共产党要把自己的军队牢牢掌握在手里,十分重要,希望大家重视,我们共产党闹革命,开头就是吃了没有军队的亏。"

会议最后,陈成同志作了总结,最后他强调说,王子达同志布置的三件事希望大家回去立即做,有什么困难向县委汇报。他说:

"我们都知道,国共合作,共同抗击日寇是战胜日寇的重要原因,但国民党亡我之心不死,皖南事变,我们损失了数千抗日健儿,便是明证。现在日寇投降了，蒋介石能否心甘情愿和我们一同建设和平民主的新中国，还是一个未知数，我们当然希望他放下屠刀，立地成佛，和我们共同建设自己的国家。但我们不能不防，所以我们迅速扩充我们的军队，迅速提高部队的战斗力，显得尤为重要。”

陈成同志说完了，又朝大家看了一眼，说：“还有谁不明白？请发表意见。”等了两三分钟，见大家没有意见，便说：“三件大事，也是三件急事，既然全明白了，希望立即行动，散会。”

大家都没有停留，立即赶回各自的区里。钱梦梧和章引回到丁舍区，连夜召开了区委扩大会议，把各乡的正副乡长都请来参加会议，钱梦梧传达了县委会议的精神，他首先要求各乡民兵武装密切注意各乡据点里日伪军的动向，配合区县警卫部队收缴日伪军的武器；其次要求各乡立即排查汉奸的敌产，报告区里，做好没收的准备；最后各乡回去进一步发动群众参军，掀起参军的高潮。会议仅一个小时就结束。散会后，钱梦梧又把史济荣和章引留下来，商量一下分工。史济荣明天一早带着区警卫连一个排去坊前据点接受日伪军投降，收缴他们的武器，下午去南夏墅据点受降。钱梦梧带一个排去寨桥、大成、杨桥三个据点受降。在丁舍区范围内还有6个日伪军的据点，力争两天内全部解决。章引看着钱梦梧说：

“我呢，分配我干什么？”

钱梦梧说：“去据点受降你就不去了。你坐镇区里，现在形势变化很快，区里不能没有人，随时保持与县里的联系。行吗？”

章引想想也对，表示完全服从。钱梦梧看着她笑了。

第二天一早，钱梦梧带着一个排，全副武装，赶到寨桥据点，钱梦梧指挥部队迅速占领据点周围的制高点，钱梦梧带着一个班战士来到据点门口，对守门的士兵说，让日本小队长和伪军中队长出来答话。一会儿，伪军中队长出来了，衣冠不整，帽子还歪戴着，估计刚从床上爬起来。他见到钱梦梧立即笑着说：

“钱长官大驾光临，不知何事？我可和你们睦邻友好，自从我和你们讲妥后，我再也没下过乡，你也不用难为小弟……”

钱梦梧严肃地说：“不用废话，日本天皇宣布无条件投降，我们按照武南县政府的命令，来接受你们的投降，你组织好日伪军高举武器出来投降！”

那个家伙摇摇头说：“钱长官，你弄错了吧？向你们投降？我们皇军接到的命令是向前黄据点集中，等待国军来受降。我们上午去前黄据点。”

钱梦梧说：“接受国军投降？你说昏话吧？这里有国军吗？我命令你，五分钟内带着部队出来受降，不出来受降后果自负！”说着，钱梦梧带着一班战士退出门外，作好战斗的准备。那个伪军中队长抬头向四周看一眼，见所有的制高点，都有黑洞洞的枪口对准他们。他清楚地知道，一旦打起来，用不到10分钟，他们便是新四军的枪下鬼。现在他只要活命，管他妈的向谁投降。他赶紧吹哨集合队伍，双手高举着一个跟着一个走出据点，一共20个人，其中5人是日本兵。钱梦梧指挥战士收缴了他们的武器。钱梦梧向他们训话，要他们端正态度，服从管教，能确保他们的生命安全。如何处置他们，要听上级部门的指示。钱梦梧派一个班战士把他们押送到武南县政府战俘收容所统一管教。说押送，实际上是保护，他们走出据点刚到寨桥街上，不少群众愤怒地向他们掷砖块、扔菜根，还有人冲过来高举扁担向他们打，押送的战士一面解释，一面拦在两边，保护着他们，让他们顺利通过。那帮家伙别看他们昨天还神气活现，耀武扬威，现在一个一个吓得脸色苍白，瑟索索地低着头走，不敢稍作停留，也不敢朝两边看，唯恐愤怒的扁担当头打来，5个日寇吓得发抖。

钱梦梧带着两个班的战士，从小路直奔大成乡据点。大成据点的规模没有寨桥大，日伪军人数也没有寨桥多。钱梦梧到达大成据点，见据点门大开，连守卫的士兵也没有，钱梦梧觉得奇怪，监视在那里的民兵向钱梦梧报告说，日伪军正在里面整理行装，他们马上出发去前黄，据说他们接到的命令是要他们在前黄据点集中，等待国民党派人来受降。钱梦梧一面指挥士兵迅速占领周围制高点，架起机枪，作好战斗的准备，一面带着一个班全副武装开进据点。只见日伪军匆匆忙忙背着背包在院子里集中。钱梦梧严肃地对他们说：

“日本天皇两天前就宣布无条件投降，我们遵照武南县政府命令来接受你们投降，你们立即放下武器，迅速站好队。如果反抗后果自负。”

一位伪军，大概是小队长站出来说：“日军昨天下午下令，让我们全部集中到前黄等待国民军来受降，我们不得向你们新四军投降，我们正准备出发去……”

钱梦梧打断他的话，命令道：“我代表新四军命令你们放下武器，三分钟整好队，接受投降！如有违抗，后果自负！”

伪军小队长见四周都有黑洞洞的枪口对准自己，吓得连话也说不完整，他说：“别，别开枪，我，我，我们，投降就是，快快，兄弟们快来，投降……”

三分钟没有到，据点里连伙夫在内 16 个日伪军，其中 3 名日本兵，全部放下武器，无可奈何地低着头排着队伍，站在院子里。钱梦梧指挥身后的战士迅速收缴了他们的武器。钱梦梧对日伪军俘虏训话，只要他们规规矩矩接受管教，一定保证他们生命安全，如果不老实妄图反抗，我们便严惩不贷。

钱梦梧让一个班长带着大成乡民兵，押送俘虏到县政府战俘收容所去。他带着警卫排战士快速赶了 8 里路，来到杨桥乡。日伪军据点设在杨桥街上，钱梦梧来到据点门口，只见大门洞开，里面的日伪军已经不见一人，还是没赶上。钱梦梧让排长带着部队返回丁舍区政府，他超近路赶去县政府，这些情况必需向县政府汇报。钱梦梧在县政府见到陈成同志，陈成已经知道，日伪军拒绝向新四军投降，全部集中在防守力量较强的前黄据点固守，等待国民党部队赶来受降。

钱梦梧问：“我们怎么办？把胜利果实拱手让人？”

陈成气愤地说：“当然不会，蒋介石休想！”

陈成同志告诉钱梦梧，他已经向苏浙皖边区政府请示，苏浙皖军区粟裕司令员下令：“若日伪军拒不投降，坚决消灭。”太滆地委也已经下令王香雄参谋长和团长杨洪才带着新四军独立二团正在赶来前黄，县警卫连在连长带领下也去了前黄，配合二团作战。我们先礼后兵，拒不投降，就坚决消灭。

钱梦梧说:“要不要我带着区警卫连,也去支援?”

陈成笑着说:“区警卫连就不用了。周围几个据点的日伪军集中在一起,估计300多人,而且他们也没有斗志,我们的力量足够了。你还是回到区里去吧,查抄敌产也要抓紧,听说你们区里有个大汉奸叫卞锡松,此人在汪伪政府任武进田赋主任,做了不少坏事,要好好清算。”

钱梦梧说:“此人是胜东乡的,我们早就布置胜东乡的民兵监视了。”

钱梦梧回到区里,区长史济荣早已回来,他带着一排战士只受降了坊前乡一个日伪据点,缴获了13支三八式步枪和一挺轻机枪,他们赶到南夏墅据点,据点里空空的一个人也没有,一大早这帮日伪军就去前黄据点集中了。没有完成预定的任务,正坐在那里生闷气。钱梦梧笑着说:

“犯不着生气,那帮家伙溜不掉,能往哪儿溜?”

史济荣说:“我知道他们溜不掉,不过集中在前黄,日伪军人多了,就难弄了。”

钱梦梧告诉史济荣,王香雄参谋长和杨洪才团长带着独立二团的新四军赶过来了,估计这时候恐怕把前黄据点里的日伪军团团围住了,能逃到哪里去?他们不乖乖投降,还能怎么办?说得史济荣也笑了。钱梦梧估计得没有错。这会儿,王香雄和杨洪才正指挥部队把据点围得水泄不通。他们把三门大炮架在黄塘桥的桥背上,据点北面的前黄寺的屋顶上架起了3挺机枪,居高临下地对准据点里的门窗。杨洪才带着两名战士来到据点门口,让守门的伪军叫据点最高长官出来回话。不一会儿一个中佐带着翻译出来了。杨洪才严肃地对他们说:

“你们天皇已宣布无条件投降了。我们新四军独立二团奉命来受降,请你带着部队,高举武器出来受降。”

中佐听完翻译的话,说:“我们没有接到向新四军投降的指令,你们一定弄错了,我们接到的指令是向国民党军投降,我们正在等待国民党军的到来。你们请回吧。”

杨洪才团长严正地指出:“你们没有资格选择受降的对象,我命令你们立即出来受降,如果违抗后果自负。”

中佐玩世不恭地说:“哈哈,什么后果不后果,我们就是不投降,你们拿我们大日本帝国的军队怎么样? 吃了不成!”

杨洪才忍住满腔愤怒,那帮双手沾满中国人民鲜血的日寇,还想横行吗? 杨洪才下了最后通谍,他说:“5 分钟不出来投降,后果自负!”

说着,杨洪才带着战士离开据点门口。5 分钟很快过去了,据点里毫无反应。杨洪才大手一挥,架在黄塘桥桥背的三门大炮一齐开火,第一发炮弹就把据点里的碉堡炸飞;第二发炮弹把据点食堂炸塌,烧饭的锅灶、碗筷全部报销;第三发炮弹,把据点大门及两旁的围墙炸塌了好长一段。这下据点里的日伪军怕了,那个中佐赶紧竖起白旗,摇晃着走出据点,后面跟着一串高举着武器的伪军。杨洪才心里骂道:

“你们是混蛋,一群蠢猪,到现在还不知道中国人民的厉害!”

不过,骂归骂,气归气,还得按照政策妥善地处理这帮日伪军,把他们押送到武南县政府专门设立的战俘收容所。这批人人数较多,日伪军共有 365 个,其中日寇 123 人。

当天下午,杨洪才团长和王香雄参谋长又带着独立二团赶到锡西杨墅园,那里的日伪军十分顽固,竟敢拒绝投降,独立二团也不含糊,既然不投降,就坚决歼灭,仅仅 20 多分钟,把他们全部歼灭。

通过受降,我们缴获了日伪军的大批武器,有力地提升了我们部队的战斗力。

常州城内的大汉奸卞锡松,日寇投降前夕,他感到末日来临,便偷偷潜回家,躲在自己的家里。钱梦梧得到情报,便和章引一早赶过去。胜东乡的乡长带领民兵正在清理卞锡松的家产,清点的清点,登记的登记。钱梦梧和章引把卞锡松的妻子找来,把卞锡松在日伪时期干的一桩桩、一件件的丑事告诉她,希望她认清形势,和汉奸划清界线,站到人民这边来。

章引说:“这样的人,完全丧失了中国人的立场,已经沦为日寇的帮凶。你不能包庇他了,要把他交出来,让人民来公开审判他。”

卞锡松的妻子说:“他一直住在城里不回来,他做的这些坏事,家里人也不清楚。我恨死他了,弄得全家不安宁,我决不会包庇他的。”

“他现在在哪里,你真的不知道?”

卞锡松妻子迅速看了章引一眼,说:“我真的不知道,他半年不回家了。”

章引说:“真的半年没回来了? 四五天前半夜有人敲门,你家谁来了?”

“真的没有回来。四五天前也没有人敲门,你们弄错了。”

前几天负责监视卞锡松的民兵报告钱梦梧,5 天前,卞锡松半夜潜回来了,回来后一直未出门。钱梦梧在卞锡松家前前后后仔细察看一遍,很快就发现了秘密。他对卞锡松的妻子说:

“卞锡松做的坏事与你无关,我们都清楚,不过你现在知道了他的罪行,还包庇他,这就是你的不对了。卞锡松的情况,我们完全掌握。他现在就在你床后的夹墙里,去把他叫出来吧,免得动刀动枪的。对你也不好。”

钱梦梧的一番话,说得卞锡松的妻子低下了头,她没有想到钱梦梧对她家的情况弄得清清楚楚。在钱梦梧和章引的催促下,卞锡松的妻子很不情愿地打开了夹墙的门,把汉奸卞锡松叫了出来。钱梦梧让警卫连的战士把汉奸卞锡松押送到县政府,等待群众的公审。半个月后,武南县政府召开万人大会公审大汉奸卞锡松,让他得到了应有的下场。

汉奸的财产登记完了,钱梦梧和章引、胜东乡乡长商量,除给卞锡松家属留下口粮和必要的一些农具外,几十担粮食、两头耕牛及一些犁耙水车等大型农具全部交给乡里的农会,由农会负责分配给贫苦的农民。

接下来的任务是发动群众参军,钱梦梧还是按原来的分工,让区干部分头下乡动员群众参军,来保卫抗战的胜利果实。其实群众参军的要求非常强烈,根本用不着做动员工作。因为抗日战争的胜利,中国共产党在群众中的威望自然而然提高了不少,广大群众更加坚信中国共产党能带领他们翻身作主人,过上吃穿不愁的好生活。许多共产党的干部在艰难的抗日战争中,一直和群众生活在一起,他们处处为群众着想,他们高尚的品格给群众留下深刻印象。钱梦梧不论走到哪里,看到的都是青壮年要求参军的热潮。

仅仅三天,区警卫连发展到300多人。武南县委决定,县委的警卫连扩编为武南县警卫团,陈成同志担任团长兼政委,张云调警卫团任参谋长。各个区的警卫力量扩编成一个大队,直属县警卫团领导。丁舍区的警卫连改编为第一大队,由钱梦梧担任大队长兼政委,下属两个连,第一连由原区警卫连扩充的,由原副连长蒋荣范任连长;第二连为新兵连编成的,由蒋裕荣任连长。蒋裕荣原来在三大王届据点里当过翻译,1942年参加抗日工作,在区警卫连担任副连长,作战经验也很丰富。

9月2日,丁舍区委决定在南夏墅乡的石柱塘村上,召开"庆祝抗战胜利暨县警卫团第一大队成立"大会。会场设在小学门口的操场上,主席台是石柱塘民兵负责搭的,他们借了20张八仙桌拼起来的,各个乡的乡长带领各乡的代表一早就过来参加,还有不少四邻八乡的群众也自动赶来参加。人很多,少说也有五六千人。大会的会衔是钱梦梧亲自挥笔写的,字体饱满而有力。钱梦梧从小跟着他父亲学写字,颇有风骨。原打算请他父亲题写的,那几天钱梦梧忙着训练新兵和筹备会议,抽不开身,便请胜东乡乡长代为邀请,并且邀请他出席今天的大会,没有想到父亲身体不好,说是畏寒发热,会衔没有写,连大会也没有来参加。陈成同志代表县委县政府参加大会,并在会上作了重要讲话。他是大会第一个发言的。他总结了抗日战争取得胜利的原因和抗战胜利的伟大意义。最后他说:

"抗日战争的胜利,证明建立人民武装力量开展敌后游击战争的重要性,我们没有一支人数众多,实力过硬的自己的部队,就无法在敌后立脚,更不要说打击敌人了。我们只有牢牢掌握手中武器,才能寻找一切有利时机打击敌人。毛主席说,'枪杆子里出政权',这是真理,千真万确,这是千万革命前辈,用鲜血总结出来的真理,更是革命的硬道理。现在我们胜利了,更要发展壮大我们的队伍,来保卫我们的胜利果实。今天武南县警卫团第一大队的成立,标志着我们又一支正规化部队诞生了,这不仅是我们丁舍区的大事,也是武南人民的大喜事,值得庆贺。"

陈成同志的发言在热烈的的掌声和一片激烈的口号声中结束。钱梦梧接着讲活，他主要是对警卫团第一大队提出了殷切的希望，希望他们继承新四军硬骨头的传统，善打敢拼，在保卫革命胜利果实的战斗中发扬光大，屡建奇功。他说：

“我们是人民大众的军队，我们事事处处都要站在人民大众的立场上来考虑问题。我们已经取得了抗日战争的伟大胜利，但千万不能刀枪入库，马放南山，相反我们要提高警惕，随时随地为保卫人民大众的利益而战斗，要为建设独立、富强、和平、民主的新中国而战斗。目前阶段要认真训练，提高战斗力，做一个服从命令听从指挥的合格军人。”

钱梦梧讲话后，原来安排钱伯显代表民主人士讲话，他没有到会，临时请杨桥著名的中医师朱彦彬先生讲话。朱彦彬为人清正，在群众中有很高的威望，在抗战中，一直坚定地站在革命群众的一边，帮我们做了很多事情，他的讲话，观点十分明确，他说：

“我活了大半辈子，经历过很多事，也见过不少军队。我认为只有共产党的部队最好，是真正打日寇的军队，是真正为老百姓着想的军队，是天底下最好的部队，年轻人想当兵，听我的话，参加新四军是最好的选择，我年长几岁，如果新四军不嫌弃，我立刻报名参军。”

朱彦彬的发言，自然赢得了热烈的掌声。

大会在雷鸣般的掌声和响亮的口号声中结束。然后进行武装大游行，前头是新四军军旗和红旗引导，接着是武装整齐的警卫团第一大队的战士，后面是四邻八乡赶来参加会议的群众。大家高举着标语口号牌，挥舞着小红旗，从石柱塘出发，经过南夏墅、港桥、庙桥直到礼嘉桥，再从礼嘉桥经过朱家桥，返回到石柱塘，行程20余里。五六千人的队伍绵延三里多路，他们时而高喊口号，时而唱着新四军的军歌和抗日歌曲。队伍浩浩荡荡，犹如一条激昂的巨龙，在武南大地上滚动。沿途有不少群众敲打着锣鼓，自动加入，游行队伍到了礼嘉街上，竟有一万多人。礼嘉区的警卫大队集结在礼嘉街上开会，一声令下，排着整齐的队伍，全部加入了游行队伍。

这是武南县开天辟地第一次，也是唯一的一次武装大游行。这次大游行充分表达了人民群众欢庆的喜悦,也充分显示了革命武装力量的威力,给那些躲在阴暗角落里企图随时兴风作浪的反动势力,敲响了丧钟;同时也是一次动员群众参军的大游行,游行结束后,全县又一次掀起了参军的高潮。

第二十五章

给立华姐上坟

自从日本侵略者无条件投降以来，钱梦梧一直想去看看立华姐，给立华姐上一次坟，把抗战胜利的消息告诉立华姐。但一直抽不出时间。大游行的第二天上午，急需处理的事都已告一段落，便邀请章引姐一同去给立华姐上坟，章引姐很爽快地答应了。最近几天，她一连几个晚上梦里见到立华姐，立华姐几次询问她拜托的事情办得怎么样。有一次，她竟然哭醒了。立华姐临终时的情况清清楚楚呈现在眼前：立华姐腰部中枪，流血无法止住，章引一直紧紧地抱住她，立华姐脸色越来越苍白，身体慢慢僵硬，她用尽最后的力量，嘱托两件事："转告梦梧弟，……不要难过……坚决跟党走，……替我……照……照应好，梦梧……弟，他是……没娘的孩子，……等抗战胜利……了，到我……坟头……告诉我一声。……王师北……定……中原日……家祭……"立华姐就在诵读陆游的诗句中闭上了眼睛，停止了呼吸。日本宣布无条件投降，大家都很高兴，确实应该把这一喜讯告诉立华姐，让她也高兴高兴了，无奈那几天忙得脚不踮地，章引没好意思开口麻烦钱梦梧。没有想到，钱梦梧主动邀请她一同去给立华姐扫墓，她自然爽快地答应了。章引姐说：

"好呀。我们俩想到一起了。这也是我一直想要了却的心愿。"

钱梦梧按照传统的风俗习惯，亲自下厨房给立华姐炒了上坟祭奠的菜：

一碗炒小鱼、一碗炒猪肉片、一碗豆腐、一碗百叶;两荤两素。章引姐还准备了三柱香和一点纸钱。钱梦梧指指香和纸钱,说:

“这些就免了吧,我们都是共产党人,唯物主义者,就不迷信了吧?”

章引说:“我们还是完全按照传统的风俗来办吧。风俗和迷信是两码事。”

钱梦梧没有再说什么。章引不知从哪里借来一只上下两层的食盒。下层放四小碗炒菜,上层放一壶酒和烧化之用。现在走在路上用不着担心日伪军、汉奸,更用不着躲躲藏藏了,可以大大方方放开步子走,自由地呼吸着微甜的空气,遇见熟人也可以名正言顺地大声说话,心情无比舒畅。今天天气也特别好,太阳高挂,广袤的田野,是一望无际的半人高的水稻。水稻正在扬花,空气中弥漫着一阵阵微醉的稻花香,又是一个丰收的年成。十二三里路,不消一个小时就赶到了。他们没有从南夏墅街上走,而是从街南直接插到立华姐的墓地。立华姐的墓地钱梦梧很熟悉,他今天是第三次来了。第一次是立华姐安葬不久,钱梦梧带着警卫排战士半夜袭击南夏墅据点后,由南夏墅小学的杨继震老师陪同来的。那时形势紧张,只停留几分钟就离开了。离开时见立华姐的墓地光光的,没有一棵树,便请杨继震老师代他栽种四棵柏树,他想让长年青翠的柏树代替他天天陪伴立华姐,免得立华姐孤单。第二次是去年冬天,他老父亲带头拒绝向抗日民主政府缴纳救国粮,他怕自己当面找父亲劝说,容易把关系搞僵,他便请二姑妈出面劝说父亲,谁知老父亲不买二姑妈的账,一口拒绝,气得二姑妈把老父亲骂了一通。钱梦梧心里很痛苦,已经是后半夜了,他告别了二姑妈,来到立华姐坟前,待了一个多小时,向立华姐诉说了自己的苦恼和无奈。前两次都是深夜来的,怕被人发觉。今天就不用掩掩藏藏了,大白天,正大光明地来探望立华姐了。

钱梦梧和章引来到立华姐墓地是上午十点多钟。立华姐的墓地在南夏墅街西南的一个小水塘边。不远处是一片秆棵岗,秆棵郁郁葱葱很茂密,就像故乡的大地把立华姐怀抱在胸前。坟四周四棵柏树,亭亭玉立,也有一人多高了,柏树叶青翠欲滴,散发着微微的清香。水塘里长满菱角,一盘盘菱盘铺满水面,一朵朵小小的白花从菱盘中冒出来,吐露着淡淡的清香。墓地幽静,自然景色也很宜人。坟前有两个花圈,还有一处烧化纸钱的痕迹,显然有人捷足先登,先来纪念立华姐了。钱梦梧知道,家乡的群众没有忘记立华姐这位抗日英雄。钱梦梧打开食盒,把四样菜一碗一碗地摆在立华姐的坟前,章引把三支香点着了,插在菜前。钱梦梧恭恭敬敬地向立华姐磕了三个头,他说:

"立华姐,我和章引姐一道来看你了。三年了,我们才第一次祭拜你。抗日战争彻底胜利,日寇无条件投降了。我们的家乡父老,我们的国家和人民,再也不会受日寇欺侮了。姐,你为抗日战争献出了生命;姐,你的血没有白流;姐,你放心,家乡的父老会过上好日子的。姐,你安息吧!"钱梦梧一声声呼喊着姐,泪流满面,最后哽咽着说不下去。

章引在旁边默默地陪着流泪,一张张地烧化着精心准备的纸钱。她在钱梦梧旁边跪下,磕了三个头,说:

"立华姐,抗战胜利大半个月了,我们才来看你,你不会怪我们吧,日寇突然投降,许多事情凑在一起,实在抽不开身。立华姐,你在梦中一直问我你嘱咐我的事办得怎么样?我今天把梦梧弟弟给你带来了,你也看到了,梦梧弟长大了,成熟了,你完全可以放心,他现在是丁舍区的区委书记,工作能力强,工作出色,多次受到县委的表彰。立华姐,我总算没有辜负你的嘱托,立华姐,你放心地安息吧!"章引也哽咽着说不下去。

钱梦梧和章引坐在立华姐坟前,默默地和立华姐交流着。钱梦梧知道,为了抗日战争的胜利,共产党人做出了巨大的牺牲,在我们武进大地上,新四军团长以上干部就牺牲了8人,其中两人是师级干部。新四军地方工作干部牺牲的就更多,单武南县妇女部长,就牺牲了三人,立华姐的前两任张新华、朱真也都牺牲了。他们牺牲时都很年轻,立华姐刚刚21岁,人生才开头。钱梦梧心里明白,正因为我们共产党人的前赴后继,英勇奋斗,不怕牺牲,才能取得抗日战争的伟大胜利。抗日战争的伟大胜利,充分显示了先烈们献身的伟大意义。钱梦梧忽然明白,一个人生命的意义,不在乎活得多长久,只要对人民、对国家做出了贡献,即使生命短暂,也是很有意义的,短暂的生命也会放射出耀眼的光芒,永远活在人们的心中。立华姐把一生献给伟大的抗日事业,虽然只有21岁,但她却闪耀着无限的光芒,她完全可以自豪地说:“我把自己的一切献给了伟大的党,献给了伟大的国家和人民。我兑现了入党时的誓言,我无愧于中国共产党党员的光荣称号。”钱梦梧决心向立华姐学习,在生命结束时,回顾一生,毫无悔意,也能自豪地说:

“我用一生兑现了入党的誓言,我无愧于中国共产党党员的光荣称号!”

钱梦梧对章引姐说:“立华姐用她21岁的生命,兑现入党的誓言,给我们做出了榜样。我们一定要向立华姐学习,也要用我们一生的言行兑现我们的入党誓言,牢记我们的使命。”

章引说:“立华姐永远是我们学习的榜样,我们一定牢记自己的使命,用我们一生的言行来祭奠立华姐。”

时间已到中午,太阳热烈地晒着,他们都冒汗了。钱梦梧对章引姐说:

“章引姐,谢谢你陪我来看望立华姐。现在中午了,怎么样,跟我一起到我老父亲那里蹭饭吃吧,好吗?”

章引笑着回答:“蹭饭,太难听了,你正式邀请我去你家作客,我一定去。”

钱梦梧说:“好!我正式请你和我一起去看望我老父亲。不过,我事先声明,我回来家里人不知道,家中肯定没有准备中饭,随茶便饭,有啥吃啥。”

章引说:“随茶便饭,才是一家人。”

谁知,他们刚到家门口,就发现家中已经准备了中饭,继母站在门口迎接他们了。原来他们去立华姐墓地时,遇见几个南夏墅街上人,钱梦梧不认识他们,他们可认识钱梦梧,便报告了他父亲。父亲便让继母准备了中饭。章引来这里也不是第一次,和家里人都熟悉,她见到坐在堂屋的钱伯显,热情地叫了一声“伯父”,说:“身体怎样,没有大碍吧?昨天梦梧听说你身体不好,很着急,今天无论如何都要回来看望你。”

钱梦梧也说:“哪里不舒服?看过医生没有?”

“你们回来看我，我的病就好了大半了。偶感风寒，稍许有点发热，吃了两副汤药，好多了。去看过你姐了？已经整整三周年了。”

继母也是知书识礼的人。她说，大家快坐吧，一家人难得坐在一起吃饭，不说这些伤心的话。听了继母的话，钱梦梧热情起来，自从他参加革命以来，还是第一次和父母弟妹们坐在一起吃饭。他笑着说：

“今天是抗战胜利后的全家大团圆，喝点酒好好庆祝一下。”说着，他首先给父亲斟了一杯酒，然后给继母倒了一杯。给章引倒酒前先征求她的意见：“今天是高兴的日子，你也喝一点？”章引高兴地说：“好的，我也喝一点，祝钱家大团聚。”钱梦梧最后给自己也倒了一杯。他站起来，说：

“我自然也喝一点，热烈庆祝抗战胜利，庆祝全家的大团聚。”

这一顿饭吃得很热闹，钱伯显老先生也十分高兴。饭后，钱伯显对章引说：“你在这里坐一下，我和梦梧说几句话。”钱梦梧觉得奇怪，有什么话，不能当着大家的面说呢？钱梦梧只得站出来，跟着父亲来到父亲的书房。

钱梦梧父亲说：“抗战胜利了，我想听听今后你有什么打算？”

钱梦梧说：“抗战胜利只是第一步，接下去自然是建设独立、富强的新中国，让老百姓过上好日子。”

“你想想，蒋介石会让你们安安心心建设新中国吗？”

钱梦梧猛吃一惊，他抬头看了父亲一眼，这是一个很敏感的话题。这个问题，自从抗战胜利以来，钱梦梧不是没有考虑过，从理智上说，蒋介石从来就没有放弃消灭共产党，虽然国共联手抗日，但国民党部队打压共产党的事件时常发生，皖南事变，我军损失惨重；就在武南地区，隶属于国民党系列的保九族经常挑起事端，袭击新四军，残杀我区乡干部。抗战胜利了，蒋介石肯定是不会心甘情愿让我们建设新中国的，内战随时可能爆发。但国共两党合作关系尚未破裂，有些话不便说。钱梦梧只得含糊其事地回答父亲：

“这很难说。”

父亲说：“你还看不明白？卧塌之旁岂容他人鼾睡！国共必有一战，我看是避免不了的。”

钱梦梧问:“你得到国民党内部消息了吗?”

父亲没有直接回答钱梦梧的问题,他说:“以中共的实力能够和国民党的力量对抗吗?蒋介石有400万美式装备的军队,正从后方快速运过来,你们几条破枪能抵挡得了吗?”

钱梦梧说:“我们共产党有必胜的把握,战争的胜败主要取决于民心,国民党内部的腐败你不清楚吗?这样的国民党会得到全国人民的支持吗?……”

父亲不等钱梦梧说完,不耐烦地挥挥手,说:“梦梧,我不想跟你辩论。我不希望你陷入国共两党斗争的漩涡中,遭到伤害,我已经失去了你姐,我不希望失去你。你还不明白吗?日寇烧杀抢掠,你要保家卫国,我支持你,现在日寇投降了,你应该回学校去读书了。我希望你出国去深造,我一个朋友在美国,我已联系好了,你去美国,完成了学业,再回来建设我们的国家。怎么样?”

钱梦梧爽脆地回答:“我不去,我不会离开共产党当逃兵。”

“这样吧,你若觉得孤单,可以和章引姑娘一同去美国,费用全由爸解决。怎么样?考虑考虑?”

钱梦梧坚决地说:“爸,我谢谢你的好意,不过我早考虑清楚了,我从参加共产党投身抗日的那天起,就考虑清楚了。我和立华姐一样,我永远不会离开共产党,你不用劝我了。我只能说,对不起您了。”说着,钱梦梧站起来,对父亲说:

“爸爸,我已经长大了,我自己的路自己走,请您尊重我的选择。我走了,保重,注意身体!”

钱梦梧说完就离开了书房,回到客厅,便和章引一同向继母和几个弟妹告别,离开了家。继母和弟妹们一直把他们送到大门口,钱梦梧走了一段路,回过头来,见继母和弟妹们还在门口望着他,钱梦梧再次向他们挥挥手作别,钱梦梧没有看到父亲的身影,他知道这回父亲气大了,现在正在书房生着他的气呢。

在回去的路上,章引问钱梦梧:“你父亲和你说啥了?你从书房出来,脸色不大好看。”钱梦梧让章引猜，章引笑着说：

“我又不是你肚里的蛔虫，怎么猜得出？”

钱梦梧说：“我爸想让我和你离开共产党去美国读书，费用他供给。你说，我能答应他吗？”

章引说：“你是他的儿子，他为儿子考虑，这是好事。拉上我算什么，与我有什么关系？”

钱梦梧说：“我也不知道我爸为什么拉上你。我回绝他，他正在生闷气呢。”

钱梦梧和章引一路说说笑笑，很快就回到了丁舍区政府。他们回到区政府听到了一个令人惊讶的消息：抗战中一大批为虎作伥的伪军一个个改头换面投身国民党，摇身一变，人人成了“抗日英雄”，一大批大大小小的汉奸竟然成了国民党的“地下工作者”，当上了“劫收”大员，大发其横财。这个消息难以置信，但却是千真万确的事实。钱梦梧无论如何也想不通，他问章引：

“章引姐，你说怎么会这样？这些人竟会如此无耻，连脸皮也不要了！”

章引说：“他们的蒋委员长，本来就是青帮出身的，要什么脸皮？他什么事做不出来！”

临晚，王子达书记从特委开会回来了。钱梦梧接到通知，立即赶到县里参加县委会议。

第二十六章

服从组织，留守武南

中共武南县县委会议是晚饭后召开的。王子达书记主持会议，他传达了上级领导对当前形势的分析。他说，蒋介石从来没有放弃消灭共产党的打算，抗战中多次挑起事端，搞摩擦，他梦想借日本侵略者的手来消灭共产党。日本宣布无条件投降，打乱了蒋介石的如意算盘，他的精锐部队全集中在大西南，广大敌占区没有一兵一卒。相反，在广大敌占区，我们经过艰苦卓绝的斗争，建立了一个又一个抗日根据地，我们八路军、新四军和地方民兵发展迅速，日寇投降了，广大地区全部被我们占领。蒋介石怎么会甘心？他一面命令日伪军就地维持秩序，不得向八路军、新四军投降，等国军赶过来受降，还下令不准共产党领导的军队接受日伪军投降，竟然还承认各地的伪军为曲线救国的地下抗战的英雄，让他们帮他抢地盘；一面匆匆忙忙求助于美国，帮助他用飞机、军舰，把大后方的国民党部队迅速运往东北、华北、华东，占领城镇，抢夺抗战的胜利果实。为了争取时间，他玩起了和谈阴谋，蒋介石于8月14日、16日、20日一连发了三封电报，邀请毛主席去重庆和他“共商国是”，进行和平谈判。蒋介石估计毛主席不会去重庆，若不去，蒋介石便把破坏和平谈判、挑起内战的罪行安在共产党头上。谁知，毛主席为了表明中共对和谈的诚意，为了全国人民，竟然答应蒋介石的邀请，于8月28日飞临重庆。国共谈判从8月29日开始，中共方面为了争取和谈成功，表明和谈的诚意，主动提出撤离浙江、江苏等 8 个南方地区的革命根据地。王子达书记说：

“我们苏浙皖边区根据地也在撤离之内，这是中共中央按照全国一盘棋的大局出发的，这是中共党中央的决策，我们坚决服从。我们要做好撤离的一切准备工作。自然我们也要留下一部分同志，坚持斗争。我们每一个人都要做好撤离或留守的思想准备，谁走谁留，一切听从组织的安排。话又说回来，我们作了让步是否能换来和谈的胜利避免内战，还很难说，蒋介石不把共产党消灭掉，是睡不着觉的。我们的态度是：有 1% 的和平希望，我们将用 100% 的努力去争取。同时我们也做了充分的准备，一旦蒋介石挑起内战，我们全力把他们歼灭。中央领导说，短则 3 年，长则 5 年，我们一定会重新打回来，解放全中国的。”

听了王子达书记的报告，钱梦梧心中敞亮多了，心里也有底了。他明白蒋介石的和谈只是做做样子罢了，是为他打内战争取一点准备的时间而已。

目前北撤迫在眉睫，时间紧，任务重。接下来会议就具体讨论北撤的准备工作。王子达书记讲了北撤的原则。王书记说：

“我们走了，国民党反动派就来了，必定要到处搜寻共产党人和拥护共产党的革命群众，进行残害屠戮。凡是身份公开的共产党人、抗日战士，包括警卫团战士、民兵，各级政府的干部，要尽可能撤离，我们要充分做好撤离人员的思想工作。撤离是保护他们，给他们讲清楚，少则 3 年多则 5 年，我们还是要打回来的。”

什么时候撤离？王子达书记说，时间没有定，做好准备，等待上级的命令，命令一到，说走就走。县委会议上还决定，每个党支部根据前阶段的考察和培养，如果条件成熟，各支部要抓紧时间发展一批秘密党员，为留守工作做好准备。

会议一直开到深夜 12 点多钟。钱梦梧想连夜赶回丁舍区，但被陈成副县长“强”留下，在一张床上，和陈成合睡了一晚。后来他才明白，原来陈成同志是借机做他的思想工作的。钱梦梧有好长时间没有和陈成同志合铺睡了，所以话很多。陈成问钱梦梧：

“你希望留下来还是撤离？如果让你挑选的话。”

“我服从党组织的安排。撤离要相对安全些，留下来更艰苦些，危险也多一点。”

钱梦梧问陈成，说：“你呢，希望留下来，还是撤离？”

“我很想留下来，这里是我战斗多年的故乡，但组织上的意思是让我到部队去工作。王子达同志已经找我谈了。”

钱梦梧说：“我的去向，组织上研究过没有？王子达同志是什么意见？”

“我没有听说，我的主观意见是你留下来较合适，你除了自身许多优点外，你的家庭和许多社会关系也很适合留下来。如果让我来选，我第一个就选你。”

钱梦梧说：“留下或撤离，一切听从组织上安排，对我来说，无论什么工作，我都会尽心尽力地去完成。”

陈成同志说：“这是共产党人一贯的品格，听从党组织的安排，忠心耿耿为党工作。”

他们俩交谈到头遍鸡鸣，才蒙蒙眬眬地睡了一觉。天蒙蒙亮，钱梦梧便起身，告别了陈成同志赶回丁舍区政府。钱梦梧深感肩头担子很重，而且时间很紧，他必须争分夺秒做好工作。早饭后，他便召开区委扩大会议，传达了县委会议精神，详细研究了各乡积极分子的情况，如果条件成熟，便秘密发展他们加入共产党。钱梦梧对章引同志说，这项工作很重要，请你抓紧时间做好。章引同志微笑着说：

“一定完成，钱梦梧同志，误不了事。”

北撤是大事情，既要向广大群众宣传，让他们都明白北撤是我们共产党为了避免内战，争取建成全国人民渴望已久的和平、民主的国家之诚意，也要让北撤的人员高高兴兴地离开。钱梦梧和史济荣也做了分工，史济荣下午召开区乡干部会议，向他们讲清楚北撤的意义，因为区乡干部中公开身份的共产党员必须北撤；钱梦梧去警卫大队做工作，警卫大队整个部队都要北撤，这些人留下来处境十分危险。

钱梦梧到了警卫大队，先召开排以上的干部会议，钱梦梧从人民武装的性质讲起，说了目前的形势，共产党对和谈的诚意，以及蒋介石玩弄和谈的阴谋，还讲到我们对待内战的态度。最后钱梦梧激昂慷慨地说：

“我们北撤，不是软弱，更不是逃跑，是从全国大局出发的。要不了几年，少则3年多则5年，我们一定会打回来的。”

钱梦梧的讲话，赢得了与会者热烈的掌声。散会后让各干部回部队做广大战士的工作，临晚时，钱梦梧召开全体指战员大会，作了北撤的动员。会议结束后，钱梦梧和广大战士共进晚餐。这支年轻的部队，广大指战员都没有离开过本乡本土，虽然突然撤，但大家的情绪很稳定，没有出现较大的波动。因为他们明白，他们是共产党的部队，必需听党话跟党走。

北撤一定不能让广大群众遭受损失。区政府还有一个很重要的工作，就是兑换抗币，抗币是抗日政府发放的在抗日根据地流通的货币。按照苏浙皖边区政府的指示，北撤前要用货物把广大群众手里的抗币收回来，千万不能一走了之，让群众经济上受到损害，有损共产党和新四军的形象。这一件工作，钱梦梧亲自抓，他动用区政府一部分储存的公粮，来兑换群众手里的抗币。他布置各乡负责财政工作的干事负责兑换，他和史济荣分头到各乡去督促、检查。一天他来到胜东乡，见乡政府门口很热闹，不少群众用抗币在购粮，一个肩头扛着一袋大米的老人，一抬头见钱梦梧站在面前，钱梦梧也了解他，是一位私塾老学究，一向支持抗日政府，钱梦梧主动打招呼：

“老先生，你也来兑换抗币？家里还有没有抗币，全拿来兑了吧。”

老先生凑到钱梦梧耳朵边，低低地问：“听说贵军要过江？把这地方让给国民党？”

钱梦梧说：“是的，为了避免内战，表明我们的诚意，我们只能这样做。”

老先生竖起大拇指，说：“你们真正是仁义之师，你们临走还想着我们老百姓，把抗币全数回收，这样的仁义之师，自古以来从未有过，今天让我看到了。我相信，这样的军队一定是无往而不胜的！”

钱梦梧听了很感动,心里久久不能平静,我们为群众所做的一切,广大群众点点滴滴都看在眼里,记在心里,尤其是在历史的关键时刻。钱梦梧在心里一再告诫自己,千万尽心尽责地把工作做好,马虎不得。那天钱梦梧回区上,已经不早了。章引姐见他回来,便到钱梦梧房间,向钱梦梧汇报了最近三天各乡秘密发展党员的情况。章引这几天也是天天在乡里跑,亲自审查发展对象情况,代表区党委找发展对象谈话。钱梦梧劝她早点休息,便说:

“章引姐,现在我们处于历史关键时刻,你千万注意身体,可不能躺倒啊!”

“梦梧弟,你放心,我现在精力充沛,病魔早离我而去了。”章引说着,深情地看着钱梦梧,说:“我们区里,谁会留下,是你吗?”

钱梦梧说:“组织上不是还没有宣布吗?不过实事求是地说,我很有可能留下,我是当地人,情况比较熟悉,也更便于保护自己。”

“我有一个请求,你留下我就留下,你北撤我也北撤。总之我要和你在一起。”

这个问题也是钱梦梧最近考虑的焦心的问题,自从立华姐牺牲后,他和章引姐一直是工作上的搭档,他们处处配合默契,事事得心应手。他渐渐发觉他们两个人在一起,有说不完的话,有时心里不痛快,或者遇到高兴的事,他就想向章引姐倾诉。章引姐对他生活上也无微不至地照顾,衣服脏了一换下,章引姐抢着去洗好,晒干,折好放在他枕头边。衣服破了,也给缝补好。有时下乡或去县委参加会议,几天看不到章引,很想念,一回来最想见到的便是章引姐。钱梦梧心里清楚,他渐渐喜欢上章引姐了。这层感情的纸,虽然没有戳破,但两个人是心知肚明的。从感情上说,他多么希望章引和他一起留下来工作。但理智告诉他,章引姐一定不能留下。留下来要经历什么样艰险的环境,他心里明镜似的。武南地区一直被蒋介石视为核心地区,蒋介石会千方百计强化这里的反动统治,留下来意味着随时随地有可能牺牲,作为一个外地人是很难生存下去的。钱梦梧也不希望章引天天处于危险境地。北撤到根据地工作，也会有牺牲，但毕竟安全系数要高得多。面对章引深情的眼神，钱梦梧权当不察，笑着说：

“不是还没有宣布吗？当然能和章引姐在一起工作，小弟是求之不得的，但我们都是党员，服从组织安排是第一位的。章引姐，你说是不是？”

章引姐说：“我知道，你留下的可能性很大，我北撤的可能性较大，但不和你在一起，天天为你担心，我也受不了。”

“这有什么好担心的？日寇把我捉到据点里，不是没把我怎么样吗，仅仅半天就被救出来了。所以你完全放心，三五年一会儿就过去，我们就是分开了，很快会重逢的，胜利后，我们重逢就不再分开了。”

章引姐说：“梦梧弟，这可是你说的，重逢后我们就不分开了，我一直记着，等待重逢那一天。到那时可一定要兑现啊。”

钱梦梧说：“你放心，一定会兑现的。”

那天晚上，他们姐弟俩说了很多话。临分别，两人情不自禁地拥抱在一起，但很快就分开了，他们心里都清楚，现在还不是他们谈情说爱的时候，他们肩头上都承担着革命的重担，尤其是在北撤前的关键时刻。

10 月 3 日武南县警卫团和县区干部以及部分要北撤的乡长，全部集中到南宅鹁鸪山脚下的孙家头、杨家头等村庄，部队集训，干部们也集中开会，统一思想。一边做着北撤的准备工作，一边等待上级的命令，随时准备北撤。当天晚上，钱梦梧、章引、史济荣和县政府的秘书杨谷方几个人登上山顶。月光很亮，眼前是一望无际的平川，远远近近分散着一处处浓黑的阴影，钱梦梧知道阴影处全是包围在树丛或竹林中的村庄。村民们辛劳了一天，都安睡了，眼看着和平来临，睡得都很踏实。但四周并不宁静，喜欢夜唱的秋虫们，蹲在树枝间、草丛中，张开歌喉拼命地歌唱着：“织织织”，是纺织娘边织布边歌唱；“嚯嚯嚯”，是油葫芦在高调吹哨；“铃铃铃”，不知是什么小虫在歌唱，声音特别优美。萤火虫挑着一盏盏小小的灯笼，在慢慢地飘荡，似乎为善唱的秋虫们提灯照明。多么美好宁静的夜晚，多么美好的鱼米之乡啊！如此可爱的家乡，要不了几天，这里将要沦陷在国民党反动派的手中，到那时家乡将会遭受反动派的屠戮、摧残，又将是黑夜沉沉，处处是悽惨的哭泣，痛苦的呻吟。我们辛辛苦苦奋斗了七八年建立起来的抗日民主政权，随着他们的北撤而消失，广大人民群众刚刚过上几天舒心的日子，又将沦为暗无天日的日子。史济荣说：

“好好看看吧，要不了几天，我们将要渡江北上了。可爱的家乡，别了。”

钱梦梧拍拍史济荣的肩头说：“要不了几年，我们还是要回来的，别太伤感啊。我们决不允许反动派在我们家乡肆意践踏。”

章引说：“我们虽然走了，但抗战中我们所做的一切工作，都不会是白费的。我们许多工作深入到广大群众的心里了，是磨灭不了的。”

钱梦梧完会赞同章引姐的看法。他说：“听听，章引姐说得多好，充满信心。”

这时站在钱梦梧旁边的县政府秘书杨谷方同志，忽然来了诗兴，他高兴地说：“我有诗了，大家听好了，我给大家朗诵。”说着他便用激昂低沉的语调，朗诵道：

忍让苏南政策明，昨宵令下百愁生。
收回抗币粮分散，告别乡亲泪眼莹。

大家听了，没有说好，也没有说不好，都觉得心里酸酸的，有一种说不清楚的感觉。这首诗恰如其分地表达了他们此时此地的心情。他们冒着生命危险，辛辛苦苦创立的根据地说撤离就撤离了，这里有许许多多热情支持和掩护他们的群众，这里有牺牲战友的坟墓，这里有他们战斗的欢乐和忧伤……他们实在舍不得这里的一切。但是为了争取和平，避免内战的大局，他们必须忍痛割爱，必须执行党中央的大局方针，坚决撤离。

皎洁的月亮已经偏西，夜渐渐深了，钱梦梧他们下山回到住处。钱梦梧和章引姐告别时，悄悄地对章引姐说：

“我下午接到通知，明天一早我、符德铭和南宅区委书记张涛等几个人去宜兴张渚开会，估计是接受留守任务，来去要四五天，你们北撤也就这两天，来不及送你了。我们就此告别吧，在新的岗位上，注意身体，一定保重。”

章引姐轻轻地说:“梦梧弟,保重,一定等我回来!”

两人的手,紧紧地握在一起,久久不分开。

第二天一早,天还未明,王子达书记和陈成副县长亲自把钱梦梧、张涛等6位同志送到去漕桥的大路口,一一和他们握手告别。钱梦梧他们心里明白,他们这次握别就是北撤前的告别了,将来能否再见是一个未知数,就是能再见,也是三五年以后的事了。所以他们握得有力,也很热烈,彼此用握手的独特方式传达着彼此的鼓励与祝愿。钱梦梧他们告别了两位领导,赶到漕桥,天才微微转亮。他们上了泊在大桥边的一条船,悄悄地从水路横渡西氿,直奔张渚。整整航行了一天,到张渚天已黑了。在交通员的引导下,又走了七八里才来到苏南二地委,找到地委书记陈立平同志。陈立平同志高兴地握着钱梦梧的手,说:

“小钱同志,我们又见面了。几年不见,你完全变了,你成熟了,不再是一个学生气很重的中学生了。你干得不错,常听你们的王子达同志和陈成同志赞扬你。”

陈立平同志一番话,说得钱梦梧很不好意思,脸都红了。他说:

“陈立平同志,我们武南县6位同志奉命报到,来接受新任务了。请分配任务吧。”

陈立平同志笑着说:革命任务有的是,目前最大的任务是吃晚饭,休息,你们赶了一天的路还不累吗?肚子还不饿吗?明天上午我们才开会。陈立平说:

“再忙再急,饭总要吃吧,皇帝还不差饿兵,何况是我们共产党人呢?”

当晚,他们就住宿在地委机关。第二天就在地委机关旁的小学教室里开会,参加会议的人不多,大约40人。地委书记陈立平同志讲话,首先传达中共中央华东局指示,“苏南主力北撤后,留相当一部分力量在原地坚持活动”,也传达了苏浙军区粟裕司令员的讲话,特别强调:“地方党组织和新四军在苏南有长期斗争的历史,有广大根据地群众作依靠,只要留下坚强的干部,只要与群众保持良好的联系而主观上又不犯大的错误,则不但可以就地坚持,而且可能得到较大的发展”。接着陈立平书记说,开会前,有人问今天开的什么会议?今天我们就是落实上级领导的指示精神,召开的留守工作会议,在座的各位就是各县挑选出来的坚强的富有斗争精神的优秀留守干部。党中央把我们辛辛苦苦创立起来的根据地交给我们来坚守,很光荣,但话又说回来,这任务相当艰巨,我们面临的困难不会比抗战初期少,只会更加艰苦,也更加危险。苏南一向是国民党统治的核心地区,武进、宜兴是国民党的两个模范县,处于国民党的政治中心南京和经济中心上海之间,国民党反动派决不允许我们存在,会千方百计地剿灭我们。我们是孤军作战,没有后援,也没有强大的武装力量支撑,我们随时随地都有可能光荣献身。陈立平书记直截了当地说:

“由于时间紧,我们来不及一个个征求各位的意见,在座各位如果有这样那样的具体情况,或者身体方面的原因,不想留守或不适合留守,请大家不要有顾虑,现在就提出来,我们表示理解,现在就可以退出,请大家考虑3分钟。”陈立平书记说着看着大家。会场里很静,大家默不作声,几乎能听到每个人“怦怦”的心跳声。钱梦梧迅速和武南来的6位同志交换了眼色,钱梦梧突然站出来说:

“陈立平同志,我代表武南来的6位同志表个态,昨天来的时候,我们已经猜到我们可能接受留守的任务,我们没有一个人想退出,刚才我又征求了大家的意见,我们一致听从党组织的安排,我们从入党的那一天起,就把生死置之度外了,就把自己的一切交给党了,请地委放心,我们6个人一定不折不扣完成上级布置的任何任务。”

会场里响起了一阵热烈的掌声。接着,各县都派代表表态,坚决服从地委的安排,立即投入新的战斗,打好留守这一仗。各县表态结束后,陈立平同志说:

“大家情绪都很高涨,显示了共产党人的高风亮节,在革命任务面前,共产党人是不讲条件的,这是我们共产党人的光荣传统。我很高兴。”接着陈立平同志讲了留守的方针和任务。方针是“坚持斗争,积蓄力量,等待时机,争取胜利”四句话，十六个字。主要任务有三条：一是安置和保护不能撤退的伤病员和军烈属，安排好他们的生活；二是同抗战时期一批生死与共、患难相处的朋友和群众保持联系，共产党不会抛弃他们，让他们时时刻刻都感受到共产党就在他们身边；三是处理北撤时的一些未了事宜，如抗币兑换等。陈立平同志最后说：

“我们要像钉子一样钉在苏南这块大地上，哪怕只剩下一个人，也会给广大群众带来希望，带来信心！”

这次留守会议前后开了5天，上午开会讨论，下午进行军事训练。留守人员都要有一定的军事素养，人人都要能打抢，而且要打得准，要能利用地形地物进行小规模的战斗。钱梦梧他们6个人都经过一定的军事训练，军事训练驾轻就熟，同时也提高不少。会议结束后，陈立平把钱梦梧他们6位同志找去，告诉他们武南县留守的特派员是他们的老领导王子达同志，王子达同志已经随部队北撤，地委已电令他立即返回，现在已经在返回途中了。陈立平同志对钱梦梧他们说：

“武南是有光荣的革命传统的地方，尤其是前黄、南夏墅、运村一带，大革命时期就搞得轰轰烈烈，你们一定要配合王子达同志，继承光荣的革命传统，像钉子一样钉在武南地区，把留守工作做好。”

钱梦梧说：“请地委放心，我们已做好思想准备，会迎难而上的。”

陈立平同志还特地对钱梦梧说：“令尊钱伯显先生，是一个开明绅士，在抗战中帮了我们不少忙，你要和他处理好关系，对留守工作是会有帮助的。”

钱梦梧说：“不瞒你说，他一直反对我参加共产党，认为共产党成不了气候，日本投降后还劝我出国去读书。别看他为抗战出力，骨子里还是没想明白。”

陈立平笑着说：“我们共产党立志要改造世界，你老爸还改造不过来吗？你要做细致的思想工作，还要有耐心嘛。你说对不对，小钱同志？”

钱梦梧不好意思地说：“我接受书记的批评。”

陈立平笑着说：“我可不是批评，是提醒。”

陈立平同志还请地区党委副书记金明给钱梦梧写一张条子，意思是说坚持江南敌后斗争，缺少驳壳枪子弹，请有关单位大力支援。钱梦梧拿着条子到张渚镇大街小巷到处跑，见到大门上写有粉笔字的连以上驻地就进去，请他们支援。钱梦梧他们跑了一天，共募捐到二百多发子弹，全部带回武南。

钱梦梧他们接受任务后，于10月11日乘船返回武南，到了漕桥，才知道武南警卫团、新四军和地方干部早在10月5日晚上就随着苏浙皖军区第三纵队第七支队渡过长江，于次日早晨到达高邮、兴化一带了。听说在毛家桥南边的村子里还有我们的人在，他们就赶到那边去联络。

这一年，风调雨顺，庄稼长势很好，现在正是金秋丰收的季节，一路上黄澄澄的稻谷铺满田野，与村庄前后绿树翠竹相辉映，路边一丛丛野菊花开着一朵朵黄黄的小花，散发着阵阵幽香，多美好的景象。钱梦梧他们无心欣赏沿途这么美好的景色。他们从田间小道穿插，默默地匆匆赶路，走着走着，钱梦梧突然觉得四周异常空旷，田里劳作的群众也很少，他们似乎走在无人的世界，很静很静。这么多的部队和地方同志，多年来同生共死的患难战友，还有情同亲姐弟的章引姐，一下子全都走了，留下他们很少几个人，好似离群的孤雁，怎么能不感到空旷呢？但眼前的斗争任务不允许他们多伤感。共产党和新四军走了，这里不可能成真空地带，国民党反动派正在紧锣密鼓地安插部队，重建反动政权。钱梦梧他们必须抓紧时间，赶在敌人来临之前做好充分准备，适应新环境里的斗争。

钱梦梧他们在谈沟村遇到了徐行（储少白）同志，他曾在1941至1942年担任中共武南县委书记，北撤时，担任苏南二地委的联络部部长。他刚从横林一带完成了帮助部队过铁路的任务，准备回到边区特委去，同时还遇到县警卫团北撤路上掉队连长蒋永范和他的通讯员张玉生。徐行同志让钱梦梧他们到金坛县找孙章禄同志联系，孙章禄曾任中共金坛县的县委书记，现在担任太滆工委留守处的书记。钱梦梧他们第二天渡过滆湖，在湖畔一个小村子里找到孙章禄同志，钱梦梧他们向他汇报了去宜兴张渚的经过以及武南的一些情况。孙章禄让他们回武南等候王子达同志回来，钱梦梧他们和孙章禄同志约定了今后的交通联络办法后，当天临晚就回到武南。在灵台与张涛他们分手，各自回到自己的区里。

钱梦梧当夜就赶回丁舍区，第二天一早，钱梦梧便把区里留守人员找来开了一个会，区里除他外，还留下区委组织干部姚士杰、民运干部徐善谋等人，连北撤掉队的连长蒋荣范和他的通讯员张玉生一共有9人。在武南各区中算是人数最多的，素养也是最好的，而且还有军事干部。钱梦梧环顾大家，心里很高兴，对未来的艰苦斗争充满信心。钱梦梧传达了上级对坚持江南斗争的指示精神，鼓励大家要经得起艰苦斗争的考验，决不辜负党的信任。他说：

“上级党组织把这么艰巨的留守任务交给我们，是对我们的信任，也是对我们前阶段工作的肯定，我们一定要把这光荣任务完成好。未来的环境是险恶的，斗争也是十分艰险的，国共谈判一旦破裂，内战全面打响，国民党反动派是决不会允许我们在这里存在，会千方百计剿灭我们，大家要做好充分的思想准备，也要做好随时牺牲的准备。我们要抱着必死的决心，来完成党交给我们的任务。我严肃地问一句：大家能做到吗？”

大家齐声回答：“一定能做到！”声音铿锵有力。

钱梦梧再次环顾8位同志坚毅的脸，笑了。他说，大家能做到，他就放心了。他告诉大家，我们县留守处的主任是武南县委书记王子达同志，他正从苏北赶回来，我们这几天，分成两人或三人一组，到各乡去，做好北撤的遗留工作。我们要继续兑换抗币，探望烈军属，妥善安排好他们的生活。我们一定要抢在国民党军队占领这地区之前，做好这些工作。这次会议就标志着丁舍区留守工作正式开始了。

下午，钱梦梧带着50块大洋和徐善谋去烈士张金根家，看望张金根的姐姐。张金根的姐姐住在村后的茅草屋中，自从张金根牺牲后，钱梦梧和章引姐每年都来看望她。钱梦梧推门走进去，张金根的姐姐正在择菜，吃惊地拉着钱梦梧的手说：

“你,你,你怎么还在这里?大部队不是北撤了吗?快走吧!”

钱梦梧说:“我不走了。我留下来了,陪伴大家。”说着,钱梦梧开了一句玩笑,说,“我走了,不是不能来看你老姐姐了吗?”

“你快走吧,我不用你们惦记。反正金根弟走了,我一个老婆子,也没有什么可怕的。他们能把我怎样?”

钱梦梧把50块银元交给老姐姐,说:“这钱你留着慢慢花吧,国民党就要来了,那时我们不能随便来看你。”老姐姐不肯收钱,说:“我一个人,有手有脚,什么都能做,要这么多钱干什么?你带回去,你们花钱的地方多。”钱梦梧硬是把钱塞给了老姐姐。钱梦梧离开张金根姐姐家后,又去看望了前黄的杨志新烈士的父母亲、灵台的孙国耀烈士的母亲、杨桥的戴荣坤烈士的父母亲、奋壮村的殷福林家人等。钱梦梧告诉他们虽然新四军大部队撤走了,但我们还在,不会不管他们的,请他们放心。这些烈士的亲人和张金根姐姐一样,都不肯收钱。说:“你们来看我们,心里就十分感激了。你们经费也不多,不用花在我们身上。你们把钱花在最需要的地方。”话说得多么感人肺腑!多好的群众!

几天跑下来,钱梦梧更加深刻地体会到留守工作的重要意义了。正如陈立平同志所说,我们留守工作像钉子一样钉在这里,就能给群众带来希望和信心。

第二十七章

站稳脚跟，坚持斗争

形势急剧变化，白色恐怖越发严重。

新四军刚北撤的一个月左右的时间，武南地区似乎成了政治上的真空地带。国民党反动派忙着抢占敌产，一时还顾不了广大的农村地区。钱梦梧他们这些留守人员，还比较自由，全在白天活动。晚上随便到哪个村，群众都向他们敞开大门，也可以随意去群众家里走走，串串门子。可是随着国民党反动派区乡政权的建立，就不行了。各级国民党反动政府严厉打击中共的活动，严查留守人员。原保九旅旅长张少华的弟弟张文彬出任武进县保安大队的大队长，其中三个中队分别驻扎在前黄、南夏墅、鸣凰、礼嘉桥、洛阳等重要乡镇。各区、各乡都成立了自卫团。人数十多人到二十人不等，都配备精良的武器。这些大队长、中队长、小队长都是十分反动的家伙，不是原先的铁杆汉奸，就是土匪恶霸，他们对共产党、新四军有着刻骨的仇恨，把共产党、新四军视为眼中钉、肉中刺，必欲除之而后快。一些逃亡的恶霸地主，也纷纷回来了，气势汹汹地趁机反攻倒算。国民党反动政府挖掘、搜罗一些对共产党有深仇的人，任命其为乡长、保长和甲长，成了他们的政权基础。他们还强化保甲制度，强行实施保甲连坐法：一甲中有一人隐藏或同情支持共产党，整个一甲人都受牵连，都要受到惩罚。这一做法十分恶劣，弄得人人自危，不少群众要想帮助留守人员也不敢。更残暴的是，他们千方百计搜集抗战期间参加或帮助过共产党、新四军的人员及其家属的名单，编成所谓黑名册。然后按照名单任意逮捕、杀戮、判刑或敲诈勒索，手段极其残酷。他们还公开贴出了“五杀”令，即通“匪”者杀，窝“匪”者杀，资“匪”者杀，知情不报者杀，同“匪”通风报信者杀。他们所说的“匪”，便是共产党和新四军。1945 年下半年，他们从白塔、塘桥到坂上、礼嘉桥、走马塘、南宅一路杀人，抗日时期的新四军交通站站长陈东平及交通员周英、马焕林、王雪明等八位同志被杀害了。到了 1946 年，屠杀农会干部等革命群众就更多了，仅塘桥和礼嘉桥两处被杀的革命群众就有七八十人之多。血流成河，遍地血花，那帮国民党反动派比日寇有过之而无不及，真正是丧心病狂。

钱梦梧他们留守处的人，全部转入地下，生活极其艰难，白天躲在秆棵岗里，或河滩的草丛中，晚上出来工作。有时敲开群众家的门，群众无可奈何地向他们摇摇头，说：“不好意思，不是我不识好歹，不支持你们，你们还是走吧，我实在吃不消那帮反动家伙的烧杀抢掠，对不起了。”弄得钱梦梧他们很尴尬。生活环境艰难一点，他们可以忍耐，现在连工作也难以开展。钱梦梧他们也不愿意打扰群众，给群众带来麻烦，好在他们在北撤前保留了一批秘密的堡垒户，发展了一批秘密党员，靠着这些堡垒户的支持，钱梦梧他们坚持着。就在钱梦梧他们最艰难的时候，王子达同志从苏北赶回来了。

王子达同志带回了党中央指示，带回了党中央的温暖和关怀。王子达同志在南夏墅乡上头钱家村召开了坚持武南斗争的全体留守人员会议，连王子达带来的人一共有 30 多人参加。这些人，都是抗日战争中奋斗过来的老同志，相互都熟悉，北撤以后都分散在各地孤军奋战，时间虽然不长，仅仅个把月，但这次见面，仿佛有隔世之感，大家问长问短。会议是王子达同志主持的，他分析了当前的形势，他说：“虽然国共谈判，我们以最大的诚意，做了很大的让步，取得了一定的胜利，签订了《双十协定》，但墨迹未干，国民党反动派挑衅不断，内战的枪声不断响起。蒋介石搞谈判本身就是一场骗局，是为他调兵遣将，部署内战争取时间，他部署好了，内战便全面展开了。蒋某人是不甘心放弃独裁统治的，不把我们共产党人剿灭掉，他是睡不着觉的。我们要做好长期留守的思想准备。中共中央高瞻远瞩，把我们留守在这里，我们就是一颗种子，一定要发芽生长，我们就要像钉子一样，钉在这里，不断弄出点声音来，让蒋某人睡觉也不敢闭上眼睛。”王子达同志一再强调一定要采用隐蔽的斗争方式，全部转入地下，要让敌人看不见，摸不着。我们的斗争方针是站稳脚跟，积蓄力量，看准时机，有力地打击敌人。王子达同志说：

“同志们，在座的各位都是中共党员，我们对目前的形势要有清醒的认识，我们武南的形势估计还要恶化下去，蒋某人已做好还都南京的准备，一定会派大军来清剿我们，我们将面临更为艰难困苦的环境。但最苦最难，没有红军长征时艰难，也没有 1939 年我们初到这里开辟工作时遇到的艰难，我们在这片土地上毕竟战斗了 8 年，我们有了很好的群众基础，广大群众了解我们。目前有些群众被反动派的白色恐怖吓到了，但他们心里是明白的，我们就要以实际行动向他们表明，敌人不用怕，他们是兔子尾巴长不了。毛主席说了，内战全面开展，少则三年，多则五年，我们一定解放全中国。我们要灵活运用游击战术，骚扰敌人，让他们不得安宁。”王子达书记看了大家一眼，严肃地说：

“我们每一个人都要做好随时牺牲的准备，这一点我们在入党时就明确了，不过那时牺牲离我们较远，现在不同，离我们很近。我们的环境是敌强我弱，而且悬殊很大。我们稍有不慎，就有可能带来牺牲。我在这里再次代表党组织问大家一声，有哪位同志觉得自己不适合留守，请提出来，组织上允许你离开。有没有？”全体与会人员严肃庄重地坐着，王子达锐利的目光在每一位同志的脸上停留一秒钟。王子达书记微笑着说：

“真如我们预料的那样，经过精心挑选下来的这支留守队伍，个个都是好样的，个个愿为革命付出一切，甚至生命。有了这支队伍，我们就有充分的信心，把留守工作搞好。我归纳一下，我们留守工作的任务，是三句话：一站稳脚跟，不断发展壮大自己；二采用灵活机动的战术，与敌人开展针锋相对的斗争；三最大限度地保护革命群众的利益。”

接着王子达同志宣布留守处对外宣称武南留守处，对内称武工队。王子达同志为新四军武南留守处主任，即武南武工队队长。武南留守处下面设立五个武工队小组，原先五个区，每个区即是一个武工队小组，原来的区委书记，便任武工队小组的组长，丁舍区组，组长自然是钱梦梧。最后规定了联络方式，便散会。

钱梦梧带着丁舍区组连夜回到丁舍区的一个秘密的联络点，通过会议，钱梦梧进一步明确了斗争任务和斗争方式，他浑身是劲。钱梦梧他们没有休息，连夜召开了全组会议，根据会议精神，检查前一阶段的工作，他觉得他们的隐蔽性做得很不够，警惕性不高，有时还像抗日时期那样在白天活动。为了避免不必要的牺牲，钱梦梧提出来，对原来积极支持我们的群众中的骨干，态度明显倾向我们的乡保长，尽量通知他们去外地躲避一段时间，要抢在反动派动手前撤离。这是十分紧要的工作，当即他们就分工，一人负责一乡。目前反动派气焰十分嚣张，我们也要开展针锋相对的斗争，钱梦梧要大家排查一下，对那些罪大恶极敢于反攻倒算的家伙，要坚决地镇压。大家开完会，确定了下一次集中的时间和地点，便趁着黑夜迅速离开，奔赴各人负责的乡。分别前钱梦梧和每一个人紧紧握手，钱梦梧说：

“许多重要的工作，就拜托大家了，不过大家也要注意安全，千万隐蔽好，保护好自己！一旦被捕，不能当叛徒，保守党的秘密，宁死不屈！”

钱梦梧送别了各位，也趁着夜色的掩护离开了联络点，一口气赶了十多里路，来到南夏墅乡桐庄村，叫开区委通讯员家的门，通讯员见到钱梦梧大吃一惊，说：

“大半夜了，怎么一个人还在外面跑？快休息，床铺现成的。”

钱梦梧婉言谢绝了通讯员的安排。他简单地说了一下目前的形势，请通讯员天亮后尽快通知周围几个村的6位基层的骨干，尽快外出躲避。得到通讯员的承诺后，钱梦梧拍拍通讯员的肩头说：

“我把这一片的重任交给你了，你也要保重！”

钱梦梧说完，便离开桐庄，他一连跑了三个村子，找了相关的人，请他们

尽快通知有关的人。天将黎明时,他来到南夏墅街上,敲开姑妈的店门。姑妈看到他,吃惊得合不拢嘴,连话也说不完整:

“你,你,怎么还没走？你们,你们,大部队不是都,都走了吗?”

钱梦梧笑着对姑妈轻松地说:“我不走了,我放心不下姑妈,我走了谁来看望姑妈？我不走可以经常回来看看你嘛。”

“我一个老太婆,不用你惦记。你快走吧,追上大部队!”

“姑妈,有睡觉的地方吗？我已经一天一夜没合眼,困死我了。我今天在这里好好地睡一天。”

姑妈把钱梦梧带到店铺后面的房间,拉开床铺,掀开一块木板,竟出现一个地洞。钱梦梧打开手电筒,跟着姑妈,顺着梯子下到洞里,竟然是一个地下室,有一张大床,床上有被子。姑妈指着大床说:

“姑妈早给你预备了,好好睡觉,我不叫你,你千万别出来,外面不管发生什么惊天的大事,你都别管。”

钱梦梧十分感激地看了姑妈一眼,他做梦都没有想到姑妈竟为他准备了这么一个安全的住宿地方。钱梦梧交代姑妈,他来这里千万不能告诉他爸,要保密。姑妈说:

“你放心吧,我心里有数,我谁也不说。”

钱梦梧在地下室,靠在床上,盘算一下当前急需要做的几件事情,想想还有什么遗漏的地方,该通知的人还有没有遗漏的。他想着想着,发涩的眼皮慢慢合上了,发出了轻微鼾声。这一睡就睡了整整一天,一直到晚上9点多钟,钱梦梧吃了姑妈做的饭才离开。按照预先的约定,钱梦梧来到石塘湾周家村李世根家。李世根夫妻俩都是年过六十的老人,不过身体还很硬朗。他家在村边上,一座孤立的茅草房。草房旁边有一块地,四周有一条小河围着。河边长着秆稞杂树,只有一条小土坝与外面相通。周围环境十分隐蔽。这块旱地原先也是种点麦子,种点南瓜、红薯和蔬菜。抗日战争期间,全部种上秆稞,特地在秆稞岗中间搭了一间低矮的草房,是专门安排新四军的宿营地。抗战期间,李世根多次帮助钱梦梧他们侦察、送信。抗战后期他把一个女儿送进新四军,北撤时又把17岁的儿子交给新四军。老俩口对共产党、新四军是赤胆忠心的。李世根老俩口见到钱梦梧像见到亲人一样高兴,李世根拉着钱梦梧的手,从上到下,转着圈子,盯着钱梦梧看了一遍,说:

“小钱,看来你瘦了,两个月未见,明显瘦了,这两天就不走,让老嫂子杀鸡熬汤,给你好好补补。”

钱梦梧赶紧摇手,说:“不用,不用。我好着呢。你老俩口要好好补补。”

钱梦梧低低地问:“他们都来了吗?”

“来了5位,连你6位。他们都在秆棵岗里。要不要让老嫂子弄碗夜点心吃了过去?”

钱梦梧摇摇手说:“不用,我就过去。”

钱梦梧说着就出门,悄悄地走过小土坝钻进秆稞岗。钱梦梧到达小草房不久,其他3个人也来了。人到齐了便开会,大家先汇报这两天来的工作情况。应该通知的基层骨干都通知到了,不少基层骨干很感动,说反动派十分猖狂,你们共产党不顾个人安危,心里还想着我们,特地跑来通知我们。共产党真正是有情有义的。汇报中还谈到我们做得太迟,早两天安排就好了。这两天遭到反动派屠杀的有灵台交通站站长王福根、寨桥交通站的交通员史善斌、前黄乡南港村共产党员刘产大、胜东乡陈家边村的共产党员张焕清、坊前乡倾向我方的保长李重福等人。反动派疯狂屠杀,短短几天就牺牲了5位同志。大家都很气愤,都说他们的血不能白流,一定要反动派血债血偿,为牺牲的同志报仇。

钱梦梧完全同意大家的意见,他说:

“我们要给敌人严厉地打击,目前我们力量较弱,不具备和保安队正面交战。保安队下乡抓人、杀人,对我们的情况很了解,一定有人提供情报,对那些提供情报的反动派乡长、保长,我们不能放过,看准机会,用突然袭击的办法,严惩几个罪大恶极的家伙,还是可以的,我们要杀鸡儆猴。警告他们不要得意忘形,我们共产党的枪子等着他们。”

钱梦梧说着,要大家排查先惩办哪一位。大家首先想到的是寨桥的伪保长史大斌和胜东乡的卞修身。这两个家伙自从当了反动派的保长，神气活现，经常敲诈原来的农会干部，他们竟然公然提出来，要佃户们把共产党"二五减租"减免的地租清退出来。寨桥的史善斌和胜东乡的张焕清遇害，也是他们提供的情报。大家一致同意，对这两个家伙严惩。当时就分了工，钱梦梧带两位同志去寨桥镇压史大斌，蒋范荣连长带两个人去胜东乡镇压卞修身。明天白天休息，晚上行动。其实钱梦梧白天并没有休息，他伏在地上，用毛笔写了两份布告，两份布告分别写明史大斌和卞修身的罪行，武南留守处代表广大革命群众给予严惩，并严正警告那些作恶多端的乡长、保长们，胆敢与革命人民为敌，将会是同样的下场。落款是武南新四军留守处。

天刚擦黑，两个组同时出发。钱梦梧他们三人，赶了近一个半小时的路，来到寨桥史大斌村上。村子不大，二十多户人家，家家都关门睡觉了，四周漆黑一片。唯有史大斌家，门缝里还有灯光射出。钱梦梧他们先在村子里侦察了一会，没有发现特别的情况。钱梦梧便去史大斌家敲门，只听史大斌大嗓门喊：

"谁呀，半夜三更还敲门？"

"我们是寨桥保安队的，想请史保长帮个忙。"

"这回又捉谁了？"

钱梦梧说："史保长，开开门。请你指指门。"

史大斌打开了门，钱梦梧说："你就是史保长？上次保安队杀史善斌也是你指的门，对吗？"

史大斌大大咧咧地说："对呀，今天晚上你们捉谁？我怎么一点也不知道？你们是谁？"

钱梦梧举起枪，指着史大斌的鼻子说："你反攻倒算，协助保安队屠杀革命群众，罪大恶极，我们代表新四军留守处清算你的罪行！"钱梦梧身边两位同志夹着史大斌，把他拖到村边，当胸就是一刀，直刺心脏。怕他不死，又在脖子上加了一刀，史大斌一声不吭，倒在地上。钱梦梧他们迅速离开，在村口把布告贴在墙上。

蒋范荣这一组严惩卞修身稍许出了点情况。卞修身作恶多端，他知道共产党不会放过他，整天提心吊胆。那天，听到半夜有人敲门，他心里便疑惑，他让老婆开门，大门一打开，他发现情况不妙，立即返身想从后门逃走，蒋范荣哪能让他跑？举手就是一枪，击中小腿。蒋范荣赶上前去，一把抓住他的胸膛，严厉地责问他：

"你跑什么？卞修身你坏事做得太多了，你还屠杀我们的同志，今天我代表武南的革命群众清算你的罪行！"说着用力一推，卞保长跌在墙角，随即蒋花荣手中的枪响了，击中眉心。

一夜之间钱梦梧他们严惩两名作恶多端的伪保长，革命群众无不暗暗叫好，那帮家伙太疯狂，早该收拾他们了。这一举动自然而然粉碎了"新四军被消灭光了"的无耻烂言，也给那些反动乡长、保长当头一棒，发出严厉的警告，他们胆敢继续与人民为敌，两位保长今天的下场便是他们的明天。一些反动的乡长、保长们害怕了，不敢明目张胆干坏事，他们知道新四军大部队过了江，留下来的几个人，力量虽然薄弱，不敢明目张胆找他们算帐，但防不胜防，不知道什么时候，共产党新四军的刀就会落到自己的脖子上了，还是小心为妙。据说寨桥乡和胜东乡的保安队队长非常生气，发誓要为两位保长报仇，要把共产党和新四军漏网的小鱼小虾捉光，带着保安队在周围村子里搜查了几天，自然是一无所获。

在一次各区留守小组长碰头会上，王子达同志表扬了丁舍区长的做法，把丁舍区的做法推广到全县，让各区留守组在保护好自己的前提下，狠狠地打击敌人的嚣张气焰，让敌人明白，他们欠下的血债是要用血来偿还的。在碰头会上，王子达同志采纳了钱梦梧的建议，以武南留守处的名义，写一封给反动派乡长、保长及保安队的公开信，向他们提出严正警告，他们胆敢继续屠杀革命群众，杀一人，我们必定奉陪，杀他们两人！会后，王子达同志刻印好公开信，并盖上留守处的公章，送到各区留守小组，由各小组广为散发。钱梦梧要求丁舍区留守人员好好发挥这封信的震慑作用，让他们把公开信塞到反动派的乡长、保长家的门缝里，或者贴到他们的大门上，有的竟然贴在国民党乡政府的大门上。这封信起到了一定的震慑作用。各区武工队都行动,严惩了一批反动透顶的乡保长和告密的恶霸地主。他们的反动气焰收敛不少。但蒋介石还都南京的日子临近,反动派一轮一轮的清剿不断,留守处的形势仍然十分严峻。

1945 年 11 月下旬,钱梦梧他们在坊前沟头村一户姓周的人家住宿,这户人家也是抗日时期坚强的堡垒户,钱梦梧多次来过这里。天黑以后,钱梦梧他们分三批进了周家的大门。苏南地委联络部部长徐行(储少白)同志,到苏北请示工作途经武南,陪同徐行同志来的吴桂达,也和他们在一起。北撤后,钱梦梧还是第一次看到老朋友吴桂达,自然十分高兴。钱梦梧原以为吴桂达北撤了,谁知他调到地委工作了。周家人很热情,立即淘米煮饭,为他们准备晚饭。

钱梦梧饭前先开会,请徐行同志讲讲全国的形势。徐行同志告诉大家,蒋介石调了 30 万部队,准备一举歼灭中原地区连民兵在内共 8 万的八路军,党中央也做好反击的准备,蒋介石胆敢进攻,我们必定将他们歼灭。徐行同志告诉大家,决定战斗胜负的关键不是武器,也不是兵力,而是人心向背。14 年抗战,我们损失惨重,现在全国人民谁也不想打内战,蒋介石部队的广大官兵也不想打,只有国民党集团少数人为了独裁统治坚持打内战,怎么可能胜利呢?结果这一仗,是我们取得了伟大的胜利,一举粉碎了敌人的围攻阴谋,消灭敌人十余万。徐行同志的讲话还没有结束,周家的饭也没有煮好。在村前大路口放哨的同志突然闯进来报告,坊前保安队赶来了,大约有 50 人。钱梦梧立即决定撤离,刚收拾好行李,前后门已被敌人机枪封锁。保安队队长在大门外喊:

“钱梦梧,你们已经被包围,逃不掉了,快带着你的人出来投降吧。”

“给你 10 分钟时间考虑,10 分钟内不投降,立即消灭。我们够仁义了吧。”

保安队队长得意扬扬,这次笃定瓮中捉鳖,眼看活捉钱梦梧可以立大功受大奖了。他不急,他想猫捉老鼠好好玩一玩,让钱梦梧吃点苦头。

钱梦梧做了紧急的战前动员,他说大门外冲过场地有一条三丈宽的河,匆忙间难以过河,保安队的主要力量显然都在大门口,所以大门口突围对我们不利,后门口有片菜地,敌人大概埋伏在菜地里,不远处是大竹园,竹园外面是秆棵岗。我们只要冲过菜地,进入竹园,进入秆棵岗,就摆脱了敌人。我们两人或三人一组互相照顾。冲出包围圈后,一直向东北,在东山坟汇集。钱梦梧说:

“同志们,我们都是共产党员,考验我们的时刻到了。我们要有必胜的信念战胜敌人。我们要全力保护好徐行同志,请蒋范荣和吴桂达两位同志负责。”

保安队队长又在叫:“怎么样,钱大书记准备好了吗,10 分钟快到了,再不投降,我可要开枪了。”

钱梦梧突然拉开后门,一连向两边和中间掷了三颗手榴弹,随后短枪长枪齐发,一齐射向菜地,随着三声爆炸声,大家趁着滚滚浓烟,呼啸着冲过菜地,进入竹园,作后卫的蒋锦霖,冲过菜地时,见保安队打机枪的家伙死了,机枪歪在一边,他弯腰拎了机枪就跑,进竹园前回转身又向菜地掷了一颗手榴弹。仅仅一二分钟,他们全部进入秆棵岗,检查人数一个不少,竟然连一个负伤的都没有。他们一路小跑,3 个小时后全部到达东山坟松林里,蒋锦霖美滋滋地抱着机枪说:“这机枪多好,锃亮锃亮的。你也算正式弃暗投明了,今后要好好发挥作用,打得反动派嗷嗷叫。”说得大家都笑了。钱梦梧看了蒋锦霖一眼,既没有批评,也没有表扬,说了一句:

“你呀,见到了机枪,连命都不顾了?”

“嘿嘿,我不是兼顾了吗?不拿白不拿。”蒋锦霖嘟囔了一句。

这是丁舍区武工队第一次冲破数倍于自己的敌人包围圈,安全脱险,创造了奇迹。后来才知道,那天保安队被打死两人,三人受伤。保安队队长气得哇哇直叫,回去被坊前乡乡长扇了两个大嘴巴。

钱梦梧让大家在东山坟松林里休息一下,他和吴桂达到松林旁的小村子上侦察一番。小村子东北角有一户人家,前后都是竹园,环境很隐蔽,也是抗日时期的堡垒户。钱梦梧第一次走进这家人家,是同吴桂达一起来的,好像是吴桂达的表兄家。那年钱梦梧和陈成副县长一起在东山坟召开小学领导的会议,宣传抗日统一战线,晚上就住在这家人家的。后来,遇到紧急情况,也曾在这里住过几次,他们一家人对新四军很热情,新四军北撤时,他一个17岁的儿子硬要参加新四军,跟着北撤了,所以这一人家也是军属。钱梦梧走在头里,他轻轻地敲了敲门,没有反应,钱梦梧恐怕他们没有听到,又用力敲了敲。门后突然传来凶狠的责问:

"谁?半夜敲门,还让不让人睡觉?"

"我,新四军的钱梦梧,你开开门。"

"什么新四军新三军,我家没有。去去去!你到别家去找。"

吴桂达说:"老哥,是我,桂达!"

"你真是桂达老弟?"

"老哥,我真是老弟,你听不出来吗?"

门开了,表哥一把把钱梦梧和吴桂达拉进屋,不好意思地笑着说:"还真是你们,我不敢贸然开门。那帮保安队坏透了,常常半夜假装新四军来敲门,进门就是一顿皮鞭,有时还杀人。不弄清楚我哪敢开门呀?"

吴桂达告诉表哥,他们刚刚从沟头村突围出来,一共11人,晚饭还没吃,能否弄点吃的,并在这里睡一晚,行不行?表哥笑了,他说:

"到了这里就到家了,说什么行不行!你快去把他们叫进来,我让你嫂子准备晚饭。"

那一晚,钱梦梧他们吃了晚饭,便在吴桂达表哥准备的稻草铺上舒舒服服地躺下了。刚开始,钱梦梧没有一点睡意,他想起了北撤的章引,如果章引遇到今天的情形怎么办?章引身体素质较差,女同志跑不快。现在不知道在哪里?安全不安全?身体好不好?他很为章引姐担心。不过,钱梦梧也觉得很奇怪,最近两个月来,一直处于紧张的环境中,一直没有想起章引姐,今天竟然强烈地思念她了。钱梦梧自嘲地想,这大概就是劫后余生吧?钱梦梧在温暖的草铺上,带着对章引姐的思念,慢慢地进入梦乡。

吴桂达的表哥却没有再睡,他主动蹲在村口漆黑的竹园里,为大家放哨。

第二十八章

严峻的考验，不让红旗倒下

武工队在全县严惩一批恶霸和作恶多端的反动保长，虽然有一定的敲虎震山的作用，一些人不敢明目张胆反攻倒算了，但也遭到保安队的报复，他们经常下乡抓捕原来的农会干部和游击小组成员，进行敲诈勒索。有时他们晚上也出动，突然包围一二个村庄，挨家挨户搜查新四军留守人员，有时组织小分队，在主要路口巡逻，遇到夜行的人不问三七二十一先抓了再说。更可恶的是，他们用金钱收买各村各巷游手好闲的人，充当他们的"眼睛"，一旦发现留守人员，立即报告。情报凿实，大大有赏。钱梦梧他们的活动越来越困难了，他们在宿营地连续两次遭到包围，由于群众的掩护，提前撤离，才没有受到损失。

一天，南夏墅一帮保安队突然包围了石塘湾周家村李世根的草屋，进行搜查，结果一无所获，就把李世根老人抓进南夏墅乡政府，严刑逼供，要他交出儿子和女儿，李世根始终没有承认儿子和女儿参加新四军，他说女儿在上海闸北一家纺织厂做挡车工，儿子去了苏州跟他的表叔学裁缝。李世根说："你们不信可以派人去上海、苏州调查嘛。我说的是实情。新四军有什么好，整天舞刀弄枪，我才不要我家丫头佬小去当什么新四军！"

保安队队长挥舞着皮鞭，恶狠狠地说："你这老鬼，胡说什么，明明你们的保长亲眼看到你送儿子去新四军的，你还嘴硬，你是不见棺材不落泪，你别怪我不客气，完全是你自找的。”说着，高高地举起皮鞭一顿猛抽。

李世根老人又一次昏死过去。

钱梦梧得到李世根被捕的消息，很焦急，他动用多种关系，花了三百大洋，才把李世根老人救出来，李世根回到家已经奄奄一息了。深夜，钱梦梧和蒋锦霖赶过来看他，安慰他，让他好好治疗，等待儿子和女儿回来。李世根老人老泪纵横，他用微小的声音对钱梦梧说：

“我看来等不到他们了，他们走上正路我高兴，我不在了，我这个家你们仍要来，老太婆会安排你们的，你们不来，我会生气的。”

钱梦梧握着老人的手，强忍着泪答应了李世根老人。李世根老人还告诉钱梦梧是保长告的密，要当心这个人。几天后，李世根老人去世了。半个月后，那个告密的保长被钱梦梧他们枪杀在李世根的坟前，也算为李世根报了仇。

随着蒋介石迁都南京和内战的全面爆发，留守处的环境越发严峻，群众不敢留宿他们，有时找一处歇脚住宿的地方，往往要跑十多个村子，更多的时候，钱梦梧他们不想麻烦群众，他们一般是钻秆稞岗。在秆稞岗里，冬天西北风呼呼地刮着，冰冷的风像针一样从四面刺来，用不了多久，整个人像浸在冰水里一样，不由自主地浑身发抖，只得把被子兜在头上，靠着树坐着打打盹。早晨起来，被子上结着一层厚厚的浓霜。晴天还好，下雨下雪天，只能撑着伞坐着。相比较，冬天还好忍耐，夏天秆稞岗里更不好受，秆稞长得茂密，闷热得似蹲在蒸笼里那样，浑身是汗，连气都透不过来。最讨厌的是蚊子，围着你嗡嗡地叮咬不歇，一叮一个小红块，奇痒无比，还有讨厌的黑蚂蚁，爬到你身上，随处乱咬，一咬便是一个红点点，又痛又痒。蒋锦霖说，要是有一种药涂在身上，蚊子、蚂蚁不咬就好了。这一句话提醒了钱梦梧，他知道还真有一种叫清凉油的药膏，擦在身上可以防蚊虫叮咬。这种药膏还能治疗拉肚子。现在他们一天三餐难以保障，在秆稞岗里是不能煮饭的，饭都是群众趁人不注意时送进来的，往往送一次要吃两三顿，冬天没有问题，夏天吃了上顿，下顿就馊了，没有办法，馊了也要吃，身体素质较差的同志经常拉肚子。期间还发生一件讨厌却有趣的事情,一天清晨,群众把一天的饭菜送进秆稞岗,他们吃过早饭,把剩下的饭菜挂在河边的一棵树上,那里较透风,饭菜不易馊。谁知中午时去取饭菜,一条二尺多长的蛇,盘在竹篮里,把他们的饭菜吃得精光。气得他们要把大蛇打死,但还没等找到称手的木棍,大蛇"嗖"地一声,窜到河里逃掉了,害得他们饿了一天的肚子。

在秆稞岗里的生活虽然很艰辛,但他们以苦为乐,戏称秆稞岗是他们革命的"青纱帐",是他们武工队队员特殊的"公馆"。长期生活在秆稞岗里也确实有快乐的时候。譬如冬日的晴天,外边北风怒号,寒冷彻骨,他们坐在背风的向阳的秆稞里,风和日丽,温暖如春,非常惬意。又如秋日,望着湛蓝深邃的天空,变幻无穷的白云轻轻地飘来飘去,也非常舒适,到了夜晚,一轮皓月当空,那银色的光辉,一泻千里。四周没有人声狗叫,一片虫声唧唧,此起彼落,一会儿是如泣如诉的独唱,一会儿是多种虫儿的大合唱;有高吭的声调,又有细柔的乐曲,你方唱罢我登场,一曲又一曲。宁静、喧哗、热烈,真正是欢乐无比。这种欢乐,不是亲身经历的人,是难以想像的。身处这些极富诗情画意的优美环境中,钱梦梧当时想,他们当中如果有会写诗作画的人就好了,定能写出最好的诗篇,画出最美的画来。

钱梦梧想,如果每人有一盒清凉油,就可以解决好多问题。哪里能弄到清凉油?钱梦梧突然记起来了,前几天他听说老革命杨锡类从外地回来了,住进了前黄景德寺私立新园中学,他和本家兄弟杨迪群重新恢复了武进红十字会,杨迪群抗战一开始就参加了红十字会,整个抗战期间,一直带领红十字会在抗战前线救护伤员。杨迪群回到家乡就任武进红十字会会长,杨锡类担任秘书长。他们还在前黄、寨桥和湖塘桥分别成立了红十字会服务站。对,他们手里应该有清凉油这一类药品的。杨锡类,钱梦梧是了解的,他是大革命时期的中共老党员,曾担任中共无锡独立支部的书记。1927年年初还曾担任武进县公安局长,他和武进县工会主席联合,狠狠地惩办了不少土豪劣绅。他也热心办学,跟钱梦梧的父亲有过交往,那时钱梦梧还小,对他没有多少印象。可是钱梦梧相信杨锡类一定会帮助他们的。钱梦梧对蒋锦霖说，有一种药，叫清凉油，既能避免蚊虫叮咬又能治拉肚子，想不想去弄点？

蒋锦霖说："真有这种药吗？有了这种药，就什么都不怕了，我们就如虎添翼了。哪里有，我今晚就去弄。"

钱梦梧说："好的，我们俩今晚就去。"

天完全黑了，四周静悄悄的。钱梦梧和蒋锦霖咽了几口早晨吃剩下来的冷饭，从秆稞岗出来，赶了七八里路，来到前黄杨家坟边的茅草屋里。这里也是抗日时期的堡垒户，钱梦梧来过几次，第一次还是和吴桂达一起去新园中学给学生作抗日报告时，在这里吃的晚饭。主人姓王，是抗日积极分子。这次来自然受到他全家热情的款待。他们刚吃过晚饭，要为钱梦梧他们弄晚饭，钱梦梧婉言谢绝。钱梦梧问了问前黄镇的情形。他告诉钱梦梧，从城里新派来一位姓汤的做前黄的镇长，十分凶恶，说什么要把前黄镇建成治安模范镇，捉了不少抗日时期的积极分子，关在镇上搞什么"感训班"，强迫他们"自新"。还经常亲自带着保安队下乡巡查。

钱梦梧笑着问："这里来过没有？"

"来了两回了，一次是上午来的，一次是天快亮的时候来的。不过没有进门搜查，只在门口看看，他不像其他的保安队抢东西。你们来前黄可要当心。"

钱梦梧问他可认识杨锡类，他说，认识，而且很熟。杨锡类当年带头开垦杨家坟地，种植苗木，他就来这里管理苗圃了。杨锡类是一个好人，做了不少好事。

"你们去找杨锡类吗？他就住在新园中学的西北角新建的两间楼房里。要不要我带你们去？"

钱梦梧婉言谢绝了。钱梦梧不想给他带来不必要的麻烦。

钱梦梧他们等了个把小时，看看时间差不多了，便离开杨家坟，几分钟后便从新园中学西面的侧门悄悄地进了学校。新园中学钱梦梧是第三次来了，前两次都是来给学生作形势报告的。钱梦梧很快找到杨锡类的住处，蒋锦霖留在门口放哨,钱梦梧一人进了杨锡类的家。杨锡类正在书房里练习毛笔字。钱梦梧作了自我介绍。

杨锡类惊喜地说:“你就是钱梦梧同志,丁舍区的区委书记,现在是丁舍区的留守组长?”

钱梦梧点点头,微笑着说:“看来,前辈对我很了解呀。”

杨锡类盯着钱梦梧看了一会,说:“不错,你就是钱梦梧,你脸盘和你爸有几分相像。我前几天还在你爸那里,现在形势险恶,你爸很为你担心,他希望你脱离革命队伍去读书。”

钱梦梧说:“我爸是铁杆的国民党,难以改变,他一直反对我参加新四军,拖我的后腿。”

杨锡类说:“话也不能说得这样绝对,爱子心切嘛。钱梦梧同志,你们不能在这里久留,学校教师队伍复杂。你今天来有什事,需要我帮什么忙,请直言。”

钱梦梧见杨锡类是直爽人,便直截了当提出了请他解决一些清凉油和治拉肚子、疟疾等一些常见病的药物。如有可能再弄几把电筒和一些电池。

钱梦梧说:“我们晚上几乎天天钻秆稞岗,耗电池。”

杨锡类很爽快地答应了钱梦梧的要求,笑着说:“没有问题。我一定完成钱组长交代的任务。药品红十字会就有,不过品种多数量也多,我还要和会长杨迪群商量一下。放心,杨迪群也是倾向共产党的好人。今天我拿不出来,我明天准备好,是你们来拿,还是我送给你们?”

钱梦梧考虑一下,说:“请你准备好交给杨家坟的老王,我们派人去取。”最后钱梦梧说:“前辈,不好意思,我们经费很紧张,钱暂时欠着。等革命胜利了一并付给,可以吗?”

杨锡类说:“我知道,本来就不指望你付钱。红十字会本身是慈善机构,只要杨迪群会长同意,完全可以全额赠送,购买电筒、电池的钱我出,等革命胜利了,你付给我,或者我向伯显兄要,他块头大,敲敲他的竹杠,一点没问题。”说着笑了起来。

杨锡类一直把钱梦梧他们送出学校侧门。

第二天晚上，蒋锦霖从杨家坟老王家拿到一包药。清凉油确实是好东西，涂在身上蚊子不敢围着你转，蚂蚁也躲得远远的。

钱梦梧他们从此和武进红十字会挂上钩。红十字会给了他们不少支持，有一次钱梦梧去前黄遇到危急，还去红十字会躲避，得到杨迪群会长的支持。当地解放后，钱梦梧曾兼任武进红十字会会长，杨迪群任副会长。在武进红十字会第一次代表大会上，钱梦梧作报告时，还曾说：

"我还真跟红十字会有缘，想当年我们武工队在最艰难的时候，是红十字会给了我们极大的支持。在这里请允许我代表新生的武进县人民政府，向杨锡类、杨迪群等红十字会老同志说一声'谢谢'！"

钱梦梧他们得到红十字会的帮助，生活上稍许有了一点改善，但还是十分艰难的。在一次留守组长的会议上，得知原淹城区副区长盛浩坚持不下去，私自脱离了组织，跑了。盛浩比钱梦梧还早两年参加革命，也算是老革命了，艰苦的抗日战争都挺过来了，现在竟然坚持不下去了。这给大家震动很大，也敲起了警钟，觉得长期这样下去不行。不给敌人打垮，也会给自己拖垮。鉴于这个教训，碰头会决定，一方面对武工队加强党的领导，对大家进行形势和革命意志的教育；另一方面，在组织上也要进行一次严格的精简。斗志不够坚定，或者身体不大好，可能经不起严峻考验的，与其动摇逃跑，不如客客气气地劝他走，不伤感情。钱梦梧回来后，如实贯彻碰头会议精神。区里原来的组织委员，姚士杰受过伤，身体较差，钱梦梧便动员他暂时回铁路北面的老家养病；安排蒋学范到上海去打埋伏，做党的内线工作。他还安排徐善谋到亲戚家去当雇工，后来他跑到苏北去了，苏北党组织接受了他。张玉生那年才16岁，是一个天真活泼的孩子，冲破沟头村包围后，家人送他到常州学裁缝。他父母都是有觉悟的基本群众，钱梦梧还在他家住过几次，每次他父母亲都热情地接待他们。不过，到了第二年夏天，张玉生又跑回来归队了。经过严格的精简，丁舍区的留守人员从原来的9人减少到5人。人虽少了，但他们更加灵活了，大家紧紧团结在一起，战斗力反而更加强大了。

就在这时,南夏墅街上的药店老板传来消息,说钱梦梧父亲病重,希望钱梦梧回去见最后一面。钱梦梧的父亲虽然坚持自己的立场,但父子之间的感情还是很深的。猛然间,钱梦梧心里空落落的,非常难受。头脑里像过电影一样,闪现不少父亲关怀爱护他的情形,钱梦梧小时候最喜欢骑在父亲的肩头上,让父亲扛着到街上玩。父亲对他的读书也抓得很紧,小时候,为了练毛笔字,把他的小手掌打得通红,连吃饭的碗也端不起来,当时他很恨父亲,现在他完全理解了父亲的苦心。钱梦梧想起了全家逃难到灵台,父亲为了不耽误他们姐弟俩的学业,冒着寒风,搀着姐弟俩的小手,送他们到三里路外的老师家去上课,父亲一路叮嘱他们姐弟俩一定好好地跟老师学习,不准调皮捣蛋。"对老师最大的尊重,就是学好老师教的知识",这句话是父亲当时讲的,钱梦梧现在还清楚地记得。想到这些,钱梦梧的眼睛湿润了。

钱梦梧决定晚上赶回去见父亲最后一面。蒋锦霖不放心钱梦梧一个人回去,主动提出来陪他回去。刚开始钱梦梧不同意,在蒋锦霖一再坚持下,也就同意了。他们等天完全黑了才上路。钱梦梧始终有点疑惑,父亲一向身体棒棒的,怎么会一下子就不行了呢?是否另有隐情?钱梦梧想到这里,就没有直接到家,而是到了姑妈家。姑妈看到他自然十分高兴。钱梦梧急切地问姑妈,父亲生的什么病?现在怎么样?姑妈被问得一头雾水。她说:

"谁说你爸生病了?今天上午我还看到他,好好的,有什么病?"

钱梦梧告诉姑妈,是药店陈老板特地去叫他的,让他回来见最后一面。姑妈说,别听陈老板瞎说,准是你爸担心你,想你了,故意编造一句谎言骗你回来。原来是这样,钱梦梧很生气,父亲怎么能这样。钱梦梧不想见他的父亲,想转身离开。姑妈劝他还是见一见父亲,父亲把他骗回来,肯定有不得已的苦衷。钱梦梧想想也对,既然回来了,不妨见见,看看父亲葫芦里究竟卖的是什么药。不过他不能回家,让姑妈把父亲叫过来。不一会儿,父亲来了,见钱梦梧一脸的不高兴,便笑着说:

"吾儿不要生气了,我不用这种非常手段,你能回来吗?好了,算我错了。”

钱梦梧说：“叫我回来有什么事？”

钱梦梧父亲说：“上头下了死命令，不惜一切代价，坚决肃清苏南地区的新四军。大开杀戒，抓到就杀，重弹‘宁可错杀三千，也决不放过一个共产党’的老调。做父母的怎么会不担心呢？你们是玩不过蒋介石的，共产党迟早会被消灭。我知道你的志向是报效国家，你参加抗日，把日本人赶跑了。将来要靠文化来建设国家，学技术很重要，你离开共产党吧，我已经给你在美国联系了一所大学，同意你进去，先进预科班，读一年，正式进入大学学习。”

钱梦梧不得不打断他父亲的话，严正地表明立场。他说：“爸，我的态度很明确，我是不会离开共产党的。我从入党的那天起，就作好随时牺牲的准备。我坚信我们的党是伟大的正确的党，是为全国人民谋利益的。这次蒋介石挑起内战，很不得人心，失败的一定是国民党。你们那个党，你不想想，北伐的时候，共产党员冲锋在前，到了上海，眼看要全国胜利，蒋介石突然下令屠杀共产党。这次抗战，国共合作取得了胜利，蒋介石又挑起内战，到处屠杀共产党。爸你睁开眼睛看看，光我们身边，国民党近几个月来杀了多少人，这许多人大部分是抗日的积极分子，他们不少人并不是共产党员。他们抗日有什么错？有什么罪？你所认识的共产党人，哪一个不是铮铮铁骨？哪一个不是抗日战场的英雄？这样的人该杀吗？爸，你一向是明辨是非的，你想想，这样的党，这样的政府，还值得你留恋吗？”

钱梦梧一番义正辞严的话，说得他爸一楞一楞的，一句话也说不出来，因为钱梦梧说的全是事实。钱梦梧继续说：“爸，蒋介石挑起内战，是最不得人心的，他的失败是注定的。你也该清醒清醒了。你保重，我走了。”钱梦梧说着，和蒋锦霖一起走出大门，很快就消失在夜幕中。一个月后，钱梦梧父亲托药店的陈老板给钱梦梧送来一封信，意思是说，他有一个南京的朋友叫羊宗秀，跟民主人士陈铭枢很熟悉，陈铭枢跟共产党的周恩来是老朋友，他能见到周恩来，周恩来当时是驻南京的共产党代表团团长，想办法通过关系，把钱梦梧介绍到周恩来身边去工作，要比在乡下安全得多。钱梦梧老爸为了他的安全也算是煞费苦心了。钱梦梧对陈老板笑笑说：

“共产党跟国民党不一样。国民党里可以托关系、走门路，共产党里不兴这一套。共产党纪律严明，从来都要服从组织的安排，怎么能随便跑到别的地方去呢？请你回去转告我爸，谢谢他的好意，另外请转告他，别死心塌地跟国民党干，多为地方上办点好事，集中精力把学校办好，为国家多培养点人才。”

陈老板回去，有没有把话带到，如实向他爸说，钱梦梧不得而知。父亲能这样为钱梦梧考虑，固然有一番做父母的私心，这一点钱梦梧是感受到的。但也有另外的因素，钱梦梧在家门口干革命，让他在国民党政府面前很没面子，影响了他的地位和声誉。这一点，钱梦梧还是心知肚明的。他父亲曾几次跟他说，要他离开本乡本土干革命。到了 1947 年，钱梦梧父亲当上了国民党县参议员，曾在报纸上公开发表声明，与钱梦梧脱离父子关系。他父亲特地请药店陈老板把报纸带给钱梦梧，并且带来话说，要钱梦梧“理解他的苦心”。钱梦梧看了报纸笑笑，没有理睬，请陈老板带给父亲四个字：“好自为之。”钱梦梧知道他爸为了“参议员”的这点虚名承受了很大的压力。脱离父子关系是他的障眼法而已。因为父亲始终没有向国民党告发他，药店的陈老板成了他和钱梦梧的秘密联络人，也一直安然无恙。

在环境最险恶的时候，有人提出来，留守人员暂避到苏北去休整一段时间，再回来。钱梦梧听到这个意见，也觉得不失为一种妥当的办法，没有明确的表示反对。就在这个时候，徐行同志第二次去苏北，带回了中共中央华中分局七月一日给边区特委负责同志的一封信。一天深夜，王子达同志在东山坟松林里召开了全体留守人员会议，徐行同志传达了华中分局给边区特委负责同志的信，也称作“七一”指示。信中明确提出留守人员的任务是 5 句话 20 个字：“隐蔽斗争，短小精悍，积蓄力量，等待时机，迎接反攻。”徐行同志对这 5 句话 20 个字进行了阐述，还对目前内战形势作了简单扼要地介绍，徐行同志说，内战已全面打响，蒋介石的如意算盘是原打算全面出击，用

3 个月到 5 个月时间彻底消灭我们，结果牛皮吹破，没有一处战场获胜，国民党部队厌战情绪非常严重，谁都不愿打内战，整团、整师甚至整军的国民党部队临战起义，投诚的也较多。

徐行同志充满信心地说："毛主席指出，我们将用 3 年到 5 年的时间，消灭反动派，解放全中国。现在看来，用不到 5 年。我们苏南留守处的同志正处于黎明前最黑暗的时刻，生活虽是艰难的，但胜利的曙光就在前头，坚持短则三年，长则五年，我们就能迎来全面的胜利。"

徐行同志的讲话是激动人心的，让大家看到了希望。接着王子达同志讲话，他结合留守处的实际情况，谈了贯彻"七一"指示具体意见。他说："我们坚持一年来的工作，是有成绩的，至少我们顶住压力，在武南这片土地上坚持下来了，这就是最大的成绩。我们让广大群众知道，共产党还在，共产党没有抛弃他们。前一阶段，有人提议去苏北休整，这实际上是回避困难，我认为不可取。我们任何时候都要让广大群众知道，我们共产党人永远和他们在一起，我们永远是他们的主心骨。我们前阶段及时调整队伍，克服了松散和过于庞大的毛病，精缩人员，提高了战斗力，也完全符合'七一'指示精神。现在我们遭遇了前所未有的困难，我们原先的堡垒户遭到敌人的破坏，不得不住进秆稞岗，住宿在坟滩树丛中。"

王子达接着说："虽然我们处于敌强我弱的境地，任务十分艰巨，但我们有多年抗战的经验，有经过战火考验的群众基础，广大群众是拥护我们的，我们有些小组几次被敌人包围，都是依靠广大群众的帮助才突出包围的。我们要想办法克服困难，化被动为主动。原先的宿营地被敌人破坏了，我们可以开辟新的，敌人气焰嚣张地屠杀我们的干群，我们要针锋相对。丁舍区留守处做得较好，敌人杀我一个干群，我杀他一个反动的乡保长，这些家伙都怕死，我们杀到他怕，让他不敢再杀我们的干群。有困难我们想办法克服，蹲秆稞岗蚊子蚂蚁多，丁舍组找到红十字会帮忙弄了不少药品，今天他们带来一部分，等会儿分给大家共享。我们要充满信心，想尽一切办法，创造条件，战胜困难，把革命的红旗牢牢地插在武南大地上。"

王子达同志的讲话很有鼓动性，听了让人热血沸腾。钱梦梧听了很惭愧，会上虽然王子达同志肯定了自己的工作，表扬了丁舍留守组的工作，但对照“七一”指示，他觉得做得很不够，尤其是去苏北休整的主张，虽然不是他们丁舍组提出来的，但他也倾向这样做，他觉得很不应该，这实质是逃避困难，是革命坚定性不够。他今后一定要想方设法克服困难，做出成绩来。会议最后是自由发言，钱梦梧原不打算发言，当王子达同志点他的名，请他说说，他只得站起来，表个态：

“我们丁舍组虽然也取得了一点成绩，但对照‘七一’指示，还有许多不足，我们工作处处被动，常常被敌人牵着鼻子跑，会后我们要进一步落实‘七一’指示精神，依靠群众，创造新的局面，要掌握斗争的主动权，让红旗牢牢插在富有革命传统的家乡土地上。”

散会后，钱梦梧他们没有立即离开，而是住进了东山坟旁边的吴桂达表兄家。在他家的稻草铺上开了一个小组会，商量了几条落实会议精神的措施，才睡觉。

第二天一早，吴桂达表兄从街上带回来一个消息，说褚凤娣阿婆徐赵氏和小姑徐珍大，从苏州释放回来了，依然耀武扬威，公然说：“我们不是回来了吗？告倒没有？不是笑你们，你们还能把我们怎么样？”

这是一则令人生气的消息。事情是这样的：

1945 年年初，褚凤娣经媒婆撮合与庄上村徐赵氏的儿子结婚，夫妻感情较好。但徐家富有，褚家贫穷，徐赵氏看不起媳妇，天天对褚凤娣横挑鼻子竖挑眼，经常恶语伤人，稍有一点不如意动手就打。褚凤娣天天胆颤心惊，过着暗无天日的日子，便向丈夫哭诉，丈夫也屈于母亲的淫威，不敢多说。褚凤娣只得天天忍着。小姑徐珍大也对褚凤娣处处看不入眼，故意挑衅，明明是她自己做错事，却全部推在褚凤娣身上，常在母亲面前，花言巧语地搬弄是非，胡说褚凤娣如何趁娘不在家偷烧私食吃，胡编褚凤娣在背后如何咒婆婆早死，徐赵氏听了女儿的话，深信不疑，更是火上加油，气得暴跳如雷，便挥起杆面杖（一根圆木棍，手工制作面条的工具）打得褚凤娣浑身是伤。

更恶毒的是，徐赵氏常用抽水烟筒的纸媒头（抽烟点火的纸卷）刺烫褚凤娣的手臂、胸脯和大腿。徐赵氏喜欢抽水烟筒，一天到晚捧着水烟筒咕噜咕噜地吃烟，她捧到水烟筒，褚凤梯就要给她吹纸煤头点烟，手脚慢一点，徐赵氏就用纸煤头烫她，褚凤娣一阵钻心般地疼痛，还不许作声，如果哭叫，要连续刺烫，一烫就是一个大水泡。褚凤娣实在受不了了，便偷偷跑回娘家向父母亲哭诉，父亲褚芳林看到女儿浑身青紫的伤痕和烫伤的疤，心疼得抱着女儿痛哭，从来舍不得动女儿一个手指头的褚芳林气不打一处来，拉着女儿到徐家来讨说法，蛮不讲理的徐赵氏母女，发疯似的跳着脚骂，把褚芳林堵在门口，褚芳林连开口说话的机会都没有，村上人实在看不过，说了几句公道话，徐赵氏母女又像狗咬破棉絮一样，对村上人骂不绝口。老实巴交的褚芳林只得自认倒霉，忍气吞声地回去了。褚芳林一转身，徐赵氏母女把大门一关，恶狠狠地对褚凤娣又打又骂，硬逼着褚凤娣保证不偷偷跑回娘家告状才罢手。褚凤娣的身体越来越虚弱，她吃不好，睡不好，还常常挨饿。一次洗碗，一阵头晕，跌倒了，打碎了两只碗。就为这点小事，徐赵氏不许她吃饭，罚她跪在灶头门前认罪，整整一天一夜。第二天早晨，徐赵氏捧着水烟筒，想抽几口烟过过瘾，却不见褚凤娣过来吹纸煤头点烟，便大声叫骂，仍不见褚凤娣过来，原来褚凤娣已死在灶门口了。

好端端的一个人，结婚不到一年就被凶恶的婆婆和小姑虐待致死了，谁受得了？褚凤娣的父母、亲戚受不了，周围的群众也受不了。于是亲戚朋友凑钱，让褚芳林上常州，到武进地方法院上告，一定要讨一个公道的说法，大家相信法院是公正、公平的，一条人命不能白白地被虐杀。谁知徐赵氏不仅富有，而且脚力很硬，她娘家兄弟在贵州当县长，跟家乡的上层关系很好，官官相护，法院哪能为一个普通老百姓作主？褚凤娣的死，在他们眼中和捏死一只蚂蚁没有两样。5 月 8 日宣判，当庭宣判徐赵氏母女无罪，宣判褚芳林犯诬陷罪，竟然予以扣押。

国民党武进法院竟荒唐到如此程度，当地群众出于义愤和同情，怒不可遏，便自发地聚集 3000 多人，没有人领头，也没有人组织，他们拥到武进地方法院门口,高呼“释放原告,肃清舞弊”“严办凶手”“打倒贪官污吏”口号。武进法院的院长和首席检察官吓得从侧门逃之夭夭。愤怒的群众冲进法院,将门窗、审判的桌椅、旁听席等全部捣毁,将法庭上方“国以法治”的匾额取下来,把其中的“法”字贴上“币”字,抬着游街,向武进县政府、专署法院请愿。国民党当局十分害怕,随即出动大批军警,在县直街、县巷一带实行戒严,开枪镇压,逮捕了8名群众。第二天上午8点,城乡数万群众,不顾反动军警的镇压,自发地从四面八方汇聚到武进法院和看守所的门口,再次强烈要求释放原告和被捕群众,要求严惩凶手。各界人士纷纷声援褚芳林,有的捐款,有的参加游行,连人力车夫都免费为群众去城里游行拉车。南运镇中心国民学校的一个女学生,将平时节省下来的零食钱5000元法币,寄给褚芳林打官司。许多地方名流和有识之士纷纷在报刊发表署名文章,强烈谴责国民党政府的腐败和蛮横,甚至直接呈文国民党中央监察院、江苏省区监察使署、苏州高等法院及武进县政府,“请求昭雪,以明真相”。褚凤娣冤案几乎轰动全国,全国各大报纸都纷纷报道,发表评论。国民党武进当局慑于广大群众和各界的舆论压力,被迫释放了褚芳林和被捕的8名群众,把徐赵氏母女关进苏州监狱。但仅仅是遮人耳目,避避风头而已,风声一过,她们依然神气活现地回来了。大家听了,非常气愤。建议新四军留守处,国民党不管,共产党应该主持正义。

其实,钱梦梧一开始就密切注意事态的发展,还曾和蒋锦霖到庄上村做过几次调查,老实巴交的褚凤娣被虐杀,完全是事实。国民党法院贪赃枉法,黑白颠倒,这本身就充分反映国民党当局吏治的腐败,草菅人命。广大群众自发地声援褚芳林,自发地捣毁不公正的法庭,充分反映了民意。钱梦梧完全同意大家的意见,国民党不讲法律,欺压无权无势的群众,我们共产党应当旗帜鲜明地申张正义,全力支持广大群众,让恶人罪有应得。他向王子达同志请示,王子达同志完全同意钱梦梧的意见,他说,国民党官官相护,草菅人命,我们共产党决不答应。一天晚上,钱梦梧带着武工组便冒充国民党自卫团查户口,敲开徐赵氏母女的大门,钱梦梧对徐赵氏说:

“我们是新四军留守处的,请你们母女到我们那里去说点事情。”

徐赵氏想赖着不走,钱梦梧手一挥,身后几个人上来拖着母女俩就出门,蒋锦霖用枪指着徐赵氏她们的头警告说:“老实点,不准作声。不听话,立即打死你。”到了村东的一块坟地,钱梦梧严肃地代表武南县新四军留守处宣判,钱梦梧说:

“你们母女俩依仗权势,虐待褚凤娣致死,凶残之极。武南县新四军留守处经过慎重研究,决定对你们就地正法,以正视听,以儆效尤。”

钱梦梧宣判结束,手中枪响。钱梦梧他们枪毙了徐赵氏母女,在桐庄、南夏墅、前黄等周围的乡村,贴出了镇压的布告。这是一件顺应民心的大好事,在社会上产生强烈反响,广大群众无不拍手称快。国共两党对这件事情的处理截然相反,广大群众从强烈的对比中,认识到共产党新四军是真正主持公道的,是为民申冤雪恨的,是处处为老百姓着想的,无形中共产党的威望在群众中提高不少。国民党太黑了,他们官官相护,相互勾结,无所谓公正、民主而言。著名诗人袁水拍先生把这件事写进他的著名诗集《马凡陀山歌》中,在《东南西北古怪风》这首诗的的第三节写道:

常州审判,金钱包办,国以“币”治,善哉善哉!

可见,褚凤娣案在当时产生多么大的影响!当时就有民间艺人把这一案件编成锡剧,搬上舞台在乡村广泛演唱。解放后,这出《褚凤娣》被武进锡剧团作为传统的保留剧目,在城乡演出多年,很受群众欢迎。

第二十九章

针锋相对，灵活机动打击敌人

前黄乡新来的乡长汤锦武，穷凶极恶，一上任就干了不少坏事，钱梦梧他们决定对他严惩，以儆效尤。

姓汤的乡长，个子不高，胖胖的，是最近一届黄埔军校优秀的毕业生，在毕业典礼上还被奖了一把“中正剑”。黄埔军校有一条不成文的规矩，凡是优秀毕业生，都会在毕业典礼上被授予一把刻有蒋中正签名的佩剑，这是无尚的荣耀。获得佩剑的学生，会得到国民党的青睐，受到重用，前途是一片光明的。无奈汤乡长出身是普通的农民家庭，在国民党政界、军界，没有一点靠背，虽然获得了“中正”佩剑，竟然没有在军队混到一官半职，连一个小小的排长也没有捞到，踢来踢去，竟然被踢到前黄乡当了一名乡长，手下只有20名自卫团队员。汤乡长窝了一肚子的气，无处发泄。他决心好好干，响应国民党的号召，把前黄打造成一个模范的乡镇，做出成绩让上司看看，他汤某人决不是无用之辈。他上任的第二天就拜会了前黄区的区长羊宗达。没有想到竟然和羊某人一见如故，一拍即合，两人决定联手，把前黄地区好好整治一下。汤乡长长期受国民党的教育，对蒋介石深信不移，对共产党无比仇恨，他认为正是由于共产党的存在，国家才内忧外患，民不聊生。内战也是共产党故意挑起的。他和羊区长的看法一样，对镇压共产党绝不手软。他上任以来，多次带领自卫团下乡搜捕共产党，但共产党太狡猾，次次都扑空,让他这位黄埔高才生很是没有面子。大概是1946年春,汤乡长得到情报,说有三个共产党人今晚住宿在离前黄五里的下底田里,汤乡长连夜带着自卫团赶过去,包围了下底田这座小村落。这次他虽然没有扑空,但交战时,他的自卫团很不禁打,被打死一人,重伤一人。三位共产党员毫发无损,安全突围,气得这位黄埔高才生把自卫团队长痛骂了好几天,他自己也被气得几天心情不畅。

这位汤乡长对所谓受共产党蛊惑的群众,或抗日时期跟着共产党打过几天日寇的游击队员,不像其他乡的乡长,不是杀掉,就是关起来,或勒索高额的赎金。他认为这种方法,只会把群众驱赶到共产党那边。他别出心裁,想用感化的办法,从根本上扭转这些人的思想,让他们转变立场,成为国民党的人。他在乡里开办了感训班,把前黄乡里曾与共产党较亲近的人,全部关押在感训班。上午,他和羊区长轮流给他们上课,大讲三民主义,大讲蒋介石在抗战中的丰功伟绩。下午在自卫团的看管下,到前黄街四周去割秆稞,不管主家同意不同意,一块一块地割过去,不断地向外拓展,他们割秆稞不像群众自己割的那样割老的留小的,待来年,秆稞仍会蓬勃生长起来,他们是老小一起割,不留种子,不让秆稞生长出来。共产党不是称秆稞为青纱帐、常常住宿在青纱帐里吗,汤乡长要让共产党无处躲藏。汤乡长的这一手,确实毒辣。秆稞是群众的主要燃料,自己烧不掉还可以卖钱,也是群众的一项经济收入。现在被平白无故割掉了,群众意见很大,却敢怒不敢言,群众称他是"割秆稞乡长"。

前黄东街的张惠福,是1939年秘密参加中国共产党的,他从不参加公开的活动,平时以普通群众的面貌出现。在抗日战争时期做了大量的工作,曾动员一个班的伪军投奔新四军,北撤时,他提出来希望公开身份,随部队北撤。当时区委考虑到他的身份没有暴露,留在前黄街可以做更多的工作,就没有安排他北撤。有一次,钱梦梧派人和张惠福在前黄街北面二里路的大坝头村接头,被叛徒出卖,汤乡长没有想到共产党竟敢在他的眼皮底下活动,非常生气,并带领自卫团逮捕了张惠福,用酷刑审问了几天,张惠福被打得遍体鳞伤,上老虎凳、灌辣椒水、拔指甲,昏迷过多次。但张惠福坚贞不屈,没有向汤乡长吐露半点信息。最后被这位残忍的汤乡长折磨死了。消息传来,钱梦梧非常痛心。对这样反动的乡长不严惩,天理不容。

经过侦察,这位汤乡长每天上午会在街上巡视,几乎是风雨无阻,而且喜欢到药店坐坐,喝喝茶,吹吹牛皮。药店老板是他老朋友,在药店严惩这位汤乡长是可行的。前黄是保安团团部所在,有一个营的兵力。严惩后必须在两三分钟内撤离,否则等敌人明白过来,大部队赶过来,就难以脱身了。撤离有两条线路,一条是药店向西走十多米,有一座木桥,过桥向南,不远处便是一片杆稞岗;一条是穿过药店对门的前黄红十字会服务所,进入街后的桑园地。两条路都可以安全撤离。5 月初,已经进入黄梅雨季,天天下着滴滴嗒嗒的雨。一天上午九点多钟,钱梦梧、蒋锦霖、蒋泽三人,头戴笠帽,身穿蓑衣,赤脚穿着草鞋,手提快慢机,藏在蓑衣里,三人并列着,从东街向西街走去。此时街上静悄悄的,行人三三两两。在药店门口,他们见汤乡长倚着药店柜台,和药店老板在说笑,不时传来汤乡长呵呵的笑声。钱梦梧传递一下眼神,蒋锦霖举枪便打。蒋泽转身举枪站在对面,向东西面观察,以防敌人突然出现。谁知蒋锦霖举枪时被汤乡长身旁的勤务兵发现,勤务兵一面大喊"汤乡长当心",一面冲上前一挡,勤务兵中枪倒地。汤乡长大吃一惊,迅速往后跑,钱梦梧手中的枪响了,击中汤乡长的胸背部。汤乡长负痛撞进里面的门,向前跑了几步便倒地。蒋锦霖想追进去补一枪,钱梦梧拉住他,下令迅速撤离。仅两三步,他们进入红十字会服务所的大门。红十字会会长杨迪群坐在办公桌后面看报,听到两声枪声,正在纳闷,想出门看看,忽然闯进来三位穿蓑衣的人,见为首的朝他笑笑,竟然是钱梦梧,由杨锡类介绍他和钱梦梧见过面。杨迪群明白了,他转身关了大门,领着他们三个进第二道门,来到后门,后门外一丈处是一片大桑园,由于气温较高,雨水充分,桑叶长得很茂密。三人进入桑园,一瞬间就消失得无影无踪,桑园后面是公路,越过公路向西,要不了 5 分钟,便进入杨家坟的松林,到了那里他们便绝对安全了。可惜,钱梦梧没有打中要害,让这位害人不浅的反动乡长躲过了一劫。

那天,保安团值班连长听到枪声,带着一连人赶过来,已经是半小时以后了,哪里还有共产党武工队的影子?现场什么都没有,只有汤乡长勤务兵的尸体躺在药店柜台边。这位汤乡长伤势比较重,一枪打在左肩靠近心脏的地方,药店老板正忙着给他包扎止血。下午,区长羊宗达用船把汤乡长送到无锡去治疗,两个月以后才回到前黄。汤乡长几乎成了另外一个人。经过几次交手,汤乡长完全领教了共产党的厉害,从此便学乖了,不再带着保安队明目张胆地剿共了,如再积极剿共,他恐怕活不了多久,共产党无论如何不会放过他的。羊宗达嘲笑他一朝被蛇咬,十年怕井绳,共产党的一枪把他的胆吓破了。他也只是苦笑笑而已。

礼嘉桥的反动乡长孙育才,也罪大恶极,残酷地杀害我们基层的干群。礼嘉区的武工队陆道南带着两个人,在他从家里去镇上的路边伏击,击中两枪,以为他一命呜呼了。谁知他也命大,竟没有死,不过从此他也收敛不少。小留乡的乡长钱希生也是一个反动透顶的家伙,他怕新四军的武工队来报复他,他随时随地都带着6个保安队队员。晚上保安队队员就住在他家楼上。有保安队保护,他放心多了。7月的一天,陆道南、周必达等5位同志趁着黎明前的黑暗,悄悄地摸进了他们的村子,埋伏在大门前的竹园里,等候钱希生家开门。天色微明,钱希生的母亲打开大门,端着凳,慢慢地到场当中去梳头。陆道南他们一阵风地冲进大门,进门是一个天井,天井后面是楼房,陆道南他们一面打枪一面直冲楼梯,那几个保安队队员就住楼梯口,陆道南踢开大门,他们枪都来不及拿就当了俘虏。钱希生很狡猾,他听到母亲大叫,知道情况不妙,直接从楼上后墙窗口跳下来跑掉了,从此再不敢回家。

钱梦梧他们对罪大恶极的乡长一个个严惩,一些反动的乡长怕了,有的辞职不干了,有的明里暗里收敛不少。各区的武工队人手不多,力量比较薄弱,但暗中严惩几个反动透顶的家伙,还是轻而易举的。有时就几个区的武工队集中在一起,抓住战机狠狠地打击敌人。一天,钱梦梧他们在胜东乡邱家塘活动,刚上村不久,南夏墅国民党保安队陶俊良和南夏墅乡自卫团许肖兆各自带着部队把他们包围了。他们从村前村后两面夹击。钱梦梧决定两人一组分散突围，杨伯荃渡河时溺水牺牲，朱忠林为掩护战友突围牺牲在村东的坟地。一下子失去了两名战友，钱梦梧非常痛心。事后弄清楚，原来是南夏墅保安队在邱家塘安插了特务，叫杨和尚，又名杨癞痢，他发现了钱梦梧他们来了，便叫自己的母亲阚玉美去南夏墅保安队告密。陶俊良一面集合部队向邱家塘赶来，一面派人和南夏墅乡的自卫团联系，妄图一举消灭钱梦梧他们。几天以后，钱梦梧就和蒋锦霖逮捕了还没有领到赏钱的杨和尚母子，在烈士坟前镇压，为两位烈士报仇，并且贴出布告，警告甘愿充当国民党走狗的那些人，胆敢向国民党泄露留守人员的情报，杨和尚母子的下场，便是他们的明天。

邱家塘突围战后，钱梦梧一直想狠狠地袭击一下南夏墅保安队和自卫团，教训教训他们。他得到了王子达同志的支持，就把几个区作战经验比较丰富的同志集中在一起，由他和周必达同志负责。他们主要是灵活机动地打击敌人。没有作战任务，便分散住宿，有作战任务，一声令下便迅速集中。钱梦梧他们派出侦察员积极寻找战机。8 月的一天，钱梦梧他们刚刚到胡家村，侦察员报告说，离这里不远的寺桥村上，今晚演戏，南夏墅自卫团七八个人，在团长许肖兆带领下到寺桥村看戏。这是绝好的机会，不能错过。钱梦梧派蒋锦霖和许国桢再次去侦察，务必把情报弄确实了。半小时后，蒋锦霖他俩回来报告，南夏墅乡自卫团 7 个人，由团长许肖兆带领，在戏场的西北角看戏。情况确实，自然不能错过。钱梦梧便带着武工队立即出发，悄悄地埋伏在戏场北面的大桑园里。戏演了近一小时，钱梦梧让大家混到看戏的群众里面，慢慢靠近那帮自卫团，分开站在他们的背后，一人盯一个，然后听钱梦梧的命令，统一行动。就在他们一人盯住一个自卫队员的时候，被一个出去小便回来的自卫队员发现了，他凑近许肖兆低低地耳语：

"场里有'四老爷'，今晚要当心了。"

许肖兆紧张起来，立刻掏出驳壳枪，朝四周看看。钱梦梧及时下达了动手的命令，钱梦梧和站在许肖兆背后的蒋锦霖，立刻用枪顶住他的腰，严厉地命令道：

“不许出声，举起手来！”

许肖兆乖乖地举起双手。蒋锦霖迅速下了他的枪，把许肖兆押到戏台下面，其他武工队队员紧跟着，把自卫队队员一个个全部押到戏台下面。钱梦梧走上戏台，让演员暂时停止演出，钱梦梧面对观众说：

“乡亲们，不好意思，演出暂时停一下。我是新四军武南县留守人员，我们借这个舞台，开一个公审大会。”说着，钱梦梧用手一招，大声说：“把犯人押上舞台！”随着，武工队队员们一个个把自卫团那帮人押上舞台。钱梦梧继续说：

“这位南夏墅乡自卫团团长许肖兆，近两个月来带领自卫团敲诈了16户新四军的家属，杀害了一名农协会的干部，前几天又和南夏墅保安队的陶俊良一起进攻我们的宿营地，杀害了我们两名战士，许肖兆反动透顶，鱼肉群众。对这样一个反动家伙，要不要杀？”

群众立刻齐声喊：“杀！”

钱梦梧继续说：“好！我代表武南县留守处采纳大家的意见，现在宣判，许肖兆罪恶累累，判处死刑，立即执行。其他7名自卫团的兵我们给他们改过自新的机会，只要他们保证以后不再参加自卫团，不再祸害群众，我们立即释放他们。”钱梦梧对他们说，“你们还参加自卫团祸害老百姓吗？”他们一个个表态，坚决改过自新，再也不敢祸害老百姓了。钱梦梧面对广大观众说：

“乡亲们，你们看清他们的面孔，今后如果发现他们再做坏事，伤害群众，立即告诉我们一声，我们一定新账老账一起算。你们说好不好？”

“好！”群众齐声回答。

钱梦梧继续说：“我们共产队新四军为了反对内战，谋求全国和平，主动北撤，但国民党反动派还是撕毁《双十协定》，挑起内战，妄图用三到五个月时间，全面消灭我们，实行独裁统治。近几个月来，国民党反动派在内战战场上连连大败。短则三年，长则五年，我们将解放全中国。请大家相信，我们共产党和以往一样说话是算数的。在这里我们还要严正警告那些反动的土豪劣绅,谁胆敢与我们为敌,与群众为敌,许肖兆今天的下场便是他们的明天。请大家给南夏墅保安队的陶俊良带个信,陶俊良若继续为非作歹,下一个公审的便是陶俊良。不好意思,耽误大家看戏了。下面请大家继续看戏!”

钱梦梧的讲话,赢得了大家一阵暴风雨般的掌声。钱梦梧他们在群众热烈的掌声中,押着罪犯跳下舞台,在舞台后面的桑园边,枪毙了许肖兆,释放了其他自卫团的人,便迅速消失在黑夜中。

这次公审,在社会上产生很大的影响,共产党的威望在群众中普遍提高,广大群众都相信,三五年后共产党新四军必定打回来,国民党反动派是兔子尾巴长不了。公审大会后,南夏墅保安队的陶俊良吓得半年不敢出据点。

走马塘有一个地主,对共产党的“二五”减租极为不满,新四军北撤了,他认为天翻过来了,该是他讨回地租的时候了。他便寻了十多位吃喝嫖赌的流氓、打手、二流子,弄了七八条枪,组成了庞家街自卫团,他自任团长。他有恃无恐,带着他的自卫团天天敲诈佃户,让他们补交减免的地租,也向新四军的家属和农会的积极分子勒索,手段很残酷,群众怨声载道。钱梦梧了解到这些情况后,非常气愤,决定严惩。钱梦梧让蒋锦霖,前去详细侦察。一连三天,蒋锦霖天天在走马塘庞家街一带转悠,发现那帮家伙天天扛着枪下乡捞钱,晚上回到庞家街家里吃喝搓麻将赌钱。蒋锦霖侦察回来后,钱梦梧他们开会研究,决定晚上八九点钟去那个地主家里袭击,那帮家伙都是混混,战斗力不强,前后门一封锁,一个也跑不了。庞家街离前黄街四里多路,战斗打响后,前黄保安团听到枪声,赶过来,要不了半小时,因此必须速战速决,20 分钟内解决战斗。前一天晚上,钱梦梧带领武工队来到漳隍村,第二天晚上,吃过晚饭,钱梦梧作了简单的战前动员,他低沉却有力地说:

“同志们,我们今天是为群众伸冤来了。庞家街自卫团凭着手里七八条枪,作威作福,向群众反攻倒算,欺压群众。我们能答应吗?我们不能答应。

我们今天就要用我们手中的枪，教训教训那帮家伙，为群众作主。注意战斗打响后，一定控制在20分钟内结束战斗。”

战前动员结束，他们趁着夜色，悄无声息地来到庞家街，埋伏在竹园里。地主家里那班家伙喝酒的吆喝声、笑骂声听得清清楚楚。有一个公鸭似的放肆的大笑声，不断传来，令人恶心。钱梦梧想，那人一定是恶霸团长。过了一会儿，吃喝声没有了，传来噼噼啪啪打麻将的声音，中间夹杂着得意的笑声。钱梦梧发出了进攻的命令。大门口没有岗哨，钱梦梧带着武工队队员一个跟一个轻手轻脚地迅速进了大门，进门便是一个大天井，天井后面是一带三间并列的房间，中间一间的大厅灯火通明，打麻将的声音就是从大厅传来的。钱梦梧举着枪带领大家迅速进了大厅，钱梦梧厉声道：

“不准动，举起手来！”

这帮家伙沉迷于赌博中，他们根本没有想到共产党的武工队这个时候还敢来，听到钱梦梧的话还以为是开玩笑，有一个家伙，还摇头晃脑地说：“别闹，别闹，老子这回要赢了！”

钱梦梧再次下令：“不准动！举起手来！”他们才从沉迷中清醒过来，看清了对准他们的黑洞洞的枪口，乖乖地举起双手。那个恶霸，钱梦梧他们进门时，正好起身到后面去小便，大厅里发生的事情他听得清清楚楚，他小便也来不及，赶紧拉开后门就跑，被守在后门口的蒋锦霖一把抓住，押向大厅，他浑身颤抖，小便便难以自禁地湿了半条裤子。钱梦梧把他们押到村后的坟地，全部枪毙。钱梦梧准备了两份布告，一份贴在庞家街村口，一份贴到前黄街上。布告上写清楚那班家伙的罪行，同时严正警告那些热衷于反攻倒算的家伙，若不悬崖勒马，继续伤害群众，“你们的明天就是这样的下场！”

小留乡自卫团别出心裁，在乡政府旁边的土山上，仿照日寇，筑一个据点，自卫团居高临下全部住宿在据点里，他们对群众宣布，晚上新四军来了，你们就敲锣，他们便冲下来捉拿新四军。钱梦梧带领武工队悄悄地埋伏在自卫团下山的路上。晚上九点多钟，蒋锦霖便在山下，一面敲锣，一面朝山上喊：

“新四军来了！共匪来了！”

高喊了几分钟，自卫团果真扛着枪冲下山来了。等他们进入伏击圈，钱梦梧一声令下：“打！”十多支枪乒乒乓乓一顿打，自卫团毫无还手之力，仅仅几分钟，自卫团死伤过半。钱梦梧他们大喊“缴枪不杀，举起手来！”其余的自卫团队员一个个都跪在地上，高举起了双手求饶。这一仗轻而易举地缴获了十多支步枪和一挺轻机枪。从此土山上的自卫团，再也不敢下山来骚扰群众了。

钱梦梧带着十几个武工队队员，纵横全县，寻找战机，今天这里打一个伏击，明天那里消灭一个自卫团小分队，打得敌人狼狈不堪。前黄保安团团部带着二三百人的队伍下乡围剿，所到之处，新四军无影无踪，连一个武工队队员也抓不到。他们抓一些群众杀鸡儆猴吧，白天杀了，到了晚上那里的乡长、保长或三青团的骨干命就难保了，必然遭到武工队的镇压。弄得保安团团长焦头烂额，不知如何是好。说不定哪天他们在走路时，突然会从秆稞岗里飞出七八个手榴弹来，随着爆炸的浓烟消散，除了自己的部队死伤一大片外，新四军武工队队员一个都抓不到，早已跑得踪影全无。吃过几次亏，这位团长也懒得下乡围剿了。

钱梦梧他们按照毛主席游击战的思想，采用灵活机动的战略战术，主动出击，时而集中力量打，时而分散隐蔽，他们常常在敌人意想不到的时候，突然出现，给予沉重的一击。从 1946 年下半年开始，到 1947 年的年底，他们打了大大小小数十仗，每次都获胜，自己伤亡却很少，不少次都是零伤亡。这样，武工队完全改变了被动的被牵着鼻子走的局面，开始掌握了主动权，而且逐渐发展壮大。武工队以实际行动告诫敌人，新四军留守的人少，力量并不小，也不是好惹的。谁要是死心塌地反共，说不定什么时候就去见了阎王。广大群众的积极性也高涨起来，处处协助他们，为他们提供情报，遇到敌人千方百计地掩护他们，帮助他们突围。慢慢武工队队员的工作环境、生活环境也有较大的改善。

第三十章

搞好筹款，解决活动经费

1947年2月的一天晚上，钱梦梧他们在桥头许家（一个堡垒户家）开会。这家主人许老师是钱梦梧小学的同学，在抗战时期多次暗中帮助抗日政府，北撤后，许老师也主动协助留守人员的工作，是留守处的一个秘密的联络点。有时钱梦梧他们会来住宿，他家后厢有一只大浴锅，冬天钱梦梧他们也会来这里洗洗澡，换换衣服。这次来了，他们先是舒舒服服洗澡，然后开会商量筹款的事情。新四军留守处，上级没有安排活动经费，经费要靠各地自行解决，而且还要筹一部分经费，支援宜兴山里的游击队。北撤时武南县曾留下一部分公粮，给他们作为活动的经费，分藏在群众家里，一年多来，已经用得差不多了，钱梦梧他们一直严格遵守"三大纪律八项注意"，他们在群众家吃饭、住宿都是付钱的，从来不糟蹋群众的东西，因此共产党新四军在群众中威望很高。前段时期，钱梦梧他们还是按抗日战争时期的老办法，责成乡保长按田亩数代征公粮，虽然也能收到一些钱粮，可是慢慢发觉带来的问题不少。保甲长收多少，他们无法核查，不排除一些保甲长从中做手脚，名义上是新四军征用的，却肥了保甲长。无论在政治上还是在经济上，都对新四军不利。有的保甲长迟迟不交，他们派人去催收，使得保甲长对留守处有几个人，姓甚名谁，使用什么武器都弄得清清楚楚，反而为敌人提供了情报，更有甚者，有些保甲长渐渐转变立场，投入反动派的怀抱，给留守人员带来了隐患。大家正在研究筹款的新办法。就在这时,传来“嗒嗒”的敲门声。深更半夜还有谁来?钱梦梧让主人去开门,他带着大家钻进了夹墙。原来是交通员吴桂达给他们送来一位老同志,北撤的史济荣同志回来了。钱梦梧和史济荣猛一见面,便情不自禁地热烈拥抱。他们分开满打满算也不过是一年多时间,但似乎有隔世之感。在环境特别险恶随时有牺牲的岁月,老战友老同学见面,多么不容易。钱梦梧拉着史济荣,从头至尾地看了一遍,问:

“济荣同志是怎么回事,好好地北撤,怎么又回来了呢?”

史济荣说:“想你们了。我就向党组织申请要求回来了。”

史济荣是随着武南县警卫团一道北撤的,北撤时被任命为三营的教导员。三营是原丁舍区警卫连为基本队伍扩编的。到达苏北不久,上级调史济荣进雪枫大学学习,1946 年 10 月,史济荣从雪枫大学结业后,被分配到苏中第二军分区任宣传股长。内战全面爆发后,他们完全摆脱被动局面,取得了节节胜利,史济荣听说苏南留守处需要扩充力量,便打报告要求回苏南工作,于是他和王章等一批同志,受苏中区党委的派遣回到太滆工委,工委的吴桂达同志刚好也要回武南县工作,便一同来到武南地区。史济荣把有关组织关系的证件交给了钱梦梧,笑着说:

“我就算正式向武南留守处丁舍组报到了。”

钱梦梧又一次握着史济荣的手说:“欢迎老战友史济荣归队。”在场的人都热烈鼓掌。吴桂达说:“我也回丁舍组了,欢迎不,钱梦梧组长?”

“你,你也回来了?工委同意吗?”

“当然同意了。我的组织关系本来就在丁舍区里,早应该回来了。”

钱梦梧高兴地握着吴桂达的手,说:“好,当然欢迎!我俩是多年的老搭档。今天一定是黄道吉日,我们平添两位老战友,两位虎将。”

史济荣说:“钱梦梧同志,分配任务吧,我干什么?”

钱梦梧说:“你路途劳顿,是不是休息几天,革命工作有的是,不急嘛。”

史济荣说:“我回来是工作的。你是知道的,我是拼命三郎,不工作心里空落落的不踏实。”

钱梦梧考虑仍让史济荣干财务，这是他的老本行。由史济荣专门负责筹款，钱梦梧心里很踏实。他们便接着开会，进一步商讨筹款等事宜。大家一致同意史济荣提出的建议，款子直接向地主筹，不是征收而是借款，由留守处开出借条，等全国解放了，他们凭着借条向当地政府兑现。这样做既合情合理，也完全符合“三大纪律八项注意”的规定。会上钱梦梧指定蒋锦霖协助史济荣筹款。会议开到后半夜才结束。睡觉时，史济荣提出来要和钱梦梧睡一铺，钱梦梧高兴地答应了。因为他们有不少话要交流。上床睡觉前，史济荣很狡黠地看了钱梦梧一眼说：

“老同学，我们一见面，你一直想问我一句话，当着大家的面，没好意思开口，现在要问吗？我一定和盘托出。怎么样，要问吗？”

“我还有什么话要问？没有了。你有什么话要说，就快说，别卖关子。不说我们就睡觉了。”

史济荣笑笑说：“那好，你不想听，我也不说了。最宝贵的东西也不给你了，我独吞了，今后可不要后悔。好吧，我们睡觉吧，已经后半夜了。明天还有工作。”

钱梦梧急了。他装得无所谓的样子，对史济荣笑着说：“有什么宝贝东西，不就是章引姐带给我的信吗？你不给，我还不要了，你还是还给章引姐吧。”钱梦梧话虽这么说，可是脸上写满了焦急的神情。

史济荣看着钱梦梧焦急的样子，有些不忍，就从贴身的口袋摸出一个小纸包，交给钱梦梧。钱梦梧小心翼翼地打开纸包，原来是章引姐和一位中年妇女的合影照片，那位中年妇女钱梦梧觉得非常面熟。钱梦梧突然想起来了，原来是苏皖根据地党校校长李坚贞同志。史济荣告诉钱梦梧，他们北撤到苏中地区，他仍在部队当教导员，做部队的思想工作，章引姐当了李坚贞同志的秘书。这次回苏南工作，他特地请假，赶了60多里的山路，找到章引姐。章引姐高兴得跳了起来。章引姐告诉史济荣，他来得很巧，再迟半小时，她就要随李坚贞出发到鹅钱乡进行土改试点工作了。史济荣告诉章引姐,过两天他要回武南向钱梦梧报到,重新到武南搞地下工作了。章引姐很羡慕史济荣,说重新回武南工作好。说着,章引姐打开整理好的行李包,拿出这张照片,匆匆在照片后面写了几个字,用白纸包好交给他,要他带给钱梦梧。史济荣建议她给钱梦梧写封信,章引姐说,她们马上要出发了,来不及了。她要史济荣务必告诉钱梦梧,"注意安全,注意身体,一解放我会到武南找他,我们一定会再见的!"

史济荣说:"老同学,我不辱使命,照片我亲手交给你了,所带的一句话也一字不落地带到了。我困了,我不妨碍你欣赏章引姐的倩影,我先睡了。"

钱梦梧说:"有什么可欣赏,还不是老样子?我也困了。我们睡觉吧,天也快亮了。"

钱梦梧话虽是这样说,但心里确实很激动,躺在床上一点睡意也没有。章引靓丽的身影一直在头脑里打转。照片后面几个字是"见照如面"。他和章引姐分别已一年多了,一直得不到她的消息,不知道她身体好不好,做什么工作,处境危险不危险。有几次钱梦梧梦见她被敌人追赶,眼看要追上了,他急得大叫,从梦中急醒过来,发现自己浑身是汗。钱梦梧知道章引姐在苏北解放区,环境是比这里安全得多,不用他多担心,但他控制不住,不知道什么原因常常为她担忧。现在好了,有了章引姐的确切消息,而且是在尊敬的李大姐身边工作,他彻底地放心了,他又想到章引姐,身体单薄,在乡下搞土改,身体吃不吃得消,会不会累垮了。他这么想着想着,天不知不觉地渐渐亮了。钱梦梧一夜未合眼,却一点都不累。钱梦梧起身,把同志们一个个叫醒,吃了早饭,便趁着黎明前的黑暗,不声不响地赶到村后一里多路的大秆稞岗里。他们白天如果没有特殊任务,一般都在秆稞岗里度过。

史济荣第二天就开始筹集经费了。他选择了周围几个乡里的几位地主,按照他们的经济状况,分别向他们各借粮三十担和五十担,请他们折合成现金,因为现金好携带。他把考虑好的名单和钱梦梧商量,钱梦梧完全同意。史济荣稍许化装一下,就带着蒋锦霖出发了,他们避开大路,全是走的田间小道,一天跑了三家大户人家。他们向地主亮明了身份,然后说明来意，只有一家答应得不爽快，似乎不情不愿。那地主愁眉苦脸地说：

“一下子要50担，太多了。去年年成不好，欠收了。我一年的租米还没有50担，是否少一点，我借10担，行不？”

史济荣说：“你骗我们吗？我就是本地人，去年风调雨顺是丰收之年。你50担拿不出来？你家也是常州出南门的大户人家。三百多亩土地，租米收不到50担？你骗谁？”

那个地主见武工队对他家情况非常了解，也只得乖乖地答应。他问：

“什么时候交给你们？是我们送呢，还是你来拿？”

“你先准备好，到时候我们会通知你的。”

最后史济荣也向他们提出警告，如果不老实，向国民党反动派告密，后果自负。史济荣回来后，向钱梦梧汇报了找地主借粮的情况，钱梦梧觉得找地主面谈有风险，建议史济荣用信件来沟通。只要事先了解好借款人的情况和住址，以留守处的名义，写一封信给他，写明借款的原因、数量、交款的方式以及还款的情况，晚上把信从门缝中塞进去。给他们一段准备时间，再用信通知他们交款的时间和地点。时间一般放在黄昏，地点尽量要安在空旷的田野，武工队事先埋伏在送款人来的路上，观察动静，只要是一个人前来，没有其他动静，武工队就派人上前去取款，开出收据。如果发现有动静，就取消取款，迅速撤离，过后再写信去责问。也可以第一、第二次约的交款时间、地点，武工队故意不去，考验考验对方，约到第三或第四次时，再去取款，以防他们向国民党告密。钱梦梧说：

“我们对借款人也不能过分相信，要掌握借款的主动权，要做到绝对安全，以防意外。”

史济荣采纳了钱梦梧的建议，全部采用信件方式沟通。由于共产党在群众中不断高涨的威望，武工队神出鬼没地严惩那班死心踢地跟着国民党反动派的家伙，那些接到武工队借款信的地主，大多数老老实实按要求把款子如数送交给钱梦梧他们，就是国民党军官的家属，也瞒着别人把款子交来。如前黄区的区长羊宗达，十分反动，一再叫嚣要杀尽共产党，但他的舅父也如数把30担大米的款子按要求送来,他不敢告诉外甥羊宗达。又如戴溪桥一位杨姓大地主,他的家族中多人在国民党军队和政府中任职,而且位置较高,他接到借粮100担大米的信件,一声不响地把款子送到预定地点,他没有惊动任何人。他们都不敢得罪武工队,知道武工队的人,很讲信誉,言出必行。但也有个别不识趣的地主,有一位杨姓的地主,家里十分富有,武工队向他借100担粮,他惜财如命,他宁可让粮食霉烂在仓库,也不愿借给武工队,催了几次都不交。史济荣和钱梦梧商量怎么办:"他没有向反动政府告密,我们不能对他严惩,但他拖着不交,影响很坏,会有一些人效法,以后筹粮就困难了。"钱梦梧笑着说:

"这好办,把他请来,和我们一起生活几天,让他尝尝我们生活的滋味,他就会自愿自觉地交了。"

史济荣说:"我知道了。这就是陈成副县长当年对你父亲钱校长的办法。这是好办法。让他体会一下我们的生活,他就知道怎么做了。"

当天晚上,史济荣带了三位武工队队员,把杨姓地主请来住进了秆稞岗。为了保密,史济荣他们带着他,没有和钱梦梧他们住在一起,而是住在另外一处地方。开始时他老是嘟囔:"没有粮就是没有粮,关我也没有用,我变不出粮来。"史济荣他们都不理睬他,他说他的。时令已进入冬季,白天有太阳还好,夜里就不好受了,西北风"嗖嗖"地刮着,直往骨子里钻。他们四个人穿着衣服挤在一起睡,为了照顾他,让他睡在中间。身底下铺着一层稻草,仍挡不住一阵阵寒气往身上窜。杨姓地主一夜都未合眼。他们吃的东西,除早晨一顿还有点热气,中饭和晚饭都是冻硬的米饭和麦粉饼。菜是咸菜和萝卜干。热水也有,早上和早饭一起送来一热水瓶,每个人分到一碗。这样的生活,杨地主实在过不下去,仅一天一夜就缴械了。他说:

"史同志,放了我吧,我服了。你们的生活确实不是人过的。粮食我一定如数交给你们,我绝不食言。"

史济荣说:"我们本来是相信你的,不过你一再食言,我们难以相信你了。我们这样的生活你也看到了,我们不是硬逼你,我们也是没办法,只是暂时借一借,等这里解放了,一定如数奉还,你有什么舍不得呢?”

“史同志,不说了。我明白了,你今天放我回去,明天我一定送来,这次我绝不食言。”

有的同志提出来,让他写信给家里,把粮款缴清了再放他。杨地主急了,竟哭了起来。他边哭边说:

“让我今天就回去吧,我一到家就把粮款交给你们,你们的生活我实在过不下去。请你们相信,这回我一定交。”

史济荣说:“好吧。我们再信你一次,我们马上送你回去。你到家就把粮款送到你们村后的大坟地里,我们有人在等你。你过 10 点不送来,后果自负。”

果然,他到家后不到半小时就背只草篮出门了,老老实实按时把粮款送到指定地点,没有再耍手段,史济荣他们也出具了借条。1950 年,实行土地改革,他拿出了借条,也算他为革命作了贡献,按照当时的政策还清了粮,还给予照顾。这是后话了。

史济荣把杨地主的情况说给钱梦梧他们听,大家都笑了。钱梦梧说:

“我们的生活,他们连做梦都想不到,以为我们借了这么多粮,生活很舒服。他们哪里吃过这样的苦,那年我父亲开始也嘴硬,不肯缴公粮,请他和我们生活了五六天,也乖乖地把公粮缴了。”

史济荣和钱梦梧商量,我们不仅向大户人家借粮,是否可以向武宜汽车公司借款。该公司很有钱。钱梦梧认为可以,武宜汽车公司的董事长薛迪功,曾任国民党武进县党部书记,也是一个反动家伙。1947 年 7 月,史济荣便以武南县留守处的名义给公司写了一封借款信。薛迪功竟然不予理睬,他说:“这是几条新四军的漏网之鱼,不用理睬。”

钱梦梧说:“薛迪功自以为是县里的大公司,有背景。我们拿他没有办法。我们要给他一点颜色看看。”

史济荣心领神会,便和蒋锦霖、周必达等同志一道在凤墅桥设路障,扣押了两位客车驾驶员,让驾驶员住进了秆稞岗,和他们一道吃住。他们让驾驶员写信给公司,向公司提出交款要求。两位驾驶员的家属知道出事了,天天到公司去,吵着向薛迪功要人。两位驾驶员被武工队扣押,其他驾驶员因安全得不到保障,也不肯开车,整条武宜线,车辆全部停开。这下薛迪功的头大了,他很恼火,在办公室里,拍桌子骂娘,有人建议他向武进县政府报案,他冷笑道:

“报案?报案,有用吗?他们天天喊剿共剿共,共产党却越剿越多,这班老爷只知道捞钱,请他做事,全是脱裤子放屁。罢罢罢,按武工队要求办,共产党讲话还是算数的,满足了他们的要求,不会再烦你了。”

薛迪功向武工队表示,愿意提供两百担大米款的经费。最后钱梦梧要他用一百担大米款购置五支美式冲锋枪、五支驳壳枪和两箱驳壳枪的子弹。薛迪功完全照办了。钱梦梧他们收到枪、子弹和款项后,把两位驾驶员放了,武宜路恢复了运营。

圆满处理好武宜汽车公司的借款后,史济荣随王子达一同奉调到宜溧山区,王子达同志任太滆工委书记。在太滆工委领导下,成立宜溧区工委,宋亚欣同志任书记,史济荣同志出任副书记。同时宜北和武南成立武宜工委,徐行同志任书记分管宜北,钱梦梧出任副书记,分工负责武南和锡西。原漳湟区的区委书记张涛,担任武宜工委的委员,分工负责锡西的工作。武南全县的工作,一下子落到钱梦梧身上,那年钱梦梧才刚刚满 23 岁,在十分险恶复杂的环境中,要担起这么重的一副担子,心情不免有些紧张,好在他在丁舍区工作了好几年,对全县情况还是比较了解的,对各区的同志都是熟悉的。他想只要坚持党的政策,和张涛等各区同志紧密团结在一起,依靠群众,兢兢业业,不稍懈怠,是可以把坚持斗争的工作搞好的,他有信心出色完成党组织交给的任务。

当晚,他睡在南夏墅石塘湾周家村李世根老人屋后杆稞岗里的草屋里,虽然李世根老人去世了,但这个宿营地他们还隔三差五来住几天,李世根的老妻对他们十分热情,见到他们像亲人一样。夜深了,各种虫鸣此起彼落,似乎是一个天然的大舞台,你方唱罢他登台。钱梦梧几乎天天在自然界美妙的音乐声中入睡。今天他却没有一点睡意,他想着肩上的重担,他一双稚嫩的肩膀要担任全县的重任,的确很不容易。他筹划着全县工作如何进一步地展开。此时此刻,钱梦梧想起了立华姐,立华姐离开他五年了,五年来每每遇到生活中的重大变故,他就会自然而然地想到她,他会从立华姐那里获取力量,今天也一样,他从立华姐微笑而坚定的眼神中,看到了鼓励,看到了力量。自然而然,钱梦梧也强烈地思念起章引姐来了。他知道章引姐如果在身边,一定会帮他分担肩上的重任的,也会给他力量和信心的。想当年,他被任命为丁舍区的区委书记,还在犹豫不决担心搞不好时,章引姐第一个站出来支持他,章引姐说,有什么担心,有我做你的助手,有什么困难我帮你顶着。想到这里,钱梦梧笑了。今晚不知道章引姐在哪里?搞土改试点斗争也是十分激烈的,是不是顺手?吃不吃苦?章引姐从小吃了不少苦,不知道身体怎么样?钱梦梧不免为章引姐担心起来。钱梦梧一直到天快亮的时候,才蒙蒙眬眬地进入梦乡。

第二天下午,南夏墅药店的陈老板找到钱梦梧,替他父亲钱伯显先生送来80担大米款,还有一包夏天穿的衣服。钱梦梧非常惊讶,他知道借粮的名单中没有父亲,父亲已经登报声明和他脱离了父子关系。向这种人借粮,只会自讨没趣,而且危险重重。所以全区大地主家几乎都借了,唯独没有向他开口。谁知父亲钱伯显主动送款上门了。陈老板告诉钱梦梧说:

“你爸说,家里很多钱用在学校了,这次送来80担米款是捐献的,不用写借条。钱先生说等新稻上场,他再捐点。衣服是你继母让我带给你替换的。你收好。”

钱梦梧说:“我们没有开口,这次他竟这样大方,不怕他那个国民党追究吗?”

陈老板告诉钱梦梧,前几天,史济荣区长晚上到家里找钱校长,刚巧陈老板也在。史济荣告诉他们全国内战的真实情况,说国民党军队确实人数多,武器也好,不过不少指战员厌战情绪很大,战场上整团整师甚至有整军临战起义或投诚的,屡见不鲜。别看蒋介石叫嚣“三个月”“半年消灭解放军”,国民党是兔子尾巴长不了。短则三年,长则五年,必然被消灭。史济荣要钱校长认清潮流,不要一条道走到黑。接着他告诉钱校长留守处经费很困难,开始向大户人家借粮,写下借条,等全国解放了,人民政府统一归还。他希望钱校长在自愿的前提下也出借一点。当场钱校长答应考虑,钱校长还问了一下,每户借多少?史济荣说按各家的情况而定,一般30担到100担吧。钱校长还问了钱梦梧的身体情况。史济荣告诉他,钱梦梧身体很健康,只是瘦了一点,因为一日三餐不定时,有时也得不到保障,衣服也破旧一点,猛一看就是一个老实巴交的农民。

钱梦梧听了,心里有所触动,颇有感慨,毕竟是自己的父亲。不过他没有表露出来,只说:“别假惺惺了,他不是不认我这个儿子了吗?不是公开登报声明了吗?”

陈老板看了一眼钱梦梧说:“梦梧,我要摆点老资格,说你几句了,父子亲情岂是一纸声明能断绝得了的。你爸登报声明是有他的苦衷的,还不是为了竞选县议员,不得已而为之。他还不是为了保护你吗?其中的奥妙你想不明白?你要理解你爸。”

钱梦梧听了陈老板的批评,没有反驳,也没有解释。临别时,钱梦梧要陈老板转告他爸,他代表留守处谢谢老爸,也谢谢继母。希望两位老人保重。

钱梦梧没有想到史济荣背着他做了这么一件大好事。自从向地主借粮开始,钱梦梧一直有一个心结,他家也是有名的大户人家,只向别人家借,而不向自己家借,实在说不过去。向自家借,目前状况,他怎么好意思开口?去开口,必然十分尴尬。没有想到史济荣悄悄地为他解开了这个心结。钱梦梧真要好好地谢谢这位老同学。

有一次,钱梦梧带着武工队在蔡亭桥一带活动。那天王子达同志也在。有群众送来消息说,蔡亭桥畔有一艘收蚕茧的船停在那里,船上有不少钱。钱梦梧立即让蒋锦霖同志去侦察,弄清收茧的船是谁家的。蒋锦霖很快弄清楚了,原来是无锡五色保险公司的船,船上还有5个国民党士兵武装押船。

五色保险公司是国民党反动政府的，是国民党的官僚资本。钱梦梧随即请示王子达书记。王子达书记认为这一笔钱是属于官僚资本家的，同意没收。钱梦梧带着蒋锦霖和几个武工队队员以突然袭击的方式，先缴了5位士兵的枪，然后上船收缴了船上折合大米700担的款子。钱梦梧对船主说：

"这笔款子和5支枪我们没收了。回去告诉你们的主子，我们是新四军武南县留守处的。这笔钱是你们盘剥蚕民的，我们拿来充作新四军的经费，以后你们少到武南来盘剥。"

船主吓得浑身颤抖，只是不停地点头。

钱梦梧筹来的粮款，除留一小部分作为伙食和活动经费外，绝大部分上缴给太滆工委，由太滆工委转交给宜兴山里的游击队。

钱梦梧万万没有想到1948年开春不久，史济荣为了掩护战友撤退壮烈牺牲在溧阳的戴埠镇，年仅25岁。噩耗传来，钱梦梧伤心欲绝。这样一位好战友，好同志，竟这样走了。整个武南地区的留守人员没有一个不悲痛，整整一天，大家都沉浸在悲伤中，茶饭不思，都呆呆地坐着。钱梦梧觉得大家沉浸在悲伤中不利于战斗，在目前恶劣的形势下，他们没有时间悲伤，敌人随时随地会杀过来，他们要时时刻刻准备战斗。钱梦梧擦干眼泪，站起来对大家说：

"请大家擦干眼泪，站起来。我们举行简单的悼念活动，和我们的区长史济荣同志告个别。"

全体队员站起来，擦干眼泪，迅速在钱梦梧面前站成两列横队。钱梦梧脱下帽子，低沉缓慢地说：

"为我们的史济荣同志默哀三分钟。"

全体武工队队员都脱帽，默默地低下头。一片静默，只有风吹秆稞发出低沉的飒飒声，大多数人无声地流下了眼泪。默哀后，钱梦梧看着大家说：

"同志们，史济荣同志牺牲了。大家很悲痛，我也很悲痛。我和史济荣是情同手足的同学、朋友、战友。是我把他引到革命的大道上来的，我也是他的入党介绍人。噩耗传来，我比谁都难过，但光沉浸在悲伤中有用吗？史济荣同志看到我们沉浸在悲伤中,茶饭不思,会高兴吗?他希望我们擦干眼泪继续战斗!面对史济荣同志的牺牲,我们要化悲愤为力量,学习史济荣同志的高贵品质,更好地战斗,完成史济荣同志的未竟事业。”

“史济荣同志是忠诚的中国共产党党员,他最大的优点是忠于党的事业,毕生不忘入党誓言,不论何时何地为完成党的工作,勤奋踏实地工作,最后他为党的事业献出了年轻的生命。我们要悼念史济荣,更要学习史济荣。同志们,让我们接过史济荣同志手中的枪,发扬史济荣同志的高尚品质,投身战斗,为实现全国解放而努力奋斗!”

钱梦梧充满深情和激情的讲话,撞击着每个武工队队员的心扉。他们决心化悲愤为力量,以自己的实际行动来悼念史济荣同志。钱梦梧讲完了,看着大家说:

“大家一天没有吃什么东西,请大家以最快速度消灭各自碗中饭食。”说着钱梦梧端起自己的碗大口地吃起来。大家也都拿起碗吃了起来。

钱梦梧带领大家把失去战友的悲痛,转化成了无穷的力量。

第三十一章

建立交通联络，挑货郎送情报

抗战时期，武南县抗日民主政府有一套完整的交通联络组织。县里有交通联络总站，区里有交通联络分站，乡里也有联络站，配备了专职的交通员，每天送信联络。北撤时，一部分交通员随部队北撤了，留下来的一些交通员，经过1945年下半年和1946年上半年的残酷艰苦的斗争，有的牺牲了，有的离开家乡去外地谋生了。这套完整的交通网络慢慢就消失了。当时全县留守人员只有20多人，大家约定一个月碰头一次，上个月碰头时就约定好下一次碰头的时间和地点，这样比较方便，而且各区宿营地随时都有变化，也难以建立固定的交通联络站。当时碰头地点一般都安排在丁舍区和礼嘉区交界处的袁家村。袁家村是一个只有3户人家的小村，地处偏僻，离前黄、礼嘉、走马塘等街镇较远。村周围都是大片大片的秆棵岗，一旦发生情况钻进秆棵岗，很容易撤离；更重要的是，这三户人家都是佃户，生活穷苦，一心向着共产党。他们原是一个大家分开来过的，都是叔伯兄弟，关系很亲近。抗日时期，就是堡垒户，钱梦梧曾在这里住过几次，大家都熟悉。每次集中都在村西的竹园里，并不惊动住户。因为村子小，无法住宿，也不方便白天来。所以他们都是提前一天，赶到袁家村附近住宿，第二天晚上10点钟再集中。天亮前他们分开，见面时间往往只有四五个小时。各区武工队队员见面，心情都很激动，紧紧地握手，在昏暗中互相察看，问长问短。虽然分别只有一个月,但这一个月,大家都是在时刻都有生命危险的环境中度过的,今天见了面不知道下次还能否见到。每次都像是久别重逢一样,大家十分珍惜,都流露出无限的深情。这种不是亲人胜似亲人的情感,没有亲身经历过的人,是难以体会到的。

每次聚会,各区的组长聚在一起,先开小会。由王子达同志召集,再由小组组长交流各小组一个月来的工作情况,最后由王子达同志传达上级指示,然后分析敌情,确定下一阶段的工作重心和确定下次相聚的时间、地点。在小组长开会时,武工队队员们便三三两两地自由结合,广泛地交流别后情境。小组会结束,召开全体会议,由王子达同志就目前面临的共同问题说几点意见,然后散会。各区小组长带着自己的队员,踏着黎明前的黑暗悄悄地离开。

有一次聚会结束时,王子达同志告诉钱梦梧,最近几个月和苏北党组织的联系中断了,得不到上级的指示,便没有了方向,工作起来困难重重。钱梦梧明白王子达同志的意思,便说:

"放心,我设法和路北的同志取得联系,通过他们,尽快恢复与苏北党组织的联络。"

王子达笑了起来:"给钱梦梧同志谈工作就是省力,说了上半句,下半句就不用说了,你完全明白了。"

王子达告诉钱梦梧同志,可以派人到路北找蒋建乔同志,也可以到郑陆横山桥一带找张子强同志,找到他们,就可以恢复与苏北党组织的联系。

钱梦梧征求王子达同志的意见:"我手里的人你个个熟悉,派谁去较好?"

这个任务看似简单,其实难度很大,大家都处于秘密状态,而且互相不熟悉,要找到合适的人确实不容易,派出去的人头脑要灵活,反应要快,还要会察言观色,有见貌变色的本领。王子达同志说:

"让吴桂达同志去吧,我看没有人比他更合适了。"

钱梦梧完全同意,其实两个人是不谋而合的。第二天钱梦梧向吴桂达交代任务，要他想尽一切办法尽早完成任务，钱梦梧把一封王子达同志写给蒋建乔和张子强的信交给吴桂达，叮嘱吴桂达一路千万小心：

“多看，少说，多动脑筋，千万不能莽撞。”

吴桂达穿一件破旧的黑布对襟棉袄，一条黑色棉裤，棉裤的膝盖处破了，露出了姜黄色的棉絮，背一个青布包，里面装几件破旧的替换衣服和几双草鞋，他很小心地把王子达同志的信缝在贴身穿的裤腰带里，当天就出发了。他走了两天，很小心地绕道过了两道检查站。第三天中午，他走进三河口的一个小村子里，来到一户人家的大门口。看上去这户人家生活还不错，一个头发半白的老汉出来，吴桂达上前哀求道：

“老伯伯，行行好，讨点剩菜剩饭，我两天没有吃，饿得一点力气都没有了。”

老汉心肠也好，看了老吴一眼，叹口气说“你等着”，便回去端来一大碗饭，饭上还有喷香的豆腐炒青菜。吴桂达说声“谢谢”，便倚着墙壁大口大口地吃起来。这时三四个上了年纪的人围过来，看着吴桂达吃。一个老人说：

“看你这个人还老实，也不像是讨饭的。年纪轻轻，何不寻户人家去做长工，弄口饭吃，不比你讨饭强千百倍。”

吴桂达听了，马上说：“我可要千谢万谢了。求求你老人家开开恩，不管去哪家，只要有安身的地方，有口热饭吃就行了，我不要工钱。”

“听口音，你是武进南乡人。怎么流落到这里？”

吴桂达朝四周看看，叹口气，压低声音说：“一言难尽，打日寇时，我也跟着干了几天民兵，为新四军送过信，不知谁向乡政府告密，乡政府要捉我，我连夜逃了出来。我真是走投无路了。谁知道会突然翻天啊？”

一个人说：“都是苦命人。”说着，他对身边一个人说：“路根，你家不是缺人手吗？就让他到你家去做做，反正他只要有口饭吃。活干得还好，就留下，给他开点工钱。干得不好，让他走就是。”

路根想想也对，便把吴桂达领了回去。吴桂达心里很高兴，终于有了落脚的地方，可以慢慢寻找了。到了路根家，吴桂达天天早起摸黑干活，十分卖力,很讨路根喜欢。几天下来,吴桂达也跟周围的人渐渐熟了。大家十分同情他的遭遇,加上人也随和,都喜欢跟他交往。吴桂达在不经意的交谈中,向他们了解这里新四军的情况,问他们有没有听说过蒋建乔和张子强这两个人,村上有没有新四军。这些敏感的话题,问者似乎随意,听者有心。村上的中共党支部书记潘清才和党员金宝林等同志,和吴桂达接触了几次,都觉得路根家的长工不大对头,不像逃命那么简单,他们怀疑他是国民党反动派派来的暗探。有人建议先下手为强弄死他。潘清才说:

"也有点不像,他农活熟练,干活也地道,不是游手好闲之辈,也吃得了苦,国民党的特务不大像,还是观察观察再说。"

日子一天天地过去,吴桂达四处打听,但一点头绪也没有,心里很焦急。一天临晚,吴桂达从田里收工刚刚回到路根家,还光着脚。金宝林喊他去村东祠堂,说有人找他。吴桂达来到祠堂,感到情况不大对头,大厅里有五六个人,都站着,神情异常严肃。吴桂达心中有数,只能见机行事,他说:

"什么事?谁找我,我脚还没洗,鞋也没穿。啥事?"

潘清才严肃地说:"吴产大(这是吴桂达在这里用的化名),今天老老实实交代你的身份,你到这里来的目的。要是有半点隐瞒,别怪我们对你不客气!"说着把一把明晃晃的大刀在吴桂达的面前摇了摇。吴桂达一脸委屈地说:

"你们这是干啥?我有啥身份不身份。我就是老百姓,从南乡逃命到这里,混口饭吃,有啥目的?"

潘清才眼睛一眨,上来几个人把吴桂达夹住,很快把他绑在庭柱上。吴桂达没有反抗,面对这许多人,反抗也没意义。他无可奈何地摇摇头,笑了笑说:

"你们这是做什么?你们是国民党的密探?要把我押送给国民党吗?"

金宝林气愤地说:"你才是国民党的密探,狗特务!快说谁派你来的?"

吴桂达高兴地笑了,他从种种迹象看出,眼前这些人决不是村上的普通群众,更不可能是国民党反动派的密探,很可能就是他早思晚想要寻找的人。

潘清才说："你笑什么？死到临头了还笑？给你3分钟，再不交代我们就不要你说了，你去死吧！"

吴桂达说："好，我什么都说，不过我要向你们的负责人交代，请把你们的头头找来。"

这时正在门口扫地的那个人，走了进来，手里还拿着扫把。吴桂达一看很面熟，可是一时记不起来是谁，便说："你过来，我在哪里见过你，你叫，叫汪，汪什么的……"

那位拿扫把的走过来，仔细一看，大吃一惊："你不是老吴，吴桂达同志吗？你怎么在这里？我是汪明。"

吴桂达高兴地说："对了，是汪明同志。我终于找到你们了，我找你们找了大半个月，急死我了。"

弄了半天，原来都是自己的同志，大家都高兴地笑了。吴桂达急了。

他说："我还绑着，你们绑得也太紧了，我的手都麻木了。你们还不给我松绑吗？有汪明同志作证，还不放心吗。"

大家赶紧给吴桂达松绑，笑着赔不是。吴桂达相反表扬了他们，他对汪明同志说："你手下的兵不赖，警惕性很高，我来了几天就被怀疑上了。"

吴桂达从贴身的裤腰带里拿出了武南留守处写给蒋建乔和张子强的介绍信，他对汪明说，要找张子强同志，请马上带他去。汪明指指吴桂达的脚，说：

"不急。你先回路根家，洗了脚，穿上鞋子，吃了晚饭，我陪你去。"

吴桂达圆满地完成了任务，通过张子强同志和苏中区党委接上关系。第二天，吴桂达带着苏中区党委的重要指示，回到武南。钱梦梧高兴地握着吴桂达的手，深情地说：

"不管多难的任务，交给你，你都能不折不扣地完成。我代表大家谢谢你。"

说得吴桂达脸都红了。根据钱梦梧的推荐，吴桂达成了武南县的交通联络员,向南到宜兴山里,和太滆工委的联系,向北一直到长江以北,与苏中区党委的联络,全由他一个人负责。党组织为吴桂达准备了一副货郎担,担子两头的货柜里装着农村日常的小百货,妇女们的针脑线头、胭脂花粉,小孩子的瓜子糖果,老人的火柴黄烟水烟筒……几乎是应有尽有。这一副货郎担少说也有七八十斤。吴桂达天天挑着这副担子穿村走巷,走南闯北,为党传递着一件件文件,传送着一份份情报。大概七八天,他从南到北得走一圈。吴桂达还特地弄了一个小面鼓,每到一村,他一面"咚咚咚"地摇面鼓,一面敞开嗓子喊:

"嗨——货郎来了,针脑线头,胭脂花粉,瓜子糖果……应有尽有,嗨呀——"

随着喊声,姑娘小伙子老人小孩都围过来,挑选各自所需要的货物。就在他忙碌做生意的过程中,毫无痕迹地完成了情报传递。这是一件十分危险而艰辛的工作,然而吴桂达为了党的需要,乐此不疲,一干就干了两年,从那时候起,一直干到解放。各地的党组织也尽力配合他,沿途为他设立几个联络点,让他晚上有住宿吃饭的地方。

大成乡西薛村的曾宣大家,也是吴桂达住宿吃饭的地方。曾宣大家是在村东边靠运河边的茅草房,与西薛村离开一段路,四面都是秆棵岗,抗日时期就是堡垒户。北撤后,钱梦梧他们也曾来活动过几次。昨天晚上,吴桂达就住宿在曾宣大家,吃晚饭时还和曾宣大喝了点米酒。第二天早上,吴桂达挑着货郎担刚刚离开,还在西薛村上做生意,就见几十个自卫团的人直奔曾宣大家去,他已经来不及去通知了。他一边做生意,一边密切注意曾宣大家的动向,没有几分钟,自卫团的人押着曾宣大过来了,他见押解的人里有一个熟面孔。吴桂达大吃一惊。吴桂达很快结束了生意,把货郎担寄放在西薛一家熟人家里,从小路迅速找到钱梦梧,报告了曾宣大被抓的消息,并且说他在自卫团的人里看到了蒋生明,是他带着自卫团过去抓的。蒋生明肯定投敌当了叛徒。蒋生明在抗日时期,曾在武南县政府工作过,时间不长,便调往宜兴山里去工作了。

钱梦梧说:“能确定吗?”

吴桂达点点头说:“能确定。我看得很清楚。”

曾宣大被捕,钱梦梧非常吃惊,曾宣大是老革命,抗日时期新四军的被服厂曾办在他家,一次又一次地避免了敌人搜查,确保了新四军的后勤供给,他也多次为新四军送过情报。曾宣大也是西薛一带的革命领路人,那里好几个共产党员都是他培养、介绍入党的。他必须营救曾宣大。钱梦梧立即调动各种关系来营救,他亲自出面筹钱,找人,从多方面来设法营救,并许诺不管花多少钱都得救。但各方面的营救措施还没有来得及展开,当天晚上曾宣大就被杀害了。那一夜,曾宣大受尽了上老虎凳、灌辣椒水、烧红的铬铁烫、上电刑等多种酷刑,但曾宣大始终坚贞不屈,没吐露一个字,敌人绝望了,知道曾宣大不可能屈服,便当场把他杀害在审讯室,曾宣大身中 18 枪,胸膛几乎被打成筛子,敌人是何等凶残!钱梦梧十分悲痛。曾宣大牺牲的第二天晚上,钱梦梧带着武南县的主要干部,来到曾宣大家,悼唁。钱梦梧看着躺在棺木里脸部破碎的曾宣大同志,难过得说不出话来。钱梦梧强忍住眼泪,扶着棺木,对在场的武南县的干部和群众说:

“同志们,曾宣大同志虽然牺牲了,但他为之奋斗的共产主义事业还没有实现,全中国还没有解放,我们一定要踏着曾宣大同志的血迹前进,完成他未竟的事业。曾宣大同志身上有许多宝贵的品质,他忠诚党的事业,他处处关心同志,他在敌人酷刑面前坚强不屈,我们要学习他的品质,弘扬他的精神。

“同志们,曾宣大同志的血不会白流,我们一定要让敌人加倍偿还!

“曾宣大同志一路走好,曾宣大同志安息吧!”

钱梦梧泪流满面,好不容易强忍着悲痛,哽咽着把话讲完,现场一片哭声。

钱梦梧带头按照传统的悼唁的方式,为曾宣大同志点一支香,插在香炉里,然后恭恭敬敬朝曾宣大同志遗体磕了三个头。其他同志也按照钱梦梧的方式,悼唁曾宣大同志。悼唁结束,钱梦梧他们便迅速离开,消失在黑夜中。

后来查实，曾宣大同志确实是叛徒蒋生明出卖的。北撤时，蒋生明留守在宜兴山区，后来叛变革命，便从宜兴回到荒田村老家，投入前黄区羊宗达的怀抱，当上了“剿匪队长”。他敲诈勒索，鱼肉百姓，日子过得好不得意。不过，他知道坏事做多了，共产党不会放过他。他天天住在前黄街上自卫团的团部，不敢回家。曾宣大牺牲刚好一个月，蒋生明老娘过六十大寿，他不得不回家，便带着两个勤务兵回去了。钱梦梧得到情报，和蒋锦霖、张菊生等5人，戴着礼帽，穿得整整齐齐，手里拎着礼品盒，中午时分，也赶去为他母亲祝寿。两个自卫团队员背着枪站在大门口，钱梦梧他们走进门，都是大先生派头，也没有引起他们的注意，走在后面的朱忠林和张菊生留在门口，迅速拔出短枪，从背后指着两个勤务兵，压低声说：“想活命，不许说活，不许动。”两个勤务兵乖乖地站着，不敢作声。钱梦梧、蒋锦霖他们走进大厅，大厅人声喧哗，好不热闹，叛徒蒋生明正在给他母亲拜寿。蒋锦霖他们迅速占领东西两角，用两支枪对着大家。钱梦梧走上前去，拍拍蒋生明的肩膀，说：

“蒋生明，好优雅，好孝顺啊！”

蒋生明一惊，一抬头见是钱梦梧，一支枪对准自己的头部，吓得连话也说不囫囵，浑身颤抖着，站都站不直。他说：

“钱，钱，书记，你，你，来了……”

钱梦梧厉声说：“有话我们到外面去说，不要惊动你老娘。”

说着便押着蒋生明往外面走。这时蒋锦霖对大家说：

“请大家谅解，我们找蒋生明算笔账，与大家无关，大家在大厅好好待着。”

蒋锦霖说着，跟着钱梦梧押着蒋生明朝外走，经过门口把两个勤务兵也一起押走。他们把蒋生明押到了曾宣大坟前。钱梦梧说：

“蒋生明，你投降敌人，充当可耻的叛徒，亲自带队抓捕曾宣大同志，并且杀害了他。你罪大恶极，我代表武南留守处，在烈士曾宣大坟前，宣判你死刑，立即执行。”宣判结束，钱梦梧手里的枪响了。钱梦梧他们用叛徒蒋生明的鲜血祭奠了烈士。钱梦梧对两个勤务兵教育一番，要他们从此不准再当自卫团，一旦发现，一定严惩不贷。两个勤务兵一连声地承诺，坚决不干了，钱梦梧便让他们离开。

钱梦梧和蒋锦霖他们站成一排，向曾宣大的墓三鞠躬，钱梦梧说：

"曾宣大同志，你的大仇我们给你报了，你没有完成的革命任务，我们一定替你完成。你安息吧！"

钱梦梧说完，他们便迅速穿过秆稞岗，消失在广袤的田野里。

第三十二章

到皖南地委汇报工作

经过将近两年的艰苦奋斗,钱梦梧他们已经在武南这块土地上站稳了脚跟。他们就生活在群众之中,虽然人数不多,但给广大群众带来了希望,让他们坚信共产党、新四军一直和他们在一起。钱梦梧他们时而分散、隐蔽,时而集中,看准机会,狠狠地袭击胆敢下乡的保安队,打完仗就迅速撤离,当大批保安队赶来增援时,他们早已跑得无影无踪了。他们弄得保安队十分头疼,只得龟缩在据点里,不大敢下乡。那些狐假虎威的自卫团,更是不敢肆无忌惮下乡来胡作非为了。远在南京的蒋介石也很头疼,他的卧塌旁,岂容他人安睡?武进是首都南京的门户,一向是国民党最安稳的模范县,现在居然也不大安稳了,蒋介石下决心要把共产党和新四军完全消灭掉。1947 年 7 月,蒋介石把青年军调来,驻防在武进,大一点的乡镇都有驻扎,一个团部就驻扎在前黄东街的黄塘桥,把原来驻扎在那里的保安团团部赶到前黄西街的茧厂。这帮保安团非常不愿意,也只能敢怒不敢言。青年军是蒋介石的嫡系部队,清一色美式装备。这帮家伙经常下乡清剿,这给钱梦梧他们的活动平添了不少麻烦。就在这个时候,王子达同志要钱梦梧把手头的工作暂时放一放,去皖南向地委汇报工作。

钱梦梧把手头的工作安排一下,第二天就和吴桂达一起出发。他们一天就赶到离周铁桥不远的竹园村。天已经黑了,吴桂达告诉钱梦梧,他在村边有一个住宿吃饭的地方,他来来去去常常在这里过夜。家里只有母子两人,儿子是我们的交通员。钱梦梧跟着吴桂达来到独门独户的一座草屋前。钱梦梧在黑暗中看着周围的一切,觉得这里似乎熟悉,他突然记起来了。这里不是老伯他家吗?当年他和符德铭一起从上海来到这里,接触到的第一位地下交通员就是老伯。老伯是一位可亲可爱的人,他明明认出了钱梦梧,却故意不点穿,一直到第二天,送他们到了立华姐姐那里,钱梦梧才恍然大悟。钱梦梧还没有来得及好好地谢谢老伯,老伯就转身离开了。这次见到老伯,一定要好好谢谢。吴桂达上前敲门,开门的是婶子,钱梦梧一眼就认得,那次婶子还特地给他和符德铭各煮了一大碗面条,面条下面还卧了两个鸡蛋。钱梦梧兴奋地拉着婶子的手,说:

“您还认识我吗?我那年从上海来,跟着老伯在这里住过一夜,您仔细看看?”

老婶子高举着油灯,仔细地打量着钱梦梧,笑了。她说:“你不是杨家小学钱老师的弟弟吗?走的时候还硬给我留下饭钱,不是两个人吗?还有一个呢?”

“对,我就是钱老师的弟弟,你记起来了。那个是符德铭,今天没有来。”

老婶子很开心,话也多,问这问那。钱梦梧却不见老伯出来,便问:“老伯呢?不在家吗?上次我还没来得及好好谢谢他,他转身就走了。今天要好好谢谢他。”

老婶子突然眼泪汪汪,不作声,过了一会儿才说:“谢就不用了。你今天能来,老头子一定很高兴。”

钱梦梧突然意识到什么,情不自禁地紧紧抓住了老婶子的手,急切地问:“老伯怎么了?快告诉我!”

老伯不仅是新四军的地下交通员,还是这一带的地下党支部书记,抗战时期被日伪军抓过两次,受尽折磨,但他没有泄漏一点秘密,两次都是中共组织托关系花重金赎出来的。抗战胜利了,认为以后可以过好日子了,老伯非常高兴。谁知国民党反动派来了,他们到处捕杀共产党人和支持新四军的革命群众，由于叛徒出卖，老伯被抓了，仅仅三天就被折磨死了。老婶子哭着说：

“遗体抬回来，身上没有一处好肉，连眼睛也剜掉了。那帮人面兽心的家伙，和日寇没有两样！”

听着老婶子的叙说，钱梦梧的心好像刀割一样难受，可敬可爱的老伯，这位抗日有功的功臣，竟然惨死在国民党反动派手里，他牙齿咬得格崩响。不把那帮东西消灭掉，革命群众哪能过上安稳的日子？钱梦梧深感自己肩头的重任，他只有努力工作，才能对得起像老伯那样为革命献身的同志。钱梦梧按照传统的方式，面对墙上老伯遗像，跪下去磕了三个头，他在心里默默地说：

“老伯，你放心，我一定完成你的未竟事业，把革命进行到底。”

老婶子煮了一锅面条，钱梦梧和吴桂达正准备动筷子吃晚饭时，老伯的儿子回来了。吴桂达和他很熟，正要向他介绍钱梦梧，他笑笑说，他知道了，钱梦梧便是在他家住过的从上海来到这里的洋学生，老爸和他说过几次。他很坦率地告诉钱梦梧说，他已经接到任务，明天护送钱梦梧他们从陆路到广德，然后进山到太滆工委。钱梦梧原本准备从周铁桥坐船过西氿去广德，走的是水路。老伯的儿子告诉他们，上个月来了一批青年军，西氿被全面封锁，过往船只检查得十分紧。老伯的儿子笑笑说：

“听我的没有错，走陆路绕一点路，但安全。我们不用去冒险。我一定把你们安全送到。”

老伯儿子说话的神情、语气和豁达的性格酷似他爸，完完全全是一个年轻的老伯，钱梦梧看着他高兴地笑了，他为老伯有这样的后继之人感到高兴。

第二天一早他们三个人出发，老伯的儿子担着吴桂达的货郎担走在前面，后面跟着钱梦梧和吴桂达，中间相距 50 米左右。如果前面发现情况，老伯的儿子会摇面鼓示警。他们一路还比较顺利，走了整整两天，直到第二天晚上，他们才到达太滆工委，与早几天就在那里等候钱梦梧的汤田金同志见了面。汤田金同志是原茅山工委特务连连长，茅山工委所属的武装，由于叛徒出卖，遭受严重损失，只有一小部分人在汤田金同志的带领下冲出重围，回到太滆工委，现在奉调到皖南去工作，刚好钱梦梧也要到皖南地委汇报工作，便等着和钱梦梧一路同行。第二天早饭后，吴桂达和老伯的儿子带着太滆工委的文件原路返回，钱梦梧和汤田金同志也出发去皖南。他们经过广北、广南、郎溪、宁国到达泾县的皖南地委，一路走了十多天才到达。1946 年冬天，华中分局决定把苏浙皖边区划归华中工委与皖南地委双重领导，胡明同志任地委书记。胡明原来是皖南某中心县的县委书记，皖南事变后，搜寻幸存下来的同志，组织起来，在原地打游击，到 1947 年，已坚持了 7 个年头，部队发展到近千人，虽然武器差一点，但是这些同志都是战斗经验非常丰富的老同志，战斗力非常强，几乎是每战必胜，打出了一片解放区的根据地。国民党部队曾几次重兵围剿，都以失败告终。

钱梦梧从小就生活在江南水乡的平原地带，就是进山，也只是宜兴一带高百米左右的小丘陵，从未到过真正的山区，几天来一直在皖南的大山里出没，爬山下坡，很吃力，但站在山顶，向远望去，一座座山峰连绵不断，真如大海的波浪，一浪一浪向前推进，钱梦梧感到心旷神怡，心里有说不出的兴奋。沿途所见的不是一大片一大片粗壮的茅竹，支支笔直修长，像利剑一样，直插天空，就是一大片一大片高大的树木，郁郁葱葱，浓阴蔽天，望不到边际。处处都是打游击的好地方。几百人的队伍藏在竹林里或树丛中，敌人到哪里去寻找？

钱梦梧如实地向地委的胡明汇报了武南县的斗争情况，得到了胡明的赞赏。胡明指出武南新四军留守处的任务是站稳脚跟，放手发动群众，壮大人民力量，积极开展群众性的游击战争，配合解放区战场，粉碎国民党反动派反革命的内战。胡明说：

“武南留守处近两年内克服了难以想象的困难，像钉子一样，钉在武南这块大地上，时不时地打击敌人，让敌人头疼不已。钱梦梧同志，你们做得很对，做得很好，对反内战的前线也是很有力的支持！”

胡明进一步指出，平原地区的游击小组（即武工队）生活在群众中间，善于化整为零，神出鬼没地打击敌人，要建成一支与群众血肉相联的能就地坚持斗争的群众武装，不断地骚扰敌人，有力地配合解放战争。

钱梦梧听了胡明同志的指示，进一步明确了自己肩头的重任，明确了坚持斗争的方针和做法，也进一步提高了坚持斗争的信心和决心。

钱梦梧在皖南地委生活了5天，聆听了地委书记胡明主讲的当前形势报告。胡明是按照毛泽东同志为《解放日报》写的1947年元旦的《新年献辞》来讲的，钱梦梧听了很受鼓舞。钱梦梧也与原苏浙皖边区的熊兆仁司令员见了面。熊司令曾任新四军四十七团政委，也曾在武南地区作过战，对武南地区很熟悉。抗战胜利后，他率领北撤时留下来的一个主力营，一直战斗在苏浙皖交界地区，狠狠地打击敌人，取得了辉煌的战绩。这时他带着三百人的部队也到了皖南地委。钱梦梧主要是向熊司令讨教平原地区作战的经验。熊司令一直在平原地区作战，经验很丰富，性格也爽朗。钱梦梧和熊司令交谈了一个上午，得益颇多。熊司令告诉他，毛主席有不少关于游击战的论述十分精辟，他打游击战的方法都是向毛主席学来的。熊司令还把他珍藏的毛主席的著作《抗日游击战争的战略问题》送给钱梦梧。这本伟大著作，钱梦梧早几年在党校学习时，就听说过，也听十六旅参谋讲过这本书的主要内容，但一直没有机会读。今天钱梦梧如获至宝。他对熊司令说，他一定好好学习。后来听说，熊司令带领部队一直在皖浙赣边界地区打游击，部队迅速壮大，到解放时已有近三千名战士。钱梦梧在离开皖南地委时，向胡明同志提了一个要求，能否把毛主席的《新年献辞》这篇文章给他带回去。胡明同志笑着说：

“可以，可以，怎么不可以？你还要什么，只要我们这里有的，你尽管拿。”

“此话当真？”

“当然是真的，你看中的你拿去就是。”

钱梦梧说：“那我不客气了。我看到你桌上有毛主席的《论联合政府》和

《论人民民主专政》,都给我吧,我们乡下看不到这些珍贵的书。胡明同志,谢谢你!”

胡明同志没有想到钱梦梧看中了这两本他也视作珍宝的书,他犹豫了,嘿嘿地笑着,说:“这样吧,这两本书,我也刚刚弄到手,都没有好好看,我们商量一下,你任选一本,留一本给我,你下次来,我们再交换,这样可以吗?”

钱梦梧选了《论人民民主专政》。为了这次意外的收获,他高兴了好几天。这次他来皖南一下子竟弄到了两本毛主席的著作,真正是不虚此行。钱梦梧把毛主席的著作和一些重要文件包裹好,就出发返回武南。他与宜南的张之宜、广南的张思齐和许道珍同志同行,走了十多天,才安全地回到太滆工委。钱梦梧详细地向王子达同志汇报了皖南之行的收获,重点自然是胡明同志的指示。钱梦梧拿出毛主席最近发表的《新年献辞》和两本毛主席的书,说:

“这篇《新年献辞》我要来了;这本《抗日游击战争的战略问题》是熊司令员送我的;《论人民民主专政》是我‘讹’来的。”说着,钱梦梧把详细过程叙说了一遍,王子达也笑出了眼泪。钱梦梧说:

“毛主席的大作,我不敢私藏,全部缴公。你先看《论人民民主专政》,我先看《新年献辞》和《抗日游击战争的战略问题》。我回去,想召开武工队全体队员的会议,结合传达胡明同志指示,好好学学毛主席的这两篇文章,让大家对目前的形势有一个清醒的认识,把前阶段的活动好好总结一下,进一步明确当前的任务。这样行吗?”

王子达完全赞同钱梦梧的做法。王子达同志又一次欣喜地感受到钱梦梧同志的进步,在复杂环境的淬火中,钱梦梧迅速成长起来了,完全从几年前青涩的中学生中脱颖而出,成为一个真正富有领导能力的革命干部了。

钱梦梧回到武南,便决定在鹁鸪山山洞召开全体武工队队员的会议。鹁鸪山又叫阳山,在洛阳东面,武南与无锡交界处,是一个三不管的地方。鹁鸪山是一座馒头似的石头山,当年北撤前夕,全武南县新组建的新四军以及准备北撤的行政人员全部集中在鹁鸪山下集训,一天晚上钱梦梧、章引和杨谷方几个还曾登山话别。当时的情景还历历在目,章引姐的话还在耳边萦绕,异常清晰。符德铭早几年就告诉钱梦梧山上有一个隐蔽的山洞,但当时哪有心思去游山洞。山洞在鹁鸪山的半山腰,一块大石头的背面,洞口长满杂树草丛,非常隐蔽。不是熟悉的人,一时间不容易找到,平常也很少有人去。洞口狭小,只能容一个人弯腰钻进去,进洞后,走过一段斜坡,才忽然开朗,出现一个又高又大的洞窟。别看这山洞不大起眼,还是很有历史文化含义的,早在唐朝时,有一个著名诗人,叫独孤及,曾任常州府的太守,因不满朝政,曾在这里隐居20多年,写下不少烩炙人口的诗篇。这位诗人看来是颇有反抗精神的。

20多人在这里开会一点问题也没有,只是光线太暗,要点盏灯,现在是8月,天气十分炎热,可洞里很凉爽,用不到扇子。既安全又凉快,是开会的理想场所。为筹备这次会议,钱梦梧特地提前去了一趟鹁鸪山,他先到洛阳找到符德铭。符德铭现在是洛阳武工组的副组长,他老家就在阳山脚下。老同学见面,自然很开心。符德铭陪着钱梦梧到山洞考察一番,在里面开会是很理想的,但也有缺陷,只有一个洞口进出,一旦被敌人发现,无法撤离,有全军覆灭的危险。只能在山上山下多设几处暗哨,发现敌情立即撤离。钱梦梧把这个重任交给了符德铭。符德铭高兴地说:

“梦梧你放心,我是本地人,我知道该怎么做。”

钱梦梧说:“你不忙表态,正因为你是当地菩萨,还有生活上一些事情也要你照料。20多人,一日三餐安排也不容易,要晚上做,天亮前送到山上,放进山洞,山洞气温低,不容易馊。可以吃一天。”

符德铭说:“我明白了。你任命我当会议的总务兼保卫部长,行了吗?除开会外其他一切事情全由我来包办。”

钱梦梧拍拍符德铭的肩头:“谁叫我们是老同学呢?会议期间的安全、生活等方面的杂事全拜托你了。”

山洞会议如期召开。这次会议主要是通过学习毛主席的《新年献辞》,让大家明白当前的形势,更加激发大家的必胜信念。钱梦梧事先作了充分准备，特地制作了一幅地图。他一面读毛主席的原文，一面指着地图穿插讲解，让大家理解深刻。他说：

“蒋介石满以为凭着清一色的美式装备的400万部队，加上美国人的支持，梦想三五个月就消灭我们共产党。他天真得可以，他不知道经过十来年艰苦的抗战，全国人民一心向往过安定的和平生活，强烈反对打内战，国民党内部有许多有识之士反对打内战，国民党的军队中有不少官兵也无意打内战。蒋介石强迫他们打，他们便阳奉阴违。战场上屡屡失利。1946年7月，蒋介石全面挑起内战，到1947年2月，半年多的时间，我们解放军共歼敌71万，平均每个月歼灭敌人8个旅。蒋介石先是采取全面进攻，不行了，后来又改为重点进攻，眼看着又遭惨败。毛主席在《新年献辞》中，预示1947年中国人民争取民主自由的运动，将要取得比1946年更为重要的胜利，其结果将使中国的情况发生重大变化。”

钱梦梧抬头看了大家一眼，继续说：“回过头说说我们自己，别看我们人不多，武器也不如国民党的美式装备，但近两年内，我们运用毛主席倡导的游击战术，灵活机动地打击敌人，今天消灭几个国民党兵，明天杀几个，后天又杀几个，加起来也消灭敌人300多个，这也可以说我们对内战前线的支持。如果全国国统区的游击队杀敌数加起来，那就更惊人了，也是一支很大的力量。这是解放战争不可或缺的重要战场，这便是毛主席关于游击战的战略思想。毛主席说的‘将使中国情况发生变化’这句话是什么意思，皖南地委胡明同志解释说，就是发生战略转移，我们将由战略防御转入战略进攻，国共双方的军力对比也将发生根本性的改变。原来毛主席预计用3～5年的时间，消灭国民党解放全中国，照目前的形势来看，要不了5年，3年就足够了。这场战略转移也有我们的一份功劳。当然我们在这里坚持斗争，不单单是消灭敌人的有生力量，更重要的是坚持红旗不倒，给广大群众带来希望。同志们，现在胜利就要来临，胜利的曙光已经向我们招手了。”

大家学习了毛主席的《新年献辞》，都热血沸腾，更加心明眼亮，对未来充满了信心。

接下来,会议进入第二个议程,钱梦梧传达皖南地委胡明书记对我们武南留守工作的指示。为了加深大家对胡明同志指示的深入理解,钱梦梧是结合近两年来他们留守工作的总结来进行的。钱梦梧说:

“胡明同志的指示,也是围绕去年中共中央华中分局的‘七一’指示来作的。这两年来,我们坚决执行‘七一’指示,及时调整队伍,做到短小精干,也不失时机地打击敌人,蹲在秆棵岗里,吃了不少苦,经历了不少危险,但我们终于站稳了脚跟,而且获得了广大群众的认可。这些事情都是大家亲身经历的。我就不细说了。我们今天重温‘七一’指示,回过头来看看,我们执行‘七一’指示,有没有缺点?有没有值得改进的地方?应该是有的,而且有的问题还很严重。我到皖南去以前,我也没有意识到,还认为我们工作做得很不错。当然皖南地委对我们近两年来的工作是肯定的,称赞我们在平原地区能做到这样已经很不容易了,但也提到了我们的不足。胡明同志指出,我们的任务不仅是坚持下去,而且要放手发动群众,壮大人民力量,积极开展群众性的游击战争。这一点我们做得很不够,我们当时认为敌强我弱,能千方百计坚持下来就很不错了,对自己放低了要求,没有放手发动群众,更没有去壮大自己的力量,别的不说,近两年来,我们没有发展一位新党员,也没有吸收一批新的武工队队员。我们没有尽到应尽的责任,也没有继续开展统一战线的工作。褚凤娣的案子,就发生在丁舍区,几万群众自发起来抗议不公正的法庭,这是搞统战工作的多好的机会,我们没有及时地利用和引导,把矛头直指国民党反动政府,丧失了一个很好的机会。这两年我们也打击敌人,大大小小的仗打了几十仗,也严惩了一些反动透顶的乡保长,取得了很大成绩,但要说能主动地配合解放区战场,就不够了。胡明同志特地强调,我们平原地区的武工队要‘善于群众化,善于化整为零,神出鬼没地打击敌人,成为与广大群众血肉相联的群众武装’。胡明同志的指示相当明确,为我们今后的工作指引了方向。”

钱梦梧实事求是的总结,说到大家的心里去了。大家报以热烈的掌声。接下去便是讨论。大家畅所欲言,做到知无不言,言无不尽。既向钱梦梧的总结提出了批评和建议，又深入分析了存在的问题。不少同志都实事求是地谈到自己应承担的责任，开展批评与自我批评。有的同志还检查到前一段时间，自己一度思想动摇，想开小差，后来经过激烈的思想斗争，克服了错误思想，坚定了意志。有的同志还交代了生活作风上的错误，表示了改正的决心。

最后半天，是钱梦梧同志布置今后的任务。事实上，通过前两天对以往工作不足的分析，大家心里已明白今后工作应该怎么做了。所以钱梦梧对武工队日常常规工作只提一下，没有展开，着重谈了积极慎重地秘密吸收新党员，壮大党的队伍，以及发动群众搞好统一战线的两项工作。钱梦梧还对即将开展的三抗工作说了几点具体意见，所谓三抗，就是抗租、抗粮、抗丁。会后全面推开三抗工作，与国民党当局开展针锋相对的斗争。用三抗来支持解放区的战场，粉碎国民党反动派的反革命内战。

这次山洞的三天大会，大家提高了认识，明确了斗争方向，也增进了团结，更增强了坚持斗争的信心和决心，为即将到来的残酷斗争做好了思想准备。钱梦梧在给王子达同志汇报时说：

“这次学习，我们初步纠正了前一阶段工作中的缺点，大家心更齐了，干劲也更足了。这也是对未来更艰苦的斗争的总动员。”

王子达同志听了汇报，很满意。

第三十三章

及时纠正错误，健康地开展三抗斗争

经过山洞三天的学习，全体武工队队员憋足了劲，散会后，立即在全县开展轰轰烈烈的“三抗斗争”。国民党全面统治武南县后，有些地主认为他们的春天来临了，可以大大地出口气，完全推翻了抗日时期的“二五”减租，按原先的田租来收，有的甚至反攻倒算，把原先减去的租米追回来，钱梦梧他们组织群众坚决抵制，这就是抗租。所谓抗粮，是劝阻群众向国民党反动派上缴田赋税。抗丁，是反对国民党抽壮丁。内战不到两年，国民党损兵折将，已感到兵力严重不足，便开始大规模地抽壮丁，补充兵力。留守处引导群众开展“三抗斗争”，便直接支援了解放区的战场。武工队热情很高，好多地方的武工队单枪匹马，自己去冲锋陷阵。有的武工组对乡保长发出通知，责令他们停止收国民党的田赋、停止抽壮丁；有的武工组深夜到小集镇或交通要道张贴布告、传单，刷大幅标语；有的向地主发出警告信，要求他们一律按“二五”减租的标准来收租。有一次，武工组在礼嘉桥附近遇到一位地主，他没有按照“二五”减租的标准来收租，而是强行按原先的标准来收租。武工队十分生气，一把夺过地主手中的秤，把秤杆一折两断，把地主狠狠地训斥一顿。这些做法，热情可嘉，然而不顾当时的实际情况，严重违反了隐蔽战斗的原则，暴露了自己，不必要地刺激了敌人，如果敌人反扑，我们手中没有一定数量的军队，难以应付，反而脱离群众，收不到应有的实际效果。

钱梦梧发现情况后，立即在鸣凰巷上村村东的电灌站，召开各武工组组长的紧急会议。电灌站建在金家浜河岸的下侧，两边河岸都是秆棵岗，很隐蔽，一旦遇到紧急情况，撤退也很方便。钱梦梧在会上总结近一个月来的三抗斗争，肯定了大家的工作热情，然而他指出，不少做法不符合目前的斗争形势。

钱梦梧语重心长地说："目前，我们身处的环境和抗战时期不同，抗战时新四军一个正规团，一直在我们这地方活动，我们背靠大树好乘凉，现在全县就我们20多人。国民党反动派很强大，仅前黄地区的驻军就有保安团的一个团和青年军的一个团，他们能在很短时间内集结上千人的部队。我们有力量跟他们硬拼吗？我们任何时候都不能忘记隐蔽斗争的原则，只有把我们隐蔽在群众中间，让敌人摸不着，打不着，才能引导群众展开三抗斗争，多采用合法与非法斗争相结合的办法来开展斗争。比如抗丁，没有哪个壮丁愿意去当国民党的炮灰，可以提前让他们暂时离开家，到外面去避一避，也可以组织他们住到船上或在秆棵岗里过夜。这些办法既不虚张声势，又能收到实效。群众是拥护的。我们任何时候头脑不能发热，遇到情况要冷静思考，千万不能蛮干。我们都是组长，做出任何一点错误决策，往往要战士们付出生命的代价。切记既要为群众着想，进行三抗，又要保护好我们自己。"

钱梦梧的谆谆叮嘱，很快在全县显出了效果，三抗斗争走上了健康发展的道路。只要地主不反攻倒算，恶狠狠地对付佃户，即便他推翻"二五减租"，他们也尽量做思想工作，让他为佃户想想。大多数地主知道共产党的诚意，都会规规矩矩地按"二五减租"的政策收租的。毕竟反攻倒算的地主是少数，对这些恶劣的地主，武工队决不手软，当提出警告的便警告，当镇压的便坚决镇压。毛家桥徐仙桥村有一个很反动的地主，他雇了常州城里保安队的十多人进行武装收租。租不交清，就要搬佃户家里的东西，牵他们的牛，赶他们的猪，还要打人，手段很毒辣。钱梦梧得到情报后，便带着十多名武工队队员埋伏在徐仙桥村后路旁的秆棵岗里，准备打伏击。谁知道天刚亮，一个十多岁的孩子钻进秆稞岗来，被他们抓住了。问他一早来干什么？他说昨晚上在秆稞岗里安放了一个捉黄鼠狼的闸，来看看闸到没有。这让钱梦梧他们很为难，如果不让他回家，他家里人肯定会来找这孩子，如果让他回去，走漏了消息，他们伏击不成，反而要吃大亏。临时转移吧，地形又不利，秆稞岗后面是一条较宽阔的大河，前面是开阔地带。钱梦梧和小孩简单交谈了几句，原来他家也是佃户，租种那位地主四五亩租田。

钱梦梧说："那家伙太坏了，对我们穷人太凶。我们想教训教训他，你能帮我们吗？"

小孩点点头，说："嗯，怎么帮？要我做什么？"

钱梦梧摸着小孩的头说："我们在这里，你不能对任何人说，你去村里看看他们在做什么？回来告诉我们，好吗？"

小孩忽闪忽闪着一双大眼睛，说："好。我会的。"

过了一会儿，小孩果然来了，他告诉钱梦梧他们，那些人正在吃早饭，一共 15 个黄皮（群众对保安队的称呼），吃了早饭，肯定从这边走。因为出村就这一条路。果然不一会儿保安队来了。不过保安队很狡猾，队伍拉得很长。他们经过秆稞岗时很谨慎，两个尖兵平端着枪走在前面，睁大眼睛四处张望，特别注意秆稞岗里的动静。钱梦梧他们在秆稞岗前沿观察的同志被保安队队员发现了，大声问：

"秆稞岗里什么人？出来！"

不能等了，钱梦梧一声令下，立即冲出去。前面一打响，后面的保安队队员调转屁股就逃，那个地主走在最后，跑得最快。结果保安队被打死两人，打伤一人。钱梦梧他们缴获一支短枪、两支长枪和三颗手榴弹。那个地主怕得要死，当天下午就带着全家人随着保安队一起逃到了常州，再也不敢下乡来收租了。

钱梦梧近来一直担心父亲会不会坚持"二五减租"的政策，他可是有影响的人物，一旦他不坚持，周围会有一批地主跟着他跑，这样影响就太坏了。他很想回去找父亲谈谈，又想到父亲已登报声明和他脱离了父子关系，依照父亲的性格一定不会接待他。钱梦梧考虑再三，还是想回南夏墅一趟。一天黄昏，钱梦梧推开了姑妈家的店门。姑妈见到他，吃惊地说：

“这个时候怎么来了？青年军、保安队三天两头在街上转，太危险了，悬赏捉拿的布告，贴得到处都是。抓到你赏500大洋。我担心死了。”

钱梦梧笑笑说：“我不是好好的吗？姑妈别担心，敌人是虚张声势，没有哪个人敢拿我的脑袋去领赏的，你放心。”

钱梦梧问他爸的情况。姑妈告诉他，他父亲据说当了什么县里的参议，有时到城里开开会。大多数时候还是在学校当他的校长，家里来往的客人好像比以前多一些。钱梦梧问收租是否和前几年一样收，没有多收吧？姑妈告诉他大概还是那样收，没有听说多收。姑妈建议钱梦梧回去看看他爸。

钱梦梧笑着说：“他早不认我这个儿子了，我回去他肯见我？不回去了。回去，可能会弄得很尴尬。”

说着，钱梦梧拿出一封信，请姑妈明天一定当面交给父亲。信中钱梦梧这样写道：

父亲大人：

您不认我这个儿子可以，但我不能不认您父亲。这血缘关系是无法改变的。

您要对当前的形势有一个清醒的认识，不要被国民党的报纸、电台的欺骗宣传迷失了心智。自从蒋介石不顾全国人民的反对，挑起内战以来，连续失败，国民党已被歼灭71万多，平均每月被歼8个旅，要不了3年，我们将解放全中国。您何去何从，要看清形势。希望您支持共产党推行的三抗政策，和广大人民群众站在一起，以实际行动表明您的态度。

即颂安康！

儿　梦梧敬上

8月20日

姑妈问他给父亲写点啥，钱梦梧没有告诉姑妈，只笑笑说：“没写什么，给父亲提个醒，不要看错形势，做错事。”

那天晚上,钱梦梧就睡在姑妈家的地下室里,天亮才离开。

“抗丁”一下子戳中了国民党的要害。内战战场上,国民党损兵折将,兵力吃紧,急需大量补充,便逐级摊派征兵任务,可是谁也不愿当国民党的兵,当时流行一句顺口溜,便是“好铁不打钉,好男不当国民党的兵”。那班乡保长为了完成任务,便狗急跳墙,半夜上门捉壮丁,强行绑架,真是丧尽天良。武工队想尽一切办法,帮助壮丁脱身。一天晚上,钱梦梧在前黄杨家坟的草屋里,约见了武进红十字会负责人杨迪群先生。钱梦梧和杨迪群可以说是老朋友了。晚上 9 点,杨迪群带了一包常用药过来。钱梦梧早已在那里等候了。钱梦梧十分感激红十字会一次又一次的支持。

杨迪群说:“我们之间客气话就不说了,这次急匆匆地找我,有什么事,请直言。”

钱梦梧说:“我们都是直爽人,我就不客气了。最近国民党乡政府到处捉壮丁,有点穷凶极恶了,我们希望红十字会出于人道主义的原则,出面做点工作,帮帮壮丁,有困难吗?”

杨迪群思考一下,说:“工作是可以做,但不知道那班不通人性的家伙讲不讲理,给不给红十字会面子。”

“尽力而为,能救一人是一人,真正救不了,也无可奈何!”

杨迪群说:“有的壮丁,我们可以出面做工作,如独子,国民党征兵法上规定是不征的,身体患疾,也是不征的。现在乱了套,见青年人就捉。只要有理,我可以力争。”

钱梦梧很赞赏杨迪群的实事求是的精神。他握着杨迪群的手,说:“给你添麻烦了,我代表壮丁谢谢你!”

杨迪群也笑了,他说:“这也是红十字会应该做的,乡里乡亲的,而且八字还没有一撇呢,不用谢。”

杨迪群回到家,一直想着这件事。谁知第二天还真有人找上门来了。是本街的邻居,老两口都已经 50 多岁了,老头子跌断腿,已在床上躺了半年了。他们很迟才养一个儿子,今年刚满 20 岁。听说要抽壮丁,本来已经躲到城里亲戚家了。儿子实在放心不下床上的老父亲,昨天夜里偷偷跑回来看看父亲,没有想到被乡自卫团发觉,半夜捉到乡里去了。老俩口塌了天了,想想一无办法,二也无人可求。便来求见过世面的杨迪群,请杨会长救救他儿。杨迪群十分生气,独子本不在征兵之列,而且家中还有病人。杨迪群义不容辞,他特地把红十字会的三角形徽章别在胸前,陪着老婆婆去乡里,寻汤乡长。

汤乡长毕竟是读书人出身,平时对群众不是那么凶神恶煞,上次挨武工队一枪,态度更和气了。他也认识杨迪群,知道他是武进红十字会的会长。两人见了面,汤乡长刚说了一句“杨会长怎么有空到乡里来”,老婆婆便一下子在汤乡长面前跪下来,放声大哭,边哭边说:

“乡长,求求你了,行行好心,放了我儿吧,他走了,我和他爸怎么活?”

汤乡长不知道发生什么事,迷惑地看着杨迪群,说:“她儿子怎么了?是抽了壮丁?如果是壮丁,求我也没有办法。”汤乡长两手一摊。

杨迪群说:“抽壮丁也要遵循法规,不能乱来吧?她儿子是独子,照规矩是不征的。他父亲躺在床上半年多了,他当兵去了,剩下这个老太婆,怎么办?汤乡长,你说还让两位老人活下去吗?”

汤乡长也感到尴尬,过了一会儿,他说:“乡政府也没有办法,上面压力很大,我们任务完不成……”

杨迪群不客气地说:“完不成任务,就到处乱抓人?这可是你下的令,你凭什么乱抓壮丁?你得给个理由,你这是严重违反人道主义的。我这个会长要和你说道说道。”

就在这时乡政府门口一下子拥进来五六十个群众,都是前黄街上人,他们纷纷要求乡长放人。汤乡长紧张地思索一下,这个独子确实不该抓,他也明白在群众起哄的时候,只能把人放了,如果不放,造成了后果,将来也是他的责任。他便决定立刻放人。

他对杨迪群说:“杨会长,我听你的,就放人。唉,我也难。”

群众听说放人,发出一阵欢呼声。老太婆赶紧向汤乡长说:“谢谢,汤乡长,你是好人,你救了我们一家人了。”

那个小伙子被放出来了,杨迪群怕夜长梦多,从袋里摸出几块钱塞给他,让他立即乘快船去常州亲戚家避避,暂时不要回来。

三抗斗争进一步扩大了共产党的影响。广大群众心中明白,共产党是真正为他们着想的。国民党反动派从三抗的背后也隐隐约约地看到了共产党的影子,但无奈看不见,抓不住,便加强反动统治。首先强化区一级政权,把全县 10 个区合并为 5 个区,把原六、七、八、十这几个区合并为一个前黄区,仍让十分反动的原前黄区的区长羊宗达当区长。每个区都配备一定的兵力,随时随地准备下农村去进行清剿。其次是强化保甲制度,每甲设红、绿两块牌子,要甲长每天派人拿着牌子(一天红一天绿)向乡公所送情报,报告本甲有无共产党、新四军活动,如果有,隐瞒不报,一旦查实,便严惩。羊宗达重新当了前黄区的区长,很得意,他的地盘大了,权力也更大了。他决心把前黄区办成没有共产党活动的模范区,只有这样,才对得起上级领导对他的器重。他对前黄汤乡长办的感训班很感兴趣,他决定由区上来办,而且他亲自来抓。他先在前黄办了一期,第二期便在南夏墅办。他把在抗日时期跟共产党、新四军走得较近的人和新四军的家属全部捉来,强迫他们接受感训教育,履行自首的手续,公开宣布跟共产党、新四军脱离关系。羊宗达这一手,很毒辣,妄图搞掉新四军的群众基础。羊宗达还把参加感训的人组成情报网,区里设总站,各乡设立分站,强迫自新的人刺探共产党和武工队的情报,及时上报。一时间搞得人心惶惶,白色恐怖十分严重。

共产党进行三抗斗争,必然会导致国民党反动派的疯狂反扑。大家警惕性很高,而且早有准备。钱梦梧带着 20 多人的武工队也随时准备着,只要发现小股国民党反动派下乡,一定给予狠狠地打击。看上去国民党反动派来势汹汹,其实并没有给武工队造成多少威胁。大多数群众都站在共产党和武工队的一边。每甲每天派人去乡公所报告,其实不少人是走走形式的,敷衍敷衍而已,没有人真心去送什么情报,相反有些人成了武工队的侦察员。对于被迫自新人员,钱梦梧在武工队队长会议上提出了教育争取的政策，因为不少人只是被敌人逼得没有办法，表面上应付一下而已，只要没有出卖组织和同志，也不死心塌地为敌人服务的，我们做工作争取他们回归，继续给予信任。只有极少数的几个人，如寨桥的赵正感训后自愿加入国民党的自卫团，带着敌人下乡搜捕新四军。对于那些背叛革命的人，武工队从来不会手软的。钱梦梧让蒋锦霖带两个武工队队员，在赵正回家的路口伏击，就地镇压，身上贴着武工队的布告："这便是叛徒的可耻下场！"

正当三抗斗争如火如荼地深入展开时，太滆工委王子达同志要钱梦梧支援锡西的工作。钱梦梧立即把手头的工作移交给蒋锦霖，请他暂时负责一下。蒋锦霖是钱梦梧的老搭档，他是丁舍大成人，1943 年入党的，曾担任丁舍区的财政股长。他忠诚老实，立场坚定，组织观念强，善于团结同志，也有丰富的斗争经验，完全能胜任武工队的工作。钱梦梧带着几个人便连夜赶到锡西。锡西地区紧靠武南县洛阳区和南宅区，仅一河之隔。钱梦梧他们当夜就找到锡西武工队负责人张雨。他和张雨自无锡分手后，还是 1943 年苏皖区党委党校学习时见过，已经 3 年多未见面了。钱梦梧用力地握着张雨的手说：

"我们三年未见，你一点没变，还是老样子，一副油坊小开的派头。你还好吗？这次符德铭没有来，否则我们老同学聚齐了。"

张雨说："我还好，就是工作没有做好，有赖梦梧兄来帮忙了。"

钱梦梧说："你见外了吧？都是革命工作，说什么帮忙不帮忙？"

张雨向钱梦梧具体介绍了锡西的情况。抗战时期，锡西"忠义救国军"的势力比较强大，加上伪军徐梅初等人的长期盘据，共产党新四军先后几次成立锡西办事处，终因缺乏足够的武装力量，都没有站稳脚跟。北撤后，留守处遵循隐蔽斗争的原则，发动基层的贫苦群众，开展上层的统战工作，不断进行合法斗争，取得了一点成绩。三抗开展以来，明显感到不足，力度不够。针对目前的情况，钱梦梧他们和张雨商量，着重从两方面来开展工作，打开锡西的局面：一是发展武工队，将一批积极分子分批吸收到武工队来工作；二是大力开展统一战线工作，包括做区乡自卫团的工作。锡西的自卫团成分与武南的不同，武南的区乡自卫团都是收罗的兵痞、流氓组成的，较能打仗，政治上反动倾向也明显。锡西的自卫团大都是不脱产的农民和市镇职工组成，平时在家种田或从事其他职业，武器放在家里，有任务时便集中。除了个别团长反动外，大多数人是可以做工作争取的。工作思路确定了，目标也明确了，大家便认真开展工作。钱梦梧他们利用亲戚、朋友或同学等各种关系，做自卫团的争取分化瓦解工作，使自卫团或保持中立，或转变立场，由武工队控制。如洛社镇自卫团的队长是吴桂达的老朋友，吴桂达担着货郎担来锡西联系工作，曾几次住在他家。这次被吸收为共产党的秘密党员；又如藕塘镇镇长朱谷生用三两黄金买一支冲锋枪，被武工队长期借用，朱镇长颇有意见。张雨和钱梦梧找他谈了三次，让他认清形势，转变立场，并劝他把枪原价卖给武工队。朱镇长很满意，觉得共产党很讲道理，也守信用，便答应钱梦梧和张雨，他任何时候都保持中立。张雨他们既得了枪，又团结了朱谷生，一举两得。

在开展这两项工作的过程中，钱梦梧他们协助张雨培养和发展了一批农村的秘密党员，建立党支部，发展了一批脱产的武工队队员，还组织了青年救国团的群众组织。经过半年多的努力，锡西的政治环境有了较好的改观。其实开辟锡西对武南的斗争起到了很好的支持作用。在武南形势紧张时，钱梦梧就带着武工队到锡西活动。锡西形势紧张或武南有任务时，钱梦梧便带着武工队回武南。这样来来回回穿插，更有利于工作开展，狠狠地打击敌人。

第三十四章

整顿基层党组织

抗日战争时期武南各区发展了不少农村党员，也建立了一批农村支部。北撤后，部分没有北撤的党员，受到敌人严重的镇压，有的被杀害，有的被判刑，有的被敲诈勒索，有的被迫“自新”，也有的外出到上海等地打工，远离了家乡。凡是抗日时期工作越积极的党员，受到的摧残打击越严重。不少党员与党组织失去联系，不少支部停止了活动。钱梦梧在全县武工队队长的碰头会上提出来，这些基层党员是武工队的群众基础，我们要充分发挥他们的作用。钱梦梧说：

“这些党员，在当地都有一定的威望，有号召力，是我们在群众中扎根的基础。我们把这些党员的作用充分发挥起来，我们在各地就有了眼睛，敌人的一举一动就都在我们的眼皮底下了。我们的工作会更主动。”

为了更好地整顿党组织，钱梦梧前一段时间在锡西工作，曾和张涛同志一起以胡埭乡西溪中共党支部作为试点，进行整顿。1941 年锡西中共地下党员贾正庭在西溪小学做教师时发展了七八个农村党员，成立了中共西溪党支部，金三大任支部书记。1944 年 4 月，锡西的区委书记秦宝光同志牺牲了，这个支部就与上级失去了联系。抗战胜利后，中共锡西办事处的蒋继奋同志曾去整顿过西溪支部，但不久，蒋继奋北撤，西溪支部又与上级失去了联系。1947 年张涛同志来锡西胡埭一带工作，才联系到西溪中共支部。这次整顿,钱梦梧和张涛找党员逐一谈话,开展深入的内查外调,发觉这个支部非常坚强,尤其是支部书记金三大,在与上级失去联系的情况下,一直坚持正常活动,做了不少有益于群众的社会工作。对这个支部的绝大部分党员,钱梦梧让他们重新登记,重新办理了入党的手续。对个别思想动摇,意志较消沉的党员,停止他的党籍,不同意重新入党。按照试点工作的情况,结合上级文件,钱梦梧把这些党员分作三类进行处理。他在武工队队长会议上作了详细的介绍。钱梦梧说:

"那些党员大体上可以分作三类:第一类是一直未和组织失去联系,不怕困难与危险,一贯表现积极,也有一些因环境恶劣等原因,一度和党组织失去联系,但没有干一点不利于革命的事情,一旦恢复联系,仍能积极为党工作,这一类党员可以直接恢复组织关系。这一类党员在未北撤的党员中占绝大多数。第二类是一度失去联系,看不到前途,表现消极,但无破坏革命的行为,经过教育仍愿意继续为党工作,可以重新入党。第三类是政治上动摇,消极,教育无效,或有变节行为,便停止党籍或清洗出党;对那些被迫参加国民党的感训班,以群众面目自新的,即没有承认中共党员身份,表现好的,不作政治问题对待。我们面对广大的党员作结论时一定要慎之又慎,因为这是一个人的政治生命。希望大家回去后把这一工作抓紧进行,及早把农村党支部重新建立起来,把广大党员的积极性调动出来,努力创造更好的政治环境。"

会议后,整顿基层党组织的工作迅速展开。同时,在武工队内部,由于种种原因,也有一些同志一度失去组织联系,分别作了处理。有的恢复组织关系,如韩茂德、吴永兴;有的重新入党,如杨祥初;对那些长期以来表现较好,积极要求入党的同志,发展入党,如张玉生。在县武工队中建立了党支部,钱梦梧同志被选为支部书记,张涛被选为副书记。各区武工组建立党小组,健全党内生活,加强思想工作,经常开展批评与自我批评。这对加强武工队自身的建设起到了很重要的作用。

随着广大农村党支部的活动恢复,全县各地秘密成立了"青年救国团",

参加的人都是政治上拥护共产党的进步青年，他们也都是贫下中农中最基本的群众。在此基础上成立了青年团。仅仅几个月，全县的政治环境就有了明显的好转。

1848 年 3 月，春寒料峭，早晚还有点冷，但太阳升起来，大地就暖洋洋的了，大地返青，处处一片碧绿，麦苗开始蓬蓬勃勃生长了。一天下午，南夏墅药店的陈老板给钱梦梧送来一张便条，只有一行字：

"常州友人告之，近日青年军和保安队将组织大规模的梳篦式的清剿，及早提防。"

钱梦梧看完字条，问陈老板："我爸让你送来的吗？"

陈老板看看四周，见没有其他人，便点点头低声说："钱校长只让我把条子交给你，叫我保密，不让我告诉你条子是谁让送的。"

钱梦梧笑了。他对陈老板说："我知道了。请你转告我爸，谢谢他，请他保重身体。"

陈老板没有逗留，很快就走了。钱梦梧反复看着字条，颇为欣慰。钱梦梧十分看重这份情报。透过字面，他看到了老父亲为他焦急的情形，他也看到老父亲的觉醒。当天晚上前黄保安团的内线也送来相关的情报。近期敌人将进行大规模的清剿。钱梦梧当机立断，全县武工队连夜撤到锡西，并且让吴桂达把情报立即送交太滆工委王子达书记。在钱梦梧他们到达锡西的第三天，武南反动派大规模的清剿就开始了，他们纠集了五千多兵力，一个乡一个乡地梳篦，弄得人心惶惶，村村鸡飞狗跳。他们狂妄地宣称，这次一定把新四军的漏网之鱼清光。有时他们黎明前就把几公里范围的地方封锁起来，然后一个村一个村地搜索。白天还沿途设卡，对过往行人认真搜查。真正是费尽心机。武南反动派前前后后折腾了近一个月，结果一个武工队队员也没有找到，只得偃旗息鼓，沮丧地返回驻地。

钱梦梧带着武工队在锡西可没有闲着，和张雨他们配合，打了几个漂亮仗。一次钱梦梧他们在大场圩的一个村上活动，中午有人传来消息，说陆区桥自卫团 6 个人在隔壁村上收捐，钱梦梧立即派人侦察，证实消息是确实的。

钱梦梧指挥武工队埋伏在村口的竹园里，等自卫团出村时，突然冲出来，一枪未放，自卫团6人连枪还未来得及打开，就乖乖地当了俘虏，钱梦梧他们缴了自卫团的枪，教育一番，责令他们从今以后不再伤害群众，一经发现，立即予以严惩。得到他们首肯后，全部释放。

新桥自卫团反动气焰嚣张，经常下乡胡作非为，搞得老百姓寝食难安。张雨和钱梦梧商量过几次，决心教训教训这帮家伙。钱梦梧派侦察员去侦察，两天后，侦察员回来报告说，自卫团排长带着20名队员下乡了。钱梦梧和张雨带着武工队，埋伏在自卫团返回的必经之路的路边坟滩里。下午四点多钟，自卫团返回来了，有的背着粮，有的手里拎着鸡鸭，有的赶着几只羊，哪像军队，纯粹是一伙抢劫的土匪。他们大摇大摆地走进包围圈，钱梦梧一声喊打，战士们手中的长枪短枪齐发，一下子就倒下一片。枪声、手榴弹的爆炸声夹杂着鬼哭狼嚎。那帮家伙在老百姓面前凶神恶煞，上了战场，个个筛糠，毫无还手之力。5分钟后，钱梦梧发起冲锋，剩下的全部当了俘虏。战斗15分钟结束，击毙击伤12人，俘虏8人。很神气的排长也成了俘虏。击毙的就地掩埋，被俘的除排长和受伤的外全部交给张雨处理。钱梦梧带领战士打扫完战场，押着排长离开了。钱梦梧对自卫团排长进行审讯，他一一交代自己所犯下的罪行，决心洗心革面重新做人，不再欺侮老百姓。据他交代，据点里还有10个人。有两挺机枪，10多支长短枪。听说有两挺机枪，大家眼睛放光了。钱梦梧也很兴奋。他便和张雨商量，制订了一个连夜袭击新桥自卫团据点的作战计划。天黑了，钱梦梧和张雨一起带着武工队出发，到了自卫团据点，钱梦梧指挥武工队堵住据点的前后门，然后让自卫团排长叫门。门一开，武工队冲进去，屋内两桌麻将正打得热火朝天，武工队用枪口对准他们，钱梦梧高声说：

"举起手来，缴枪不杀！"

自卫团全都听话地举起手，糊里糊涂地当了俘虏。这一仗打得很顺利，武工队没有一人伤亡，全歼了新桥自卫团，缴获2挺机枪，30支长短枪，3箱手榴弹和5箱子弹。武器一半分给张雨他们，两挺机枪也各得一支。排长和俘虏全部交张雨处理，排长实在罪恶累累，不杀不足以平民愤，经群众公审后予以镇压，其他俘虏经教育后释放。

青年军和保安团轰轰烈烈的清剿寿终正寝后的第二天，钱梦梧带着武工队悄悄地回到武南，各组的组长带着自己的队伍回到各自的区里。这次去锡西得到好多枪支，钱梦梧让各组适当地发展武工队队员，基本上做到人手一枪，但发展的人，政治素养一定要好，拿钱梦梧的话说，是“宁缺勿滥”。各组按照这一原则，都发展了几名武工队队员。

钱梦梧回到武南的第三天上午九十点钟，有几路侦察员回来报告说，9点以后南夏墅、前黄、运村的青年军、保安团全部集结，向漕桥方向跑步而去，不知道漕桥那里发生什么事。钱梦梧反反复复思考，在漕桥周围除有一个武工小组外，没有其他革命武装，对付这几个武工队，也用不着调集这么多部队，钱梦梧派出了三组侦察员向漕桥方向侦察。一直到临晚时才有比较确切的消息传来。原来是宜北闸口区武工队遭到了青年军和保安队的重创。

1948 年 4 月 3 日，中共宜兴闸口区的区长吴其昌和武工队队长贺瑞金一行 8 人，接受中共武宜工委书记徐行同志委托，带着 3 亿关金卷（国民党在解放前夕发行的货币），用 3 个蓝布包袱包着，到无锡请熟悉的商人兑换成金条，以防物价飞涨。这钱是部队购买药品、被服和吃饭的钱。徐行同志对吴其昌说：

“这钱是整个部队的给养，务必当心，不能受损失。”

吴其昌同志说：“请领导放心，我们人在钱在，即使人不在钱仍在。”

临行时，徐行同志一再叮嘱：“我要的是人在钱在，8 人去 8 人回，不能少一个人。”

吴其昌他们安全起见，一般是晚上赶路，白天休息。第二天天明他们来到漕桥西北的姚家湾村上，住进了叶洪生家。叶家是武工队的堡垒户，吴其昌他们来去无锡曾多次住宿过这里。姚家湾是一个很小的村子，只有两户人家，都是十分贫穷的，跟共产党新四军走得很近。叶洪生在无锡米厂当职员，经常不在家，他的老板也是倾向共产党的，吴其昌就是想通过他的老板来兑换金条。姚家湾十分隐蔽，村子东、西、南三面环水，只有北面一条路出入，河的两岸不是茂密的秆稞，就是竹树杂生，一旦发生情况，撤退也很方便。吴其昌他们没有在叶家休息，而是住在叶家后面的秆稞岗里。没有想到，吴其昌黎明进村时被隔壁村里游手好闲的细夀看到了，他便告诉在漕桥保安队里的表兄，表兄便向漕桥青年军报告。敌人很快调集了前黄、南夏墅、运村等地的青年军和保安队1000多人把小湾村，围得水泄不通。叶洪生妻子烧好饭，准备给吴其昌他们送饭时，发现村前村后都有国民党部队，她知道不妙，立即用暗语向村后秆稞岗喊了几声，便抱着3岁的女儿从小道跑到隔壁村上。吴其昌听到暗语，便爬到一棵大树上侦察一下，发现情况十分严重，围绕小村敌人设置了三道包围圈。吴其昌把大家召集起来，开了一个会，简单分析了一下形势。他严肃地说：

“情况比我们想象的还要严重，是我们实现誓言的时候了，人在钱在，人不在钱也要在。请贺瑞金同志立即把三包钱埋好。我们8个人中5位是中共党员，3位是发展对象，一个个都不能当孬种。战斗打响后，我们分散突围，突出去一个是一个。”说着，吴其昌同志严肃地看着每一位同志，坚定地说，“考验我们的时候到了，今天是我们为革命光荣的时候。”

贺瑞金也说：“我们的枪也不是吃素的，打死一个敌人够本，打杀两个赚一个。我们决不做亏本买卖。”

战斗从下午4点打响。敌人10多挺机枪朝秆稞岗扫射，夹杂着冲锋枪，吴其昌指挥大家伏在低洼处沉着射击，敌人也不敢靠近，一旦靠近不死即伤，武工队几乎弹无虚发，相持了一个多小时，敌人便向秆稞岗密集地打炮，秆稞起火了，浓烟滚滚，很是呛人。两名战士已经牺牲了，吴其昌原打算挨到天黑后突围，看来不可能了，他高声喊叫道：

“同志们，冲啊，宁死不投降！”

吴其昌一面瞄准了打枪，一面匍匐前进，不料胸脯中弹，鲜血涌出来，他不顾疼痛，掷出了最后一颗手榴弹，击中国民党部队的一挺机枪，炸死三个敌人,吴其昌含笑地闭上眼睛,跟在他后面的武工队队长贺瑞金,趁敌人机枪暂时不响奋勇向前,跃进河里,潜泳到对岸,一抬头,三个敌人站在岸边,三支枪对准自己,中间一位是少尉排长,他讥笑着说:

"英雄,缴枪吧?我军也宽大为怀,缴枪不杀,怎么样?"

贺瑞金说:"好,我缴枪。"说着,左手高举一支抢,当敌排长上前缴枪时,贺瑞金右手出其不意地从腰上拔出一把短枪,"嘭嘭"两枪,一枪正中少尉排长的眉心,一枪打中旁边一位的胸口。两个敌人立即倒地。贺瑞金也中枪倒在水里。

激烈的战斗持续一个多小时,吴其昌他们8位同志,全部壮烈牺牲。他们也击毙击伤敌人21人。青年军为了彰显自己的功劳,也为了发泄兽性,吓唬群众,把8位烈士用铁钉钉在墙上拍照,把他们的头颅一一铡下,还把贺瑞金的心肝挖了出来,全都放在面盆里,摆在漕桥街上"示众一天",然后把8位烈士的头颅挂在卡车的两侧,到前黄、运村、和桥等乡镇游街。在前黄时,还把8位烈士的头颅,展示在前黄小学的操场上,强迫群众去看,群众十分气愤。

钱梦梧他们听了吴其昌他们的英勇事迹十分敬佩,对敌人的残忍十分气愤,第二天晚上,钱梦梧召开了武南武工队全体会议。会议开始前举行隆重的悼唁仪式。钱梦梧沉痛地说:

"8位同志牺牲了,他们同仇敌忾的精神可嘉,他们的精神不死,气慨不灭,我们要学习他们的精神,继承他们的遗志,把革命进行到底,我们要向敌人讨还血债,我们要讨还8位烈士的头颅,让烈士入土为安!"

讨还血债,还我头颅,成了整个武工队统一的意志。钱梦梧让武工队全体队员佩戴着黑色袖套,上面写着白色的"还我头颅"四个字。钱梦梧派出了几路侦察员,让他们以最快速度,弄清楚敌人展示8位烈士头颅的路线,以便夺回烈士的头颅。就在那天深夜,武宜工委书记徐行同志,来到武南武工队驻地。他是来和钱梦梧商量夺回烈士头颅的。徐行同志沉痛地说:

"这是我们留守以来,牺牲最惨重的一次。我要负很大的责任,是我没有考虑周到。如果让吴其昌乘船过滆湖，找到你们，去锡西，请张雨同志去兑换，就不会出这样的事了。我已上报太滆工委，请求处分。”

钱梦梧也说：“这次教训深刻。我们在敌人心脏里作战，稍不注意就会酿成不可逆转的严重后果啊！”

一天后，准确的情报来了。第二天上午 8 点，烈士的头颅将从漕桥出发到潘家、雪堰示众后，接着便去无锡，在无锡城门口示众。钱梦梧和徐行等人商量，决定在漕桥与潘家之间的公路上袭击。敌人是两辆汽车，前面一辆汽车，车箱两旁挂着烈士的头颅，后面一辆是押送的青年军。临出发时，钱梦梧作了简短的动员。钱梦梧说：

“我没有多少话说，烈士已经牺牲三天了，我们决不允许烈士的头颅再展示下去，一定让烈士早点入土为安。面对敌人，我们决不手软。烈士的鲜血，必须让敌人加倍偿还。我们牢牢记住手臂袖套上的四个字：还我头颅！”

带着一股强烈的复仇情绪，徐行和钱梦梧带着武工队顶着黎明前的浓雾出发了。他们埋伏在漕桥到潘家桥公路中间段的一处杆稞岗里，新长的杆稞，已经一人多高了，密密的，人在里面，从旁经过是发现不了的。他们在公路中间设了路障——横放了几棵大树。8 点半，敌人的汽车来了，一前一后共两辆，相距十多米。遇到路障，两辆车都停下来，第一辆车上走下来两位青年军，去搬路障。就在这时，武工队的枪响了，从路旁边的杆稞里飞出一串手榴弹，全部击中第二辆卡车，随着轰轰的爆炸声，汽车炸裂，车上的敌人纷纷飞出车外，敌人死伤过半一片哭叫声。伴随着愤怒的枪声，仅仅 10 分钟，武工队发起冲锋，平时非常嚣张的敌人，根本就没有还手之力，一个个见了阎王。钱梦梧命令战士们清理完战场，捧着 8 位烈士的头颅，迅速撤离。这次伏击战前后不到 20 分钟，钱梦梧他们无一伤亡。大约不到半小时，漕桥和潘家桥的大批青年军赶来，武工队早已无影无踪了。

其实武工队没有走远，钱梦梧带着他们来到漕桥和潘家桥交界处的竹园小村上。村子后面有一大片杆稞岗，这是武工队前两年开辟的新营地，杆稞岗中间搭了两间草屋。钱梦梧让村上的党支部在这里准备了 8 口小棺木，他们很小心地把8位烈士的头颅清洗干净，恭恭敬敬地放进棺木里，每口棺木里还放进一套新四军的崭新军装。本应该把烈士的头颅和身体合在一起安葬，由于敌人的残忍，不准家属收尸，暴尸三日后，不知被敌人埋在什么地方了，一时难以寻找，也只能委屈烈士们了。八口棺木一字排开，在棺木前面，钱梦梧准备了四样小菜，按照传统的方式进行祭奠。钱梦梧主持祭奠仪式，他强忍住眼泪，对烈士们说：

“其昌、瑞金等同志，现在环境险恶，条件有限，只能简单地祭奠你们，送你们上路了。等解放了，我们一定好好地祭奠你们，现在只能委屈你们了。你们的精神不死，豪气长存。我们活着的人，一定把你们的精神发扬光大，完成你们的遗志！下面请武宜工委书记徐行同志读祭文。”

徐行同志的眼睛都哭红了，他恭恭敬敬地对烈士们磕了三个头，站起来，说：

“其昌、瑞金等烈士，你们遇难，我很悲痛，彻夜无眠，在悲痛中我凑成几句诗，算作祭文吧。”

头可断，
身可钉，
丹心剖，
碧血凝。
为解放，
誓忠贞，
生伟大，
死光荣。
继遗志，
扬精神，
慰英灵。
长无绝兮终古，
春兰秋菊，

永存芳馨！

徐行之后，每一位武工队战士，上前磕头祭奠。

祭奠结束，天已经擦黑了。钱梦梧他们在公路不远处靠河的荒地上，挖一个大坑，把8口小棺木并排安葬在这里。这便是八烈士墓，解放后在这里修建了高高的烈士纪念塔。

安葬了烈士的第二天，钱梦梧带着几个武工队战士，悄悄地来到姚家湾烈士牺牲的地方，在靠河边的树底下找到了烈士用生命保护下来的三包钱，请张雨同志兑换成金条，交给了徐行同志。这也算是为烈士完成了未完成的任务。没过多久，钱梦梧带着武工队把告密的两个家伙，捉拿归案，押到烈士墓前严惩，告慰了烈士，为烈士讨还了血债。

第三十五章

开展强有力的政治攻势

1947年10月10日，中国人民解放军总部发布了《中国人民解放军宣言》，向中国人民解放军发出了“打倒蒋介石，解放全中国”的伟大号召。这表明在内战战场上，中国人民解放军由开始的战略防御进入战略反攻的新阶段。从1948年9月到1949年1月近半年时间里，中国人民解放军以雷霆万钧的气势，连续取得了辽沈、淮海和平津三大战役的伟大胜利，中国人民解放军消灭了国民党军155万精锐部队。蒋介石连续吃败仗，已经陷入四面楚歌的境地。消息传出，广大群众无比高兴，眼看着胜利在望。国民党内部许多有识之士，也明白蒋介石国民党的气数已尽，难以挽回。这正是分化瓦解敌人的最佳时机。钱梦梧筹了一笔钱，请符德铭去了一趟上海，找到上海的林青同志，请上海中共地下组织帮忙购买一台最先进的收音机和油印机。那时收音机是违禁品，市面上没有卖的。符德铭、钱梦梧和林青都是同学，当时林青是钱梦梧的党内单线联系人。林青同志见到符德铭自然是十分高兴的，他从符德铭那里了解到钱梦梧的近况，感慨地说：

“没有几年，我们都从什么都不懂的青涩中学生，成为一名党的干部，我们都长大了。”

高频率的收音机一时难以弄到，符德铭没有时间等。林青便把他们备用的一台半新的收音机和油印机，送给符德铭。符德铭自然十分感动，表示

要付钱,林青笑着说,就算是上海党组织对你们武南工作的一点支持吧。林青同志请符德铭转告钱梦梧:

“现在离全国解放的日子,越来越近,已经看到胜利的曙光了,千万注意安全。等到全中国解放了,我们老同学在上海相聚。”

符德铭第三天就回到武南,符德铭把林青同志的话一字不落地转告给钱梦梧,钱梦梧也很感慨,他对符德铭说:

“老同学在上海相聚,这个主意不错,我们努力争取吧。”

钱梦梧把收音机和油印机交给张辉增老师使用。张辉增是杨墅镇东南的一所小学的老师,他倾向共产党,是锡西区的建党对象。他工作热情高,也有办法,积极为共产党工作,他有一台老掉牙的收音机,是自己组装的,有毛病自己拆开来修理修理,照样用。钱梦梧请他负责收听延安广播电台播发的新闻,每三天将收录的新闻稿编排成小报,油印几百份。张辉增接受了任务,天天夜以继日,及时把油印报印出来,由武工队四处散发,及时传播中共中央的声音,扩大共产党的影响。钱梦梧他们还把国民党报纸上的消息和延安广播电台的消息,加以对比,向广大群众宣传,有力地揭露国民党造谣、欺骗的恶行,让广大群众更加看清国民党的黑暗、腐败、无能,从而瓦解敌人。

统战工作,钱梦梧一向很重视,多次在全县武工队小组长会议上强调。他说:“统战工作是我党夺取胜利的三大法宝之一,我们任何时候都不能放松,这也是上级组织一再要求我们坚持的。现在的统战工作,没有抗战时候好做,比较艰难,但也要相信国民党并不是铁板一块的。只要我们诚心诚意,我们一定会有许多朋友的。”

钱梦梧把统战工作的重点,放在乡保长身上。抗战时期绝大部分乡保长不愿当汉奸,明里暗里支持新四军,给予共产党很大的方便。北撤以后,国民党军队来了,必然会有一些乡保长投向国民党的怀抱,顽固地坚持反动立场,对于这些乡保长应予以严惩,毫不留情。这对其他乡保长起到了震慑作用。大部分乡保长只要工作到位,还是会支持中国共产党的,至少可以保持中立，两面都不得罪。钱梦梧他们尽量做工作，或不定期地向他们传达中共中央的信息，让他们及时了解内战前线的真实情况；或秘密接触，个别交谈；或不定期地上门探访。钱梦梧用诚意打动他们，为武工队开展活动提供方便。胜东乡乡长徐浩生，是前黄反动区长羊宗达的表弟，在抗日战争期间就支持新四军，章引同志多次住在他家，还曾在他家召开新园中学进步学生会议。北撤后，他一直和留守处保持着良好关系，1947 年的一天晚上，钱梦梧和王子达正在他家和他谈心，羊宗达区长带着保安队包围了全村，进行突击搜查。钱梦梧和王子达已经来不及撤离了，情况很危急。徐浩生说：

“在我家里就是我的贵客，请相信我，我一定负责到底！”

徐浩生把他们藏在夹弄里，在旁边的过道里堆满稻草。不一会儿，羊宗达带着人搜到他家。徐浩生高兴地迎上去，对羊宗达说：

“快坐下歇歇，老阿哥，你还真的事必躬亲，亲自带人挨家搜吗？我们喝两盅，让手下人去搜吧。你当了区长眼睚高了，现在难得来了。”

羊宗达说：“这也是没有办法的事，光依仗手下人，共产党一个也捉不到。”

这时手下人向羊宗达请示，这家搜不搜？羊宗达眼一瞪，说：

“去去去，徐乡长家还用搜吗？”说着，对徐浩生说，“酒就不吃了，也不坐了。等空了我们坐下来，好好喝几盅。”说着，带着这帮保安队到别人家去了。一个多小时后，羊宗达带着保安队搜完全村，走远了，钱梦梧和王子达才从夹弄出来，安全地离开。

阳湖乡乡长蒋仲调、锡西杨墅园的镇长匡金海、陆区桥的社会知名人士陈和尚等也都和钱梦梧他们保持着较好的关系，武工队在那些地方住宿、活动，他们睁一只眼，闭一只眼，从来没有出过问题。南夏墅的保长史明珠也跟钱梦梧他们保持着联系，钱梦梧还曾几次住在他家里，武工队有什么任务交给他，也能圆满完成。

锡西新渎区区长徐文烈，刚上任时很反动，气焰嚣张，钱梦梧带着武工队教训了他一次，他收敛不少。钱梦梧托人和他谈了几次，他的态度慢慢转变了，秘密地参加了农工民主党，还把区里的一挺机枪交给武工队使用，他向钱梦梧承诺：“武工队在新渎地区活动，我不闻不问，保持中立，你们也不要过分为难我。”钱梦梧答应了他。钱梦梧带着武工队几次住宿在新渎，从来没有发生过意外。雪堰乡乡长吴荣桓、运村乡乡长徐培铨，在张涛同志的感召下，表示不再做对不起共产党的事情，他们答应，在解放军渡江前夕，把乡里的全部武器交给武工队。

坚持执行统战工作政策，广交朋友，确实给留守工作带来不少方便。这一点钱梦梧是深有体会的。

随着中国人民解放军节节胜利，国民党已无法扭转彻底失败的命运，国民党的军心发生动摇。钱梦梧向太滆工委书记王子达建议，我们要抓住时机，向国民党军政人员开展政治攻势，分化瓦解他们。王子达同志完全赞同钱梦梧的意见。

他说：“现在是发动政治攻势的最佳时机，把我们的武工队发动起来，利用各种关系，各种形式开展政治攻势，可以发传单，也可以写信，甚至可以上门做工作。”

钱梦梧说：“国民党军政人员已经感到国民党没有希望，投靠共产党又下不了决心，对我们的政策也不了解，担心共产党秋后算账，不知如何是好。目前，正是走投无路的时候，我们给他们指条光明大道，会受欢迎的。”

在王子达同志的支持下，钱梦梧以中国人民解放军太滆办事处的名义执笔写了两份材料，一份是《告国民党官兵书》，另一份是《国民党官兵投诚起义证》。在《告国民党官兵书》中，钱梦梧简单明了地叙述当前的政治形势，指出我军必胜、国民党必败，已经是无法改变的事实。希望蒋军官兵认清形势，把握机遇，弃暗投明。共产党的政策是，投诚者一律视作自己的同志，决不秋后算账。

最后，钱梦梧以高昂激越的语言发出号召：“国民党军将士们，别再犹豫了，这是你们最后的机会。希望你们坚决不当蒋家王朝的殉葬品，我们热诚地欢迎你们站到广大人民的队伍里来！让我们共同见证新中国的诞生！”

“国民党官兵投诚起义证”只是一张证明证书,但也说得很清楚,凡是国民党官兵凭着这张证书投诚的,将一律获得优待。

钱梦梧思考了好几天,所以写起来很顺手,一气呵成。写好后征求王子达同志的意见,王子达仔细地看了一遍,向钱梦梧跷起大拇指,说:

“很好!基本上不用修改,很有鼓动性。如果我是国民党的军官,我读了也会举起双手来投诚的。”

钱梦梧认真地说:“我们是代表中国共产党太滆工委写的,一定不能有一丝一毫不妥之处。免得敌人嘲笑我们太滆工委没有文化。刚才你说‘基本不用修改’,说明还有商榷之处。哪里要改?”

“也是可改可不改的。”王子达说着,指着“让我们共同见证新中国的诞生”一句说:“‘见证’似不妥,是站在第三者立场上说的,最好改成‘迎接’为好。而且‘迎接’还通俗,人人能看懂。你说对不对?”

钱梦梧完全赞同,立即改了过来。为了慎重起见,钱梦梧和王子达两人又对材料仔仔细细地琢磨一遍才定稿。钱梦梧连夜刻钢板、油印,制作了400多份。第二天分发给全体武工队队员,让他们分送给国民党官兵的家属,让家属寄给他们的亲人;有的直接寄给国民党的官兵,劝他们放下武器,站到人民这边来;有的利用种种关系,直接交给据点里的保安队。400份远远不够,钱梦梧前前后后刻了十多次钢板。王子达拿了几份,分发给周围县的武工队,希望他们自己翻印后分发。

这一份份材料,犹如一枚枚重磅炸弹,炸得国民党官兵昏头转向,有不少国军官兵接到亲人寄给他的材料,视作救命符,藏在贴身的口袋里,以备不时之需。漕桥镇自卫团的三名队员,带着收到的《告国民党官兵书》和“国民党官兵投诚起义证”,携带6支步枪,向南宅武工组投诚。1949年4月,驻守在常熟县江边的国民党部队,全线溃退,其中有一支400多人的部队,也带着《告国民党官兵书》,向解放军投诚了。

对于国民党区县级以上的政工人员,王子达还和钱梦梧同志商量,以个人的名义给他们写信,向他们宣传共产党的政策,劝他们及早跟蒋家王朝决裂,回到人民的立场上来,欢迎他们为建设新中国作贡献。钱梦梧完全赞同,他们便分别给有关人士写了好多信。钱梦梧父亲几位要好的朋友分别在县里和省里任职,钱梦梧以世侄的身份,分别给他们写了信,还把解放区报纸上的一些重要信息摘录了寄给他们。有几位把回信寄给钱梦梧的父亲,父亲便让药店的陈老板把回信送给钱梦梧。钱梦梧悄悄地问陈老板:

"我父亲说什么没有?"

陈老板说:"你爸没让我带话!似乎对这件事不大高兴?"

"陈老板,你仔细想想,他怎么不高兴了?"

"钱校长把信交给我时,说了句'纯粹是多事',有点责怪你的意思。"

钱梦梧笑笑,没有说什么。陈老板临走时,钱梦梧特地请陈老板转达他对父亲的谢意,谢谢父亲及时把回信转给他。钱梦梧打开回信,乐了。几封回信虽然都没有明确表态脱离国民党,但从字里行间看得出他们愿意考虑他的建议。有这样的效果,钱梦梧就满足了,说明他的工作收到效果了。

第三十六章

城里劫狱，救出同志

1949年2月的一天，在武南县各区武工组组长碰头会上，张涛同志在会上提出了一件事，一个叫倪德芳(湖塘桥人)的昨晚找过他，说在金坛县坚持斗争的黄明、吴健、孙孝海三位同志，现在被关押在常州三牌楼看守所内，随着解放大军即将渡江南下，他们随时有可能遭到杀害。他对监狱情况较熟悉，可以参与营救，希望武南武工队给予支持。

黄明同志，钱梦梧是熟悉的，是金坛县中共丹金地区的区长，1943年钱梦梧曾经和他一起参加苏皖区党委党校学习，在一个班学习、生活了一个半月，相互是了解的。黄明同志是1948年夏天因叛徒告密而被捕的，被国民党称作“著匪”，先判为死刑，后因贯彻所谓宪法，国民党法院改判有期徒刑15年，但仍属于重案犯。吴健是丹金地区武工队队长，另外一位孙孝海是新四军的排长。黄明他们在监狱里受尽折磨，但坚贞不屈，始终没有泄露一点有关情报。这样优秀的同志自然要救。张涛同志和倪德芳熟悉，据张涛同志介绍，倪德芳也是一直在金坛从事地下工作的老党员，1947年年底，他为张涛同志搞了几支冲锋枪，就因这件事而被捕。他拒不认罪，国民党也仅仅怀疑他是共产党，并没有确实的证据，后来家里用了巨资才把他赎了出来。各区武工组组长听说了黄明同志的情况，一致同意给予支持，他们说：

“这样优秀的同志是我们党的宝贵财富，一定要营救，这个险值得冒。”

自然，钱梦梧也是完全同意营救的。为了慎重起见，钱梦梧约见了倪德芳。倪德芳向钱梦梧详细介绍了三牌楼看守所国民党的防卫力量：看守所大门前的广场上停着国民党部队十几辆大卡车和坦克，日夜有流动哨兵看守着，三牌楼门口驻有国民党的宪兵大队，西门私立常州中学后面驻有国民党的装甲部队，再往西是文宰门，有四个荷枪实弹的哨兵看守着城门。这些部队虽不是一个系统的，但一旦枪响，说是追捕共产党逃犯，他们都会像一群恶狼一样，猛扑过来。显然不能惊动这些部队。营救只能智取，不能硬拼。钱梦梧问倪德芳营救有多少把握。倪德芳实事求是地回答：

"要说有绝对的把握，这样的满话我不敢说，要说没有一点把握，也不现实。我对监狱里的情况很熟悉，进出监狱也没有问题。"

接着，倪德芳告诉钱梦梧，他在监狱里结识了三位朋友，他们也都愿意帮助他劫狱。一位叫费国强，原来是江苏省保安十团上尉中队长，因性格耿直，冒犯了团长，被团长押进了监狱，判了三年徒刑，他和黄明同志关在一起，黄明同志处处关心他，照顾他，和他谈心，启发他，他觉悟了，认识到国民党的倒行逆施，决心站到革命人民的一边。国民党因为前线兵员奇缺，宣布在押的国民党官兵一律假释出狱，回原单位报到。费国强出狱后不愿为国民党卖命，便留在常州，主动找到倪德芳，要营救黄明他们的。倪德芳又和费国强一起在看守所物色了两名富有正义感的、同情革命的年轻看守王桂根和陈国垒。他俩出身贫苦，是武南县人，在黄明同志的启发教育下，思想觉悟也有较大的提高，很愿意帮助他们。

钱梦梧仔细地听了倪德芳的介绍，觉得营救成功的可能性较大。钱梦梧问倪德芳说：

"除了枪支外，还要我们如何支持？有什么要求尽管提出来。"

倪德芳想了想，说："我们劫狱后，撤离时如果有人接应，我们成功的把握就更大了。"

钱梦梧爽脆地答应道："没有问题，我带几个武工队队员在看守所大门西侧的树丛中接应。确保你们离开监狱后安全出城。还有什么要求？"

倪德芳想了想,说:“谢谢你们的支持。没有了。”

钱梦梧说:“我考虑你们四个人劫狱,力量怕不够,我们派周必达和周炳生两位同志配合你,这两位同志都是胆大心细的人,周必达是我县淹城区武工组组长,战斗经验丰富,对城里道路熟悉。”

倪德芳提出来,让周必达同志负责领导这次营救行动。钱梦梧考虑一下,同意了,他立即把周必达和周炳生两位同志叫来,和倪德芳见面,进一步商讨营救的细节。

劫狱的时间定于2月25日晚上9时许。因为晚上9时到10时正是浴室放汤、戏院散场的时刻,街上比较热闹,进出城门的人也较多,城门口检查也不严格,容易混在人群中出城。他们也考虑到,万一劫狱拖延了时间,城门关了,就翻城墙出城。他们早已察看好西城门城墙有一段城墙较低,很容易翻越。这天上午,钱梦梧通知武工队身手最好的5个人,让他们下午各自进城,于6时左右在同昌杂货店集中。钱梦梧特地叮嘱他们:

“衣服要整齐一点,有长衫尽量穿长衫,有礼帽的也戴一顶。不能穿得跟叫花子一样,进不了城门,误了大事。”

同昌杂货铺在抗战期间一直是中共武南县委设在常州的联络站,抗战胜利后没有暴露,一直使用着,连老板、伙计都是老人。他们在城里人脉很广,朋友也多。钱梦梧同他们都熟悉。钱梦梧第一次去同昌杂货店,是和陈成副县长一起去的,是去天宁寺找方丈谈“二五”减租的。后来钱梦梧又去过几次。那天上午,钱梦梧就到了同昌杂货铺了。下午2点,钱梦梧在一家茶馆店的包厢里约见了三牌楼看守所的监护主任吴恩泽。吴恩泽在抗日期间任过坊前乡的乡长,与新四军合作得较愉快,和钱梦梧的私交也较好。抗战胜利后,他进城当了看守所的监护主任。一个月前,钱梦梧写信给他,要求他认清形势,站到人民的立场上来。他给钱梦梧回信爽快地答应了,信中还十分感激钱梦梧在关键时刻没有忘记他。钱梦梧身穿灰呢长衫,头戴礼帽,脸上戴着一副墨镜,完全是富家公子哥儿的打扮。吴恩泽如约而至,当他看到约他的人竟然是钱梦梧书记时,惊得连话也说不连贯:

“钱,钱书记,怎么是你,你,你怎么会来,来城里。多危险。”

钱梦梧把礼帽脱下来,放在桌子上,墨镜也放在桌子上,笑笑说:“请坐,茶刚泡好,慢慢品尝。”

吴恩泽在钱梦梧身旁坐下来,说:“你要我做什么,你捎封信就行,何必亲自跑来。”

钱梦梧说:“我们有两年多没见了,来看看你。别紧张,喝茶。我们慢慢说。”钱梦梧低头喝了一口茶,说:“这茶叶还好。你给我的回信,我收到了,我很赞赏你的态度,蒋介石已经四面楚歌,你用不着为他殉葬,你还很年轻,还能为人民做不少事情。”

吴恩泽说:“你说得很对,我完全听你的,我跟你们走。”

钱梦梧拿起热水瓶给吴恩泽续点热水,拍拍吴恩泽的肩头,说:“这就对了。你早就应该站过来了,抗日时期我们就合作得很愉快。”

吴恩泽说:“今天找我有什么事,请直说,我一定照办。”

钱梦梧直截了当地告诉他,今晚有几位同志要去看守所救人。要请他配合。

吴恩泽一口答应。他说:“没有问题。今晚刚好是我值班,我睁一只眼闭一只眼就是。”

钱梦梧说:“不仅是睁一只眼闭一只眼,必要时要给予一定的帮助。”

吴恩泽说:“我明白了。你放心,我会的。”

钱梦梧见谈好了,便让吴恩泽先离开,然后他不慌不忙踱着方步慢慢离开了茶馆。晚上6点,所有的人都到岗。6点半,周必达来同昌杂货铺,向钱梦梧汇报,一切准备工作就绪。晚上8点40分钱梦梧带着5名武工队队员从同昌杂货铺出发,他们三人一组,前后相距六七米,在看守所西边的街上遛达。晚上9时许,劫狱小组来到看守所门口,陈国垒走在前面,装着要回看守所睡觉,叫开了大门,趁陈国垒和看守所哨兵搭讪的时候,后面的人一拥而入,缴了两位哨兵的枪,把他们捆绑好,嘴里塞上布片。随后分两路,一路是陈国垒和周炳生换上哨兵的衣服,拿过哨兵的枪,站在门口放哨;另一路在王桂根带领下，很快切断看守所与外面联络的电话，然后直奔牢房，倪德芳用枪指着牢房值班主任，说：

“要想活命，交出牢房钥匙，快，交出钥匙！”

值班主任面对黑洞洞的枪口，抖抖嗦嗦地摸出钥匙，说：“我交，我交就是。”

周必达看住值班主任，王桂根和倪德芳很快打开牢房，救出了黄明、吴健、孙孝海三人，给他们打开手铐脚镣。随后把看守人员全部捆绑好，嘴里塞上帽子，锁进了牢房，锁好看守所大门，然后 2 个人一组，分 4 组撤离看守所。大家装作看完戏刚出来的样子，兴致勃勃，边走边谈，从看守所西面的街上迅速撤离，钱梦梧他们紧跟在后面，顺利地躲过敌人的岗哨，从文宰门出城。

那天，吴恩泽从 7 点开始就来到值班室。值班室在楼上，他一直注意楼下的动静。9 点多一点，他听到楼下有不寻常的声音，他知道劫狱的人到了。他便站在楼梯口的黑影中，如果劫狱有阻力，他随时出面帮助。他看到劫狱很顺利，也就没出面。劫狱前后不到 10 分钟，他们便顺利出了看守所，之后吴恩泽一直注意外面的动静，没有听到一声枪响，他知道他们安全出城了。按照常规，吴恩泽在上半夜与下半夜交接班之前，应该到监狱巡查一遍。到了 12 点半，吴恩泽下楼了。他到了监狱巡查，见看守人员全部捆绑着锁在牢房内。他装作大吃一惊，匆匆忙忙找钥匙把他们放出来。拿起电话想报警，没有想到电话打不通。他便让看守所值班主任跑步到警察局报警。警察局通知城防指挥部，立即全城戒严，进行全城大搜捕。这个时候钱梦梧带着武工组同黄明他们三人已经出城，并且顺利地把他们送到滆湖边上船，一直把他们送到滆湖的对岸金坛地界。倪德芳带着王桂根、陈国垒和费国强，也随船到金坛，参加了金坛武工队。

第二天，《武进新闻》在显著的位置，以《劫狱巨案》为题，刊登了这条消息。许多报纸纷纷转载，竟然轰动了整个京沪沿线。事发当天，常州全城戒严，城门紧闭三天，群众一律不得进出。在国民党内部，也引起了很大的震动，在守备如此严密的看守所，共产党竟然如入无人之境，顺利地救人，他们还有什么事情不能做？许多官兵惊恐不已。

在劫狱成功的第三天，钱梦梧带着武工队到锡西去活动，得知一直在锡西工作的张涛同志生病的消息，钱梦梧一时走不开，让武工队的陆道南同志代为看望，并留在张涛身边照料。钱梦梧后来才知道，那天召开武工组组长碰头会议时，张涛已经身体不好了，常常感到乏力、头昏，而且多汗。一向不把小毛病当回事的张涛，根本就没有把这些放在心上，照样没日没夜地工作。

张涛是前黄人，原名周鹤春，又名周平。出身贫困家庭。他一岁丧父，母亲改嫁，张涛靠年迈的祖母抚养成人。张涛初小毕业，15 岁拜师学裁缝，18 岁满师后，一面做裁缝，一面种几亩薄田，艰难度日。1940 年春，新四军进入武南地区创建抗日游击根据地。张涛便投身革命，不久就加入中国共产党。其先后担任小漕区委组织委员、南宅区长和区委书记、武南县委组织部副部长、武宜工委委员等职。钱梦梧 1942 年从上海回来参加抗日工作，就认识了张涛同志。张涛是个非常热心的人，钱梦梧做教育科长时经常深入到各地的学校去活动，还得到他不少帮助。后来钱梦梧做丁舍区委书记，张涛是南宅区委书记，两人的交往就更多了。钱梦梧一向把张涛看作老大哥，张涛参加革命早，斗争经验丰富，一直是钱梦梧学习的榜样。武宜工委成立，钱梦梧担任副书记，负责武南全县的工作，张涛同志是他的左右手。张涛同志分工负责锡西，便像钉子一样钉在锡西，配合张雨同志，时间不长便打开了锡西的工作局面。

张涛同志带病坚持工作，长时间的高热，吃不下饭，最终在陆区桥附近活动时晕倒了。他先请镇上一位郎中服药，一天一帖，吃了五帖病情未见减轻。当时无锡国民党县保安队在锡西催收赋税，并实行清剿，陆道南便把张涛转移到张舍附近治疗。钱梦梧当天晚上赶到张舍探望张涛，张涛见到钱梦梧很高兴，脸上露出了久违的笑容。张涛告诉钱梦梧无锡保安队太嚣张，肆无忌惮地欺侮老百姓，他建议钱梦梧寻找一个适当的机会，教训他们一下，煞煞他们的威风。张涛同志讲的声音很低，而且嘶哑，钱梦梧心里酸酸的很不是滋味。钱梦梧握着张涛同志消瘦的手，说：

“张涛同志，目前你最大的任务是治病，是休息。暂时不要考虑工作。没有健康的身体，什么都是空的。”

一个充满精力，壮壮实实的小伙子，没有想到仅仅几天，竟然瘦得如此模样。

钱梦梧强忍住眼泪，对张涛说：“现在锡西的环境紧张，县保安队天天下乡清剿，我让张雨陪你到无锡城里去吃药吧。我已经联系张雨了，估计明天他就会赶过来。”张涛连连摇头说：

“不用，不用。谢谢组织的关心。我还是留在锡西，遇到什么情况我还能出出主意。我只是发点热，别的没有什么，打不倒我，再吃几副药就好了。”

钱梦梧说：“我知道你整个心思都在工作上。你病了半个月了，不能再拖了，我已经把你的情况向徐行和王子达同志作了汇报，他们一致决定暂时停止你的工作，静心治病。解放大军快要渡江了，这里解放了，有许多工作等着我们去做。明天去无锡，让陆道南和张雨陪着你去。”

张涛勉强接受了钱梦梧的建议，他点点头低低地说：“好吧，谢谢组织，谢谢你。”

钱梦梧向医生了解张涛的病情，医生告诉钱梦梧，张涛患的是伤寒，本来就是很凶险的病，由于治疗不及时，渐渐拖成重症了，现在情况不大好。钱梦梧听了，心里更不好受。张涛是一位多好的同志，为了工作什么都不顾，病得这样严重，还时时惦记着工作。钱梦梧也深深自责，他没有照顾好张涛，张涛带病工作多日，自己竟没有发现，他太粗心了。

钱梦梧临走时一再叮嘱陆道南同志，请他随时关注张涛同志的病情，有什么困难及时告诉他，一定要全力抢救张涛同志。当天下午，张雨联系好医院赶过来，就在他们准备好船只上船时，张涛病情突然恶化，嘴里喷出一口鲜血，便失去知觉。张雨和陆道南把张涛抬到船上，请船家快速向无锡摇去,估计天亮前可以赶到无锡,谁知摇到半路,张涛同志的心脏就停止了跳动,永远地离开了同志们。

钱梦梧得到噩耗,泪如雨下。这么好的同志病倒在解放的前夕,没有能看到他为之奋斗的胜利。钱梦梧两位亲密的战友,得力的干将,一位是丁舍的史济荣,一位便是前黄的张涛,两位都年纪轻轻却倒在胜利的前夕,怎能叫钱梦梧不寸断肝肠呢?钱梦梧及时通知了徐行和王子达同志,一起赶来张涛同志的家乡,秘密地为张涛同志举行了隆重的葬礼。

第三十七章

大军过江，武进解放

1948 年冬天，天气特别寒冷，呼呼的西北风吹着，棉花似的雪花，三天两头在天空中飘洒，屋檐下的冰棱足有二三尺长。严寒孕育着春暖，人们心头却是暖洋洋的。胜利的曙光就在前头，彻底扫荡国民党反动派的日子，已经不远了。为了适应新的形势，华中局电告苏浙皖边区工委，决定把武南县划归苏中一地委江南工委领导。钱梦梧写了一份书面材料，把武南的情况汇报给江南工委，江南工委也不时地送来指示和一些文件，对武南工作进行具体指导。1949 年 2 月底，钱梦梧和陆道南两人去无锡城里和澄锡武工委负责人王鹏见了面，就当前的形势进行分析。随着三大战役的胜利，国民党大势已去，国民党反动派又玩弄起和谈阴谋，目的是想借长江天堑苟延残喘。这个阴谋，中国人民自然不会让他得逞的。钱梦梧考虑到一旦国民党封锁了长江，江南江北交通中断怎么办？钱梦梧说：

“南北交通中断，得不到上级的指示，我们便成了没娘的孩子，就麻烦了。”

王鹏同志主张装一部电台，这样与上级的联系就不会受国民党封锁长江的影响了。建立电台当然是最好，方便、快速而且安全。然而电台从哪里来？谁会使用？建在哪里安全？诸多问题都很棘手。王鹏说：

“技术力量，我来想办法，我请上级支援一名技术员。”

钱梦梧说:“电台就让我们武南县想办法吧。”说着,对陆道南说,“你想想,有谁能弄来电台?”

陆道南想了一会儿,便笑了起来,说:“我想起一个人,就是杨墅小学的张辉增老师,请他准行。”

钱梦梧也笑了,说:“我还真把张老师忘记了。这件事,就交给你,你找找张老师,想尽一切办法把电台建起来。”

第二天,陆道南找到张辉增老师,张老师去无锡、苏州跑了两天把组装电台的零件全买了回来,在上级派来的易民同志的配合下,仅用了两个晚上,就把电台建立起来了。电台就安在锡西,归王鹏使用。王鹏同志原来在江阴一带活动。由于国民党加强长江防御,对江阴一带不断地扫荡、清剿,环境恶化,澄锡武工委的活动难以开展,他们便把锡西当作后方阵地,一些重要的会议,都放在锡西召开。

建立了电台,钱梦梧他们和江南工委的联系就方便了。钱梦梧他们能够及时得到上级的指示和宣传材料,钱梦梧明白了上级的意图,就可以按照上级的指示精神来部署工作,工作上目标明确,差错就少了。他们为迎接解放大军渡江南下做了不少准备工作。钱梦梧布置武工队广泛搜集国民党的军政情报,汇拢后发给江南工委,锡西各乡准备几万斤粮食和柴草,还组织一部分知识青年去苏北学习,为江南解放培养准备了一批干部。总之为解放军过江准备好一切。

1949 年 4 月 21 日临晚,钱梦梧带着武工队从锡西回到武南,住宿在礼嘉桥南边三四里的一个村子里。当天夜里,从北面传来隆隆的炮声,特别密集,彻夜未停。一早有群众赶来告许钱梦梧他们,21 日下午,国民党败兵经过礼嘉桥向西南方向狼狈溃逃,22 日早晨有两只载满物资的大船向东南方向驶去,上面有国民党部队押运。种种迹象表明,21 日晚,解放军可能打过长江了。

大家正聚在一起,议论国民党部队狼狈逃窜的情形,突然有群众赶来报告说,村西头大路上有不少穿黄衣服的部队向南走,大路紧靠着村子,不知道是什么部队。钱梦梧当机立断，武工队迅速撤到村东一里多路的坟地上，占领有利地形，然后仔细观察。只见穿黄色军装的部队成一路纵队很有秩序地向南快速前进。他们也可能看到了钱梦梧他们，但毫不理会，仍不停步地向前走。不多一会儿，群众又来报告说，村西里把路的地方，又有一支部队从西北向东南走去。钱梦梧有些紧张，他们被两支来历不明的部队夹在中间，如果是敌人，必须立即转移，但从目前情况来看，这两支部队军容整齐，步履矫健，与国民党溃败逃窜的部队，完全不一样。江南工委早在半个月前就通知钱梦梧，中国人民解放军身穿黄色军装，头戴有红五星的八角帽，胸前有中国人民解放军的胸章。还告诉钱梦梧联络暗号，说我们是"501"部队（苏中一地委张子强的代号为"501"）。钱梦梧便派武工队队员徐生大不带武器靠近去侦察。武工队全是便衣，放下武器便是老百姓。不论是当地的国民党部队，还是外来的正规军，只要不是当地的土顽，决不会认出是武工队的，顶多被拉夫，扛扛子弹什么的，不会有危险。徐生大上前一看，果真是解放军。他很兴奋，找到一位营教导员，用暗号联络，营教导员知道"501"部队的联络暗语。他告诉徐生大他们另有任务，不能停留，请他到走马塘28军军部找肖副军长联系。徐生大一面往回跑，一面挥着手高兴地大喊：

"天亮了，天亮了，是解放军，解放军，是我们自己的部队过江来了！"

全体武工队队员都高兴得跳起来。村上的群众也都高兴得跳起来。盼星星盼月亮，终于盼来了我们自己的部队——中国人民解放军。男女老少全都涌到大路边拍手、欢呼，欢迎解放军。不少群众回去拎着热水瓶拿着碗，为部队送上热茶。场面颇为热烈、壮观。钱梦梧带着武工队队员一口气赶到走马塘，在28军军部找到肖锋副军长，钱梦梧含着激动的眼泪，向肖副军长报告说：

"中共武南县特派员钱梦梧率部分武工队队员向肖副军长报到。"

肖副军长双手握着钱梦梧的两只手，高兴地说："钱梦梧同志，你们辛苦了。你们长期坚持武南斗争，真不容易，现在解放了，我们终于见面了，我们终于打回来了。”

肖副军长热情地和每位武工队队员握手。

见到自己的部队，犹如游子见到日夜思念的亲人一样，他们握着肖副军长的手，听着肖副军长对他们三年多来艰苦工作的肯定、赞扬，不少武工队队员情不自禁地流下了眼泪。

钱梦梧主动地向肖副军长要求任务。他说：“肖副军长，需要我们做点什么吗？要不要粮食柴草？要不要带路的？”

肖副军长说：“谢谢武南的同志，我们只稍微休息一下，要紧赶路，我们另有任务。粮食，向导都已安排好了，不麻烦你们了。虽然解放了，但你们肩上的担子也不轻，残敌的肃清，社会的安定，秩序的整顿，全要靠你们了。”

肖副军长要钱梦梧他们向设在戚墅堰的武进县新县委报到。肖副军长仅仅让部队休息两个小时，吃了一点干粮，便匆匆告别了钱梦梧他们上路了。钱梦梧后来才知道，解放军先头部队一过江就直插安徽广德，迎头截住从南京溃退下来的国民党军队，打了一个漂亮的歼灭战。

当天下午，钱梦梧通知所有武工队队员在鸣凰集中。第二天，钱梦梧带领全体武工队120名队员，赶到戚墅堰向武进县新县委报到。历时三年半，在国民党统治区坚持艰苦卓绝的斗争，到此胜利结束。在这一时期，虽然没有什么轰轰烈烈的大的战斗场面，但他们依靠党的领导，依靠广大革命群众的支持，坚决执行党的方针政策，以很小的力量，较小的损失（有七八个武工队队员牺牲，区以上干部病故1人，动摇逃跑1人，没有牺牲），在比抗日时期更为艰险的环境中，终于在武南这块革命的阵地上站稳脚跟，坚持了革命的红旗，保护了革命群众的利益，打击了国民党的反动气焰，有力地配合了全国的解放战争，出色地完成了任务。

钱梦梧激动地握着武进县新县委梁岐山书记的手，兴奋地说：“我们终于完成了党交给我们的留守任务。当年留守时一共27人，现在我们的队伍共有120人。请书记验收。”

武进县新县委书记梁岐山同志激动地说：“钱梦梧同志，你们辛苦了，何止是完成了任务，应该说是相当出色地完成了任务，很了不起，你们个个是英雄！”

正在这时，县政府值班室的电话铃声响了，有一位女战士喊：“谁是钱梦什么的，有电话。”

县委梁书记说：“钱梦梧同志，肯定是找你的，你去接吧。”

钱梦梧一头雾水，谁会在这个时候找他？谁知道他在这里？他接过电话，刚说了一句“我是钱梦梧，你是哪一位？是找我吗？”电话那头没有了声音，传来一位女同志的哭泣声。钱梦梧越发奇怪，便说：

“你，你是哪位？什么事？怎么哭了……”

过了一会，伴着抽泣，说：“梦梧弟，是我章引，听到你的声音，眼泪忍不住了，我……”

钱梦梧大喜过望，他无论如何没有想到，他朝思梦想的章引姐伴随着胜利的喜讯，也回来了。他急切地说：

“是章引姐吗？姐你在哪里？站着不要动，我马上赶过来接你。”

“梦梧弟，真是你吗？我还真有点不相信。日思夜想，终于又听到你的声音了。你好吗？……你不用来，我还在丹阳呢。我原本随李坚真大姐去上海，做接管工作，华东局秘书长吴仲超同志告诉我，武进县委点名要我回武进。李坚真大姐听说我回武进，也全力支持，大姐说那个小伙子钱梦梧很不错，要我转达她对你的问候。可我一点也不知道你的情况，大姐让我先打电话，问问你的情况，竟然一下子就找到你了。你好吗？我一切都好。”

“请你代我向李大姐问好。我马上到丹阳来，你在什么地方，快告诉我。”

“你不用来，我明天就到武进县委报到，我们三年都等了，一天就等不及了吗？”说着电话里传来了亲切的笑声。

钱梦梧也笑了，说：“好，我等你！我明天为章引姐接风，好好保重！”说着便挂了电话。

县委梁岐山书记说：“有情人终成眷属，好事一件。梦梧，你可要好好谢谢我和王子达同志，是王子达同志指示我让吴仲超同志截留章引同志的，我们不能棒打鸳鸯，让金凤凰飞到上海去！”

县委书记梁岐山与钱梦梧的两双大手又一次紧紧地握在一起。

就在这时，戚墅堰街上传来一片鞭炮声、锣鼓声，夹杂着群众热烈的庆祝武进解放的欢呼声，庆祝武进解放的大游行开始了……

参考篇目

[1]钱梦梧.难忘的岁月[M].北京:中央文献出版社,1999.

[2]中共常州市武进区委党史工作委员会.中国共产党武进历史·第一第二卷[M].北京:中共党史出版社,2015.

[3]钱永彪.布满弹孔的战旗——新四军独立二团抗战纪实[M].北京:中共党史出版社,2015.

[4]常州市武进区政协文教卫体和文史委、常州市武进区委党史工委、常州市武进区档案馆.武进抗战纪事[M].北京:红旗出版社,2021.

[5]武进分卷编辑委员会.江苏人民革命斗争群英谱·武进分卷[M].南京:江苏人民出版社,1999.

[6]中共常州市武进区委党史工作委员会、常州市武进区地方志办公室.历史的记忆[M].南京:南京大学出版社,2010.

后　记

在20世纪四五十年代，钱梦梧和章引是常武地区家喻户晓的人物，也是大家心目中的英雄。我一直想把他们的英雄事迹记录下来，让他们的英雄故事永远流传下去，用来教育激励我们的子孙后代，永远学习弘扬革命前辈的精神，把我们的家园，把我们的祖国建设得更加美好。

我的目的有没有达到，任务有没有完成，还有待大家的验证。我期待着大家和行家的批评指正。

在资料搜集和写作过程中，我得到不少领导和同志们的帮助，尤其是钱梦梧和章引同志的儿子钱建军将军，不仅审读全部书稿，提出了修改意见，还写了序言；原常州市副市长、武进县委老书记薛锋同志在百忙中阅读了全部书稿，写了序言；武进教师进修学校原教科室主任钱永彪老师提供不少他搜集的资料，还对全书提出了数十条颇有见地的修改意见；武进高新区党工委负责人张龙书记和南夏墅社区周文彬书记全力支持本书的出版，解决了出版经费；武进区教育局原人事科科长郑国强先生，常州市少先队原总辅导员、武进实验小学副校长柴前胜老师，以及江苏康麟医疗科技有限公司总经理王岷颜先生也给予不少帮助和指导。在此一并表示诚挚的感谢！

杨金达

2022年1月15日于紫廷名苑